講談社文庫

零時の犯罪予報

ミステリー傑作選46

日本推理作家協会 編

講談社

目次

六時間後に君は死ぬ

高野《たかの》和明《かずあき》

著者紹介　一九六四年東京都生まれ。ロサンゼルス・シティカレッジで映画の演出、編集を学び、帰国後は映画やテレビの脚本家として活躍。〇一年、『13階段』で第47回江戸川乱歩賞を受賞して作家デビュー。著書に『K・Nの悲劇』『グレイヴディッガー』など

1

あと六時間――

腕時計を見つめて、原田《はらだ》美緒《みお》は思った。

正確には、六時間と十分——それで二十代の前半が終わる。

行き交う人々を追い越すように、美緒は自然と早足になった。待ち合わせには余裕で間に合うのに、なんだか急《せ》かされているような気分だ。

もうすぐ二十五。四捨五入すれば三十。

スクランブル交差点を渡りながら、渋谷の街はもう自分には似合わなくなっているんだなと考える。まだ五月の末だというのに、まわりはノースリーブの若い子たちであふれかえっていた。この街が美緒をあやしてくれていたのは、たったの六年間に過ぎなかった。

美緒はセンター街を振り返った。にぎわっている通りのあちこちに、十代の女の子たちが落っことした時間のかけらが転がっているような気がした。楽しみを求めて駆けまわっているうちに、いつしかポケットからこぼれ落ちてしまった大切な宝物。

交差点を渡り終えると、美緒は思った。時はベルトコンベアだ。どんな人間も区別することなく、前へ前へと機械的に送り出してしまう。そこに不公平がないから、世の中は意外と平和なのかも知れない。

微苦笑を浮かべた美緒は、まあいいか、と思って歩調をゆるめた。自分が二十五になるからといって、世界が破滅するわけでもないし。

その時、ふんわりとした声が後ろから聞こえた。

「ちょっとすみません」

足を止めて振り返ると、細身の若い男が立っていた。柔らかそうな前髪の下に、男にしては白くてきれいな肌が光っている。大学生だろうかと美緒は思った。

「お話があるんですけど」と、その青年は遠慮がちに言った。

「年上好みなの？」こうした状況に慣れている美緒は、素早く切り返した。「ナンパなら、もっと若い子にしたら？」

「違うんです。本当に話があるんです」

新しい手口だ、と美緒は思ったが、声をかけられたのは不快ではなかったし、相手の誠実そうな瞳に違和感を感じたので訊《き》いてみた。「どんな？」

「大事な話なんです」

「五分で済む？」美緒はわざと腕時計に目をやった。「六時にモヤイ像の前で友達と待ち合わせてるの」

「話自体は五分で済むけど、そのあとが」

「そのあと？」美緒は眉をひそめた。前に、どんな女でも十分で落とせると豪語している男に会ったことがあった。今、目の前にいる青年は、五分で自分を落とすつもりなのだろうか。「そのあとって？」

「六時間ほど、時間がかかるかも」

「それで二人は、さようならってわけ？」二十五歳になった途端に放り出されるような気がして、美緒はむっとした。「その前に、こちらからさようなら」

「ちょっと待って！」

歩き出した美緒を、青年が追って来た。美緒は、つっけんどんに言った。「そこに交番があるんだけど」

「じゃあ、歩きながら話すよ。いいね？」意外に強い口調で青年は言った。

「どうぞ」

「六時間後に君は死ぬ」

相手の言葉を聞き流そうとしていた美緒は、意味を理解するのに少し時間がかかった。やがて足を止め、訊き返した。「何ですって？」

「六時間後に、君は死ぬんだよ」

肩のあたりに寒気が走った。美緒は相手の言葉にではなく、目の前の青年そのものに薄気味悪さを感じ始めた。それでも努めて穏やかな声で言った。「ご用件、承りました。それじゃあ」

「ちょっと待って！　信じてくれないか。本当なんだよ」

「あなた、予言者か何か？」

「たまに人の未来が分かるんだ」

「馬の未来は？」美緒は、歩調をゆるめずに訊いた。「競馬で大儲けでもしたら？」

それに構わず、青年は言った。切羽詰まった口調だった。「待ち合わせの場所に行っても無駄だよ。君は今夜、一人になる。友達は約束を忘れてるから」

「それも予言のうち？」

「そうだよ」

「いくら賭ける？」強がって微笑を浮かべてはいたが、美緒は内心不安だった。だから、銀座線のガードをくぐり抜けて南口に出た時には、心底ほっとした。モヤイ像の前に、人待ち顔の立原好恵《たちはらよしえ》を見つけたからだ。

「それでは、友達との約束があるので」皮肉たっぷりに一礼して、美緒は駆け足になった。青年が、もう自分を追って来ないのが背中の気配で分かった。

「好恵」と声をかけると、向こうがこちらを見た。美緒は、笑いながら友人に駆け寄った。「時間通りに来てるなんて、めずらしいじゃない」

ぽっちゃりした丸顔の好恵は、唇を半開きにしてこちらを見ていた。

「どうしたの？」

美緒が訊いた時、そこへもう一人の男が現れた。「待った？」と、お決まりの文句で好恵に話しかけている。

美緒は、髪を短く刈り込んだ男と好恵の顔を見比べた。

「この人、達哉《たつや》っていうの。広川達哉《ひろかわたつや》」好恵がようやく言った。そして申し訳なさそうにつけ加えた。「ごめん。美緒との約束、忘れてた」

美緒は、自分の表情が凍りついたのを感じた。

好恵が、心配そうに美緒の顔をのぞき込んだ。「約束すっぽかされるのが、そんなにショック？」

美緒は首を振り、すぐに背後を振り返った。さっきの青年の姿は見えなかった。

「今夜だけは、こっちに譲って」と拝むようにして言った好恵をその場に残し、美緒は挨拶《あいさつ》もそこそこに、来た道を引き返した。

ガード下の暗がりに、あの青年がいた。走って来た美緒を見ても表情を変えなかった。まるで彼女が戻って来るのを予知していたかのように。

「大事な話があるわ」と美緒は言った。「五分じゃ済まないけど」

美緒は青年を連れて、すぐ横のデパートにある喫茶店に入った。窓の外に見えるモヤイ像の前からは、好恵と彼氏の姿は消えていた。美緒は重い気分で、テーブルの向こうの相手に向き直った。

「私の名前は知ってるの？」

美緒が訊くと、青年は首を振った。「そこまでは分からないよ」

「原田美緒よ」と名乗って、相手の返答を待つ。

「僕は」と、青年は少しためらう様子を見せてから言った。「江戸《えど》川《がわ》圭史《けいし》」

「変わった名前ね」

圭史は軽く頷いただけで何も言わなかった。

美緒は、相手の希望を聞かぬままに二つのアイスコーヒーを注文すると、小声で切り出した。「それで、さっきの話だけど」

「うん」と圭史は遠慮がちに言った。「僕には、ビジョンが見えることがあって――」

「ビジョン？」

「うん、他人の未来だよ。映像が浮かんでくるんだ。それで、さっき君の姿を見た時に、その……」

「私が死ぬところを見たってわけ？」

圭史は頷いた。「それで、教えてあげたほうがいいんじゃないかなって思って」

「六時間後とか言ってたのは？」

「君のその腕時計が、十二時を指してた」

美緒は無意識に、腕時計をはめた左手首に触れていた。「でも、どうして今夜なの？　明日の十二時かも知れないじゃない」

「僕が見た風景の中では、髪型も洋服も、今と同じだった」

その言葉に、美緒ははっとして自分の服を見下ろした。淡いパステルピンクのブラウス。その服は、二十四歳の今日を最後に着ないと決めていたものだった。もちろんそのことは、誰にも言っていない。

美緒は、ゆっくりと圭史に顔を向けた。この青年は、本当のことを言っているのかも知れない。胃のあたりを鷲掴《わしづか》みにされるような恐怖とともに、美緒の心に初めて確信めいたものが生まれた。

「遠慮しないで言って」美緒は声の震えを抑えながら言った。「私はどうやって死ぬの？　交通事故？　病死？　それとも急性アルコール中毒とか？」

圭史は首を振り、小さな声で言った。「ナイフで刺される」

美緒は絶句した。

「ごめん。でも、ありのままに言うよ。場所は良く分からない。どこかの暗がりだ。誰かがナイフを突き出して、君が倒れる。腕時計は、十二時ちょうどを指してる」

「ナイフはどこに刺さるの？」

「胸のあたりに」

美緒の手が、胸の膨らみを押さえた。「私、苦しむの？」と訊いた声は、自分でも意外なほどに心細いものだった。

「分からないよ。僕に見えたのは、倒れるところまでだから」

「続きはまた来週？」と、美緒は必死に笑みを浮かべた。「テレビの連続ドラマと一緒ね。いいところで終わるんだから」

圭史が、意外そうな目でこちらを見た。

「私ってね、ピンチになればなるほど、冗談が冴《さ》えわたるのよ」

それを聞いて、ようやく圭史が目元を和ませた。一瞬だけだが、美緒は、相手の笑顔を可愛いと思った。

「でも、冗談を言ってる場合じゃないよ」と穏やかに圭史は言った。「あと、五時間と四十五分しかない」

美緒は慌《あわ》てて腕時計を見た。「それで私はどうすればいいの？　未来は変えられないの？」

「それは僕にも分からない」

「分からない？」

美緒の苛立《いらだ》ちに気がついたのか、圭史は急いで付け足した。「でも、もしも僕が君の立場だったら」

「だったら？」

「自分を殺しそうな奴を探すよ」

美緒は、思わず圭史の顔を見つめた。

圭史はこちらの表情を読み取ったようだった。「心当たりがあるんだね？」

美緒は、ゆっくりと頷いた。

美緒は圭史とともに山手線に乗り込み、渋谷から池袋へと向かった。窓の外の風景は、すでに日没を迎えている。

電車が新宿を過ぎるまで、美緒は黙ったまま、自分が置かれた奇妙な状況を考え直していた。六時間後の死を予言されるなど、普通はあり得ない話だ。だが、目の前にいる細身の青年は、好恵が約束を忘れていることを言い当てた。それに加えて、現在自分が抱えているトラブル——ストーキングの被害に遭っていること——を考え合わせれば、予言には信憑性があると言わざるを得なかった。

美緒は顔を上げ、まじまじと圭史を見つめた。

その視線に気づいたのか、圭史が訊いた。

「どうしたの？」

「超能力者って、二千円札みたいに珍しいから」そして美緒は、周囲の乗客が今の言葉を聞きとがめたようなので、声を落とした。「圭史って呼んでもいい？」

「いいよ」

「圭史は何か仕事してるの？」

相手は首を振った。「浪人だよ」

「就職浪人？」

「違うんだ。大学院に入ろうと思って……専攻は心理学だよ」

短大に入ったものの、遊んだだけの学生生活を送った美緒は、圭史に対して少し敷居の高さを感じた。「インテリなんだ」

「そうでもないよ。ただ——」と言いかけて、圭史は口をつぐんだ。

「ただ？」と美緒は促した。

「自分の変な能力について研究したいと思って」

それで心理学専攻か、と美緒は納得した。しかし、超能力というのは学問の範疇《はんちゅう》なのだろうか。

「さっき言ってた〝ビジョン〟だけど、見ようと思えば、いくらでも見られるの？」

「いや、意志の力ではどうにもならない。誰かを見た時に、急に目の前に現れるんだ」

「その人の死ぬところが？」

「死ぬところとは限らない。僕に見えるのは、非、日常的なことだよ」

その言葉がぴんとこなかったので、美緒は訊き返した。「非、日常的なこと？」

「つまり」と圭史は、少しの間考えてから言った。「人はみんな、無意識のうちに、自分の身に起こり得ることと起こり得ないことを区別して生きてるんだ。日常の範囲を自分で決めて、その中に我が身を置いてるんだね。常識と言ってもいい。でも、それはあくまで仮定であって、起こり得ないはずのことが起こってしまうこともあるんだ」

「つまり」と美緒も考えてみた。「彼氏にふられるのは予想の範囲内でも、自分が殺されるとは誰も思ってないってことね」

「そう。でもそれは起こり得るんだ。僕がビジョンで見てしまうのは、そういう常識外の出来事だよ。こんなこと、普通はあり得ないっていうような」

「それなら、宝くじに当たったところを見てほしかったわ」美緒は恨みがましく言った。

電車が新大久保駅を出た。ガード下のヘッドライトをつけた車の列を眺めながら、美緒は考えた。確かに圭史の言うとおりだった。四ヵ月前、自分をつけ狙うストーカーの存在に気づいた時、薄気味の悪い思いはしたが、まさか殺されるなどとは考えもしなかった。そんなことが起こるとすれば、まさに常識外の出来事だ。

本当に自分は死ぬのだろうか。日付けが、二十五歳の誕生日になった瞬間に。

電車が池袋に着くと、美緒の気分はますます重くなった。そこは、二度と来ないと決めていた街だった。自分に与えられた若さも時間も、限りがあることに気づかずに、惜し気もなく浪費してしまった繁華街。

西口を出て、ネオンが輝き出した通りを歩きながら、あの時、自分は、焦っていたのかも知れないと考えた。でも、何に対して焦っていたのだろう？

「いろんな人がいるね」周囲の雑踏に目を向けた美緒は、腕時計で時刻を確かめてから言った。「二〇〇一年五月二十四日午後六時四十四分……今、この瞬間にも、何かいいことがあって大喜びしてる人がいるんだろうな」

圭史が、何が言いたいのと訊くように美緒を見た。

「そんな人からすれば、想像もつかないでしょうね。六時間後に死ぬと言われて、ふさぎこんでる女の子がいるなんて」

「ごめん」

「圭史を責めてるんじゃないわ」言ってから美緒は、予知能力者には周囲の雑踏がどんな風に見えているのだろうと思った。「ちょっとそんなことを思っただけ。中には、今の私なんかより、もっと不幸な目にあって泣いてる人もいるんだろうし」

「全部ひっくるめて東京なんだよ」

「うん」と、美緒は素直に頷けた。

「ところで、どこに向かってるの？」

「豊島警察署よ」

「警察署？」圭史は、驚いたように言って足を止めた。

「ストーカーが一匹、いるの」美緒は顔をしかめて言った。「そのことで相談に乗ってくれてた刑事さんがいるんだ」

「じゃあ、君の心当たりっていうのは、そのストーカー？」

「そう」

豊島警察署の前まで来た時、美緒の携帯電話が鳴った。表示を見ると、これから会おうとしている刑事からだった。思わぬ偶然に、美緒は少しだけ気持ちを持ち直した。運はこちらに向いているのかも知れない。

美緒は圭史に待っててくれと頼み、警察署の玄関に入って行った。


生活安全課に行くと、三十過ぎの若い刑事、沢木《さわき》が目を丸くした。

美緒は笑顔を作って言った。「電話をいただいたようなので」

「近くに来てたの？」

「沢木さんに会おうと思って、ね」美緒は、自分の用件を切り出す前に、刑事が電話をかけてきた訳を訊いた。

「その後、どうなってるかと思って」と、沢木は言った。

「私もその件で来たの。例のストーカー、まだ正体は分からないの？」

「残念ながら」

美緒がストーキングされていることに気づいたのは、二月の初めのことだった。電話料金の請求書が手元に届かず、延滞の通知書を受け取ったのがきっかけだった。以来、自分宛てに送られたはずの手紙類が郵便受けから消え、深夜には悪戯《いたずら》電話がかかってくるようになった。受話器を通して聞こえてくる声は、機械で変調された不気味なものだった。やがて、留守番電話に入っていた「天国に行きたいかい？」というメッセージを聞くに及んで、美緒は豊島警察署に駆け込んだ。生活安全課の沢木刑事とは、以前から面識があったのである。

「二週間前に話した時には、ストーキングは止《や》んでるって言ってたよね？」

「そうなの」美緒も不審に感じながら頷いた。

「じゃあ、今夜ここに来たのは？」

美緒は、圭史の予言のことを言おうかと思ったが、笑われそうな気がしてやめた。星占いを信じる女心を理解する男は少ない。美緒は代わりに、自分で目星をつけていたストーカー候補の男の名前を言った。「沼田《ぬまた》さんについては調べてくれた？」

「いや、証拠がなければ警察は動けないよ」

「証拠がなければ、か」

これで、一晩だけでも刑事に守ってもらおうという淡い期待は消えた。警察は、予言におびえる女性を守るようなことはしないだろう。頼りになるのは圭史だけ、と考えて、美緒はふと眉を寄せた。このままいけば、夜中の十二時に自分と一緒にいるのは圭史ということになる。

しかし、と美緒はすぐに疑念を打ち消した。圭史が自分を殺すつもりなら、わざわざ嘘の予言をしたりはしないはずだ。

「どうした?」

沢木が訊いたので、美緒は元の話題に戻った。「沼田さんの住所とか、電話番号なんかは?」

「それなら分かる」

沢木は机の上に置いてあった大判のメモ帳を繰って、沼田の連絡先を教えてくれた。美緒はそれを、自分のシステム手帳に書き写した。

「厄介なことでもあったのか?」

美緒は頷いた。「明日が誕生日だっていうのにね」

「誕生日?」沢木は笑顔になった「それはおめでとう」

「ありがとう。明日まで無事に生きのびられたら、詳しいことを話すわ」

沢木はそれを冗談と受け取ったようだった。「誕生日のプレゼントは何がいいかな」と呑気な口調で言った。

美緒は、外で待たせている圭史が気になり、足早に生活安全課を辞去した。

元デートクラブ嬢が帰った後、沢木刑事は自分の部署を離れ、廊下奥の会議室に向かった。そこの入口には、『連続通り魔事件合同捜査本部』と書かれた看板が掲げられていた。

中に入った沢木は、入口近くの席で報告書を書いている刑事の横に立った。

「今、いいか？」

沢木が言うと、顔見知りの捜査員が顔を上げた。沢木は、二人の女性がナイフで刺し殺された通り魔事件について尋ねた。「この事件の最初の被害者は、たしか誕生日に襲われたんだよな」

「ああ」と刑事は頷いた。「一人目だけじゃない。二人目も同じだった。日付けが誕生日になった瞬間にグサッとな」

「ちょっと待てよ。無差別の通り魔的犯行と聞いていたが」

「様子が変わってきたんだ。偶然ということも考えられるんで、今は両方の線からやってるよ」刑事課の捜査員は、うんざりしたように書きかけの報告書に目をやった。

「しかし、二人の被害者が最初から狙われてたとすると、どうして誕生日なんだろうな？」

「犯人は、恋人の誕生日にふられた奴じゃないか」沢木は言った。

「それも、手ひどくな」と捜査員も笑った。

「プレゼントをひねりつぶされたりしてな。異常者には、異常者なりの論理があるもんだ」

「他に、二人の被害者に共通点は？」

「それなんだが」と捜査員は、周囲にマスコミがいないかを気にして声を落とした。

「二人は被害に遭う前に、ストーカーにつきまとわれてた」

「そのストーカーについて、手がかりは？」

「まったく摑《つか》めてない。それからもう一つ、今日の聞き込みで、奇妙なことが分かった。被害者は二人とも、殺される直前に、自分の死を予言した男に会ったと友人に漏らしていた」

「何だって？」と沢木は訊き返した。「予言？」

「ああ。二人の被害者はいずれも、自分が殺される運命にあると予言されてたんだ」

そして捜査員は、沢木の反応を窺《うかが》うように一呼吸置いた。「こっちも半信半疑だが、複数の証言者がいてな」

「予言……」と、沢木は怪訝《けげん》そうな顔つきで繰り返し、訊いた。「その予言者の正体は割れてるのか？」

「まだだ。今、被害者の友人関係を洗ってる。今夜の十時くらいには、新しい情報が入るかも知れない」

「詳しいことが分かったら教えてくれないか」

「ああ」と頷いた捜査員は、ふと真顔になって訊いた。「やけに熱心だな。何かあったのかよ」

「いや……」と口を濁した沢木は、顔を上げて壁の時計を見た。

午後七時十五分。

原田美緒が二十五歳の誕生日を迎えるまで、あと四時間と四十五分——

2

美緒が警察署を出ると、街路樹の下で圭史が待っていた。

「何か手がかりはあった？」

「沼田って人の住所と電話番号を手に入れたわ」歩き出しながら美緒は言った。

「沼田って誰？」

「昔の知り合い」

「どうしてその人がストーカーだと思うの？」

「何となく、よ」不機嫌になった美緒は、納得がいかぬ様子の圭史に言った。「私には予知能力はないけど、女の勘ってものがあるの」

「ふうん」まだ怪訝そうな圭史は、訊いてほしくないことを訊いてきた。「昔の恋人か何か？」

「違うわよ！」思わず声を張り上げた美緒は、五メートルほど歩いてから後悔した。横を見ると圭史は、美緒の感情を害したことを恥じるように、しょんぼりと俯《うつむ》いていた。

「大きな声を出してごめんね」と謝り、美緒は考えた。刑事から聞いた沼田の住まいは、西日暮里だった。そこへ行くまで、圭史とゆっくり話すだけの時間はある。

胸元にわだかまる苦い思いを抑えて、美緒は話し始めた。「私ね、十八の時に東京に出て来て、短大に入ったの」

圭史は俯いたままだったが、こちらの言葉を聞いているようだった。

「二年間は、親の仕送りで遊びほうけてた。それから小さなデザイン事務所に就職したけど、仕事が面白くなくて一年で辞めたわ。退職してからはアルバイト。初めはコンビニとかで働いてたけど、そのうち割のいい仕事を見つけたの」

女性専門の求人誌で見つけたデートクラブは、池袋にあった。広告を見るかぎりでは、詳しい業務内容は分からなかった。風俗店の一種かも知れないと考えたが、時給四千円というのは大きな魅力だった。美緒は、話を聞くだけと自分に言い訳して、広告にある住所を訪ねた。池袋駅の近く、線路沿いにあるマンションの一室だった。

「あとから考えればラッキーだったのよ。そこは本当に、穏やかなサービスの店だったから。彼女がいない淋しい男たちが電話をかけてくるの。事務所の社長が、相手の好みを聞き出して、女の子を割り振る。それで二時間ほどデートしておしまい。食事をしたり、洋服を買ってもらったりね」

今着ている服も、その時に買ってもらったものだった。しかし、買ってくれた男の顔は忘れていた。

ＪＲの池袋駅に着いた美緒は、圭史の分の切符も買ってからホームに上がり、ぽつりぽつりと続きを話した。

「事務所には、数は少なかったけど気の合う友達もいたわ。さっき約束をすっぽかした好恵とかね。みんな私と同じく、何かをやりたいんだけど何をしていいのか分からない女の子ばかりだった。中には、お金目当てで一線を越える子もいたけど」美緒は言って、圭史の表情を窺った。「ひどい仕事だって思われるかも知れないけど、楽しそうにしてくれるお客さんたちを見てると、少しは人の役に立ってるのかなって思った。それなりに、やりがいがあったのよ」

美緒が念を押すように言うと、圭史は頷いた。

「でも、お客さんの中には厄介な人もいて――」

沼田と初めて会ったのは、暑い夏の日だったと記憶している。二十六歳というにはやや老けた、小太りの客は、噴き出す汗を拭いながら美緒の前に現れた。喫茶店でお茶を飲み、近くのショッピングセンターを歩いている間も、沼田はほとんど喋らなかった。約束の二時間が過ぎて、客と別れた後、自分の応対がまずかったのかと美緒は反省した。しかし翌月になって、またも沼田から指名を受けたのだった。

同じような気まずい時間が繰り返された。翌月も、そのまた翌月も。この人は自分に何を求めているのかと、美緒は少し不気味に感じ始めた。

しかし、年が明けると、沼田とのつき合いは唐突に終わった。デートクラブが警察に摘発されたのである。美緒は知らなかったが、店の経営者が未成年の女子高生を雇い入れていたのだ。美緒は何度か警察の事情聴取に呼び出され、その時に刑事の沢木と知り合いになった。

職を失った時、美緒は二十四歳になっていた。これから何をしようかと考えて、急に後悔を覚え始めた。テレビの中で、番組に花を添える女性タレントたちは、みんな自分よりも年下になっていた。東京に出て来てからの六年間、一体何をしていたのかと考えて、失った時間の大きさにショックを受けた。そして、それに追い討ちをかけるように、何者かによるストーキングが始まったのだった。

「そんなわけで、沼田って人を疑ってるの。勤め先が営業停止になって、すぐにストーカーが現れたから」

「一応、辻褄《つじつま》は合うね」納得した様子で圭史は頷いた。

二人の乗った電車が、西日暮里の駅に着いた。ホームに降りてから、美緒は気になって尋ねた。「どう思った、私の話？」

「女の勘というより、推理だね」

「そっちじゃなくて」と言って、美緒は声を落とした。「私のやってた仕事とかは」

「別にいいと思うよ。人に迷惑をかけてたわけじゃないんだし」

それを聞いて、美緒は浮かない顔になった。圭史の言葉は、心の中で何度も繰り返してきた自分への言い訳と同じだった。

改札口を出てすぐの所にキヨスクがあった。そこで住宅地図を買い、沢木刑事から教えてもらった沼田の住所と照らし合わせた。駅から徒歩十五分くらいだと美緒は踏んだ。

「で、これからどうするつもり？」と圭史が訊いた。

美緒は携帯電話を使って、沼田の自宅に電話を入れてみた。相手は話し中だった。

「沼田は自宅にいるわ」美緒は緊張を覚えながら言った。「相手が油断してるところへ乗り込むわよ」

「えっ」と、圭史は絶句した。「それで？」

「沼田がストーカーなら、うちから盗んだ郵便物とかが残ってるはずなのよ。それを探し出して警察に通報する。証拠さえあれば、警察が助けてくれるわ」

「でも、沼田さんて人は、家捜しするのを黙って見てるかな？」

「だから圭史の出番なのよ。沼田が妨害しようとしたら、腕ずくで――」そして美緒は、圭史の白くて細い腕を見てから作戦を変更した。「武器になりそうな物はない？」

二人は素早く周囲を見回した。商店街らしい一角が目についたが、飲食店以外の店は、どこもシャッターを下ろしていた。

「こうなったら仕方ないわ。沼田には私が直接話をつけるから、圭史は黙って立ってて。できるだけ怖そうな顔で」

「分かった」

それから住宅街の入り組んだ道を歩くこと二十分、何度か迷った末に、ようやく沼田の自宅を探し出した。車両進入禁止の細い路地の奥、六世帯が入る二階建てのコーポが沼田の住まいだった。

美緒は、動悸《どうき》が早くなるのを感じながら、手帳に書かれた『一〇二号室』の文字と、それに該当する窓の明かりを見比べた。

沼田は部屋にいる。

美緒はブロック塀沿いに歩いてコーポの入口に回った。ところがそこで、虚をつかれて足を止めた。一〇二号室の扉が開け放たれており、明かりが玄関前の暗がりにもれている。

部屋の中から若い男が出て来るのが見えた。腕まくりをした筋肉質のその男は、沼田ではなかった。ゴミ袋を手にし、頭には白いタオルを巻いている。威勢のよさを感じさせるその姿は、お祭り好きの青年といった風情だ。

「何か？」男はこちらに気づいたらしく、声をかけてきた。ストーカーの仲間とは思えないはきはきした声だった。「沼田に用ですか？」

「はい」と答えた美緒は、男が何をしているのかを察して愕然《がくぜん》とした。「引っ越しですか？」

「そうですよ。俺は手伝いです」

「中にある物は、処分してしまったんですか？」

「要らない物はね」

どうしようかと考えていると、圭史が口を開いた。「それで沼田さんは、今、どちらに？」

「もう会えませんよ。出ちゃいましたから」

「後片付けで」

「どういうことですか？」

「島根の実家に帰ったんです。俺が今やってるのは、後片付けで」

美緒と圭史は、顔を見合わせた。

「実家に帰ったのは、いつ？」

「さっきですよ。今夜の長距離バスに乗るんで」

「見送りに行きたいんですけど」美緒は咄嗟《とっさ》に嘘をついた。「バスは、何時にどこから？」

「午後九時三十分、新宿西口発です」

美緒は腕時計を見た。午後八時をわずかに過ぎたところだ。

「どうもありがとうございます」

最後の挨拶は圭史が言って、二人は来た道を引き返し始めた。

「実家に帰る？」美緒は、考えをまとめようと必死だった。「私を襲うつもりじゃないの？」

「あんまり人を疑いたくはないけど、アリバイ作りかな？」と圭史が言った。「周囲には、深夜バスで実家に帰るって言う。でも、その夜は東京に残ってて——」

「それだわ」美緒は顔を上げた。「住んでた部屋を引き払ったのは、つまり、何ていったっけ？」

「高飛び？」

「そうよ。犯罪者に特有の行動じゃない」

美緒は、歩調を速めながら次に打つ手を考えた。新宿西口のバス乗り場を見張っていれば、沼田がバスに乗るかどうかが分かる。もし、そこに当人が現れなければ、圭史の言うアリバイ工作と見て間違いはあるまい。

と、その時、圭史が急に足を止めた。

どうしたのかと何気なく振り向いた美緒は、圭史の顔を見て息を呑んだ。そこには表情というものがなかった。すべての筋肉が弛緩《しかん》した、まさに能面のような顔だった。

半開きになった圭史の口から、小さな声が漏れた。「……ビジョンだ」

美緒は驚いて、未来を予見している圭史の瞳を見つめた。

それから数十秒間、圭史の両目は焦点を失っていた。やがて、ぼんやりした視線に光が戻ってくると、目をしばたたかせてから美緒に顔を向けた。

「何か見えた？」美緒はおそるおそる訊いた。

「おばあさん、だ」

「おばあさん？」

「会ったことのないおばあさんだ。でも、何となく面影が君に似てた」

それを聞いて、はっとした。美緒は、母方の祖母によく似ていた。その祖母は今、足の骨を折って、郷里の病院に入院している。

圭史は続けた。「場所は、病院みたいな所だった」

「ちょっと待って」美緒は慌てた。「私のおばあちゃんは、確かに病院にいるわ。でも、命に別状はないはずよ」

「でも、見えたんだ。子供とか、孫みたいな人たちが、ベッドの周りに集まってた。みんな悲しんでた」

「その中に私はいた?」

圭史は記憶を探るように首をかしげ、言った。「いなかった」

美緒は、ショルダーバッグから携帯電話を取り出し、実家の番号を呼び出した。祖母の無事を祈りながら電話機を耳に当てると、二回の呼び出し音で回線がつながった。しかし、聞えてきたのは、里帰りした時に自分が吹き込んだ留守番電話のメッセージだった。「はい、原田です。只今《ただいま》外出しております――」

不吉な予感は高まった。役所勤めの父も専業主婦の母も、この時間には家にいるはずだ。祖母に何かあったのだろうか。とりあえず美緒は、自分の携帯に連絡をくれるようメッセージを残し、電話を切った。

「おばあちゃんのことだけど」圭史が言った。「今夜の一件と関係があるような気がするんだ。どうして入院したの？」

「二週間前に、車に当て逃げされたのよ」

「当て逃げってことは、犯人は捕まってないの？」

「そうよ」と言ってから、思わず圭史の顔を見た。「それもストーカーの仕業？」

「分からないけど」

しかしそれも変な話だった。いくらストーカーとはいえ、実家のある甲府まで行って、祖母を襲うとは考えられない。

西日暮里駅へとふたたび歩き出しながら、美緒の心に疑念が浮かんだ。圭史は本当に未来を予知しているのだろうか。でたらめの自称予言者に、自分は振り回されているだけではないのだろうか。しかし、好恵に約束を反古《ほご》にされた一件だけは説明がつかない。圭史はあれを言い当てたのだ。

信じるしかないと美緒は思い直した。圭史が本物の予知能力者だった場合、その言葉を無視するのは命にかかわる。

駅に着き、自動券売機の前に立った美緒は、そこでふと手を止めた。今から実家へ戻ったらどうなるだろうと考えたのだ。自分を殺そうとしている何者かが潜むこの大都会を離れ、両親の待つ故郷へと。

「電車ならまだ間に合う」と美緒は言った。「私ね、実家が甲府にあるの。中央本線に乗れば一本よ」

「それで？」

「お父さんやお母さんの所に戻って、おばあちゃんの無事を確かめて、それから二十五歳の誕生日を――」

「ごめん」と、予《あらかじ》め謝ってから圭史は言った。「それには賛成できないよ」

「どうして？」

「君が襲われる場所は、まだ分かってないんだ。もしかしたら甲府の実家かも知れない。そうなったら、近くにいる人も巻き添えになるかも」

美緒は目を見開いて圭史を見つめた。「殺されるのは、私だけじゃないってこと？」

「その可能性もあるってことだよ」

深いため息が、美緒の口から漏れた。他人を巻き込みたくなかったら、一人で誕生日を迎えるしかないのだ。「二十五歳になるのって、本当に気が重いことね」

これで次の行動は決まった。新宿西口へ行き、長距離バスの乗り場に沼田が現れるかどうかを確かめるしかない。

切符を買ってから、美緒は訊いた。「で、圭史は、いつサヨナラするの？」

「サヨナラ？」

「私と一緒にいたら、巻き添えになるかも知れないんでしょ？」

「僕は、ずっと君といるよ。誕生日を迎えるまで」

「え？」と意外に思って美緒は圭史の顔を見た。相手の顔は真剣だった。「責任をとってくれるってわけ？」

しかし圭史は何も言わなかった。

何かがある。辛そうに見える圭史の表情を見て、美緒は直感した。圭史は何かを隠している。しかしそれが何なのかはまったく分からなかった。


豊島警察署の生活安全課に、刑事課の捜査員が来たのは午後九時前だった。

自分のデスクで待機していた沢木は、すぐに訊いた。「予言者の正体が割れたか？」

「いや、まだだ」と言って、捜査員は沢木の横の席に腰を下ろした。「ちょっと知恵を借りようと思ってな。別の手がかりが浮かんだんだ」

「どんな？」

「二人の被害者に接点があった。同じデートクラブに所属してたんだ」

眉をひそめた沢木に、二件の通り魔殺人を追う捜査員は続けた。「二人とも、自分の仕事については隠していたんで、今まで分からなかったんだ」

「待てよ。そのデートクラブっていうのは――」沢木は、今年に入ってすぐに生活安全課が摘発したクラブの名称を言った。

「それだよ」と刑事課の捜査員は頷いた。「犯人は、そこに出入りしていた客か、あるいは経営側にいた人間のどちらかだ」

「当時の資料なら、まだ残ってるぜ」沢木は、ロッカーの上に積まれた段ボール箱を顎でしゃくった。

しかし捜査員はそれには目もくれず、「一点だけ納得のいかないことがあってな」と言った。「例のストーカーだ」

沢木が身を乗り出し、先を促した。

「二人の被害者につきまとってたストーカーが犯人だとするよな。そいつは、被害者たちの住所や電話番号を予め知っていた。だからストーキングができた」

「もちろん、そうだ」

「しかしデートクラブ嬢が、自分の個人情報を客に教えていたとは考えにくい。すると出入りしていた男たちは捜査線上から消える。一方で、彼女たちの連絡先を知っていた店の経営者は、すでに逮捕されてる」

少し考えてから、沢木は呟《つぶや》いた。「確かに変だな」

「そうなんだ。被害者の住所まで知っていた人間が犯人だとすると、残るのは同じ店にいたデートクラブ嬢だけってことになる」

「しかし、女がやったって言うのは」

「俺もそう思う。だから知恵を借りに来たんだ」

「例の予言者は？」沢木が顔を上げた。「そいつが何かを知ってるんじゃないか？」

「やっぱりそうなるか」捜査員は言って、壁の時計を見上げた。

「待つしかないな。聞き込みに行ってる奴らが、あと一時間ほどで戻って来るからな」

時刻は午後九時を回っていた。

原田美緒が二十五歳の誕生日を迎えるまで、あと三時間――

3

街角を赤く染めていたカメラ量販店のネオンが消え、あたりが急に寂しくなったように感じられた。

新宿西口にある長距離バス発着所。ベンチを探したが見当たらなかったので、美緒と圭史はガードレールに並んで腰を下ろし、足の疲れを癒していた。

美緒は、沼田が現れないことを願っていた。あの男がストーカーで、そして美緒の命を狙っていると分かれば、少なくとも犯人探しの苦労からは解放される。あとは、沼田が絶対に現れそうもない所を選んで、そこで日付けが変わるのを待てば――

そこまで考えて、美緒はふと顔を上げた。変だ、と気づいたのだった。何者かが自分をつけ狙っているなら、どうやってこちらの現在位置を探っているのだろう。現に美緒は、今日の午後六時から、自分でも予想外の行動をとっているのだ。

まさか、ずっと尾《つ》けられていたのではないかと考えて、背後を振り返った。

「あっ」と思わず声が漏れた。

圭史が、何事かと美緒を見た。

「沼田よ」背筋の凍りつく思いで、美緒は言った。

「え、どこ？」と圭史が目を凝らした。

新宿駅から曲がって来る道の角に、スポーツバッグを肩にかけた鈍重そうな男が立っていた。その顔はこちらには向いておらず、ただぼんやりと、まだ到着しないバスの進入路を眺めている。

美緒はすぐに顔を背けたが、横目で沼田の姿をとらえていた。「ずっと私たちを尾けてたのよ。バッグを持ってるのは、高飛びの準備だわ」

「でも」と、圭史もささやき声で言った。「それはおかしいよ。沼田の自宅に、引っ越しの手伝いがいたよね。あの人の話じゃ、夕方まで彼は自宅にいたって」

「グルなんじゃないの？」

その時、轟音《ごうおん》を響かせて、大型バスが入って来た。それを目で追っていた沼田の顔が、こちらに向いた。

美緒は、視線を逸《そ》らそうとしたができなかった。こちらを見咎《とが》めた様子の沼田は、表情を変えることもなく、やがてゆっくりと近づいて来た。

無意識のうちに美緒は、圭史の腕にすがりついていた。

目の前まで来た沼田は、抑揚《よくよう》のない声で言った。「さやかちゃんだね。沼田だよ。覚えてるかな」

「うん」デートクラブで使っていた偽名を持ち出されて、美緒はきまりの悪い思いをしながら頷いた。

沼田は、美緒と圭史を見比べ、「デート？」と訊いた。

急に姿勢を変えるわけにもいかず、美緒は圭史にしがみついたまま答えた。「そうよ」

「お似合いだよ」と言った沼田の口調には、何のわだかまりも感じられなかった。

意外に思った美緒は、少しだけ冷静さを取り戻し、沼田の表情を観察した。デートクラブでつき合っていた頃とは、印象が変わっていた。今の沼田は、憑き物が落ちたような、さっぱりした顔をしている。

「沼田さんは？」と美緒は訊いてみた。

「田舎《いなか》に帰るんだ」そして沼田は、ちらっと新宿駅の方向に目を向けてから言った。

「東京に出て来ても、いいことなんか何もなかった。だから帰るんだよ」

その言葉を聞いて、美緒は驚きとともに感じ取った。沼田は本当のことを言っている。この人はストーカーでも殺人者でもなく、都会での生活に疲れ果てて、本当に郷里に帰るつもりなのだ。

「じゃあね」と沼田は言い残し、扉を開けた大型バスに向かって歩き出した。

「ちょっと待って」美緒はガードレールから腰を上げた。「一つだけ教えてくれない?」

「何?」

「お店に通ってた時、どうして私ばかり指名してくれたの?」

立ち止まった沼田は、困ったような顔で美緒と圭史を見比べた。

相手の心遣いに気づいた美緒は言った。「いいの。彼は、私が前にやってた仕事を知ってるから」

「じゃあ言うよ。さやかちゃんなら、分かってくれそうな気がしたんだ。何も報われないでいる自分の苦しさが」

「苦しさ?」と美緒は繰り返した。自分自身に問いかけるように。

沼田は視線を落とし、足下のアスファルトを見つめた。その姿は、何も取り柄のない人間のように見えた。彼は何か言いたそうにしていたが、やがて顔を上げて微笑《ほほえ》んだ。それは美緒に対して見せた初めての微笑だった。

「短いデートだったけど、楽しかったよ。ありがとう」沼田はそれだけ言い残して、バスに乗り込んで行った。

「教えてあげなきゃ」美緒は狼狽《ろうばい》していた。「あの人に、私の本名を教えてあげなきゃ」

「どうして？」と圭史が訊いた。

「だって沼田さんは、私の本当の名前も知らずに——」

「申し訳ないと思ってるんなら、それでいいんじゃないかな」

美緒は動きを止め、圭史を見た。

「それに今は、バスが出て行くまで待ってるべきだと思うよ。彼が本当に故郷に帰るのかを確かめるんだ」

まだ沼田を疑っているのかと、美緒は驚いた。しかし、圭史を責める気にはなれなかった。自分が沼田への疑いを解いたのは、極めて個人的な感傷によるものだと思い当たったからだった。

それから五分後の午後九時三十分、長距離バスは、定刻どおりに新宿を出発した。沼田は、美緒の本名を知らないままに、故郷へと帰って行った。

美緒は黙り込んでいた。バス乗り場の近くにある喫茶店に腰を下ろし、ぼんやりと腕時計を眺めていた。

「まだ時間はあるよ」圭史が励ますように言った。「次に打つ手を考えようよ」

美緒は無言のままでいた。沼田と会って、自分が仮面をつけていたことに気づかされていた。店に勤め始めるずっと前、東京で暮らし始めたその時から、自分はさやかと名乗っていたのではなかったのか。

耳障りな電子音が、美緒を現実へと引き戻した。携帯電話の着信表示を見ると、甲府の実家からだった。

美緒は慌てて受信し、電話の向こうの母親に息せき切って尋ねた。「どこに行ってたの？　おばあちゃんは無事？」

「それなんだけどね」と言った母親の声は、なぜか弾んでいた。「今、お父さんと二人で、警察から帰って来たところ」

「警察？　何かあったの？」

「当て逃げした人が捕まったのよ」

電話機を耳に当てたまま、美緒は凍りついた。

「隣町の会社員だって。仕事で急いでて、当てちゃったみたいなのよ」

これで手がかりは消えた。祖母を車ではねたのは、ストーキングとは無関係の人間だったのだ。「それで、おばあちゃんは大丈夫なの？」

「うん。年寄りにしては、骨がつながるのが早いってお医者さんが驚いてたわ」含み笑いで言った母は、娘に訊いた。「で、美緒は今度はいつこっちに帰ってくるの？おばあちゃんが会いたがってるよ」

美緒はこみ上げてくる悲しみの中で必死に言葉を探していた。もしも今夜の十二時に自分が殺されるとすれば、母と話すのもこれが最後になる。

「お母さん」と、美緒は元気な声を出した。「心配しないで。こっちは何とかやってるから。二十五歳になったら、そっちに帰るね」

「明日が誕生日だもんね。一日早いけど、おめでとうね」

「ありがとう。また、電話する」

「うん」と、母は電話を切った。

美緒はしばらくの間、切れた電話を見つめていた。母の声を聞いたことで、郷愁の念が胸の中からあふれそうになっていた。

渋谷の一区画だけを切り取って置いたような甲府の街。細い路地のすみずみにまで、美緒の幼少時の、そして青春期の思い出がつまっている。しかし高校に入り、卒業後の進路を考える頃になると、その街から出ることばかりを考えるようになった。美緒は夢を抱いていた。小さな故郷を離れ、東京に行く。何をするのかは決めていなかった。でも東京に行けば、道端の石ころのように、楽しいことがいくらでも転がっているような気がした。

ため息とともに疲労を吐き出しながら、美緒は言った。「どうしてこんなことになったんだろう」

「こういう時は、うまくいくことだけを考えようよ」テーブルの向こうで、圭史が明るく言った。「もし、無事に今夜を乗り切ったら、何をする？」

「そこまでは考えられないわ」

「考えるんだよ」

「小さな家に住む」美緒は唐突に言った。子供の頃から漠然と思い描いていた夢が、言葉となって出て来たようだった。「小さな家にたくさんの家族。それで、みんなが毎日笑って暮らすの。それが私の夢よ。どう、これ？」

「いいと思うよ」圭史が、嬉しそうな顔になって言った。「君って〝ビジョナリ〟なんだな」

「え、美女なり？」

「うん、ビジョナリ。英語で、夢を見る人をそう言うんだ」

ビジョナリは美女なり。くだらない語呂合わせを思い浮かべて、美緒は可笑《おか》しくなった。少しは気分が晴れたのを感じた。

「ビジョナリって、ビジョンと関係のある言葉？」

「派生語だよ」

「じゃあ、圭史もビジョナリなんだ。ビジョンを見てるんだから」

美緒が言うと、圭史は急に黙り込んだ。出会ってから今まで、たまに見せていた辛そうな顔になった。

その表情に潜むものを探るうち、美緒は圭史の苦悩が分かったような気がした。彼が自分の意志に反して見てしまうビジョンは、すべてが他人にとっての悪夢なのだ。おそらく圭史は、多くの人々の不幸を予知しながら、何もすることができなかったのではないのか。

美緒は、自分の置かれた状況を思い出し、腕時計に目をやった。

時刻はすでに午後十時を回っていた。

日付けが変わるまで、あと二時間――

「予言者の正体が割れた」

その内線電話を受けて、沢木刑事が合同捜査本部に向かったのは、午後十時十分だった。

会議室から出て来た捜査員は、最新の情報を提供した。「殺しを予言してたのは、無職の山葉《やまは》圭史という男だ。一件目の被害者の恋人だった」

「恋人？」と沢木が訊き返した。「被害者の？」

「そうだ」

「二件目を予言したのも同じ男か？」

「ああ。その時には、江戸川圭史と名乗ってたそうだが、おそらく偽名だろう。同一人物と見て間違いはあるまい」そして、二件の通り魔事件を追う捜査員は、ほっと息を吐《つ》いた。「もう少しだ」

沢木がその言葉の意味を理解するまで、少し時間がかかったようだった。やがて彼は顔を上げて言った。「うっかりしてた。その予言者が犯人ってわけだな」

「今頃、気づいたのか」捜査員は呆れ顔だった。「被害者が殺されることを予め知っているのは、犯人か、あるいは共犯しかあり得ないからな」

「これからどうなる？」と沢木は訊いた。

「楽観はできない。現場には、山葉圭史の犯行だと断定できる証拠はなかった。しばらくは内偵が続くんじゃないか」

「証拠がない、か」考え込んだ様子の沢木は、冗談交じりの口調で言った。「もしも俺がその証拠とやらを掴んだら、本庁に栄転ってことにはならないかな？」

「それが狙いだったんだな」と捜査員は笑った。「根掘り葉掘り訊くんで、おかしいと思ってたよ」

「本庁は無理でも、生活安全課とはおさらばできるかも知れないな」と沢木は言った。

新宿駅へと戻った美緒は、好恵に電話をかけた。沼田がストーカーではなかった以上、デートクラブで知り合った男たち全員が容疑者となっていた。

「ストーカーになりそうな客？」電話の向こうの好恵は、考える間をとってから言った。「達哉とか」

美緒は、聞き覚えのある名前に身を乗り出した。「どんな人だっけ？」

「私の彼氏よ」

美緒は思い出した。午後六時にモヤイ像の前に現れた男だ。「冗談はやめてよ」

「悪い」好恵は笑いながら、しかし自慢気に言った。「でも、達哉とはあの店で知り合ったんだよ」

「他にいないの？」

「いるわけないじゃん。お客はストーカーにはなれないよ」

「どうして？」

「あんた、自分の住所とか、お客にぺらぺら喋ってたの？」

あ、と美緒は言葉に詰まった。好恵の言うとおりだった。

「それに、社長の注意もあったでしょ」

美緒は、警察に逮捕されたデートクラブの経営者の顔を思い出していた。陰鬱な顔をした社長は、帰宅する時には誰かに尾けられていないか注意しろと、ご親切にも女の子たちに言っていたのだった。

ここに至って、ようやく美緒は、自分を殺そうとしている男の姿をとらえた。

無差別犯だ。

普段の生活では、まったく関わりのない男。出会い頭に切りかかってくる通り魔。すべては運命なのだと美緒は悟った。今、こうして圭史と動いているのも、予め決められた運命で、今から二時間後に通り魔と出会うシナリオができ上がっているのだ。

絶句している美緒に、受話器の向こうで好恵が問いかけた。「もしもし？　どうしたの？」

「ねえ、護身用品って持ってない？　催涙スプレーとかスタンガンとか」

「そんなの、持ってないよ」しかし好恵は、ミリタリーおたくの男友達がいると言った。「その人の所に行けば、貸してくれるかもよ」

五反田駅に圭史とともに降り立ったのは、午後十時四十分過ぎだった。それから十分ほど歩いて、好恵の男友達の住むマンションにたどり着いた。

　誕生日を迎えるまで、あと一時間と十分。

「こうなったら、自分の身は自分で守るしかないわ」美緒は、目の前にある六階建てのマンションを見上げて言った。「圭史はここで待ってて」

「どうして？」

「尾けてる人間がいないか、ここで見張るのよ。誰も来なければ、十二時に現れるのは、無差別の通り魔っていうことになるわ」

「分かった」

　美緒はマンションに入り、好恵の言うミリタリーおたくの部屋に向かった。エレベーターで五階に上がり、廊下の一番奥の部屋に行くと、『菅原《すがわら》』と書かれたプレートが出ていた。インターホンを押して少し待つと、頭をクルーカットにした、いかにもそれらしい男が顔を出した。

「好恵から話は聞いてるよ」菅原は言った。「どうぞ、中へ」

「ここで受け取れない？」

　美緒は怖さを隠して言ったが、相手は察したようだった。

「非戦闘員には手を出さないんだがな」ミリタリーおたくは不満顔で言って、一度部屋の奥に引っ込んだ。それからいろいろな物を持ち出してきた。「防犯スプレー、スタンガン、ヘルメットに防弾チョッキ。どれがいい？」

全部欲しいと美緒は思ったが、持ち運ぶのは無理のようだった。「刃物はない？」

「あるけど貸せない」

「どうして？」

「君が銃刀法違反で捕まる」

美緒は渋々頷き、とりあえず防弾チョッキを手に取った。

すると菅原が訊いた。「敵は銃で来るのかい？」

「ナイフよ」

「それなら防弾チョッキじゃダメだ」

「どうして？」

「防弾チョッキは、拳銃の弾は跳ね返すけど、ナイフの攻撃は防げないんだ」

「防げない？」唖然《あぜん》として美緒は言った。「じゃあ、ナイフで襲われそうな時はどうすればいいの？」

ところが相手の答えを聞く前に、携帯電話が鳴り始めた。すぐに電源を切ろうとした美緒は、着信表示を見てから慌てて受信した。

「沢木だ。変なことを訊いていいか？」と、刑事はすぐに切り出した。「今、君の近くに、予言者と名乗る男はいないか？」

美緒は驚いた。「どうして知ってるの？」

「いるんだな」沢木は満足したように言って、被害者の誕生日に起こった二件の通り魔事件と、それを予知していたという男について語った。「合同捜査本部は、その江戸川圭史、本名山葉圭史を犯人と考えている」

美緒は言葉を失った。若い女の誕生日を選んで殺す猟奇殺人者。その言葉を耳にした途端、圭史の行動の意味が分かったような気がした。ずっと自分と一緒にいたのは、日付けが誕生日になる瞬間に襲いかかるためではなかったのか。

そして、ストーキングをしていたのも圭史だったのではないかと考えて、肩のあたりに寒気が走った。自分だけではなく、友人もマークしていたとしたら？　好恵の行動予定を調べて、彼女が約束を忘れていることを前もって知っていたのではないのか。

「でも――」美緒は口を開いたが、何を言っていいのか分からなくなった。「ちょっと考えさせて」と早口で言ってから、一方的に電話を切った。

こちらの顔を覗き込んだミリタリーおたくが心配顔で言った。「気つけ薬のブランデーもあるけど」

一度切った電話が、すぐに鳴り始めた。沢木がかけ直してきたのだ。

美緒は愕然としたまま、着信表示を凝視していた。躊躇してから電話を受信すると、受話器の向こうで沢木が言った。「一つ頼みたいことがあるんだが」

午後十一時十分、美緒は菅原のマンションを出た。重たい荷物をたくさん入れた紙袋を抱えて。

街灯の光を透かして見ると、自転車置き場の横に圭史がいた。

「ずいぶん、かかったね」と圭史はこちらに近づいてきた。「ずっと見張ってたけど、誰も来なかったよ」

美緒は頷き、五反田駅に足を向けた。それから圭史に訊いた。「ねえ、私に何か隠してることはない？」

驚いたように圭史がこちらを見た。

「江戸川圭史って、本名なの？」

美緒を見つめていた圭史は、「女の勘だね」と言って俯いた。

美緒は、誰もいない夜の公園を横切りながら、相手の返答を待った。

「本名は山葉圭史だよ。嘘言っててごめん」

「どうして江戸川なの？」

「アメリカに、エドガー・ケイシーっていう予言者がいたんだ。それをもじったんだよ」

「エドガーを江戸川ともじるのは、江戸川乱歩以来の伝統だもんね」美緒は、努めて明るく振る舞っていた。「でも、どうして偽名なんか」

「殺人事件を予知すれば、怪しまれるに決まってるから」

「もしかして、前にも予知したことがあるの？」

すると圭史は黙り込んだ。美緒は返答を待ったが、予言者を自称する男は、もう何も言わなかった。

誕生日は目前に迫っていた。駅に続く大通りに出た美緒は、そこでタクシーを捕まえた。圭史は少し怪訝そうな顔になったが、美緒に促されるままに車に乗り込んだ。

それから二十分後の午後十一時四十五分、タクシーは乃木坂にあるオフィスビル街に到着した。すでに周辺の人通りは絶えていた。車を降りた美緒と圭史の前には、建設途中のビルがあった。

「この中に入るの？」鉄骨がむきだしになった建造物を見上げて圭史が訊いた。

「そうよ。二十五歳の誕生日をここで迎えるわ」美緒は言って、空になった紙袋をその場に捨てた。

隣のビルとの隙間に入り込むと、工事関係者が使っている通用口が見つかった。ヒールの高いサンダルを履いている美緒は、足場に気をつけながら、工事現場の暗闇の中に入った。それから階段を見つけ、圭史とともに三階へと向かった。

「ここだわ」

耐熱ボードが積み上げられた小部屋を見つけ、入口の横にぶら下がっている照明器具のスイッチをひねった。プラスチックの格子の中で、裸電球が灯った。その時、誕生日までの残り時間は、十分を切っていた。美緒は圭史と並んで腰を下ろし、自分が二十五歳になる瞬間を待った。

「聞いてほしいことがあるんだけど」沈黙に耐えかねたように、圭史が口を開いた。「一月前、僕は恋人を死なせた」

美緒は息を呑んで、圭史の横顔を見つめた。彼の両目は、ビジョンを見ている時のように焦点を失っていた。

「前もって分かっていたのに、どうすることもできなかった。そのあと、彼女の葬式で、参列者の中に、もう一人見つけたんだ。死ぬ運命にある人を。その人は、死んだ彼女の友人だった。僕はビジョンのことを言ったけど、信じてもらえなかった。それでその友人も死んだ」そして圭史は、両手で頭を抱えた。「ビジョンは現実になるんだ。実現してしまうんだよ」

「そんなことはないわ。頑張れば、きっと未来は変えられるのよ」

説得するように言った美緒は、目だけを動かして腕時計を見た。

十一時五十六分。

不安がつのる中、美緒はバッグから携帯電話を取り出した。『117』をダイヤルすると、時報を告げる人工音声が聞こえてきた。

「午後11時55分30秒をお知らせします」

時報につないだまま、電話機を床の上に置く。八畳ほどの小部屋に、誕生日へのカウントダウンが響き始めた。

もう一度、腕時計に目をやった美緒は、即座にぎょっとした。時計の針が、時報よりも一分進んでいる。圭史の〝ビジョン〟は、美緒の腕時計が十二時を指した瞬間の出来事だ。となると、自分がナイフで刺されるのは、正確には十一時五十九分ということになる。

「それでね」と圭史は続けた。「僕は君を探し出したんだ」

「え？」と美緒は圭史を見つめた。「どうやって？」

「僕の恋人も、それから二番目に殺された子も、同じデートクラブにいたことが分かったんだ。それで、そこに勤めていた女の子を一人一人当たっていった。知り合いから知り合いをたどってね。そうやって、ビジョンが見える人を捜したんだ」

「それが私だった」

「そうだよ」圭史は呟くように言うと、細い指先を自分の足首に伸ばした。ズボンの裾の内側に、ナイフを入れた鞘《さや》があった。

携帯電話から、時を告げる声が響いた。

「午後11時56分10秒をお知らせします」

圭史は、ずっと隠し持っていたナイフを引き抜いた。そして、「もうすぐだ」と言った。「あと少しで、君の誕生日が来る」

美緒は、緊迫した視線を、予言者から戸口に移した。圭史も人の気配を察したのか、振り向いた。そこにようやく、待っていた人影が現れた。

「動くな」沢木刑事が鋭く言った。

ナイフを握った圭史が、はっとして身構えた。

「ナイフを捨てて壁に手をつけ!」そう叫んだ沢木の手には、拳銃が握られていた。

圭史は美緒に目を向けた。

「囮《おとり》捜査を持ちかけられたのよ」と美緒は言った。「予言者をここに連れて来るようにってね」

「午後11時57分10秒をお知らせします」

圭史は呆然とした目で、美緒を見つめていた。そこへ、突如として銃声が響き渡った。

「言うとおりにしろ!」天井へ向けて威嚇射撃をした沢木が、ふたたび銃口を圭史に向けた。「従わなければ撃つ」

　動きを止めていた圭史は、急に沢木に向き直ると、ナイフを振りかざして襲いかかろうとした。次の瞬間、圭史に向かって銃口が火を噴いた。胸に被弾した圭史は、その衝撃で体を反転させ、後方に倒れ込んだ。そして少しの間、足を痙攣《けいれん》させてから、やがて動かなくなった。

「午後11時57分30秒をお知らせします」

「危ないところだったわ」時報をかすかに聞きながら、美緒は言った。「どうもありがとう」

「どういたしまして」沢木は笑って言った。「これで誕生日を迎えられるね」

　美緒は強張《こわば》ったままの顔に、なんとか笑みを浮かべた。

　沢木は倒れたままの圭史を一瞥《いちべつ》すると、手にした拳銃を上着の下のホルスターにしまった。そして反対側の内ポケットから、折りたたみナイフを取り出した。

　美緒は微笑を消した。視線は吸い寄せられるように刃物に向かった。

　かすれる声で美緒は訊いた。「何、それ？」

「見て分からないのかい。ナイフだよ」

「午後11時58分10秒をお知らせします」

「どうしてそんな物を持ってるの？」

「これが僕から君へのプレゼントなんだ」沢木は歪んだ笑みを浮かべた。「二十五歳の誕生日のね」

「午後11時58分20秒をお知らせします」

美緒はゆっくりと後ずさり始めた。それに歩調を合わせるように、沢木が正面から近づいて来た。相手の瞳を覗き込んだ美緒は、刑事の両目が舌なめずりをしていると感じた。

「若い女の誕生日には、嫌な思い出があってね」ささやくように沢木が言った。

美緒は、部屋の奥の壁に追い込まれて逃げ場を失った。

「午後11時58分50秒をお知らせします」

「その厄払《やくばら》いをしているのさ」沢木は腰のあたりにナイフを構えた。「どうして俺の好意を踏みにじるんだ？　どうして俺の言うなりにならない？」

沢木が語りかけているのは美緒ではなかった。ぼんやりとしたその瞳は、彼を拒絶し傷つけた別の女を見ているようだった。

「まだ誕生日じゃないわ！」時間を稼ごうとして、美緒は叫んだ。

「二十五歳の君が、待ち切れなくなった」

「午後11時59分ちょうどをお知らせします」

美緒は、沢木の横をすり抜けて逃げようとした。しかし沢木の突き出したナイフは、確実に美緒の胸をとらえていた。ブラウスを突き抜けて、刃先がさらに内側へと食い込んだ。

「うっ」と小さくうめいて、美緒はその場にうずくまった。

沢木は美緒の横にかがみ込むと、顎を上に向けさせて首筋を切り裂こうとした。それから彼は不意に動きを止め、苦悶の叫びを上げながら、ゆっくりと後ろに崩れ落ちた。

美緒は顔を上げた。血に染まったナイフを手にして、圭史が立っていた。

「大丈夫？」と彼は訊いた。

「何とか」胸を押さえた美緒は、蒼ざめたままの顔で立ち上がった。「圭史は？」

「うん、大丈夫。すごい衝撃だったけど」

ミリタリーおたくから借りた防弾チョッキと防刃《ぼうじん》ベストが役に立ってくれたようだった。

「一分前に襲いかかるとは思わなかったよ」背中を押さえ、うめき続けている沢木を見下ろして圭史は言った。「でも、どうしてこの刑事が犯人だと分かったの？」

「デートクラブの女の子たち全員の連絡先を知っていたのは、取り調べをした刑事だけだと気づいたの。それに、今日、私に電話をかけてきたのは、この人だけだった。予言夜に呼び出すつもりだったんでしょうね」美緒は、圭史に目を向けた。「でも、予言者の存在を知って計画を変えた。圭史に罪を着せた上で、私も殺そうとしたのよ」

頷いた圭史は、手にしたナイフを床に捨てた。そして哀しげな口調で呟いた。「これで、彼女の仇が討てた」

「午前零時ちょうどをお知らせします」

携帯電話から聞こえてきた音声に、美緒と圭史は顔を見合わせた。一秒刻みの発信音が五回聞こえ、日付けが翌日になったことを告げた。

「誕生日、おめでとう」圭史が笑顔で言った。

「二十五歳になるのが、こんなに嬉しいとは思わなかったわ」

美緒は言うと、その場にしゃがみこんで、少しだけ泣いた。

4

背中に重傷を負った殺人犯は、到着した救急隊員の手によって、付近の病院に搬送されていった。

美緒と圭史は、刑事たちによって所轄署に連れて行かれ、質問攻めにされた。予言のことを言っても信じてもらえないことが分かっていたので、二人はそれ以外のことを話した。恋人を殺された圭史が、個人的に事件の真相を探っていたことなどを。一通りの話が済むと、刑事たちはその日の午後から始まる事情聴取に応じることに同意させてから二人を解放した。

美緒と圭史が警察署から出て来た時には、すでにあたりは明るくなっていた。

「ねえ、圭史」肩を寄せて歩きながら、美緒は言った。「これからどうするの？」

「どうするって？」

美緒は、できるだけさりげなく訊いた。「私とつき合おうとは思わない？」

圭史が足を止めた。美緒は彼の返答を待った。

ややあって、「タクシーを拾うつもり？」と圭史は訊いてきた。「僕は地下鉄の始発を待つよ」

「それが答え？」

「うん」と圭史はすまなそうに言った。

「分かったわ」美緒はあっさりと言って微笑んだ。これが自分の流儀だと思いながら。

「君はこれからどうするの」圭史が訊いた。

「分からない。でもね、頑張ればきっと未来は変えられるって分かったから」

「そうだね」と圭史は頷いた。

「誕生日を一緒に過ごしてくれてありがとう。嬉しかった」

「僕も」

「じゃあね」

「うん」

そして美緒は、圭史の差し出した手を握ってから、一人で歩き出した。

圭史はその場に突っ立ったまま、しばらくの間、美緒の後ろ姿を見送っていた。

やがて彼女の姿が見えなくなると、ビジョンが彼の脳裏に現れた。それは、前夜に見たのと同じ、病院の光景だった。

ベッドサイドに立つ、夫とおぼしき老人は、自分ではなかった。

それを確認してから、圭史はビジョンの中心に意識を移した。

ベッドの中で息を引き取ろうとする老女。

悲しみにくれた様子の家族たちが、周りを囲んでいる。息子夫婦がいた。娘夫婦もいた。年齢がまちまちな五人の孫の姿もあった。

多分、そのおばあさんは、小さな家にたくさんの家族とともに住んでいたのだろうと圭史は思った。彼女が子供の頃から思い描いていた夢のとおりに。

顔を上げた圭史は、心の中で、二十五歳の美緒に語りかけた。

六十年後に君は死ぬ。

でも、それまでは、きっといい人生だと思うよ。

（小説現代　九月号）

都市伝説パズル

法月綸太郎《のりづきりんたろう》

著者紹介　一九六四年島根県生まれ。京都大学法学部卒。在学中は推理小説研究会に所属。八八年、島田荘司の推薦で『密閉教室』でデビュー。著書に『雪密室』『法月綸太郎の冒険』『法月綸太郎の新冒険』など。本作は第55回日本推理作家協会賞短編部門受賞作

1

「『電気をつけなくて命拾いしたな』というメッセージについて、おまえだったらどんなことを考える？　誰かの発言ではなくて、手書きの文字で記された文章なんだが」

「電気をつけなくて——？」

綸太郎《りんたろう》は首をかしげた。

「どこかで聞いたような文句だな。何かのクイズですか」

「いや、俺がいま抱えている殺人事件の話だ。月曜日の夜遅く、世田谷区松原のワンルームマンションで大学生が刺殺されたんだがね。犯行現場の壁にたどたどしい血文字で——もちろん被害者の血だ——そう書き残されていた」

「犯行現場の壁に、血文字で？」

警視が真顔でうなずく。

週末の夜だった。法月《のりづき》警視は寝間着に着替えて、食後の一服を楽しんでいる。綸太郎は興ざめして、かぶりを振った。

「なんだ。いま抱えている事件だなんて、ぼくをかつごうとしても無駄ですよ。だって、それは有名な都市伝説じゃないですか」

「有名な、何だって？」

「都市伝説。口裂け女とかトイレの花子さんみたいに、口コミで広がる現代のうわさ話のことです。友達の友達から聞かされた実話というふれこみで、おきまりのオカルト・怪談系ばかりじゃなく、有名人のスキャンダルとか、凶悪犯罪がらみの妙にリアルなやつもある。お父さんが仕入れてきたのは、たぶんその中でもかなりポピュラーなやつですよ」

「──ちょっと待て」

　法月警視は狐につままれたような面持ちで、

「じゃあ、前からそういう噂《うわさ》が存在するのか、実際に」

「実際にって、ネタが割れてるのに、しらばっくれてるんじゃないでしょうね」

「おまえの小説じゃあるまいし、そんな回りくどいことをするものか。その噂というのを教えてくれ」

「やれやれ、手厳しいな。ぼくが知ってるのは、こういう話です──」


　大学生のA子さんはサークルの仲間たちと一緒に、B先輩のアパートへ遊びにいきました。さっそくみんなで飲み会になって楽しく過ごしましたが、深夜を回った頃にお開きとなり、A子さんも友人とともに先輩のアパートを後にしました。

　しばらく歩いているうちに、部屋にバッグを忘れてきたのに気づいたA子さんは、友人と別れて先輩のアパートへ引き返すことにしました。ところが、戻ってみると、部屋の電気はすでに消えていて、ドアチャイムを鳴らしても返事がありません──B先輩はもう寝てしまったようです。がっかりしながら、試しにドアノブを回すと、鍵をかけ忘れたらしく、ドアが開きました。

部屋の中は真っ暗でしたが、バッグを置いた場所は覚えているし、熟睡している先輩を起こすのもかわいそうです。A子さんは電気をつけずに小さな声で、

「忘れ物を取りにきました」

と言いながら、手探りで自分のバッグをつかみ、そのまま部屋を立ち去りました。


「ほう、なかなか面白いな」

平静を装《よそお》った台詞《せりふ》とは裏腹に、法月警視はえらく真剣な表情で言った。長くなったタバコの灰が、テーブルに落ちかけているのにも気づかないで、

「それから？」


次の日、キャンパスでB先輩を見かけなかったA子さんは、なんとなく気になって先輩のアパートに寄ってみることにしました。すると、アパートの前にパトカーが停まっていて、周りの道路は警官や野次馬で埋めつくされているのです。

「何かあったんですか？」

その場にいた近所の人にA子さんがたずねると、

「昨夜、アパートで人殺しが。×号室のBさんが殺されたんですって」

という返事。どうやらA子さんたちが帰宅した後、鍵のかかっていないドアから何者かが部屋に侵入して、眠っているB先輩をナイフで刺し殺したらしいのです。

(忘れ物を取りにきた時、先輩を起こして鍵をかけるように言っておけば……)

A子さんは激しく後悔しましたが、どんなに悔やんでも先輩の命は返ってきません。後の祭りでした。

翌日から、犯行直前まで一緒に飲んでいたサークルの面々が、事情聴取で警察に呼ばれました。B先輩の死に責任を感じたA子さんも進んで出頭し、事件の起こった夜の出来事について、できるだけ詳しく担当の刑事に供述しました。最後に刑事は一枚の写真を取り出し、ちょっと刺激が強すぎるかもしれませんが、と前置きしながら、

「犯行現場にこのようなメッセージが。何か心当たりはありませんか?」

とたずねました。その写真はB先輩の部屋の壁を写したもので、そこには乱暴に書き殴ったような血染めの文字で、こう記されていたのです。

「電気をつけなくて命拾いしたな」

写真を見たA子さんは真っ青になり、その場で気を失ってしまいました――あの夜、A子さんが部屋に戻った時点で、B先輩はすでに殺されていたのです! そし

てその時、もし電気をつけて先輩を起こそうとしていたら、まだ部屋にいた殺人犯と鉢合《はちあ》わせして、確実にA子さんも殺されていたでしょう。

法月警視は腕組みをして、ウーンとうなった。

「――ポピュラーな都市伝説だと言ったな。ということは、若者の間では、その話がかなりのパーセンテージで知られているということか」

「でしょうね。最近はインターネットでも都市伝説系のサイトがいっぱいあるし、実話だと信じるかどうかは別として、一度も接したことがない方が珍しいんじゃないですか。去年、映画でも似たような話をやってたぐらいですから」

警視は目を丸くして、

「それは映画にもなってるのか？」

「『ルール』という邦題で公開されたアメリカ映画です。原題が“Urban Legend”――そのものズバリ、都市伝説がテーマのB級サスペンス・ホラーで、ビデオも出てるんじゃないかな。一九六〇年代頃から、アメリカの若者の間で語り継がれているポピュラーな都市伝説――〈バックシートの殺人者〉とか、〈ボーイフレンドの死〉とか、〈ベビーシッターと二階の男〉とか――に見立てた連続殺人が起こる、というストーリーは面白そうなんですが、ミステリー映画としての出来はイマイチだったなあ。それはともかく、その中にも今の話の別バージョンが使われていました」

「別バージョンというと？」

「〈ルームメイトの死〉と呼ばれるタイプの物語ですが、別バージョンといっても、こちらの方がオリジナルに近いはず。さっきのバージョンも自然発生的なものじゃなくて、元ネタはアメリカ版の翻案《ほんあん》でしょう。そもそも、最近の都市伝説ブームの発祥の地はアメリカですから。ジャン・ハロルド・ブルンヴァンというフォークロア研究者が、一九八一年に『消えるヒッチハイカー』という本を出したのがブームのきっかけで——」

警視はじれったそうに鼻を鳴らして、

「能書きはよしてくれ。その『ルール』という映画の話は？」

「はいはい。〈ルームメイトの死〉にも、ディテールの異なるいろんなバージョンがあるようですが、映画で用いられたのは、こういうやつです——舞台は地方大学の学生寮で、ヒロインは素行不良の女子学生と相部屋に住んでいるという設定。ある晩、自分の部屋に入ると、ルームメイトのベッドからうめき声が聞こえてくる。ボーイフレンドとコトに及んでいる真っ最中だと勘違いしたヒロインは、部屋の灯《あか》りをつけないで自分のベッドに直行し、ヘッドフォンで音楽を聴きながら眠りに落ちてしまうんです。翌朝、目を覚ましたヒロインは、隣のベッドにルームメイトの惨殺死体を発見する。壁には被害者の血文字で"AREN'T YOU GLAD YOU DIDN'T TURN ON THE LIGHT"と書かれていた」

「『電気をつけなくて命拾いしたな』というわけか——なるほど、いいことを聞いた。そういう映画が日本で公開されていたということは、犯人が見ている可能性もある。ビデオが出てるなら、レンタル屋のチェックも必要だな。運がよければ、容疑者を絞り込む手がかりになるかもしれない」

法月警視は手帳を出して、映画のタイトルを書きつけた。どうやら本気のようである。綸太郎はもしやと思いながら、

「真面目な話ですか？　食後の余興ではなく？　まさか本当に、そういうおかしな事件が起こったなんて言い出すつもりじゃないでしょうね」

「そのまさかだよ。最初からそう言ってるじゃないか。ただし映画の方じゃない、最初のA子さんの話と、まるで瓜《うり》二つの事件が実際に起こったんだ。血文字のメッセージに関しては、マスコミに伏せてあるから、まだ大きな騒ぎにはなってないが」

綸太郎は瞬きもしないで、父親の顔を見つめた。

「瓜二つということは、つまり、都市伝説の見立て殺人が——？」

警視はしかつめらしく眉《まゆ》を寄せて、

「おまえの話を聞くと、どうもそういうことらしいな」

「その事件について、詳しい状況を聞かせてください」

2

「――被害者（B先輩）は松永俊樹《まつながとしき》といって、M＊＊大学理学部の二年生。松原一丁目のマンション『ベルメゾン松原』の二〇六号室に住んでいた。京王線の明大前駅から徒歩五分の距離にある学生向けのワンルームで、マンションというより、アパートに毛が生えたようなシロモノだな。部屋の防音だけはしっかりしていたみたいだが、オートロックなんかの設備はないから、住人以外の外部の人間でも建物内に自由に出入りできる。自室の床に倒れていた松永の死体が発見されたのは、火曜日の午後のことだった」

「発見者は？」

「ヤマネコ運輸の配達員だ。たまたまその前日の月曜日、静岡の松永の実家から宅配便で荷物が送られていてね。荷物を届けにきた配達員が二〇六号室のドアチャイムを鳴らしたが、返事がない。ところが、ドアの鍵が開けっぱなしになっているのに気づいて、配達員は居留守ではないかと疑ったそうだ。たしかに日が高くなるまで眠りこけている学生のために、何度も同じ届け先に足を運ぶのは、ガソリンの無駄もいいところだからな」

と警視は配達員に同情(?)するようなことを言って、

「念のためドアを開けて、室内をのぞいてみたところ、八畳間の床に血を流して倒れている被害者を発見したというわけだ。配達員はあわてて助け起こそうとしたが、すでに絶命して何時間も経っているのは明らかだった。現場から携帯で一一〇番通報が入ったのが、午後一時四十五分」

「配達のノルマより、警察への連絡を優先してくれたのは何よりでしたね。犯行の方法と死因は?」

「胸部を鋭い錐《きり》状の凶器で刺されたための失血死で、ほぼ即死に近い状態だった。といっても、ベッドで寝ているところをいきなり襲われたわけではないようだ。刺される前に、犯人と揉《も》み合った形跡があるのでね。被害者はいったん目を覚まして、抵抗したと見るべきだろう」

「鋭い錐状の凶器というと? ドライバーか何かですか」

「いや。現場の流しにアイスピックが放置してあるのが見つかって、切っ先に付着した血痕と刺し傷の特徴が被害者のものと一致したんだ。そのアイスピックは外部から持ち込まれたのではなく、酒好きの松永が自分で使っていた品であることがわかったが、柄の部分が水できれいに洗い流されていたので、犯人のものと思われる指紋は採れなかった。鑑識の話では、その時、犯人は自分の手に付いた被害者の血痕も一緒に洗い落としたらしい」

「なるほど。揉み合った形跡があり、犯行現場にあったアイスピックを使ったということは、突発的な犯行を示唆しているようにも取れますが。死亡推定時刻は？」

「監察医の所見と司法解剖の結論によれば、松永が殺害されたのは、月曜日の午後十一時から翌日の午前一時までの間だという。ただしその後の関係者の証言から、被害者は午後十一時半頃、すでに死亡していたことが判明した」

「関係者というと？」

矢継ぎ早に質問すると、法月警視はおもむろにタバコに手を伸ばした。自分のペースで話を進めたがっているように、悠長な手つきで火をつけてから、

「――大学のサークル仲間に決まってるじゃないか。A子さんの話と瓜二つの事件だと言ったろう？　松永俊樹は学内のボウリング同好会のメンバーで、以前から自分の部屋に同好会の仲間を呼んで、ちょくちょく飲み会を開いていたそうだ。防音のしっかりした部屋で、酔っ払って騒いでも、周りから苦情が出ないという利点があった」

「へえ、松永はそれで自前のアイスピックを」

「うん。事件が起こった月曜日は、ちょうど大学の前期試験の最終日だった。ボウリング同好会のメンバーは、夕方から下北沢の居酒屋に集まって、試験の打ち上げコン

パを開いていたんだ。居酒屋での一次会がお開きになったところで、同好会の中でも親しいグループの七人が、いつも通り『ベルメゾン松原』に酒席を移すことになった。途中のコンビニで酒とつまみを買って、午後九時を回った頃、松永の部屋で二次会が始まったという」

「二次会の顔ぶれは？」

「松永を入れて男子学生が四人と、女子学生が三人。待て、ここに一覧表が作ってある」

と言って、警視は手帳のページを広げた。関係者リストには、それぞれの氏名の下に、学部と学年、性別、それに自宅の最寄り駅が付記されている。

×松永俊樹　理学部二年・男（明大前）
野崎哲《のざきてつ》　理学部二年・男（町田）
三好信彦《みよしのぶひこ》　法学部二年・男（用賀）
長島《ながしま》ゆりか　文学部二年・女（吉祥寺）
遠藤章明《えんどうふみあき》　経済学部一年・男（つつじヶ丘）
広谷亜紀《ひろたにあき》　文学部一年・女（代々木八幡）
関口玲子《せきぐちれいこ》　経済学部一年・女（梅ヶ丘）

綸太郎はリストの名前を端から頭に入れながら、

「一年生の女の子が二人いますね。どっちがA子さんの役回りを?」

「文学部の広谷亜紀の方だ。だが、順を追って話そう。月曜日の飲み会は、最初のうちこそみんなで楽しくワイワイやっていたんだが、おまえの話とちがって、途中からかなり荒れ模様の展開となった。というのも、松永と同学年の三好信彦がささいなことから口論を始め、周りがなだめるのも聞かないで、派手な罵《のの》り合いを演じたからだ」

「親しいグループなのに? 二人は仲が悪かったんですか」

「普段はそうでもなかったらしいんだがね。罵り合いといっても、実際に手を出したわけじゃない。どっちかというと、その時は松永の方が冷静で、相手を怒らせるような嫌味を連発して面白がっていたようだ。酒が入っていたから、素面《しらふ》なら聞き流すような当てこすりを真に受けて、三好もムキになったんだろうが、まあ、今も昔も学生の集まりというのは、えてしてそういうものじゃないかね? もっとも三好の方にしてみれば、松永に対して以前から含むところがなかったわけでもない」

「含むところというと、こっちがらみですか?」

綸太郎は小指を立てた。警視は仏頂面《ぶっちょうづら》でうなずいて、

「その通り。いわゆる三角関係のもつれというやつだ」

「その場にいた三人のうちの誰かをめぐって？」

「いや、そうじゃない。過去の話だ。ボウリング同好会の元メンバーに、佐々木恵《ささきめぐみ》という女子会員がいてね。松永や三好たちと同期の会員で、サークルに出入りしていた頃は、三好信彦と付き合っていた。ところが、よせばいいのに松永が、彼氏のいる恵にちょっかいを出したらしい。それで三人の間にちょっとゴタゴタがあって、いづらくなった恵は、まもなく同好会の集まりに顔を出さなくなった。自然退会という格好になって、結局、三好との関係も駄目になってしまったそうだ」

「なるほど。よくある話といえば、よくある話ですが――」

「まあな。それにはもうちょっとウラがあるんだが、とりあえず、事件の話を先に進めることにしよう。二人が喧嘩《けんか》を始めたのは、午後十時過ぎからだったが、十時半になると、三好信彦の方が、飲み過ぎて気分が悪いから先に帰る、と言い出した。本当に悪酔いしたわけではなくて、さすがにいたたまれなくなったんだろう。誰も引き止めようとしなかったので、三好はそのままひとりで帰っていった」

「三好が帰っても、飲み会はお開きにならなかったんですか？」

「すぐにはな」

と警視は言った。

「だが、すっかり場が白けてしまって、残った連中もじきにそわそわし始めた。三十分ばかり、盛り上がらないお喋《しゃべ》りを続けていたが、やがて誰からともなく、そろそろ解散しようという流れになった。ホスト役の松永もその日はテストがあって、前日から徹夜で試験勉強をしていたものだから、その頃には目を開けているのが辛くなっていたらしい」

「じゃあ、松永が三好を挑発したのも、悪気ではなくて、半分は眠気覚ましのつもりだったかもしれませんね」

「それはどうかな。ともかく、タバコの吸いがらや酒の空き瓶、散らかったゴミを片付けると、松永以外の五人は午後十一時過ぎに『ベルメゾン松原』を後にした。そこで五人は二手に分かれて、野崎哲と長島ゆりか、それに遠藤章明の三人は明大前駅へ。広谷亜紀と関口玲子の一年生女子コンビは、逆方向の梅ヶ丘駅（小田急小田原線）に向かった」

「ちょっと待ってください」

綸太郎は話をさえぎって、関係者一覧表の記述を再確認した。

「――吉祥寺に住んでいる長島ゆりかと、つつじヶ丘に帰る遠藤章明が、京王線の明大前駅に行くのはわかります。でも、野崎哲の家は町田でしょう。どうして後輩の女の子たちと一緒に、小田急線の梅ヶ丘駅に向かわなかったんですか？」

法月警視はあっけらかんとした顔で、

「それはだな、野崎はその夜、町田の自宅には帰らずに、吉祥寺のゆりかのマンションに泊まりにいったからだ。最初に説明しておくべきだったかもしれないが、野崎哲と長島ゆりかは、サークル内でも公認の恋人どうしだった。そのことは親には内緒にしておいてくれと、ゆりかから頼まれたがね」

「そういうことか。話の腰を折ってばかりですみません。問題はそっちじゃなくて、梅ヶ丘に向かった二人の方ですね」

「もちろんだ」

警視は咳《せき》払いして唇《くちびる》をなめた。いよいよ話が佳境に入るという合図である。

「『ベルメゾン松原』から梅ヶ丘駅までは、徒歩で十五分ほどの距離があるんだが、二人が駅に着いたところで、広谷亜紀は自分の携帯がないのに気がついた。二次会の最中に友達から電話があって、その時バッグから出したのを、そのまま松永の部屋に置き忘れてしまったんだ。ほかの忘れ物ならいざ知らず、命より大事な携帯を持たずに、家に帰るわけにはいかない。亜紀はあわてて『ベルメゾン松原』に引き返すことにした」

「ひとりでですか？」

「そうだ。関口玲子は同行しなかった」

「それは変ですね。だって、まだ電車が走っている時間とはいえ、十九の女の子が夜道のひとり歩きですよ。不用心にもほどがある。関口玲子はどうして一緒についていかなかったんですか？　ひょっとして、二人はそれほど仲がよくなかったのかな」

法月警視は首を横に振って、

「いや、広谷亜紀と関口玲子は、サークル内でも一番の親友どうしだった。これはまちがいない。おまえの疑問ももっともだが、広谷亜紀がひとりで松永の部屋に向かったのは、ちゃんとした理由があってのことでね。亜紀は、玲子に自転車を借りたんだ」

「――自転車？」

「ああ。関口玲子は、梅ヶ丘駅よりさらに南、梅丘二丁目のアパートに下宿していてね。自宅から駅までは自転車で通っているんだ。だからその日も、駅の駐輪場に玲子の自転車が置いてあった。徒歩で片道十五分の道のりも、自転車なら十分で往復できる。合理的だろ？　玲子は自転車の鍵を亜紀に渡し、自分は駅前の深夜営業のドーナツ・ショップに入って、亜紀の帰りを待つことにした」

「なるほど、都市伝説も顔負けですね。それで？」

「広谷亜紀は、玲子に借りた自転車で『ベルメゾン松原』に取って返した。十一時過ぎに解散して、梅ヶ丘駅まで徒歩で十五分。自転車の貸し借りの相談に数分、そこから松永の部屋に戻るのに自転車で五分あまり要したとして、亜紀が二〇六号室の前に着いたのは、午後十一時三十分前後ということになる。ここからがこの事件のハイライトだ。亜紀は松永の部屋のドアチャイムを鳴らしたが、返事はなかった。部屋の電気も消えている。さっきも言ったように、松永は徹夜明けの体でそのまま飲み会に突入したので、みんなが帰る間際には、だいぶ眠そうな様子だった。だから、ひとりになったとたんに、灯りを消してベッドにもぐり込んだとしても、不思議はない。亜紀はドアの前で、困ったなと思いながら、試しにドアノブを回してみると、寝る前に鍵をかけ忘れていたらしく、ドアが開いた。部屋の中は真っ暗だった——」

「たしかにA子さんの話と瓜二つの展開ですね。こうして聞いていると、いかにもありそうな出来事ではあるけれど」

「かもしれん。ドアを開けた亜紀は、しばらく入口で迷っていたが、ベッドで熟睡している松永を自分の都合でたたき起こすのは気が引けたし、下手をしたら寝ぼけた先輩が、夜這いか何かと勘違いして、いきなり押し倒そうとするかもしれない。そこで彼女は、部屋の灯りをつけないまま、広谷です、ケータイを忘れたので取りにきました、と小声で言って、靴も脱がずに、膝《ひざ》をついて這うような格好で暗闇の中を奥に進んだ。何度も遊びにきているので、だいたいの間取りは覚えている。自分が坐《すわ》っていたあたりの床の上を手探りしたら、すぐに携帯電話が見つかったそうだ。物音を立てないように、同じ格好で入口まで後じさりして、そうっとドアを閉め、足早に松永の部屋を後にした。その時、鍵もかけないで不用心だな、という考えが頭をよぎったが、男の人だから大丈夫よね、とすぐに思い直したという。それから亜紀は、玲子の自転車に飛び乗って駅前へ戻り、ドーナツ・ショップで待っていた玲子と合流した」

「松永の部屋に入った時、彼女は何か異状に気づかなかったんですか？」

「何も。自分の携帯のことで頭がいっぱいだったんだろう。先輩はベッドで熟睡していると思い込んでいたし、不審な気配や物音にも、まったく気づかなかったそうだ」

「まあ、そのことで彼女を責めても仕方がないですね。松永の部屋に数分とどまっていたとして、自転車で駅前に戻るまで行きと同じく五分あまり。そうすると、ドーナツ・ショップで関口玲子と合流したのは、十一時四十分ぐらいになりますか」

「うん。事情聴取の時、二人が注文したドリンクのレシートを見せてもらったら、関口玲子の方は午後十一時二十六分、後から店に入った広谷亜紀は十一時四十一分、と記録されていたからな。二人はその後もしばらく、酔いざましがてら、ドーナツ・ショップでダベっていたそうだ。松永と三好が口喧嘩をしたことについて、お互いの考えを述べ合ったりしたらしい。亜紀が代々木八幡に帰らなければならないので、新宿方面行きの最終が出る〇時三十三分の少し前に店を出ると、二人は改札の前で別れた」

3

法月警視がトイレに立っている間に、綸太郎はキッチンで冷たい飲み物をこしらえた。夜も更けてきたが、事件のディスカッションはこれからが本番である。そろそろ親父さんも、アルコールが欲しくなる頃合いだろう。

「おっ、気が利くな」

リビングに戻ってきた法月警視が、さっそくグラスに口をつける。綸太郎も喉《のど》を湿らす程度に付き合うと、警視はストレッチ運動みたいに首を動かしながら、

「——広谷亜紀と関口玲子が、梅ヶ丘駅で別れたところまで話したな。その先は言わなくてもわかるだろう。さっきのA子さんの話の結末と、ほとんど一緒だから」

「ほとんど、というと」

「多少の相違はある。たとえば広谷亜紀は、事件の翌日『ベルメゾン松原』に立ち寄っていないし、事情聴取の際にも、血文字のメッセージの存在を知って、気を失ったりはしなかった。といっても、聞いたとたんに真っ青になって、最後まで震えが止まらなかったがね。あれは当分、後を引くだろう」

「相当なショックだったようですね」

「そりゃそうだ。松永の死体だけならまだしも、真っ暗な部屋の中、手を下したばかりの殺人犯が目と鼻の先にいたんだから。生きた心地もしないだろう。万一のことを考えて、亜紀には護衛の刑事をつけて帰したよ。その後もずっと身辺を見張らせている。犯人に関する手がかりを思い出してくれるといいんだが、あまり期待はできんな。『電気をつけなくて命拾いしたな』という文句は、彼女に対する警告の意味もあるわけだから」

「そのメッセージは物証になりませんか？　指の跡とか、筆跡とか」

「いや。犯人は思いのほか、頭の回るやつでね」

法月警視は渋い表情で、テーブルの灰皿に目を向けると、

「鑑識の話では、壁の血文字は、現場にあったタバコの吸いがらで書いたものらしい――フィルター部分に血を染ませて。被害者はチェーンスモーカーだった。血の付いた吸いがらは見つかってないが、水洗トイレにでも流したんだろう。筆跡の方も頼りにならない。妙にたどたどしい、子供みたいな字でね」

「筆跡をごまかすために、利き腕と反対の手で書いたような？」

「そんなところだ。そこであらためて、おまえの知恵を借りたいんだけどな。A子さんの話には、ほかにもいろんなバージョンがあると言っただろ。その中に、犯人の素性について触れている噂はないだろうか？」

さっきは能書きはよせとか言ったくせに、今度はずいぶん虫のいい質問である。綸太郎はもったいぶらずに即答した。

「あったとしても、役に立たないでしょう。この手の噂は、たいてい脱獄した囚人か、頭のネジが外れた殺人狂のしわざ、と相場が決まってますから」

「そうだろうと思ったよ。ちなみに今月に入って、脱走犯の報告は一件もない」

と警視が言った。綸太郎はうなずいて、

「犯行現場に血文字のメッセージを残す異常殺人者、というモチーフには、アメリカの犯罪実話の影響もあるでしょうね。たとえばチャールズ・マンソンとその一党が、ハリウッドの女優ら五人を惨殺した一九六九年の〈シャロン・テート事件〉では、現場の壁に犠牲者の血で、『ヘルター・スケルター』という言葉が書き残されていました」

「それなら俺も知っている。ビートルズの曲名じゃなかったか？」

「ええ。もっと時代をさかのぼれば、一九四五年から翌年にかけて、六歳の幼女を含む三人の女性を殺害した快楽殺人者、ウィリアム・ハイレンズの事件があります。当時十七歳、シカゴ大学の学生だったハイレンズは、犯行現場の壁に被害者の口紅を使って、『お願いだから、これ以上殺す前に捕まえてくれ。自分をコントロールできないんだ』というメッセージを書き残しました」

「フム。そいつはたしかに、十分すぎるほどイカれていたにちがいない」

「ハイレンズの事件は血文字ではないんですが、こうしたショッキングな犯罪の記憶が、大衆の無意識に働きかけて、〈血文字のメッセージ〉というイコンを、無差別サイコ殺人の象徴に祭り上げたことは、想像に難くありません——でも、これはあくまで元になった都市伝説がそうだというだけの話で、現実に起こった、『ベルメゾン松原』の殺人を、異常者による通り魔的犯行と断定する根拠にはならないでしょう」

法月警視は顎《あご》をなでながら、満足そうに体を揺すぶって、

「それについては、俺も同感だな。実際問題として、時間的な経過ひとつとっても、被害者と縁もゆかりもない異常者が松永の部屋に侵入して、わけもなく住人を殺害したとは考えられない」

「時間的な経過というと？」

「すでに説明したように、サークルの仲間たちが『ベルメゾン松原』を去ったのが、午後十一時過ぎ。携帯を取りに戻った広谷亜紀が、暗闇の中で犯人と鉢合わせしそうになったのは、十一時半のことだ。いくらドアの鍵をかけ忘れたからといって、わずか三十分足らずの間に、見ず知らずの犯人がたまたま松永の部屋に押し入って、彼を殺害するというのは、あまりにも荒唐無稽《こうとうむけい》にすぎる。そんなことが起こるなんて、とても信じられん」

「たしかに。そうするとやはり、『電気をつけなくて命拾いしたな』というメッセージは、異常者による通り魔的犯行に見せかけるための、手の込んだ偽装工作だと？」

「うん。ただし手が込んでいるというより、とっさの思いつきでやったことだろう。おまえの話を聞くまでは少し迷いもあったが、ポピュラーな都市伝説からそのままパクってきた文句だとわかって、やっとその考えに確信を持ったよ。それだけじゃない」

警視はグラスをテーブルに置き、ここぞとばかりに語気を強めて、

「前後のいきさつを考慮すれば、松永俊樹を殺した犯人は、月曜日の飲み会の参加者の中にいる可能性が高い」

「その口ぶりだと、とうに犯人の目星がついているようですね。アリバイですか？」

綸太郎が先回りすると、警視はにやりとして、

「まあな。広谷亜紀の供述と血文字のメッセージの内容から、犯人が十一時半前後に松永の部屋にいたことはまちがいない。そこで各人のアリバイだが——まず広谷亜紀と関口玲子に関しては、あらためて言うまでもないだろう。ひとつ補足しておくと、レシートの時刻だけでなく、ドーナツ・ショップの店員からも、二人の供述の裏付けが取れている。広谷亜紀と合流するまでの十五分ばかりの間、関口玲子はずっと店員の目が届く席にいて、店を出たりはしていない。二人がドーナツ・ショップを出たの

は、十二時二十五分頃だった」

「申し分ないですね。次は？」

「野崎哲と長島ゆりかのカップルだが、これもさっき説明した通りだ。二人は明大前駅のホームで、つつじヶ丘に帰る遠藤章明と別れた後、井の頭線の電車で吉祥寺へ向かい、そのままゆりかのマンションにしけ込んだ。朝までずっと一緒で、お互いにアリバイを証明し合っているというわけだ」

「フム。共犯という線は捨てきれませんが……。二人と別れた遠藤章明の方は？」

「寄り道しないで、まっすぐつつじヶ丘の自宅に帰ったと供述している。その供述を裏付ける直接の証拠はないんだが、ちょうどその時刻、経済学部の同級生が遠藤の携帯に電話をかけていることがわかった。その同級生の証言によると、十一時二十五分からおよそ十分間、中断なしに遠藤と話し続けていたそうだ」

「なるほど」

綸太郎は八タと膝を打って、

「広谷亜紀が松永の部屋にいた頃ですね。犯人はその時、真っ暗な部屋に身をひそめて、亜紀をやり過ごそうとしていたはずだから、所在の如何《いかん》にかかわらず、同級生と携帯で喋っていた遠藤は、犯人ではありえない」

「その通り。そこで最後に残った三好信彦だが、彼に関しては、はっきりしたアリバイがないんだよ。本人の供述によれば、十時半にひとりで『ベルメゾン松原』を立ち去った後、松永との口論でムシャクシャしていたので、近所のゲームセンターを何軒かハシゴしたという。一時間ぐらい遊んでから、電車に乗って用賀の自宅に帰った。自宅というのは三好の実家でね、両親や兄弟と一緒に住んでいる。家族の証言では、三好が帰宅したのは、十二時過ぎのことだったそうだ」

「用賀の自宅に十二時過ぎか。仮に十一時半以降に松永の部屋を出たとしても、松原駅まで歩いて東急世田谷線の電車に乗り、三軒茶屋で田園都市線に乗り換えれば、余裕で帰れる時間ではありますね」

「ああ。念のためゲームセンター周辺で目撃者を捜しているが、今のところ、その時間帯に三好らしき人物を見かけたという報告は来ていない。したがって、アリバイがないのはもちろん、動機の面から見ても、飲み会の最中に被害者と激しい口論をした三好信彦がクサいと思う」

法月警視は自信満々の表情で、そう言い切った。

ここまでの話のなりゆきから、三好信彦を疑うのは順当な線である。ところが、各人のアリバイを検討しているうちに、綸太郎はささいな引っかかりを感じた——引っかかりといっても、それが具体的に何を意味するのか、すぐには思い当たらなかったが。もやもやした疑問を抱えながら、もうしばらく親父さんの説に付き合うことにする。

「動機といえば、さっきの話がまだ途中でしたね。佐々木恵という同好会の元メンバーをめぐって、松永と三好がゴタゴタを起こした件には、何かウラがあると言ったでしょう。それはいったい、どういうことですか？」

「ウラというのは、被害者の行状にまつわることでね。これがまた今時の若者らしいというか、いわゆるクスリがらみの話になるんだ」

法月警視は思わせぶりに言葉を切って、またタバコに手を伸ばした。

「――松永俊樹の親戚に、心療内科の医師をやってる八つ年上の従兄《いとこ》がいて、以前から松永はこの従兄の弱みを握っていたらしい。弱みといっても、不倫の現場を押さえたとか、何かそんな類のセコい話だろうが。秘密を黙っている見返りとして、普通では手に入りにくいドラッグを従兄からせびり取っていた」

「違法な薬物を？」

「いや。アメリカの製薬会社が出してるプロザックという向精神薬で、所持するだけなら問題はない。被害者は緑と白のカプセルに入ったやつを、五十錠ほど隠し持っていてね。現場検証の時、松永の部屋を捜索したら、クロゼットの段ボール箱の中にしまってあるのが見つかった」

「プロザックというと、脳内のセロトニンの働きを活性化して、うつ病にバツグンの効果があるという薬ですね。アメリカでは発売以来、合法的なハッピー・ドラッグとして普及して、普通の人でも平気で常用していると聞きますが——じゃあ、松永はうつ病の傾向があったんですか?」

「いいや、本人は至って健康だった。一度くらいは自分で試し飲みしたかもしれないが、常用していた形跡はない。松永は従兄から手に入れたプロザックを知り合いに売りさばいて、小遣い稼ぎをしていたようだ」

思いがけない事実に、綸太郎は眉をひそめて、

「ちょっと待ってください。被害者がドラッグの売人だったとすれば、売買をめぐるトラブルが犯行の動機かもしれない。ドラッグ常用者即異常者と決めつけるつもりはありませんが、それで事件の性格ががらっと変わるんじゃないですか?」

「それはないだろうな。一応そっちの線も洗ってみたんだが、松永は売人というほど大げさな取引はしていない。プロザック以外の薬も持っていなかったのでね」

丼勘定で、帳簿や購入者リストをつけていた様子もないという。綸太郎の疑念を一蹴すると、法月警視は悠然と煙を吐きながら、

「SSRI(選択的セロトニン再取り込み阻害薬)といって、同種の薬は、国産の製品も売っている。そっちは保険が利くんだ。プロザックに関しては、まだ厚生労働省の認可が下りてないそうだが、資格のある医師が患者に処方する分にはかまわない

し、インターネットを使って、海外から個人で入手するケースも、最近では珍しくない」

「わりとよく出回っている薬で、文字通り小遣い稼ぎ程度にしかならないと?」

「まさしくな。大っぴらにやると目をつけられるし、下手に詳しい人間に声をかけたら、足元を見られるのが落ちさ。ほかにいくらでも入手ルートがあるんだから。ナンパの小道具に使うんでなければ、あんまりすれてない真面目な女子学生に、五月病の特効薬と称して、小口で分け与えるぐらいが関の山だろう」

「今時、五月病なんて流行らないですけどね。話の流れからすると、問題の佐々木恵も、松永からプロザックを買っていたクチですか?」

「うん。恵というのは、もともと思い込みの激しい内向的なタイプで、松永にとってはいいカモだったにちがいない。彼氏の三好信彦にも内緒で、定期的に薬を購入していたようだ。それだけならともかく、松永は薬を渡すのと引き替えに、関係を迫るようなことをしたらしくてね。実際にどうこうしたわけではないんだろうが、それをきっかけに、恵は深刻なノイローゼに陥ってしまった。恋人の三好には顔向けできないし、一時期プロザックに依存していた反動があったのかもしれない。ボウリング同好会はもちろん、大学にも来なくなってしまってね。今は休学して、実家で静養しているそうだ」

綸太郎はげっそりした表情で、

「ひどい話だな。それなら三好信彦が根に持つのも無理はない」

「だろう。動機に関しては疑いの余地なしとして、もうひとつ、機会の点から見ても、三好信彦の犯行と考えれば、事件のネックとなっていた時間的なつじつまがドンピシャリと合うんだ」

「時間的なつじつまというと?」

「こういう段取りだ。松永と罵り合いの喧嘩をして、十時半に『ベルメゾン松原』を飛び出した三好信彦は、供述通りゲームセンターに行ったのではなく、頭を冷やすつもりでそのへんをぶらぶらしていたのではないだろうか。三、四十分ぐらいそうしていたが、どうしても腹の虫が収まらず、三好は飲み会の場に引き返して、さっきの口論にケリをつけることにした。ところが『ベルメゾン松原』に戻ってみると、すでに飲み会はお開きになって、二〇六号室は静まり返っている。ドアチャイムを鳴らしたが、松永はもう寝てしまったらしく、返事がない。あきらめて帰ろうとした矢先、三好はドアの鍵が開いているのに気づいた」

綸太郎は腕組みしながら、少し気のない口調で、

「なるほど。それで?」

「三好は無断で部屋に上がり込むと、灯りをつけないまま、眠りこけている松永をた

たき起こして、容赦なく痛罵《つうば》を浴びせた。時刻は十一時十五分から、二十分の間——この段階で、三好信彦に明確な殺意はなかったと思う。だが、寝込みを襲われた松永の方は、たまったもんじゃない。泥棒か何かと勘違いして、問答無用で三好に殴りかかったんじゃないだろうか？　二人はつかみ合いの喧嘩を始め、すったもんだのあげく、どちらかが部屋に置いてあったアイスピックを手にした。暗闇の中でアイスピックを奪い合ううちに、手元が狂って、ステンレスの切っ先が松永の胸を刺し貫いてしまう。時計の針は、ちょうど十一時半にさしかかったところ。何も知らない広谷亜紀が忘れ物を取りに引き返してきたのは、暗闇の中、松永の死体を前に、三好が呆然《ぼうぜん》と立ちつくしているその時だった」

法月警視は見てきたような調子で犯行を再現すると、顎をしゃくって息子の感想を求めた。綸太郎は腕を組んだまま、ぼんやり天井を見上げながら、

「たしかに時間的なつじつまは合ってますね。被害者がひとりになってから、わずか三十分足らずの間に殺されたことに、筋の通った説明がついている。しかし——」

警視はいぶかしそうに、綸太郎の顔をのぞき込んで、

「しかし、だって？　何か腑《ふ》に落ちないことでもあるのか」

「それが大ありなんですよ。話がそこで終わりだったら、お父さんの説だって十分成立するでしょう。しかし、問題はその先にあります。仮に三好信彦が犯人だとして

も、彼が血文字のメッセージを書くことはありえない。『電気をつけなくて命拾いしたな』というメッセージは、三好が書き残したものではないんです」

4

「飲み会の参加者のアリバイを検討しながら、なんだか妙な気がしましてね」

綸太郎は組んでいた腕をほどいて、父親に説明を始めた。

「——もっと早く気づくべきだった。というのも、三好信彦が犯人だったとすれば、血文字のメッセージを残すことによって生じるデメリットの方が、事件を都市伝説に見立てるメリットをはるかに上回ってしまうからです」

法月警視は首をかしげて、

「デメリットだって?」

「ええ。まずメリットの方から見ていきましょう。われわれはずっと、『電気をつけなくて命拾いしたな』というメッセージは、松永殺しを異常者による通り魔的犯行に見せかけようとする偽装工作だと考えていました。しかし、ちょっと考えればわかるように、そんな子供だましの手口で、捜査の目を欺《あざむ》き通せるわけがない。ポピュラーな都市伝説からそのまま引き写した文句ですから、ぼくが言わなくても、遅かれ早かれ、誰かがそのことに気づいたはずです。そうすると、メッセージが偽装であると見破られた段階で、被害者に対して恨みを持つ人間に疑いが向けられるのは目に見えている。犯人だって、それぐらい予想できるでしょう。とりわけ、三角関係のもつれから被害者と対立した過去があり、事件の直前にも彼と口論していた三好信彦の立場なら、なおさらそうです。言い換えれば、三好信彦にとって、血文字のメッセージを残すメリットは、ほとんどないに等しい」

「おまえの言うことはもっともだが、それは結果論にすぎないのでは？」

「メリットの面だけを見るなら、そうも言えます。しかし、血文字のメッセージを残すことから生じるデメリットの方が、もっと致命的なんです。いいですか？　仮にお父さんが想像した通り、三好信彦が午後十一時半に松永俊樹を殺害し、その直後、犯行現場で広谷亜紀とあやうく鉢合わせしそうになったとしましょう。三好は暗闇に乗じて、辛くも亜紀をやり過ごすことに成功した。それならどうして彼は、わざわざ『電気をつけなくて命拾いしたな』というメッセージを残して、自分がその場にいたことを、亜紀に対してのみならず、警察にまで教えてやるような真似をしたのでしょうか？」

警視があっと息を呑んだ。綸太郎はすぐさま続けて、

「お父さんの話では、広谷亜紀は血文字のメッセージの存在を知らされるまで、松永

の部屋に犯人がひそんでいたことに気づいていなかった。したがって、もしメッセージが現場に残されていなければ、犯人が十一時半に犯行現場にいたことは、誰にもわからなかったことになります。同じことが、死亡推定時刻に関しても当てはまる。血文字のメッセージがなければ、犯行時刻を特定することもできなかったはずですね」

「――たしかに、おまえの言う通りだが」

「このことを念頭に置いて、三好信彦犯行説を再検討してみましょう。最初の推定通り、彼が午後十一時半に松永俊樹を殺害したのであれば、犯行時刻が絞られるのを何よりも嫌ったはずです。なぜなら三好は、十時半に松永の部屋を飛び出して以降、確固たるアリバイを持たないのですから。かといって、泥縄式にアリバイ工作をする手立てもない以上、三好としては、死亡推定時刻がはっきり特定されないまま、自分以外の飲み会の参加者に容疑が分散されることを期待するしかありません。つまり、死亡推定時刻の幅が広ければ広いほど、彼にとって有利に働く可能性が出てくるわけです。松永を殺した直後で動揺していたとしても、少し冷静になって考えれば、これぐらいの計算はできるでしょう。したがって、三好信彦が血文字のメッセージを残すことは――」

「ちょっと待て。そんなふうに一足飛びに結論するのは、危険じゃないか？」

法月警視はやっと放心状態から立ち直り、綸太郎の推理にブレーキをかけた。

「三好信彦がメリットとデメリットの両方を勘案して、冷静にふるまったとは限らない。見込みの低いメリットの方にだけ目を奪われて、衝動的にメッセージを書き残したってこともありうる」

「それはないと思いますね。だって、お父さんも言ったじゃないですか、犯人は思いのほか、頭の回るやつだって。そもそも、三好信彦が冷静さを失っていたのなら、暗闇の中でじっと息を殺して、広谷亜紀をやり過ごすことができたでしょうか？」

警視は痛いところを衝かれたような顔をした。が、まだ完全に納得できないらしく、重箱の隅をつつくような口ぶりで、

「おまえの推理はそれなりに筋が通っているが、俺に言わせると、あまりにも消極的な論拠にすぎない。だいいち、いくら死亡推定時刻の幅を広げたからといって、三好自身のアリバイがないことに変わりはないだろう。それだけで容疑を免れようと期待するなんて、あまりにも虫がよすぎる話じゃないか？」

綸太郎はいったん殊勝にうなずいてから、

「当然、そういう反論はあるでしょう。ですが、もう一度最初の前提に立ち返ってごらんなさい。三好信彦が犯人なら、絶対に血文字のメッセージを残すはずがないことを裏書きする積極的な論拠が存在します」

「積極的な論拠だと？」

「さっきも言ったように、血文字のメッセージがなかったとすれば、広谷亜紀が忘れ物を取りに引き返した午後十一時半の時点で、灯りの消えた松永の部屋に犯人、すなわち亜紀と被害者以外の第三の人物がいたことはわからずじまいだったでしょう。ということは、彼女は死亡推定時刻の範囲内に、たったひとりで、被害者の部屋を訪れたことになる。そうすると、真っ先に疑われるのは、亜紀自身にほかならなかったはずです。そもそものメッセージが存在しなかったら、警察は彼女の供述を真に受けたでしょうか？　ぼくにはとてもそうとは思えないし、もし三好信彦がその場に居合わせたとしたら、やはり同じように考えたにちがいありません——たしかに自分には動機があるし、アリバイもない。しかし黙ってその場を立ち去れば、運悪く犯行現場に闖入《ちんにゅう》した広谷亜紀に、殺人容疑を転嫁《てんか》することができるかもしれない、と。これはけっして不自然な考え方ではないでしょう。だったらなおのこと、自分の存在を誇示するために、『電気をつけなくて命拾いしたな』というメッセージを書き残していくわけがありません」

綸太郎は言葉を切って、父親の返事を待った。三好信彦犯行説は、今やほとんど沈没の手前である。それでも自説に固執するように、警視はぐっと顎を突き出して、

「ひょっとしたら三好信彦は、広谷亜紀に対して好意を抱いていたのかもしれん。亜紀に疑いの目が向けられることと、自分の犯行が露見することを秤《はかり》にかけ、あえて自

分に不利に働くようなメッセージを残すことを選んだとしたら？」

論太郎はきっぱりと首を横に振って、

「それは絶対にありえない。もし三好が亜紀に好意を持っていたら、彼女に恐怖を植えつけるような血文字のメッセージなど残しはしなかったでしょう。下手をすれば深刻なトラウマになって、佐々木恵の二の舞になりかねないからです。残念ですが、お父さん、もう抜け道はありませんよ。三好信彦犯行説は、今ので完全にアウトです。彼は松永俊樹を殺した犯人ではありません」

「むう」

警視は降参のうめきを洩《も》らすと、所在なさそうにタバコに火をつけた。しばらく無言でスパスパやっていたが、やがて気を取り直すように額をたたいて、

「わかった。三好信彦に対する疑いは、取り下げることにするよ。だが、それで捜査は振り出しに戻ったことになる。三好のしわざでないとすれば、いったい誰が松永を殺したのか？」

「振り出しに戻る必要はありませんよ」

と論太郎は言った。警視は眉を上げて、

「じゃあ、真犯人の見当もついているのか？」

「ええ。今までの議論を反対の方向から見ればいいんです。血文字のメッセージを残

すことによって生じるデメリットが、逆に犯人にとって有利に働くような条件を問えばいい。要するに、『電気をつけなくて命拾いしたな』というメッセージが存在することで、いちばん得をしたのは誰か？　ということですね」

法月警視はタバコを唇にくっつけたまま、いきなり目をみはって、

「広谷亜紀のことか？　おまえはさっき、あの血文字のメッセージがなければ、彼女が真っ先に犯人と疑われたにちがいない、と言ったはずだが」

「その通り。亜紀の供述が偽りのない真実であると認められたのは、あの血文字のメッセージがあったからこそです。しかし彼女の供述が、真っ赤な嘘だったとしたらどうなりますか？　携帯を取りに『ベルメゾン松原』に引き返した時、松永俊樹はまだ生きていて、灯りの消えた部屋には誰もひそんでいなかったとしたら？」

「すると、あの『電気をつけなくて命拾いしたな』というメッセージは――」

「もちろん、広谷亜紀自身が書いたものです」

「まさか、そんなことが」

警視はとても信じられないという表情でつぶやいた。綸太郎はかぶりを振って、

「そもそものことの起こりから始めましょう。松永の部屋に引き返した時、広谷亜紀は本当に電気をつけなかったんでしょうか？　そのことを裏付けるのは、本人の供述だけですが、その中で彼女は、灯りをつけなかった理由のひとつとして、『下手をし

たら寝ぼけた先輩が、夜這いか何かと勘違いして、いきなり押し倒そうとするかもしれない』ということを述べている。この発言が仮定の話ではなくて、実際に起こったことをうっかり亜紀が洩らした失言だったとしたらどうでしょう？」

「実際に起こったこと？　松永が亜紀に乱暴しようとしたというのか」

「ありえない話じゃない。松永は過去にも、友達の彼女に手を出しかけた前科があるぐらいですから。飲み会の後、携帯を取りに戻った亜紀は、鍵が開けっぱなしの松永の部屋に上がり込み、電気をつけて、熟睡していた先輩を起こしてしまう。酒に酔ったうえ、寝起きで半睡状態の松永は、後輩の女の子がひとりで戻ってきたのをいいことに、よからぬふるまいに及ぼうとした。もちろん、亜紀は抵抗します。たまたま飲み会で使ったアイスピックが手の届くところに置いてあり、身を守ろうと必死になった亜紀はそれをつかんで、松永の胸を刺してしまう。当然、殺意はなかったと思いますが、その一突きが致命傷になって、松永はこときれた」

「そこらへんの展開は、三好信彦犯行説と似ているな」

「おやおや、負け惜しみですか？」

綸太郎はにやにやしながらそう言って、

「広谷亜紀が動揺したのは、いうまでもありません。かろうじて正気に戻った彼女は、その場で知恵を絞って、自分の犯行を隠蔽《いんぺい》する方策を考えた。問題は、駅前のドーナツ・ショップで亜紀の帰りを待っている関口玲子の存在です。忘れ物を取りに、亜紀がひとりで松永の部屋に引き返したことは、いずれ玲子の口から警察に告げられるでしょう。そうなれば、真っ先に自分が疑われることは目に見えている。何とかしてこの窮地を逃れる方法はないだろうか？　その時、彼女の脳裏を天啓のようによぎったのが、以前だれかに聞いたことのあるA子さんの話、犯行現場に血文字のメッセージを残した殺人犯の噂でした。暗闇の中で先輩を殺したばかりの犯人と鉢合わせしそうになり、あやういところで巻き添えを免れたA子さんの役割を演じれば、捜査の目を欺くことができるのではないか。とっさの思いつきでそう考えた亜紀は、都市伝説をなぞるように、被害者の血で『電気をつけなくて命拾いしたな』というメッセージを書き残し、電気を消して部屋を出ると、関口玲子に借りた自転車に乗り、なにくわぬ顔で駅前のドーナツ・ショップに戻ったんです」

法月警視は眉をひそめて、疑わしそうに、

「それだと事情聴取の時、血文字のメッセージを読んだ彼女の反応は？」

「もちろん、演技だったということになりますね」

「だが、俺にはとてもあれが演技だったとは思えない」

「それはきっと、最初からそういう先入観で見ているからですよ」

「そうかな。俺だって、ダテに長い年月を取調室で過ごしてきたわけじゃない。A子さんと同じように、その場で気を失っていたら、広谷亜紀が一芝居打ったと認めてやってもいいんだがね。あれはやっぱり本物だよ。たとえ俺の眼鏡《めがね》ちがいだったとしても、それ以上におまえの仮説には無理がある」

法月警視はムキになって難癖《なんくせ》をつけているわけではなかった。むしろその反対である。綸太郎はちゃんと坐り直して、父親の反撃に備えながら、

「無理というと？」

「時間的な問題だ。ドーナツ・ショップのレシートが示しているように、広谷亜紀が関口玲子と別れて、ひとりで行動していた時間はせいぜい十五分ほどしかない。しかも、そのうちの十分間は、梅ケ丘駅と『ベルメゾン松原』を自転車で往復することに費やされている。だからどんなに多く見積もっても、広谷亜紀が松永の部屋にいられた時間は、五分そこそこ、ということになる。だがいいか、五分間というのは、たった三百秒だぞ。おまえの説を真に受けるとすると、たったそれだけの間に、広谷亜紀は乱暴しようとする松永と揉み合いを始めてから――」

と言って、警視は順に一本ずつ指を折っていきながら、

「アイスピックを胸に突き立てて相手の息の根を止め、過剰防衛で人を殺してしまったショックも醒《さ》めやらぬうちに、すぐさま都市伝説の見立て殺人という妙案を思いつき、タバコのフィルターで壁に血文字のメッセージを書き残して、それを水洗トイレ

に流し、凶器のアイスピックの柄と手に付着した血痕を流しで洗うと、遺留品がないことを確認して、足早に犯行現場を立ち去った、ということになる。それだけじゃない。被害者と揉み合った際には、髪や着衣が乱れたはずだから、関口玲子に不審を持たれないように、身なりを整える時間も必要だったにちがいない。おまえの小説ならいざ知らず、現実問題として、わずか五分の間にそれだけのことを全部やりおおせる余裕があったと思うか？　おまけに、広谷亜紀は十九の女子大生で、肝の据わったプロの殺し屋なんかじゃない。突発的に人を殺してしまった直後に、平気でそんな超過密スケジュールをこなせるわけがないだろう」

形勢逆転である。綸太郎は柄にもなく赤面しながら、すごすごと頭を掻《か》いて、

「時間的にかなり苦しいのは、認めざるをえませんが……。でも、たとえば広谷亜紀が何らかの錯覚トリックを用いて、関口玲子の時間感覚を狂わせ、五分以上の時間的余裕をひねり出したとすれば？」

「まさか。ドーナツ・ショップのレシートの時刻はどうなる？」

「ほかの客のレシートをちょろまかして、自分と玲子のレシートとすり替えるとか」

「無茶なことを言うなよ」

法月警視はあきれ顔になる。付き合いきれんというように、フンと鼻を鳴らして、

「広谷亜紀と関口玲子のアリバイに関しては、ドーナツ・ショップの店員から裏を取

ったと言っただろう。レシートの時刻だって、ちゃんと店の確認が取れている。二人の供述に穴はない。広谷亜紀が松永を殺したということはありえんな」

5

綸太郎は広谷亜紀犯行説を捨てきれなかった。警視に論駁《ろんばく》された後も、頭の中でさまざまな可能性が枝分かれしていく。時間的な障害をクリアするショートカットが、きっとどこかにあるはずだ——。

やがて、綸太郎は言った。

「じゃあ、いっそのこと、こう考えたらどうでしょう？　月曜日の夜の犯行は、突発的なものでなく、あらかじめ細部まで計画しつくされていたとすれば」

「広谷亜紀が、計画的に？　だが亜紀には、松永を殺す理由がないだろう」

「いや。佐々木恵のケースと同様に、ドラッグがからんでいるかもしれません。亜紀も松永から定期的にプロザックを入手していたが、その売買をめぐって、二人の間に何らかのトラブルが生じた。それがこじれたあげく、亜紀は松永を殺害する決意をしたんです」

「フム。プロザックの売買をめぐるトラブルか」

法月警視はあまり気乗りしない口調で言って、

「それだけで殺人に発展するとも思えないが——まあ、ありえないことではないかもな。だとしたら？」

「亜紀は殺害計画を立てるに当たって、犯行現場に血文字のメッセージを残した殺人犯の噂を利用することにした。いうまでもなく、自らA子さんの役回りを演じて、疑いをそらすのが目的です。したがって、月曜日の夜、松永の部屋に携帯を置いていったのも、うっかり忘れたのではなく、彼女の予定の行動だった。飲み会がお開きになった後、『ベルメゾン松原』に引き返す自然な理由を作るために——ひょっとしたら、その時点ですでにアイスピックを持ち出していたかもしれません。梅ヶ丘の駅前で関口玲子に自転車を借りたのも、亜紀の方から持ちかけたことでしょう。玲子が一緒についてくると、犯行の妨げになりますし、同時に彼女とドーナツ・ショップで待ち合わせることで、アリバイを確保する目的もあったはずです」

「亜紀が『ベルメゾン松原』に引き返した時、松永の部屋のドアの鍵が開いていたのはなぜだ？　偶然にしてはできすぎているが」

「もちろん、偶然のわけがありません。みんなが帰った後、ひとりで戻ってくるつもりだと、飲み会が始まる前に、こっそり被害者に耳打ちしたんでしょう。どんな口実を設けたかはわかりませんが、松永は亜紀が殺意を抱いているとはつゆ知らず、寝ないで彼女を待っていた。亜紀は全速力で自転車を漕《こ》いで『ベルメゾン松原』に戻ります。そして、二〇六号室に上がり込むと同時に、出迎えた松永の胸にアイスピックを突き立てた――何のためらいもなく」

「待て。松永の死体には、刺される前に犯人と揉み合った形跡があったぞ」

「それも後から、亜紀が偽装したものです。当初の予定通り、タバコのフィルターに血を染ませて、『電気をつけなくて命拾いしたな』というメッセージを壁に書き残すと、さっきお父さんが数え上げたもろもろの後始末をすばやく片付けて、亜紀は足早に部屋を去る。あらかじめしっかり計画を立てておけば、五分以内にすべての段取りをすませることも、けっして不可能ではないでしょう。実際には、被害者との揉み合いなどなかったので、髪や着衣にも乱れはなかった。それから亜紀は、また全速力で自転車を漕いで駅前に戻り、なにくわぬ顔をしてドーナツ・ショップで関口玲子と合流する――これでどうですか、お父さん？　わずか五分ばかりの時間的余裕しかなくても、松永を殺害することは、広谷亜紀にも十分可能だと思われますが」

　警視の反応は芳《かんば》しくなかった。胸いっぱいに吸い込んだ煙を、綸太郎の顔めがけてふうっと吐きかけると、うんざりしたような顔で、

「たしかに可能かもしれないな、机上のプランとしてなら。だが、おまえの仮説には致命的な欠陥がある」

「致命的な欠陥？」

「それも亜紀の計画の根幹に関わる部分だ」

警視は辛辣《しんらつ》な口調で言って、

「仮に彼女が松永の殺害を企てたとして、どうしてそれを実行するのに、都市伝説の見立て殺人に偽装する必要があるんだ？　犯行が突発的に生じたものだというなら、まだわかる——亜紀自身の無作為の行動が、たまたまA子さんの話とうまく符合して、血文字のメッセージの呼び水になったわけだから。しかし、殺人があらかじめ計画されたものだったら、そこに都市伝説のモチーフを付け加える理由など、どこにもないはずだ。もっとほかにいくらでもやり方があるのに、どうしてそんな回りくどい、手の込んだ計画をたてなきゃならんのだ？　そういう本末転倒した計画は、犯行の必然性に欠けるというほかない」

「————」

綸太郎はぐうの音も出ないありさまだった。親父さんの指摘通りだったからである。

「お互いにこれで、痛み分けというところだな」

しょんぼりしている綸太郎を励ますように、法月警視が声をかけた。キッチンから

戻ってきたところで、両手に新しく作り直した飲み物を持っている。警視はテーブルにグラスを置いて、どっかり腰を据えると、

「まあ、そう気落ちするなよ。夜はまだ長い。もう一度、最初の前提に戻って、事件を考え直してみよう。広谷亜紀を犯人と名指したのはいただけないが、おまえの考えの方向はまちがってないと思う。おまえが指摘したように、松永俊樹を殺した犯人は、『電気をつけなくて命拾いしたな』というメッセージを残すことで、得をする人物にちがいない」

綸太郎はグラスを手に取りながら、深々とため息をついて、

「問題は、そのメリットがどういう性格のものなのか、ということになりますが」

「ああ。といっても、何かうまい考えがあるわけじゃない。もういっぺん、飲み会の参加者リストを洗い直してみようか？　本命とその対抗馬が相次いでコケたレースで、誰も注目していないダークホースが勝ちをさらってしまうのは、珍しいことじゃないからな」

と言って、警視は手帳の一覧表のうち、犯人の可能性が否定された人物の名前に取消線を引いた。

×松永俊樹――理学部二年・男（明大前）――

野崎哲　理学部二年・男（町田）
三好信彦　法学部二年・男（用賀）
長島ゆりか　文学部二年・女（吉祥寺）
遠藤章明　経済学部一年・男（つつじヶ丘）
広谷亜紀　文学部一年・女（代々木八幡）
関口玲子　経済学部一年・女（梅ヶ丘）

「残った四人の中で、午後十一時半に確固たるアリバイを持っている遠藤章明と関口玲子の二人は、とりあえず除外していいな？　そこで問題となるのは、野崎哲と長島ゆりかのカップルだが、さっきおまえも指摘した通り、二人が口裏を合わせて、ありもしないアリバイをでっち上げているとすれば――ん？　どうした、綸太郎」

警視が話している途中、綸太郎はいきなり天井を仰いで、ポカンと口を開けた。唇の間から、確固たるアリバイ、というつぶやきが洩れる。

それからしばらく無言のまま、微動だにしないでいたが、やがてその目がきらきらと輝き始めた。だしぬけにドンとテーブルに両手を突いて、

「そうだ！　それしか考えられない！　ぼくの目は節穴だった！」

突然の豹変《ひょうへん》ぶりに、法月警視はあっけに取られて、

「おい、大丈夫か？」

「大丈夫ですよ、お父さん。むしろやっと正気に戻ったというべきだ。最初から目の前に答がぶら下がっていたのに、それに気がつかないでいたんですから」

「最初から目の前に？」

「ええ。真相に至るヒントは、三好信彦犯行説を検討している時、自分で口にしたことにあったんです。血文字のメッセージがなければ、犯行時刻を特定することもできなかったはずだと、ぼくはそう言いませんでしたか？」

「ああ、たしかにそんなことを聞いた覚えがある」

「血文字のメッセージを書くことによって生じたメリットというのは、まさにそれですよ。シンプルだが、きわめて効果的なアリバイ・トリックだ。いいですか？　法医学的な推定では、被害者の死亡時刻の幅はもっと広くて、月曜日の午後十一時から翌日の午前一時までの間だったという。つまり真の犯行時刻は、十一時半より前か、あるいはもっと後だった可能性もあるということです。ところが、犯人は広谷亜紀の供述を利用して、『電気をつけなくて命拾いしたな』というメッセージを残し、犯行時刻が十一時半であるという先入観を植えつけようとした――実際はその時刻に、犯人は松永の部屋にいなかったにもかかわらず。言い換えれば、このメッセージが存在することによって得をする人物、すなわち松永俊樹を殺害した真犯人は、午後十一時半に確固たるアリバイを持った人物でなければならない」

綸太郎は息もつかずにまくし立てた。その興奮が乗り移ったように、法月警視も身を乗り出して、

「なるほど、先入観を逆手に取ったトリックか。ということは、アリバイの時刻が十一時半に限定されていない、野崎哲と長島ゆりかのカップルは、逆にその条件に当てはまらないことになるな。午後十一時半に確固たるアリバイがあるのは、遠藤章明と関口玲子の二人だが——」

「その二人のうち遠藤章明は犯人ではありません。彼の場合は、血文字のメッセージを残すのに必要な、もうひとつの条件を満たしていないからです」

「もうひとつの条件、というと?」

「血文字のメッセージを犯行現場に記すためには、広谷亜紀が忘れ物を取りに松永の部屋に引き返したこと、のみならず、一度も電気をつけないで、部屋を去った事実をあらかじめ了解していなければならない。そのことを知らずに、『電気をつけなくて命拾いしたな』というメッセージを残すことは、ナンセンスであり、かつ不可能です。しかし遠藤章明は、広谷亜紀の行動について、その詳細を事前に知りうる立場にはなかった。かかるがゆえに、彼は犯人ではありません」

法月警視は引き締まった表情でうなずいて、

「そうすると、最後に残った人物は——」

「関口玲子」

と綸太郎は言った。

「——彼女はいま挙げた二つの条件を満たしています。（1）玲子は午後十一時半に梅ヶ丘駅前のドーナッツ・ショップにいて、確固たるアリバイを持っている。（2）玲子は松永の部屋から戻ってきた広谷亜紀とドーナッツ・ショップで落ち合い、彼女の口から部屋で起こった出来事の詳細を聞くチャンスがあった」

「フム。たしかに広谷亜紀は、真っ先にその話をしただろうな。二人がドーナッツ・ショップを出たのは、十二時二十五分頃のことだ。ということは、玲子は駅の改札の前で亜紀と別れてから、『ベルメゾン松原』に引き返したことになる。彼女がそうした理由は？」

「これは想像の域を出ませんが、やはり松永が持っていたプロザックと関係があると思います。関口玲子が松永から定期的に薬を買っていたとしましょう。相場より高い値段をふっかけられて、玲子は薬代に不自由していたのかもしれない。たまたまそうした矢先、玲子は広谷亜紀から、松永の部屋のことを聞いた。先輩は部屋のドアの鍵を開けっぱなしにしたまま、完全に熟睡していたと」

法月警視は顎をなでながら、思慮深い口ぶりで、

「なるほど。俺が会って話した印象では、関口玲子ならプロザックを飲んでいたとしても不思議はないな。ちょっと神経質そうな、田舎出の優等生タイプでね。ああいう娘ほど、その場の出来心で、見かけに似合わない悪さをしてしまうことがよくある。そうすると玲子は、松永が眠っている間に部屋に忍び込んで、どこかにしまってあるはずのプロザックを盗み出そうとしたんだな」

「そう考えれば、何もかもつじつまが合います。駅前から自分の自転車に乗って、『ベルメゾン松原』に引き返すのに五分ほど。二〇六号室に侵入したのは、十二時半を回った頃でしょう。玲子は眠っている松永を起こさないように、部屋の電気を消したまま、手探りで室内を物色し始めた。ところが、暗闇でつまずくか何かして、大きな音を立ててしまったんでしょうね。松永俊樹は物音で目を覚まして、玲子の存在に気づいた。賊の目的がプロザックであることは、すぐにわかったはずです。かっとなった松永が玲子に飛びかかり、二人は揉み合いになった。ここでまた、すっかりおなじみのアイスピックが登場して、玲子は松永を刺し殺してしまう——遅くとも、十二時四十五分頃までの出来事です」

「ギリギリで、死亡推定時刻の範囲内だな。それから？」

「松永の死体を前にして、関口玲子はしばらく何も考えられない状態だったでしょう。プロザックを盗むという当初の目的は、頭から吹っ飛んでしまったにちがいない。しかし、彼女には自分を取り戻して、善後策を講じるための時間がたっぷりありました。梅丘の自宅には、自転車で帰ればいいのだから、終電の時間を気にする必要もない。玲子は暗闇の中で息を整えながら、松永の死体を見ているうちに、飲み会の後、忘れ物をして先輩の部屋に引き返した広谷亜紀のことを思い出した。それが呼び水となって、以前だれかに聞いたことのある血文字のメッセージの噂を思い浮かべたのは、ごく自然ななりゆきだったはずです。広谷亜紀が真っ暗な部屋で、手を下したばかりの殺人犯とあやうく鉢合わせしそうになったことにすれば……。もちろん、実際に亜紀が部屋に引き返した時、松永はまだ生きていて、何も知らずに眠りこけているだけでした。しかし、その時すでに松永が殺されて、犯人が部屋の中にひそんでいたような状況を作れば、同時刻、駅前のドーナツ・ショップにいた自分のアリバイは完璧になる。関口玲子はその思いつきに、人知れずほくそ笑んだことでしょう。彼女はおもむろに立ち上がると、松永のライターを見つけて灯りの代わりにした。それからタバコの吸いがらをつまんで、被害者の傷口から流れ出る血の中に浸し、利き腕と反対の手に持ち替えて、部屋の壁にメッセージを書きつけたのです——『電気をつけなくて命拾いしたな』と」

＊

それからしばらくして、A子さんの許に毎週一枚ずつ、同じ文面のハガキが届くようになりました。差出人は、かつて同じサークルの仲間で、彼女の一番の親友だったC子さん。差出人の住所は、八王子の医療刑務所と記されています。A子さんが引っ越すと、しばらくの間、配達は止まるのですが、誰かがこっそり調べているのでしょう、じきに新しい住所にも、同じ内容のハガキが届き始めるのでした。そして、ハガキを裏返すと、そこには赤鉛筆で殴り書きしたようなたどたどしい文字で、必ずこう書かれているのです。

「どうして電気をつけてくれなかったの？」

それを読むたびに、A子さんは背筋がゾッとする一方、どんなに悔やんでも悔やみきれない気持ちになりました――あの夜、A子さんが部屋に戻った時、電気をつけてB先輩を起こしていれば、先輩が命を落とすことなどなかったのです！　そして、彼女の一番の親友だったC子さんが、人殺しの罪の重さに押しつぶされて、頭がおかしくなってしまうこともなかったでしょう。

（メフィスト　九月号）

地底に咲く花

五條《ごじょう》　瑛《あきら》

著者紹介　防衛庁を退職した後、フリーのライターに。一九九九年に『プラチナ・ビーズ』で作家デビュー。続編にあたる『スリー・アゲーツ』で第3回大藪春彦賞受賞。著書に『冬に来た依頼人』『断鎖(Escape)』『黒を纏う紫』『熱氷』『スリーウェイ・ワルツ』など

1

安二《やすじ》がユリカと初めて会ったのは春だ。

花見の帰り道、酔った勢いで仲間三人と飛び込んだ歌舞伎町《かぶきちょう》の風俗店で彼女は働い

ていた。決して高くない値で性を切り売りする店の中でも、ことさら安い値段設定の店だ。もちろん安いにはそれなりの理由がある。女のレベルが低いか、サービスが悪いか。だが、そのとき安二は、とりあえず女であればどんなのが相手でもいいというくらいべろんべろんに酔っていた。マネージャーに指名はあるかと訊《き》かれ、即座にないと答えたものの、その直後に壁に掛かっていたボードに気付き、一番隅に小さく写っている女を指さして、「この女いる?」と訊いたような気がする。なぜ、急に気が変わったのかは分からない。その女の顔が誰かに似ている気がして、ふと懐かしく感じただけだ。

——ユリカです。

個室と呼ぶにはあまりに狭い、カラーボードだけで仕切られた窮屈なスペースに入ってくると、女はそう名乗った。

おそらく二十代前半。肩まで伸ばしたまっすぐな髪と線のように細い眉。二重瞼《ふたえまぶた》と長い付けまつげ。どちらかと言えば痩《や》せ型。爪を伸ばし、左右合わせて三つのピアス穴を耳に開けている。美人でもないがブスでもない。風俗店でよく出会うありふれたタイプだ。安二は椅子《いす》に座ったままで、女は正面にしゃがみ床に片膝《かたひざ》を突く。シースルーのキャミソールがまくれ、レースの下着が見える。計算された仕草と態度すらよく見る光景で、心が動くことはない。

「うちは本番はないの。知ってるよね？」

まるで古い知り合いに向けるような笑顔でユリカは言った。安二が頷《うなず》くと、ユリカは用意してきたおしぼりを足許に並べ始めた。

安二のベルトに手をかけ、ズボンのファスナーを下ろす。ペニスを引っぱり出しておしぼりで優しく拭《ふ》く手際も慣れたもので、何の抵抗も感じていないようだ。安二の方が目を逸《そ》らしてしまうほど、ユリカは始終明るい笑顔だった。適当な会話と演技と指先の動きだけで、ことは簡単に終わる。ユリカはこぼれた精液を新しいおしぼりで拭きながら、ようやく笑うのを止めた。

「お客さん、初めてよね。どうして、あたしを指名してくれたの」

「誰かに似てたから」

深く考えずに安二は答えた。酔いも回っているし、出すものも出したし、さっさと帰って寝たかった。親しいわけでもない女との会話に興味はなかったのだ。

「誰に？」

ユリカが訊いた。小さな声だった。

「忘れた」

安二は答えた。本当だ。あのボードを見た瞬間、いったい誰に似ていると思ったのか、どうしても思い出せなかった。

ユリカは部屋の中のゴミを集めながら、責めるような声で言った。

「こんなところで女の子を指名するときは、知り合いに似てる子なんか選んじゃダメよ」

「なんでだよ」

安二の呂律《ろれつ》は回っていなかったはずだ。仕事が終わった瞬間から、一度も自分と目を合わせようとせず、笑いかけもしない風俗嬢の戯言《ざれごと》などどうでもよかった。

「だって、その人に悪いじゃない」

ユリカはそう言いながら、出会ってから初めて見せる気怠《けだる》い仕草で髪をかき上げた。ペニスを握られているときはまったく気付かなかったのに、そのときユリカの爪がきれいな青色に塗られているのに気付いた。

店を出た後、どうやってアパートまで戻ったのかぜんぜん憶えていない。

その夜は変な夢を見た。

青い花に埋もれている夢だ。

翌朝、目を覚ましたとき、安二はようやくユリカが誰に似ているのか思い出した。

2

いつまでも寒いなとぼやいていたら、突然春がやって来た。とりわけここ数日は、初夏を思わせるような陽気が続いている。建築現場労働者には寒いのも辛いが、暑いのはもっと不快だ。照りつける太陽の下、男の体臭にまみれて一日中屋外で肉体労働することを思うと、うんざりする。

安二は地面にぽっかりと空いたクレーターのような穴の中で、これからの季節を想像しながら天を仰いだ。都会の真ん中に新築される高層マンションの打ち込み作業の真っ最中だった。上も高いが下も深い。地下四階まであることもあって、毎日ショベルカーが地面を掘り起こしている。現場はトタンとビニールシートで囲われているので外からは見えないが、内側には日々姿を変える不気味で巨大な穴がある。

「ちくしょう」

上を見たまま、安二は吐き捨てた。「地面があんな上にあるじゃねぇか」

「だから何だ」

隣りでシャベルを握っていた金満《かねみつ》が、面倒くさそうに応じる。

「墓穴にいるみてぇで、気分が悪いんだよ」

「贅沢《ぜいたく》言うんじゃない。黙って働け」

「偉そうに命令するな、ジジイ」

「ほざいてろ、ガキ」

一回り以上の年齢差があるとはいえ、ここでは同じ日雇いの現場労働者にすぎない上に、キャリアもほとんど違わない。大人の余裕を見せるどころか、金満は安二にはことさら容赦がなく厳しいが、それで黙っている安二でもない。互いに罵倒し合いながら、作業時間は過ぎていく。

「でもさ、安二が死んでもこんな大きな墓穴には入れないよ」

ちょっと離れた場所にいたアキムが、すかさず口を挟む。パキスタンから来た不法滞在外国人だが、日本での生活が十年近いということもあって、言葉は流暢《りゅうちょう》だし仕事ぶりも慣れたものだ。稼いだ金は、せっせと国に送金しているらしい。

「うるせぇんだよ」

安二は今度はアキムに向かって叫んだ。

「てめえに俺の墓穴の心配をしてもらわなくても結構なんだよ」

「誰も心配なんかしてないよ。安二の場合、お墓があるかどうかも分からないし」

「黙れ、クソ野郎」

「クソ野郎って何のこと？　安二の言うことぜんぜん分からないね」

アキムは少しも怯《ひる》まず、それどころかわざととぼけた口調で切り返す。

「とっとと国へ帰れ」

「帰っても仕事がないね」

「うるさい。二人とも黙れ！」

背筋を伸ばして一息吐《つ》くと、いい加減にしろといった表情で金満が一喝する。いつものこのパターンだ。

ここ数年、三人は一緒に組んで工事現場を回っている。知り合ったのは都内のハローワークだ。窓口の職員に、経験の浅い労働者が一人で現場を回るより少人数のセットの方が需要があると言われ、ほんの軽い気持ちで組むようになった。それからしばらくして、三人が三人ともいくら働いても自分の懐に金が貯《た》まらないという事情を抱えていると分かり、生活費節約のために一緒に住むようになった。年齢も性格も育ちも異なる三人だけに、小さな諍《いさか》いは毎日のことだ。しかし、プライバシーには口を出さない、他人の金には手を付けない、三人で決めたルールは守るといった最も重要な部分でそれなりに波長が合っているということもあり、ずるずるとこの関係が続いている。

三十代後半、人生経験が豊富で危ない橋も渡ったことがあるらしいが、見かけによらず頭は切れる金満。年齢不詳の不法滞在パキスタン人ではあるが、アジア系外国人の間ではそこそこ顔が広いアキム。そして、まだ二十三で一通りの悪さは経験した少年院上がりの安二とくれば、どうしてもリーダーは金満になる。いまのような場合も、たいていは金満の一言で片が付く。

「おい、そろそろ飯の時間だろう。ガキみたいにぎゃあぎゃあ騒ぐな。空《す》きっ腹《ぱら》に響く」首にかけたタオルで汗を拭きながら、金満も上を見た。「――確かに深いな」

「何メートルくらい掘るんだよ」

安二も手を休めた。そろそろ現場監督から、昼休みを知らせる声がかかるころだ。それを期待し、他の作業員のペースも落ちていた。

「二十メートル以上って話だ」

「そんな深い場所に住む奴がいるのかよ。俺はヤだぜ」

安二はその場にしゃがみ込み、誰に言うともなく呟《つぶや》いていた。普段こんなことは滅多に口にしないのに、自分でも不思議だった。ここ数日、毎日のように穴に入って作業しているせいで、苛《いら》ついているのかもしれない。日に日に地面が遠くなっていくのが気に入らなかった。いつかこの穴から抜け出せなくなるような、そんな錯覚に囚《とら》われてしまいそうだ。

「俺も厭《いや》だが、地下は普通、居住空間には使わないだろう。駐車場か何かにするんじゃないのか」

金満の言葉が終わらないうちに、穴の上から現場監督のしゃがれた声が響いた。昼休みだ。ショベルカーの動きが止まり、穴の中にいた七人の作業員がみな作業を中断する。持参した弁当を出す者、弁当を買いに行く者、近くの食堂にでかける者、それぞれが昼食のために動き出す。

筋金入りのケチであるアキムは、必ず弁当持参だ。それも白米と強烈に臭うパキスタンふうの漬け物しか持って来ない。他の食料は、現場調達。いつも誰かのおかずや残り物を分けて貰《もら》っている。お茶も現場で用意してあるものしか飲まず、絶対に自分で買うようなことはしない。金満と安二は、安い弁当を買うか大衆食堂で食べるかのどちらかだ。いまの現場は文京区内のビル街で、周囲に安くて量が出るような大衆食堂はない。そこで、歩いて五分ほどの場所にあるチェーン店の弁当屋へ、毎日交替で弁当を買いに行くことにしている。今日は安二の番だ。すぐに穴から出て行き、弁当屋へ走る。二人分の弁当とカップ入りのインスタントみそ汁を買って戻って来ると、金満も穴から出て、地面に敷いた段ボールの上に座って待っていた。

「早かったな」

「若いからな」

「威張るな」

二人で弁当を広げた。アキムは上がってくるのを億劫《おっくう》がって、たいてい穴底で弁当を食べる。安二は何があっても、必ず穴から出て食事をすることにしていた。

「お前、いつも上で食いたがるんだな」

みそ汁のカップにお湯を注ぎながら、金満が言った。

「穴の中で食うのは厭なんだよ」

箸《はし》でみそ汁をかき混ぜながら、安二は穴の方に視線を遣《や》った。

一週間ほど前にユリカと会ってから、毎日同じことを思い出している。正確にはユリカのことではなく、ユリカの中に面影を見た少女のことだ。一度気になりだすと、今度はなかなか忘れることができない。いままで思い出しもしなかったというのに、妙なものだ。

「なあ、あんたさ、地底に咲く花なんてあると思うか？」

金満がぷっとみそ汁を吹き出すのが分かった。

「さっき現場で頭でも打ったのか？」

大まじめな顔だ。

「ボケるなジジイ。俺は頭なんか打っちゃいないぜ」

金満は安二の知り合いの中で、おそらく一番の物知りに違いない。こんな男が一番というのも情けない話だが、事実は事実だ。それに、金満は相手がどんな人間でも、真剣に質問してくることを茶化したりバカにしたりすることはなかった。安二が真剣ならば、ちゃんと聞いてくれるはずだ。

「飯時に何を言い出すかと思ったら、地底に咲く花だって？」

思った通り、嘲《あざけ》るような口調ではなかった。金満は眉間に皺《しわ》を寄せ、安二の言葉の意味について考えている。

「そう。地面のずっとずっと下……要するに、この穴の底くらいの土の中で咲く花だよ」

「あるわけねえだろ」

「そうだよな」

弁当に箸を突き立て、安二は現場に用意してあるプラスティックのコップを二つ摑《つか》んだ。ボンベ式のコンロで沸かしたお茶を注ぎ、金満の前に一つ置く。そのサービスの良さに、金満も何かを悟ったようだ。

「急に変なこと訊いて、何かあったのか？」

安二は大きく息を吐き、どう切り出すべきか考えた。

「中学のときさ、そんなこと俺に言った奴がいたこと思い出したんだ。そのときは、ぜんぜんまじめに聞いてやらなかったんだけど……」

「いまごろになって思い出したってわけか。お前の最初の女か何かか？」

「いかにも助平なジジイが思い付きそうなことだぜ」

「なんだ、違うのか？」

「当たり前だ。ただの同期生だよ。クラスも違うし、ほとんど話したこともないような奴。名前だってまともに憶えてないんだ。名字しか記憶になくってさ、いくら考えても他は思い出せないんだ」

本当だった。かろうじて顔と名前が一致する程度の存在だった。七見《ななみ》——そう、七見という名字と、あ、の、日、の、彼女の姿しか憶えていない。

「男か？」

「女だよ」

「なんだ、やっぱり可愛い子ちゃん絡《がら》みか」

「可愛い子なんかじゃねえ。ブスだよ、ブス」

安二は吐き捨てるように言った。これも本当だ。もし、七見が可愛い娘だったら、もうちょっと記憶に残っているはずだ。

「それでも、なんか気になることがあるから、いまでも憶えてんだろう」

「まあな。そいつさ、忽然《こつぜん》といなくなっちまったんだ」

「いなくなった？」

「ああ。卒業式の三日前に、家族と一緒に誰にも何も言わずに消えたんだ」

3

七見は安二と同じ中学だったが、同じクラスになったことは一度もなかった。話らしい話をしたこともなく、中学三年のあの日まで、彼女に関する記憶はまったくといっていいほどない。

安二がグレ始めたのは中学二年のころ。事業に失敗した父親の急激な生活の変化、母親との不仲、別居とお決まりのコースが続き、家庭はすっかり居心地の悪い場所となった。三年生になるといっぱしの不良のような格好で、悪い仲間と深夜の街を徘徊《はいかい》するようになる。学校からも家からも気持ちが遠ざかっていく中、それでも他に行く場所もないという理由から、当時はまだ週に三日くらいは登校していたはずだ。

卒業式の三日前、その日、安二はなぜか学校に行っていた。実質春休みに入っていて、教室には誰もいない。校庭ではいくつかのクラブが活動をしていた。人影は静かなものだった。安二はすることもなく、ただ校庭をぶらぶらとしていただけで、校内のない校舎裏で煙草を吸おうと思い、腰を下ろした。そのとき、数メートル先にある花壇の前にしゃがみ込んでいる黒いセーラー服姿の七見に気付いた。彼女は花壇の隅に穴を掘っていた。一心不乱と言っていいほどの真剣さで、端《はた》から見ても普通とは思えなかった。ほんの好奇心から、安二は近寄って声をかけた。

「七見、何やってんの?」

「穴を掘ってるの」

「何で?」

「埋めようと思って」

「何を?」

「これ」

七見は自分の足許に視線を落とした。球根が五個、転がっている。

「この球根を植えンの?」

「うん」

「何の球根だよ」

「知らない」

「お前さ、自分も知らないものをここに埋める気かよ」

七見は小さく頷いた。そのとき安二は、彼女の雰囲気が尋常でないことに気付く。長い髪を二つに分けて三つ編みにしているが、かなり雑な編み方で、いまにもほどけそうだ。表情は暗く、涙ぐんでいた。必死で堪《こら》えようとしているのに涙が止まらない。そんな感じだった。七見は泣きながら素手で穴を掘っている。深い深い穴を……。

「本当はうちのベランダで育てようと思っていたの。でももうダメだから、ここに埋めることにしたの」

「深すぎるぜ」

安二は言った。他に言葉が思い浮かばなかった。どうして泣いているのか、なぜベランダがダメなのか。いまなら簡単に思い浮かぶであろう言葉が、あのときはまったく浮かばなかった。

「分かってる」

七見はそう答えながら、それでも穴を掘り続ける。

「絶対、芽なんか出ないぞ」

「出るかもしれない」

「出ないね」

「土の上には出てこないだけで、土の中で芽を出して、茎を伸ばして、花が咲くかもしれないじゃない。人目に付くところでは咲けなくても、誰にも見つからない土の中で咲くことができるかもしれない」

「ばか。そんな球根があるかよ。だいたい、どんな花が咲くんだよ？」

七見の言っていることがさっぱり理解できず、安二は意地悪い言葉を返す。

「青い花が咲くわ」

質問に対する答えと言うより、念じるような囁《ささや》きだった。青い花が咲けばいい。涙と泥で汚れた横顔が、そう語っているようだ。

「そんな花あンのか？」

「知らない。でも、人目に付く場所がダメなら地の底で咲くしかないじゃない。どうせ誰も見ることができない花なら、地上にはない珍しい色がいい」

それ以上言葉が続かず、土の上に涙が落ちた。安二は立ち上がり周囲を見渡す。近くに低木を支えている細い鉄の棒があったので、それを引っこ抜いて来た。七見が掘っている穴に突き立て、何も言わず黙々ともっと深く掘ってやる。腕が肩まで入るくらいの深さになってから、ようやく七見は納得したように球根を入れた。手で土を被《かぶ》せると、あらゆる不満をそこにぶつけるかのように何度も何度も上を叩いた。手に血が滲《にじ》むまで七見は叩き続け、そして帰って行った。


「――で、それっきりその娘、消えちまったってわけか」

すっかり弁当を食べ終えた金満は、三杯目のお茶を飲みながら訊いた。

「ああ。卒業式には来なかった。担任が卒業証書を持って家を訪ねたらしいんだけど、一家が住んでいた部屋はもぬけの殻だったって話だ。両親と他に兄弟がいたらしいけど、全員が消えた」

「月並みだけど、そりゃ夜逃げだろう。借金があったに決まってる」

「俺も最初はそう思ったけど、それが違うらしいんだ。俺と同じ高校に七見とわりと親しかった女がいて、後になってそいつからもうちょっと詳しい話を聞いたんだ」

「二年も行かずに退学になった高校だな」

「うるせぇ。関係ないだろう」

「それで？」

「そいつの話じゃ、七見の家は金持ちじゃないが、借金もなかったはずだって言うんだ。そのころ、街には有名な企業のでっかい工場があって、七見とその女の親父はそこで働いていた。七見の父親はずっと中国で暮らしていた日本人で、七見が赤ん坊のころに一家で日本に戻って来たんだってさ。親父ってのはまじめな人間で、ちゃんとした正社員だ。社会保険にも入ってたし、年金も掛けていたんだぜ。お袋さんもそこでパートやってて、二人とも評判が良かったそうだ。会社の人間が後で調べても、借金なんかまったくなかった。変な事件に巻き込まれてたって噂もないし……。しかも、七見は成績が良くてさ、俺が行ったとこなんかよりずっと偏差値が高い高校にも合格してたんだぜ」

　あの女も、どうして突然七見一家が消えてしまったのか、まったく分からないと首を捻《ひね》っていた。

「中国からの帰国者一家か……。ひょっとしたらその娘、アキムのお仲間だったんじゃないか」

「それは違う。さっきも言ったように、七見の親父は普通の社会人としての身分は全部持ってたし、その女の話じゃ、七見は戸籍も住民票も持っていたはずなんだ。高校入学手続きの書類を揃えるときに一緒に役所に行って見たんだってさ。アキムにはそんなものないだろうが。だからさ、担任の教師も当時はえらく不思議に思って、ずいぶん捜したらしいんだ」

「なるほどな。それで、お前も捜したのか？」

「まさか、冗談言うな。俺はいまのいままで忘れてたの」

「まあ、そういうことにしとこう。借金もないし、不法滞在者でもない。だが、他に何か人には言えない事情があったんだろう。だから、どうしても卒業式まで学校に残ることができなくなった。それで、その娘は泣いてたんじゃないのか」

「たぶん、そうだったんだろうな」

考えてみれば、ずっと泣きながら地面を掘っていた七見と、いかにも商売用の、感情が籠もっていない笑顔で安二の下半身に触れていたユリカとでは、あまりに違い過ぎる。

わずかに面立ちが似通っているというだけで、なぜこんなことを思い出したのか。おそらく、あの青い爪のせいだ。あの青が鮮やか過ぎて、つい忘れていたことを思い出してしまったのだろう。

「しかし、青い花ねぇ……」

気が付くと、金満がにやにやとしながら安二を見ていた。

「何だよ、その面は」

「いや、お前にも年相応の純な思い出があったんだなあと思ってさ。まあ、どこかで似たような話を聞いたら気に留めといてやるよ。お前、このままじゃすっきりしないって顔をしてるしな」

図星だった。

「うるせぇ、ジジイ」

憎まれ口を叩くものの、声にいつもの荒さはない。

「はいはい。俺はジジイだよ。しかし、何だって急にそんなこと思い出したんだ？春のせいか？」

金満の笑いはまだ続いている。

黙ったまま安二は弁当の空き箱を持って立ち上がった。午後からまた、穴の中での仕事が待っている。

4

次に安二が店に行ったとき、ユリカはちゃんと安二の顔を憶えていた。開口一番、「今日は酔ってないね」と言ってから笑った。その表情は、どちらかといえば陰気なイメージしか残っていない七見とは似ても似つかない明るさだ。散っていく桜のようにありきたりで、華やかで、すぐに忘れてしまうことができるような心の籠もっていない笑顔が、逆に客を安心させる。

いかにもプロらしいその態度が、安二は気に入った。今日もブーゲンビリアの匂いのするおしぼりを並べながら、ユリカは安二のズボンのファスナーを下ろす。

「何かエッチな話をしようか?」

「いや、いい」

自分の下半身で動く指を見ながら、安二は言った。今日も爪は青だ。

「あんた、どこの出身?」

「栃木」

「中学も?」

「そう」

安二は生まれも育ちも神奈川だ。

「――前に来たときも言ってたね。あたし、誰に似てるの？」

指の動きを速めながら、ユリカが訊く。

「忘れた」

脈が速くなるのを感じながら安二は答える。ユリカの指は心地好く、女に気持ちなど求めてはいない、自分のような男が抱くただの欲望の受け皿にはぴったりだった。

それ以降、安二はユリカの店に通うようになった。特別変わったことや刺激に満ちた行為をするわけではないが、場末の値段に見合った気楽さが安二は気に入った。射精しないときもあったが、それも大きな問題ではない。値段相応のユリカのサービスを楽しめれば、それでいい。ちゃらんぽらんな自分に似合った、ありふれた風俗嬢だと思う。

恋人にしたいとか、そういう感情はまったく湧かなかった。ユリカはよく笑い、いつも優しい。だが、安二はその行為に何の意味もないことをよく分かっていた。ユリカは、どの男に対しても同じ態度で接することができる女だ。機械のように正確でむらがなく、本当の自分は、客などが触れることのできない深い場所に隠してしまっている。いつも甘い匂いのおしぼりを持って笑っている、可愛い商品。とても楽な女

――。

ある夜、安二はアパートの近くにあるコンビニエンスストアで、マンガ雑誌を買うついでに一本五百円の安いマニキュアを買った。深い考えなどなく、ただきれいだなと思って眺めているうちに、ふと気が付くと手に持ってレジに並んでいた。きらきら光る青色の液体が入った小さな瓶だ。ユリカはいつも爪を青くしている。見るたびに色や模様が違うので、マメに塗り替えてはいるのだろうが、色は決まって青系だ。自分で使うわけもなく、買ってからユリカにやろうと思い立った。

翌日、安二は店に行った。仕事が終わって、いつものようにおしぼりで安二のペニスを拭いているユリカの前に、乱暴にそれを置く。

「やるよ。使わないなら、捨てていいぜ。安物だから」

安二が言うと、ユリカは嬉しそうに笑った。いつもの感情のない笑顔で、安二とマニキュアを交互に見つめる。

「嬉しい。捨てたりするわけないじゃない。使うわ」

「あっ、そう」

他に言いようがなく、安二はズボンのファスナーを上げる。

「お客さんから化粧品を貰ったことはあるけど、青いマニキュアは初めてよ。どうして青なの？」

瓶をいじりながら、ユリカはずっと笑っている。剝《む》き出しの白い肩にかかる黒い髪が、何となく侘《わ》びしげだった。七見はもっと髪が長かった。これほど痩《や》せてもいなかったはずだ。それに、もうちょっと陽に焼けていたような気がする。

「だって、お前、いつも青い色を塗ってるからさ」

「よく見てるのね」

他の奴はそんなことも気付かないのだろうか。安二はそう思ったが、訊かなかった。風俗嬢は客の喜ばせ方をよく知ってる。これも、仕事のうちだろう。それでも安二は気分が良かった。上手に嘘が吐《つ》ける女は好きだ。まして、それが商売女なら当然のことなのだから。

「もうちょっと時間あるから、安二のことを少し話してよ」

ユリカが言った。

「話すほどのことなんかねぇよ」

「毎日何してるの？」

「仕事」

「どんな？」

「でっかい穴を掘ってるんだよ。現場で泥だらけになってさ」

安二はそう言いながら、時間ぎりぎりまでここにいようと思った。

週に何度かユリカの店に通うようになったことを除けば、安二の暮らしはあいかわらずだ。朝早くから工事現場に出かけて穴の中で汗を流し、夜はバイトが入っていればバイトに出かけ、なければアパートに帰って寝る。同居人の金満も週に何回か警備員のアルバイトがあるし、アキムも出かけていることが多いせいで、現場以外ではあまり顔を合わせない。

週末になれば、アキムは外国人仲間と出かけ、安二はもっぱら競馬だ。金満だけは決まっていない。その日は日曜日だったが、安二は北千住の駅を出たところで、ばったり金満と会った。こざっぱりした格好をして、小脇に紙袋を抱えている。

「ジジイ、どこ行ってたんだよ」

「図書館」

「図書館だぁ？　エロ本でも借りに行ってたのかよ」

「お前と一緒にするな。そっちはまた、競馬か？」

「まあな」

「金ばっかり使ってないで、ちっとは頭を使ったらどうだ」

「うるせぇんだよ」

どうせ二人とも帰る場所は一緒だ。いつもの調子で言い合いながら歩いていると、金満が一杯やって帰ろうと言う。まだ外は明るかったが、二人は屋台の暖簾《のれん》をくぐった。

「いつかの青い花の話だけどな」

冷や酒を一口飲んで咽《のど》を潤してから、金満が切り出した。

「あれがどうかしたのかよ」

「俺も何となく気になっちまって、今日図書館で七年ほど前の新聞を調べてみたんだよ」

「ホントかよ?」

思わず安二の腰が浮いた。金満は変なところでまじめな人間なのだが、このときは素直にそれに感謝したい気分だった。悔しいが、安二はそういうことをしようという考えすら、思い浮かばないのだ。

「まあな。それで、いろいろ考えてみたんだ。これはあくまでも俺の推測で、証拠はどこにもないんだけどな……」

「いいから早く言えよ。何か分かったのか?」

「当時、お前が住んでいた神奈川県東部には、大手自動車会社の組立工場があった。例の娘の両親は、そこで働いていたんだな?」

「ああ、そうだ」

「その工場は、帰国者や永住外国人を多く採用してたらしい。バブル期の日本では、いわゆる3K4Kって呼ばれた職場での、肉体労働者不足が深刻な問題だったんだ。そこで、政府は入国管理法を改正して、帰国者や永住外国人の基準をかなり緩めた。その一番の例が、家族の永住許可についての部分だな。つまりだ、簡単に言えば、家族の中に一人日本国籍を持つ者がいれば、本人を含む三親等の関係にある者まですんなり永住を許可されることになったってことだ」

「いいことじゃねぇか。それなら、家族と別れずにすむんだろ」

「まあな。バブル期と言えば、日本は金余りの時期だ。あっちこっちの労働者が日本に来たがっていた時代だけに、お国にしてみりゃ名案だと考えたんだろうな。法律を改正することで、不足している肉体労働者をそういう連中で補おうってつもりだったんだろう。事実、その法律を利用して、たくさんの〝家族〟が永住許可を得た。俺が思うに、労働力不足が深刻だっただけに、当時の入管はかなり審査が甘かったんじゃないかな」

「それが、七見とどういう関係があるんだよ」

「黙って最後まで聞け。その後で日本は不況の波に襲われて、今度は職不足となった。おのずと外国人労働者への締め付けが厳しくなってくる。それに合わせるように法律も改正された。アキムみたいな連中は、見つけ次第強制送還すればすむが、そうじゃない人間にまで見直しのメスが入るようになったんだ。最も目立った改正点は、家族に関する箇所かな。それまで書類上で家族であれば、永住は簡単に許可された。ところが、いまの法律では、配偶者以外は血縁が証明されないと永住は許可されなくなった。つまり、養子じゃダメなんだ。お前だって、アキムがこぼしているのを聞いたことがあるだろう？　数年前の法律改正によって、現在の日本の出入国審査はそうとう厳しくなっているんだ」

「そりゃ聞いたことはあるけど、七見はアキムとは違うんだぜ」

「本人もそう思っていたんだと思う。問題はな、入管が過去の書類まで遡《さかのぼ》って調べ始めたことなんだ。──実は、お前が中学を卒業した年の春の新聞の地方版を調べたら、その年だけで、お前が住んでいた市で六組の家族が永住許可を取り消されている。つまり、そのころからすでに日本に来てから何年も経つ家族の書類をもう一度引っぱり出して再調査するっていう作業を、入管が開始したってことだ。一枚でも書類に偽造があった者や、渡日目的のためだけの養子縁組を実施した疑いがある家族は、再審査にかけられることになる。再審査っていうのは、簡単に言えば……」

「許可が取り消されるってことなんだろ」

「そういうことだ。おそらく、彼女の家族も中学卒業を前にして、そのチェックに引っかかってしまった可能性がある。だから、急いで逃げ出すしかなかった。全部、推測だけどな。——まあ、ちょっとこの記事のコピーを読んでみろ」

金満は、袋の中から一枚の紙を出して安二に渡した。それは、一年半ほど前の夕刊記事だった。

内容は、ある県で起きた子供の集団失踪についてだ。その県では、ここ七年で百人近い数の子供——小学生から高校生まで——が、忽然と学校から姿を消している。とりたてて問題もなかった子供が、周囲には何も告げずいきなり学校から姿を消すのだ。教師が家に行ってみると、家族も一緒に消えている。調べてみると、その子供たちは全員、永住帰国者の子供たちだった。

バブル期に金で書類を買ったり、養子縁組によって日本人の家族となって永住許可を取得した家族たち。それが再調査の実施により、来日して何年も経ったころになって入管からの呼び出し状を受け取り、慌てて逃げ出すという現象が起きていることを淡々とした文章で解説していた。

「こんないい加減な話があるかよ」

思わず安二は、コピー紙を握り締めた。

「俺に怒鳴るな」

「偽造だろうが何だろうが、国は一度は永住許可を出したんだろうが。間違いだったとしても、許可しちまえば、国の責任じゃないのか？　それで家族全員が日本に来て、親はちゃんと就職してよ、まともに生活して、ガキはまじめに学校にだって通ってるんだぜ。それを何年も経ってから、やっぱり許可できませんから出て行って下さいなんて、冗談じゃないぜ。ふざけてやがる」

「それが政治ってもんなんだよ。俺に怒ってもしょうがないだろうが。それに、あくまでもこれは俺の想像で、七見って娘がそうかどうかは分からん」

「そりゃそうだけど」

「とにかくだ、俺はそう思うってだけの話だ。気に入らないなら忘れてくれ」

すぐに安二は、金満を怒鳴った自分を後悔した。ここは俺が奢《おご》るよと言うと、「ありがとよ」という答えが戻ってきたので、少し気が楽になった。金満と安二は、それから黙って酒を飲んだ。安二の頭の中には、ずっと七見の顔が浮かんでなかなか消えなかった。

5

その数日後、安二はユリカの店に行った。いつものように彼女を指名し、隣りの声が聞こえてくるような形ばかりの個室で時間を過ごす。狭い空間に満ちているのはおしぼりの香料と男の体液の臭いだけで、他には何もない。

「ねえ、安二」

ユリカが口を開いた。

「何だよ」

「あたし、今夜はもう上がりなの。安二が掘ってる大きな穴が見たいな。これから連れてってよ」

「あんなもの見ても、面白くねえぞ」

「でも見たい。ねっ、お願い」

ユリカは両手を合わせ、媚《こ》びた表情で子供みたいにねだる。断る理由もなかった。

「しょうがねえな」

安二はファスナーを上げながら立ち上がり、示し合わせて店を出た。

初めて二人で電車に乗る。並んで駅のホームに立ち、吊革を摑む。ユリカは上機嫌で、店を出てからずっと喋《しゃべ》っていた。指名を勝ち取るための店外サービスだとしても、悪い気はしなかった。丸ノ内線の本郷三丁目駅で下り、歩いて現場に向かう。夜は工事はしておらず、現場を囲ったトタン壁の出入口には南京錠が掛けられていた。

「入ってみたい」

壁を両手で押しながら、ユリカが言った。

「見たってつまんねえぞ」

「でも、見たい。安二が掘った穴が見たいの」

「変な女だな。俺が掘ったって言っても、ほとんど機械が掘ってるんだぜ」

「それでもいいの」

安二の腕に自分の腕を絡ませ、ユリカが甘えるように顔を見上げる。青い爪が、シャツの袖をまくった安二の腕に優しく食い込む。ユリカの指がペニス以外の場所に触れたのは初めてだと気付き、安二はおかしな気がした。何度もこの女の手の中で射精したのに、並んで腕を組むことさえ今夜が初めてなのだ。

現場の周囲をゆっくりと歩いて見て回り、トタンが少しずれている箇所を見つけて、そこから中に潜り込むことにした。四つん這いでトタンの下をくぐりながら、ユリカは振り向いた。にこにこしながら声を落として言う。

「何だか、子供のころに戻ったみたいでどきどきするわ」

「ガキのころ、こんなことやってたのか？」

「たまにね」

「危ないから、あんまり前に行くなよ」

現場に入るとすぐに安二は、ユリカがそれ以上前に行かないように、背後からユリカの両腕をしっかりと摑んだ。

目の前に穴がある。夜に見る穴はひどく不気味で、実際の大きさより数倍大きく感じられた。真っ黒で底が見えず、どこまでも地に向かって伸びていくような感じだ。

ユリカは後ろの安二に体重を預けたまま、深々とため息を吐く。

「なんだか、すごい。街のど真ん中にこんな穴が空いてるなんて不思議ね」

「そうだな。けど、明後日からコンクリの流し込みが始まるから、この穴があるのもそれまでだ」

「そうなんだ」

胸にユリカの体温を感じる。短いスカートに包まれた小さな尻が下半身に当たり、そこから体温が上昇していくような気がした。初めて、この女を抱いてみたいと感じる。

「なあ、ユリカ」

「何?」

「お前、本当に栃木出身?」

背後から安二は囁いた。自分の手の中にあるユリカの腕は細く、あの日の七見の汚れた腕を思い出させる。

「そうよ」

「そうか」

「前に、あたしに似てるって言ってた人のこと、考えてたんでしょう」

「ああ」

「どんな人？」

「言っとくけど、ガキのころの話だからな。別に親しかったわけじゃないんだぜ。それどころか、名前だってちゃんと憶えていないくらいで……。ただ、お前に会ったとき突然にそいつのことを思い出したんだ。そしたら、急にそいつが消えた理由が気になり始めた」

「それで？」

「いろいろあって、ちょっとだけ分かった気がした。それが事実かどうかなんて分からないけどさ」

「あたしにも教えてよ」

ユリカが囁く。

黒い穴は不気味なほど静かで、黙っていると二人とも吸い込まれてしまいそうだ。安二は、金満から聞いた話をユリカに聞かせた。心のどこかで、まだわずかに七見とユリカがダブっていたのだろう。今日もユリカの爪は青く、話している最中に、その爪が安二の手の上にそっと重なってくるのを感じたが、そのままにしておいた。話を終えると、ユリカが訊いた。

「あたし、そんなにその子に似てる？」

安二はしばらく考えた。難しい質問だったが、ユリカを見ていると七見を思い出すということは、どこか似ているということなのだろう。

「ああ」

そう答えた。それから、手を繋《つな》いで現場を出た。ユリカはずっと上機嫌で笑ってばかりいる。飯を食って帰ろうと誘うと、大喜びしながらももう帰るわと断った。未練はあったが、また誘えばいいと思った。駅まで戻って来たとき、ユリカは突然立ち止まると、安二の胸に顔を押し付けた。

「また店に来てね」

「ああ、行くよ」

「約束よ」

「ああ」

ユリカは安心したようだ。身体を離すとにこっと微笑み、切符を買って改札の中に入る。姿が見えなくなるまで、見送って欲しいという彼女のリクエストに応えて、安二は改札の外に立っていた。改札の向こうにある階段を半分ほど下ったところでユリカは振り返り、いきなり叫んだ。

「安二、あの穴を埋めるときに球根も一緒に埋めて！」

全身に電流が走った気がして、安二は思わず改札まで駆け寄る。階段の真ん中に立つユリカは笑っていない。泣きそうな顔でさらに叫んだ。「青い花にして。地上にはない色がいいわ！」

それだけ言うと、ユリカは走り出した。

「ジジイ、起きろ」

アパートに帰るなり、安二は寝ている金満を揺さぶり始めた。

「うるさい。俺は深夜から仕事なんだ」

「分かってる、分かってるよ。けど、あんた、マジですごいと思ってさ」

「何だよ、いったい」

「だからさ、あんたの言った通りだったんだよ。七見が消えた理由。絶対に間違いないって！」

安二の勢いに負けたのか金満は布団から起きあがり、あぐらをかいて座った。

「安二」

「一杯奢れって言うんだろ？　分かってるよ」

「そうじゃない」

「じゃあ何だよ」

「少し落ち着け」

「俺は落ち着いているよ」

「いいか、消える奴には、消えるだけの理由がある。その娘にも事情があった。もし、どっかで出会ったとしても、そういう女はそっとしておくことだ。深入りすると面倒だぜ」

「俺が入管にチクるわけねぇだろ」

「そういう意味じゃないんだ」

「じゃあ何だよ」

「だからな……まあ、いいか」

諦めたように言うと、金満はまたも布団に潜ってしまった。

「何がだよ。言いたいことがあるなら、はっきり言えよ」

「いま言わなくても、そのうちお前にも分かるだろうよ。世の中にはな、逃げ回るしか生き延びる道がない人間ってのがいるんだよ。そういう人間はな、理由が分かったところでどうしようもないものなんだ。つつき回したりしないで、知らん顔して、放っておいてやるのが一番なんだよ」

布団の中からそんな声がした。間もなく、わざとらしいいびきが聞こえてきた。

はやる気持ちを抑えきれず、翌日安二は現場をさぼってユリカの店に行った。いつものように彼女を指名したが、ユリカはなかなか姿を現さない。やっと来たのは、マネージャーという男だった。

「今日、ユリカは休み？」

「すみませんね、お客さん。あの子、辞めちゃったんですよ」

マネージャーは気の毒そうな表情を作り、安二に告げる。

「――辞めた？」

「そうなんですよ。突然ね、それも電話一本で、もうここは辞めるからって……。挨拶すらなしですよ。お客さんにはずいぶん可愛がってもらってたから、言い辛いんですけどね」

マネージャーは、今日入ったばかりの若くてきれいな女の子がいるんだが、替わりにどうかと薦める。安二は断り、何とも言えない気持ちを抱えて店を出た。昨夜聞いた金満の言葉が、頭の中でぐるぐると渦巻いている。

こんなふうに、彼女は一生逃げ続けるのだろうか。それしかこの国で生きていく道がないのだろうか。どうして、彼女がそんな目に遭わなければならないのか、いくら考えても分かるはずもない。

あの穴の前で、安二が七見のことを語っているのを、彼女はどんな気持ちで聞いていたのか、それを想像すると気持ちがきしむようだった。おそらく、この店を去る覚悟をしていたに違いない。

七見のこと、ユリカのこと——とにかく、いろいろなことにどうして自分は気付いてやれなかったのだろう。金満の言葉の意味がようやく分かり、心に染みた。

七見にはちゃんとした名前も戸籍もある。それは一度は、国によって許可されたもののはずだ。だが、それが人目に触れる場所に出ることはない。中学校の花壇で泣きながら穴を掘っていたあの日、七見は自分の未来を予期していたのだ。自分の力ではどうすることもできない未来を……。

たまらなくなって、安二は空を見上げた。

あの現場での作業はまだしばらく続く。ユリカは違う店に移って、きっとまたあの造花のような笑顔で働き続けるだろう。二人ともそうやって、生き続けるしかないのだから。

——どこかで球根を買ってから、仕事に行こう。

そう思った。あの穴を出るとき、約束通り球根を埋めて出てやるつもりだ。いつか地底で、美しい青い花が咲くように。地上にはない色の花が咲き乱れるように。

安二は、七見の願いが叶うことを祈った。


（小説現代　六月号）

殺しても死なない

若竹七海《わかたけななみ》

著者紹介　一九六三年東京都生まれ。立教大学文学部卒。在学中は立教ミステリ・クラブに所属。OL生活を経て、九一年『ぼくのミステリな日常』でデビュー。『死んでも治らない』『悪いうさぎ』『古書店アゼリアの死体』『依頼人は死んだ』『名探偵は密航中』など

1

「なんだこりゃ」

大道寺《だいどうじ》圭《けい》は煙草に火を移すのも忘れて呟《つぶや》いた。

久しぶりの、のんびりとした日曜の午後だった。十七年間勤めた警察をやめ、警察時代に出会ったろくでもない犯罪者たちの、ろくでもない犯罪についてまとめた『死んでも治らない』という著書をUNS出版から上梓したのが半年以上前のこと。大道寺に無理やりその本を書かせた幼なじみの編集者・彦坂夏見《ひこさかなつみ》は、それなりに責任を感じているらしく、

「圭ちゃんが物書きとして独り立ちできるまで、あたしが面倒をみてあげる。だから、さっさと、次の本を書き上げやがれ」

と大道寺の尻をたたき続けた。

おかげで、どうにかこうにか二作目『殺しても死なない』は完成し、出版にこぎつけた。前回同様、脅迫状にべっとり指紋を残したまぬけな誘拐犯とか、それと気づかず警察署の駐車場の車に車上荒らしを働いた男とか、息苦しさのあまり目だし帽を、よりによって監視用カメラの正面で脱いじゃった強盗などについて書いたわけだが、こういうまぬけな事例こそ青少年を犯罪への憧れから救う、と思いこんでくれたひとがいたおかげで、しばらくは月刊誌のコラムの仕事や書店でのサイン会、中学校での講演会などの仕事がめじろ押しとなった。そのせいか本の売れ行きもまあまあ、当分、食いっぱぐれの心配だけはなくなったわけだが、忙しさのあまりこの数ヵ月間、大道寺は家でのんびりするヒマさえなかったのだ。それが、やっと、ここに来て休み

をとれた。ベッドから出られなくなったとしても、当然ではないか。

大道寺がようやく目覚めたのは、夕方の四時をすぎた頃だった。彼の住むマンションは西向きで、夕映えの富士山が部屋の真正面に見える。この眺めが気に入って、彼はこの部屋を借りることにしたのだった。富士山と大道寺の住む部屋の間には、もとはこのあたりの大地主だったという重山《しげやま》一族の、千坪にも及ぶ邸宅の敷地が広がっているおかげで視界が遮《さえぎ》られることもない。敷地内では少年が犬を相手に走り回っていた。

一月も末になるとさすがに少しは日が長くなってくるなあ、などとのんきに考えつつ、しばし少年と犬のしなやかな動きを眺めた後、大道寺は郵便箱をのぞきに行き、キッチンでコーヒーを淹《い》れ、マグカップと灰皿を手に戻ってきて郵便物やメールをチェックする、というい つもの〈起床儀式〉を行なったのだが……。

「なんだよ、これは」

大道寺は呟きを繰り返すと、ワープロ文字の宛名シールが貼られた封筒を見直した。杉並のK町局の消印もきれいに読み取れるし、どこといって怪しいところはない。ごく普通の郵便物だが、中身は予想を越えていた。大道寺はその封筒から取り出した、ワープロ文字の手紙を再度読み直した。

拝啓　大道寺圭様。お作、楽しく拝読させていただいております。私は推理作家をめざして日夜鍛錬しているものであります。つきましては私の短編にお目通しいただきたくお願い致します。

作品のタイトルは『完全犯罪』といいます。ある夫が妻を殺すが、みごと罰せられずに逃げおおせる、という内容です。しかしながら素人の自分では、これが本当に完全犯罪であるのかどうかわかりません。警察の鑑識能力をもってすれば、殺人と見破られてしまうのではないか、という不安があります。元警察官である大道寺様なら、その点の見極めがおつきになりますね。ぜひご一読いただき、完全犯罪であるかどうかご判断いただき、かつ、もし不備があればご指摘いただきたく、お願い致します。

大道寺先生のご住所は評論家の畠《はたけ》智由《ともよし》氏にうかがいました。できるだけ早い返信をお待ちします。

敬具

よほどの悪筆なのか、ご丁寧にも差出人の名と住所まで印字されたシールで、直筆部分は全くない。名は神田《かんだ》靖《やすし》、住所は杉並区K町とあった。もちろん、大道寺の知らぬ名前だ。

一見、礼儀をわきまえた手紙に見えるが、内容はかなりずうずうしい。見ず知らずの赤の他人にいきなり原稿を送りつけ、添削しろと言うのだ。自分のために人が時間や労力を割《さ》くのが当然だ、とでも思っているのだろうか。おまけに、それだけではゴミ箱に放り込まれると悟る程度には賢いらしく、畠智由に聞いたんだからな、おまえ恩があるだろ、さっさとやれよ、との脅しもつけくわえてある。

畠智由の肩書きは文芸評論家、堅物と評判の男なのだが、どういうわけか『死んでも治らない』を某大新聞の書評でとりあげてくれた。門外漢の大道寺にはいまひとつぴんと来なかったが、こういう場所で扱ってもらえるのは名誉なことらしい。ただし、その書評、

「作者はこの作品を通して、病んだ現代社会の闇の部分を執拗《しつよう》にあぶりだそうとしたものであり」

なんぞという、見当違いを通り越して冗談になってしまったような内容で、もし、畠智由と一面識もなければ、大道寺は見なかったことにして、やっぱり手紙をゴミ箱に放り込んでいたことだろう。しかし、つい二週間ほど前に、大道寺はUNS出版の主催したパーティーで、畠智由を紹介されたばかりだった。畠は巷《ちまた》の評判とは違い、優しげなまなざしの、痩せて小柄な、美青年のなれのはて、といった趣の人物だったが、さすがに評論家歴が長いせいもあってパーティー会場にしっくりなじみ、貫禄もあり、大道寺は場に飲まれていたせいもあって、

「素晴らしい書評を賜りましてありがとうございました」

と最敬礼してしまったのだった。

大道寺は改めて煙草に火をつけ、深々と吸い込みながら考え込んだ。印字された原稿が手紙の後ろにくっついている。二十枚程度だろうか。これくらいなら、すぐに読める。文章やキャラクターについてや、ストーリーの整合性などについてコメントするのは無理だが、犯罪が警察にバレずにすむかどうか、という程度のことなら、一度読めばわかるに違いない。面倒な作業だが、無視して後でもめごとになるよりは、いくらかましだ。たぶん。

大道寺は原稿を読み始めた。

2

妻を殺すことを考えていたら腹が減ってきたので、オムライスを作ることにした。オムライスは彼の得意料理だった。

米に水を入れて、じゃっとかきまわして捨てた。もう一度、水を入れ、これもざっと混ぜて捨て、それから本格的にといだ。水が透き通るまで力をこめてとぐと、鍋に米をあけ、冷凍庫に常備してある鶏がらから煮出したスープを温め、注ぎ、ケチャップとピューレーとパプリカと塩を入れて、強火で炊き始めた。

椅子をコンロ近くに引き寄せて座り、部屋を見回した。玄関脇のキッチン部分とバスルームを加えても六畳にも満たぬ狭い空間。あるのはベッドと、安っぽいテーブルセットと、カラーボックスがふたつだけ。衣類や荷物はベッドの下につっこまれるか、フローリングの床に散乱している。床から八十五センチの高さにある窓からは、向かいのビルの反射光がさしこんでくるので、カーテンを開けるわけにはいかなかった。昼なお暗い物置小屋。それが彼の城だ。三十歳をすぎた男の城。

彼は溜息をついた。

昨夜はほとんど一睡もできなかった。別に珍しいことではない。この数ヵ月間、安眠したことなどないのだから。

十二年前、彼は背伸びした大学生だった。彼はどちらかといえば渋い顔立ちであったから、それにそぐう着こなしをして、アメリカ煙草を横くわえにしスコッチを飲み、ばかげた遊びにはつきあわず、そういう席に紛れ込むはめになっても冷ややかさを装っていれば、おとなに見えないこともなかった。

だが、中身はけっしておとななんてものではなかった。

鍋がふき始め、彼は我に返って火を弱め、キッチンタイマーをセットした。

いまにして思えば、その頃の彼は劣等感の塊だった。そうなった責任をあえて誰かに押しつけるとするなら、父親だろう。両親はたいへんに仲がよく、父親はまるで子どものように母親に甘えた。その結果、彼はひとりっこでありながら、母親にとって二番目にできた、かわいげのない子どものような存在となった。実際に手のかかる本物の子どもにくらべたら、父親の相手をするほうが楽にちがいない。彼は母親に認めて欲しくて、早くおとなになろうと努力した。そして、大学生になったときには成熟した人間になれたと、自分でも信じていた。

あえない錯覚ではあった。もし本当に成熟していたなら、さほど好きでもない女と学生結婚をすることもなく、したがって今頃はもっと気の休まる相手と、もっとつつましやかな、安らげる家庭を築いていただろう。もしくは、結婚などせずに、勝手きままな人生を歩んでいたかもしれない。

文筆業を志したとき、妻は彼の文章を鼻で笑い、独創性のかけらもない、と言った。そして実際、誰も認めてくれなかった。事業を起こしたとき、妻は彼の経営能力は鼠《ねずみ》以下だ、と言った。そして事実、一年とたたないうちに共同経営者にすべてを奪われた。ギャンブルの才能を開花させようとしたとき、妻は実家に帰った。いまでは借金で首もまわらない。

過去を消すことはできない。彼はこの数ヵ月、幾度も繰り返した言葉を、いま一度、呟いた。過去はけっして変えられない、しかし……未来なら？

鍵がまわる音がして、妻が入ってきた。高価な衣服に身を包み、彼の給料の何年分かという宝石を、耳、腕、指、首、そして胸から下げている女が。かつて、この女が福の神に見えたこともあった。いまでは貧乏神そのものだ。

「なに、この臭い」

わざとらしく鼻を鳴らして妻は言い、彼の足下に紙袋を投げ出した。彼はうんざりしつつ答えた。

「また買物か。豪勢なことだな」

「あなたと一緒にしないで頂戴。まあ、相変わらず汚くって狭い部屋ねえ」

彼はそれには答えず、やかんを火にかけた。

「とりあえず、お茶でもどうだ」

「いただくわ」

妻は部屋を見回し、立ったまま気のない返事をした。彼は会話を続ける努力をした。

「もうすぐオムライスもできる。食っていくか」

「あなたの作る料理なんて、恐ろしくてとても口にできたものじゃないわ」

「なら食うな。茶も飲む必要はない」

「そんなことを言ってもいいのかしらね」

妻はねちっこい口調になった。

「わたしをばかだと思っているの？　あなたの考えていることなどお見通しよ。わたしにいなくなって欲しいのでしょ。いいえ、殺してやろうとすら、思っているのじゃないかしら。でも」

ぎくりとなって振り返った彼に、妻は嘲笑を浴びせた。

「甘いのね、相変わらず。今日知らせたかったのはそのことなの。わたしが死んでも、あなたには一文の得にもならなくなったってことよ。松下《まつした》に会ってきたの」

祖父の代からの顧問弁護士の名前を呼び捨てにして、彼女は勝ち誇った。

「わたしの財産は、死んだらすべてかわいい甥《おい》のものになるの。そういうふうに、取り計らってもらったのよ」

かわいい甥ねえ、と彼は思わず苦笑した。妻の甥にあたる照彦《てるひこ》はたった十五歳だったが頭が良く、彼を溺愛《できあい》する妻すらばかにしている。

彼の表情を誤解したらしい妻は低く言った。

「松下のいうところによれば、配偶者は民法で決められた財産分与を求める訴訟が起こせるんですってね。でも、そこはいくらでも抜け道があるの。あなたがどんなにじたばたしたって、お金はすべて、正当な持ち主のところに戻るってわけ。おわかりかしら」

「そんな面倒くさいことせずに、さっさと離婚に応じたらいいじゃないか」

彼は椅子から立ち上がった。妻は腰に手をあて、彼をにらみ据えた。

「ふん。わたしから自由になるつもりなの」

「そうさ」

「それも悪くはないわね。あなたの顔を見ないですむなら、せいせいするものね。十八かそこらで騙され、人生を台無しにされた被害者なのですからね、わたしは」

「それはこっちのセリフだね」

「学生時代のあなたときたら」

妻はテーブルセットを軽蔑するように眺め、椅子に腰を下ろした。

「世の中のことはすべてわかっているような顔をして、そのくせなにも知らないおばかさんだった。あなたにあこがれた間抜けな女の子たちもたくさんいたわね。田舎出の貧乏人がきどっているだけとは気づきもせずに。ああ、ばっかみたい。笑っちゃうわ」

喉元までこみあげてきた怒りを、彼は必死に飲みくだした。

「だったら離婚すればいいだろ。きみはもっときどった男を捕まえればいい。俺はど貧乏のぐうたらに戻る。二度と俺の顔を見ずにすむぜ」

「残念だけど、そうはいかないのよ」

妻はきれいに塗られた爪を見つめて、あっさりと彼の希望をくじいた。

「わたし、妊娠しているの。三ヵ月なのよ。この子を私生児にするつもりはないの」

彼はしばらくぼう然と、この十年あまりの間、名だけ妻であった生き物を見下ろしていた。彼の頭が猛烈な勢いで動いた。遺産の件を考えれば、答えはすぐに知れた。

「なんてこった、まだ十五歳の子どもと……」

「年齢は十五歳ですけどね、あなたよりも何百倍もおとななのよ、彼は」

不道徳な関係をおぞましく思う以前に、そりゃお似あいだろうよ、という感想が浮かんできて、彼はしばし言葉を失った。妻はそんな彼をしたり顔で見下ろし、

「社会ってときどきひどく使い勝手が悪いのよね。だから、名目だけ貸してもらえれば助かるわけよ」

「もっと頭の働く女だと思っていたがね。俺が素直に父親になると思うか。ばかばかしい。冗談じゃない。絶対に、ごめんだね」

「あら、そうかしら」

妻は余裕の笑みを見せた。

「もちろん、無料奉仕しろなんて言わないわ。まず借金ね。全額返済してあげる」

一瞬、彼は心底安堵した。安堵した自分が情けなかったが、いや、借金さえ片づけば、たとえ妻の言いなりになったとしても……。

「あらあら、犬が飼い主に餌をねだるような顔しちゃって」

妻は薄ら笑いを浮かべて彼を見下ろした。

「これはこっちの都合でもあるわけよ。生まれてくる子どもの父親が、賭事で借金を作るような人間であってもらっちゃ困りますから」

「実の父親よりは、借金持ちとはいえ俺のほうがましってことだろう」

「そんなことより、あなたのほうにも身辺整理をしてもらうわ」

彼の言葉をにべもなく遮ると、妻は彼の借金総額をはるかに上回る額で購入したバッグを無造作に放り、にったりと笑った。彼の思考はきっかり一分間停止した。

「まさか、おまえは」

「知らなかったとでも思ってるの？」

妻は鼻先で笑った。

「興信所の報告書、ものすごく楽しませてもらったわよ。いろいろと苦労が多いのね、あなたも」

「くそっ、いつのまに。どうして」

「どうして、ですって？　ばっかみたい。あなた、自分以外の人間には目がないとでも思ってるわけ？　興信所に言わせると、楽な仕事だったそうよ。かわいそうにお相手の方、これが知れたらどんな目にあわされるやら」

「やめてくれ。あいつとはとっくの昔に終わってるんだ」

「もちろん、そうでしょうとも。この女のお身内が信じるかどうかは知らないけど」

妻は言外にいろんな意味を含ませることができた。とっくの昔に終わってるんですって、嘘つきねえ、三日前にも会ってるくせに、と。彼はわめきたてた。

「もし、その件を公にしてみろ。俺だっておまえの子どもの父親について、黙っちゃいないぞ」

「心配いらないわよ」

妻はなだめるように答えた。

「わたしは波風をたてたいわけじゃないのよ。あなたはこちらの言い分に従い、お金をもらう。わたしは子どもの父親を手に入れる。すばらしい取り決めじゃなくって?」

その瞬間、彼はうなずくところだった。妻の提示した金額は魅力的だった。借金も片づいたのだし、あいつとよりを戻し、ふたりで暮らし始めることだって……。

あいにく、彼は妻をよく知っていた。現在、妻は腹の子の父親役を欲している。だが、戸籍に父親名が記された段階で、彼は必要ではなくなる。

そのとき、妻がどう出るか、彼にはよくわかっていた。

「断わるよ」

彼はできるだけほがらかに言った。妻は険悪な目つきになった。

「なんですって？」

「断わるって言ったのさ。聞こえたかい」

凍りついたような白い顔に、彼は満足を覚えた。妻との結婚生活がそうだったように、とても短いが深い満足を。

妻は大きく溜息をつくと、笑いだした。

「そうくるだろうと思ったわ」

「なんだって？」

「せっかくのチャンスをふいにしちゃって。いいのよ、それならそれで」

「どういうことだ」

「わたしが解決策を一通りしか考えていないとお思い？」

妻は報告書をまとめ、バッグに戻しながら、冷たく言い放った。彼はみぞおちがひんやりと寒くなるのを感じた。

「あなたがこちらの言い分を聞けないなら、こっちもあなたの言い分は聞かないわよ。お気の毒にねえ、お相手の方。あなたみたいな男とかかわったばっかりに」

「おい、待て」

彼は必死に声を絞り出した。

「待ってくれ。その……本気じゃなかったんだ。よく考えてみるといいアイディアだと思うんだ」

妻はほくそ笑んで、彼を見下ろした。時間と技術をかけて丹念に手入れされた顔、一筋の狂いもなくまとめられた髪、小動物の皮を剝《は》いで縁にあしらったスーツ。そのどれもに信じ難いほどの金がかかっている。妻という悪夢のような女を表現するために。

「つまり、父親役を引き受けてくれるわけね」

「ああ」

彼はうなずいた。

「言う通りにするよ。だから、俺や……あいつには手を出さないでくれ」

妻は鼻先で笑うと、バッグから書類を取り出して、テーブルに置いた。借金の返済を証明するものだと知って、彼は、このときばかりは心底、妻に感謝した。

「片づけておいてくれたのか。助かるよ」

「かまやしないわ。たかが、総額二百万ですもの」

妻は言外にいろんな意味を含ませることができた。わたしにとっては、たかが、なのよ。あなたにとっては大金でもね。あなたってほんとにチンケだわ。ギャンブルの借金すら、この程度しか作れないのねえ、と。彼は喉元まで迫《せ》り上ってきた怒りを無理矢理飲みくだした。

「俺にとっては大金だからな。とにかく、感謝する」

「感謝。あなたが。珍しいこともあるのね。なにをたくらんでるのか、心配になっちゃうわねえ」

「冗談じゃない」

彼はびくつきながらも、強がって返事をした。

「きみは俺をとことん馬鹿だと思っているらしいが、いくらなんでも金の卵を産む鶏を殺すほどじゃない。きみが死んでも、俺には一銭も入ってこないんだろ」

「そうよ。松下にそういうふうに手配してもらったの。遺産は全部、照彦にいくのよ」

妻はいとおしそうに甥の名を発音した。彼は背筋の寒さを必死に堪《こら》えた。

「と、いうことは、だ。きみが生きていれば俺は毎月お手当てを頂戴できるが、死ねば一銭も手に入らなくなる、ということだろう。きみの長寿を心から願っている人間がいるとすれば、それは俺だよ」

彼はできるだけ気安い口調で言った。妻はあきらかに納得してはいなかったが、いま、ここにある危機に気づいている様子もなかった。彼女は返事もせずに肩をすくめ、そして顔をしかめた。

「それにしても、ひどい臭いね」

彼は慌ててキッチンを振り向いた。チキンライスが焦げ始めていた。丁寧に炊きあげようとしていたチキンライスが。

その瞬間、彼のなかでなにかがはじけた。

彼はコンロの火を止め、部屋を横切ってカーテンを半分開き、窓を全開にした。二月の午後三時。東向きの窓の向こうに、全面硝子《ガラス》張りのビルがあって、西日をまばゆく反射していた。そのビルにいまいましげな一瞥《いちべつ》をくれ、振り返ると、妻はまぶしげに目を細めていた。

「大丈夫かい。少し、窓枠にでも腰を下ろして空気を吸えよ。お茶を淹れるから」

彼は妻が窓に向かうかどうか、全身の神経を尖らせて探りながら、キッチンに戻った。妻はしばらくためらっていたが、やがて言われたとおり腰を下ろして、外の空気を深く吸った。いまだ、と彼は思った。いや、焦ってはいけない。じっと機会を待つんだ。

「少しは落ち着いたか」

「ええ、まあ。ひどい景色ね」

「誰もがきみのように、千坪の敷地に家を建てられるわけじゃないのさ」

「そうでしょうとも」

彼女は唇を歪めた。

「誰もがわたしのように努力しているとは思えませんからね」

「そんなに努力して、どうするのかね」

彼は茶を淹れながら、妻の動きを見張った。立つんだ、早く、立てよ。

「どうするですって？」

「ああ。どう生きようと人間、結末は同じだろ。ただ、死ぬだけだ」

妻は大声で笑った。笑いながら、カーテンをつかんで立った。

「ばかねえ、あなたは。わたしは……」

いまだ。彼は湯飲みを投げ捨て、妻めがけて走り寄るなり大声で叫んだ。

「やめるんだ」

一瞬だったか、一分はかかったのか、ともかく妻は悲鳴をあげて窓から落ちた。彼は叫びながら窓の下をのぞき、地面に横たわった妻の、ねじくれた身体を確認した。

彼はすぐに玄関を飛び出した。こういう場合、やはり階段を使うべきだろうと思い、彼は運動不足気味の身体に鞭打《むち》って、駆け降りた。

管理人が管理人室から飛び出してきた。ふたりはおたがいに意味の通じない会話を交わしながら、建物の裏へ回った。コンクリート舗装された駐車場に、妻の身体は無残にもつぶれていた。彼はほころびそうになる唇を、なんとか引き締めて管理人にわめいた。

「救急車を」

「これじゃ、間にあいやしませんよ」

管理人は頭をかきながら言った。彼はここをせんどとわめきたてた。

「でも救急車を——妻が、死んでしまう。腹の中には子どももいるってのに」

管理人は気の毒そうに彼の肩に手をのせた。その肩が震えているのを、管理人は少しも不思議には思わなかっただろう。こんな際だ、誰だって震える。

「落ち着いてくださいよ。あんたのせいじゃないんでしょう」

彼は管理人に聞こえるように、はっきりと呟いた。

「自殺だった。間に合わなかった。なにもかも、俺のせいだ」

3

大道寺圭は原稿を読み終えて、うなり声をたてた。読むんじゃなかった、と思った。この作者の神田靖という男、よっぽど女が嫌いらしい。妻に対する描写は悪意と被害者意識に満ち満ちていて、吐き気がするほどだ。文章もくどくどしいし——おまけに、これのいったいどこが〈完全犯罪〉なのだ？　もし、この妻が彼の借金を片づけておいてくれていなかったら、この場での殺人はできなかっただろう。つまりは、思いつきの、一発勝負の殺人ではないか。まあ、これが現実の話なら、成功しさえすれば一応は完全犯罪と呼べるのだろうが——やれやれ。

大道寺はレポート用紙を引きちぎって手紙を書いた。


拝復　原稿を読ませていただきました。今回は畠智由氏のご紹介ということでもあり、お返事いたしますが、当方、貧乏暇なしで忙しく、返事はこれを最後とさせていただくこと、申し上げておきます。ご了承ください。

さて、当犯罪は完全犯罪ではありえません。警察は変死として詳しく調査することでしょうから、おそらくはその日のうちに、これが他殺であること、であるならば被害者の夫である主人公以外には犯人などいないことを見抜いてしまうでしょう。

主人公がいったいどの程度の高さの建物の何階に暮らしているのか、まったく記述がありませんが（蛇足ながら、これは読者に対して不親切ではないでしょうか）、被害者が即死したらしいこと、無残な姿をさらしたこと（これもどの程度無残なのかよくわかりません）を鑑み、最低でも六階以上に居住していると考えましょう。そんな高い建物の階の、外に面した窓に、手すりがないわけがありません。被害者よりも夫である主人公のほうが力が強く、しかも隙をついたとはいえ、手すりごしに被害者の身体を生きたまま放り出すには、相当の争いが起こるものと考えられます。したがって、被害者の身体には墜落時に受けた以外の傷が多く残るはずです。

仮に——そういうことはまず、ありえませんが——争った際の傷がすべて墜落時の傷により消えてしまったとしても、この事件には捜査官が疑問を持たずにはいられない点がいくつかあります。

そのひとつは、カーテンです。被害者は立ち上がったときにカーテンをつかんでおり、主人公につきおとされかけたとき、必死にそのカーテンにすがったはずです。カーテンがどうなったかの記述がまったくありませんが、考えられる可能性として、
①被害者がつかんだまま、一緒に落ちた。
②ちぎれかかったまま、部屋に残った。
このふたつのうちいずれかの状況が残るでしょう。
①であれば、当然のことながら、自殺だとは誰も思いません。②であっても、疑惑の対象となります。言うまでもありませんが、〈自殺〉現場となる主人公の部屋にも鑑識が入り、念入りに調べられるはずです。その結果、窓枠に身体を支えようとあがいた妻の指紋が多数発見されるでしょう。
おまけに、殺人現場は向かいのビルの真正面です。目撃者のひとりやふたり、必ず現れると思われます。

それから、動機の件ですが、妻が死んでも遺産はもらえない、そのうえ手当ても入

ってこなくなる、だから自分は殺さない、というエクスキューズは馬鹿馬鹿しくてお話になりません。頭に来て発作的に投げ落としたにちがいない、と誰でも思うんじゃありませんか。おまけに借金を片づけてもらってるんですよ？　（ちなみに、腹の子は自分の子だとか、金には困っていないなどと嘘をついてもすぐバレます。容疑がかたまるだけです）

要するに、この犯罪は完全犯罪ではありません。バカな犯罪者がバカな殺人を犯してあっさり捕まる、というストーリーに変更なさってはいかがでしょうか。敬具

手紙を投函して一週間後の日曜日、いつもの〈起床儀式〉を始めた大道寺は、思わずコーヒーをこぼしそうになった。神田靖からの手紙――原稿も――が現れたのだ。添付されていた手紙の文面は、最初のそれよりさらに押しつけがましくなっていた。早い話、あんたのアドバイスを受けて原稿を書き換えたんだから、最後まで面倒をみろというのである。畠智由先生もそうおっしゃってるともあった。

大道寺は溜息をつき、気持悪さを押し殺して原稿を読んだ。最後の方に、若干の変更が見られた。

……彼女は返事もせずに肩をすくめ、そして顔をしかめた。

「ひどい臭いね」

「ああ、ごめん。きみはケチャップの匂いがだめだっけ」

「ええ、嫌いよ。だいたい、ケチャップが好きな連中って安っぽいのよ」

「大丈夫か」

彼は窓に歩み寄り、ブラインドをあげ、窓を開けて妻にしめした。

「窓枠に腰かけて、新鮮な空気でも吸ってるといい。茶を淹れてやるから」

彼は妻が窓に向かうかどうか、全身の神経を尖らせて探りながら、キッチンに戻った。妻はしばらくためらっていたが、外の空気を大きく吸い、窓枠に座った。

いまだ。いましかない。彼は、このときばかりは部屋が狭くてよかったなどと頭の隅で考えつつ、部屋の反対側からヘッドスライディングを決行した。彼女の足をつかみ、思い切り良く立ち上がる。妻は必死の形相で手すりをつかみ、ぶらさがった。彼は聞こえよがしに、大丈夫か、と叫びながら、妻の手をつかむふりをして、もぎ離した。妻の大きく開けた口がどんどん遠ざかっていった。彼は叫びながら窓の下をのぞき、地面に横たわった妻の、ねじくれた身体を確認した。すぐに玄関を飛び出した。こういう場合、やはり階段を使うべきだろうと思い、彼は運動不足気味の身体に鞭打って、駆け降りた。

管理人が管理人室から飛び出してきた。ふたりはおたがいに意味の通じない会話を交わしながら、建物の裏へ回った。コンクリート舗装された駐車場に、妻の身体はつぶれていた。あまりにも無残で、あまりにも小気味よい姿だった。彼はほころびそうになる唇を、なんとか引き締めて管理人にわめいた。

「救急車を」

「これじゃ、間にあいやしませんよ」

管理人は頭をかきながら言った。彼はここをせんどとわめきたてた。

「でも救急車を——妻が、死んでしまう。腹の中には子どももいるってのに」

管理人は気の毒そうに彼の肩に手をのせた。その肩が震えているのを、管理人は少しも不思議には思わなかっただろう。こんな際だ、誰だって震える。

「落ち着いてくださいよ。あんたのせいじゃないんでしょう」

彼は管理人に聞こえるように、はっきりと呟いた。

「事故だった。間に合わなかった。なにもかも、俺のせいだ」

大道寺圭は大きくため息をついて、レポート用紙を引きちぎった。

拝復　せんだって申し上げた通り、私もそれなりに忙しい身です。返事はこれまでにさせていただきます。

前回の指摘をまったく無視していらっしゃるようですね。窓からカーテンをはずし、ブラインドに変えた。床にスライディングさせれば、向かいの窓から主人公の姿も目撃されづらい。そうお考えになったんでしょうが、これだけ妻がじたばたすれば、目撃者が増えるだけですし、目撃時間も長くなるでしょう。妻の足を持ちあげているところを見られたりしたら、もう、どうしようもありません。

それに第一、ちらかって座る場所もないような部屋の床を、どうやってスライディングするんですか？

それと、前にも申しましたが、向かいのビルから目撃される危険は減っていません。手をもぎ離すところを誰かに見られたら終わりですね。向かいのビルはなくてもいいんじゃないですか。

これはこれで面白い短編になりうるでしょうから、完全犯罪というテーマはおやめになるべきです。

その翌週の日曜日、またしても神田靖からの手紙が郵便物にまじっていた。訂正箇所はわずかだった。今度の返事は使い残りの年賀状一枚で十分だった。

睡眠薬なんか使ったら、よけいに完全犯罪にはなりません。遺書のない自殺は変死、変死であれば司法解剖されるし、すると薬は検出される。自殺するには量が少ないだろうし、妊娠中の女性が自ら、真っ昼間に、犬猿の仲の亭主の部屋で薬なんか飲むわけがありません。

繰り返し申し上げますが、完全犯罪はあきらめたらどうですか。

4

この親切なアドバイスを受け入れる気は、神田靖にはまったくなかったらしい。さらに翌週の日曜日、大道寺はまたしても見覚えのある封筒を郵便箱に発見し、心の底からげんなりした。

添付の手紙はだんだん遠慮会釈なく、居丈高になってきていて、あんたは警察の力を過大評価しすぎているのではないか、警察だってぽかをするだろう、現に刑事事件で無罪となった事件の犯人が民事で犯罪を実行したと認定されるという事件だってつい最近起こったばかりではないか、などと、見当違いのやつあたりが長々と書き連ねてあった。

最初に返事を出したのが大間違いだった、と大道寺は後悔しつつ原稿を読み始めた。

……「大丈夫かい。少し、窓枠にでも腰を下ろして空気を吸えよ。お茶を淹れるから」

彼は妻が窓に向かうかどうか、全身の神経を尖らせて探りながら、キッチンに戻った。妻はしばらくためらっていたが、やがて言われたとおり腰を下ろして、外の空気を深く吸った。その途端、がきっと大きな音がした。彼はやかんを手に振り返った。妻のびっくりしたような顔がぽかんと宙に浮かび、両足が逆さまになった。そのまま窓の手すりもろとも妻の姿は消えた。

やった。

彼は叫びながら窓へ駆け寄り、下をのぞいた。地面には窓の手すりと妻のねじくれた身体が横たわっていた。彼はこちらを見ているはずの、向かいのビルを痛いほど意識しながら悲鳴をあげ続け、へたりこみ、それから我に返ったふりをして玄関を飛び出した。こういう場合、やはり階段を使うべきだろうと思い、彼は運動不足気味の身体に鞭打って、駆け降りた。

駆け降りつつ、彼は考えていた。今日の明け方、まだ明るくなる前に駐車場に降りていったときのことを。車はとうの昔に借金のカタに売り払っていたが、その車に積んであった工具が駐車場の片隅にまだ残っていた。彼は工具箱を抱えて、そそくさと部屋に戻ったのだ。

　窓の手すりは横に二ヵ所ずつ、下に四ヵ所の計八ヵ所がネジで止めてあった。彼はカーテンを開き、外に引っ張ってすっぽりと手すりを覆い、外からのぞかれないようにした。それからモンキースパナを取り出して、ネジの一本をひねってみた。

　思ったよりも大変な作業だった。ネジは風雪にさらされること三十数年、すっかり錆《さ》びついていた。そのうえ、数年前に外壁の塗り直しをしたときのものらしいペンキがべったりとこびりつき、しばらくはびくとも動かなかった。

　彼は必死になってスパナを捻った。やがて、徐々にネジは緩み始めた。調子に乗って力をこめると、鈍い音がしてネジが根本から折れた。手すりががくんと揺れた。彼は冷や汗をかきながらスパナをはずし、のぞきこんだ。

　一本くらいなら、折れていてもかまわないだろう。妊娠四ヵ月の妻の重みに耐えかね、はずみで折れたと言い張ることもできる。しかし、全部が折れているのはまずい。おおいにまずい。

　彼は次のネジにとりかかった。下のネジの中央の二本のうち、一本を選んだ。折らないように気をつけて、なんとか緩めることに成功した。とりはずしてみると、ネジの根本は真っ赤に錆びていた。

　彼は窓を反対側に動かし、座る位置を変えると、右端の下のネジを回してみた。今度は意外なほど簡単に回った。手すりを支えながら、彼はなんとか八本のネジを緩め終えた。折れてしまった一本だけは、仕方がないからそのままにしておいたのだ……。

管理人が管理人室から飛び出してきた。ふたりはおたがいに意味の通じない会話を交わしながら、建物の裏へ回った。コンクリート舗装された駐車場に、妻の身体はつぶれていた。あまりにも無残で、あまりにも小気味よい姿だった。彼はほころびそうになる唇を、なんとか引き締めて管理人にわめいた。

「救急車を」

「これじゃ、間にあいやしませんよ」

管理人は頭をかきながら言った。彼はここをせんどとわめきたてた。

「でも救急車を——妻が、死んでしまう。腹の中には子どももいるってのに」

管理人は気の毒そうに彼の肩に手をのせた。その肩が震えているのを、管理人は少しも不思議には思わなかっただろう。こんな際だ、誰だって震える。

「落ち着いてくださいよ。あんたのせいじゃないんでしょう」

彼は管理人に聞こえるように、はっきりと呟いた。

「事故だった。突然すぎて間に合わなかった。なにもかも、俺のせいだ」

大道寺は今度こそ腹をたてて、返事を書きなぐった。

　事故に見せかけたのは面白いアイディアだと思いますが、完全犯罪からはどんどん遠ざかっています。主人公のマンションが築何十年のものかは知りませんが、窓枠が壊れていたことが原因でひとが死んだ、となると、マンションの管理責任も問われることになるし、警察も責任の所在を追及するべく、窓枠を念入りに調べるでしょう。警察はばかじゃありません。窓枠が落ちたのが、老朽化によるものなのか、人為的にネジが緩められていたせいか、すぐにわかってしまいます。一度試しにご自宅の手すりをはずせるものかどうか、やってみてはいかがでしょう。

　なお、お説の通り、たとえば警察が別の大事件に振り回されていたため捜査がお粗末になったり、担当警察官の目が節穴もいいところだったりする、などということが、悲しいかな現実には起こり得ます。警察もしょせんは人間の集まりですから。しかしながら、それは現実の話です。読者でさえ気づくようなミスを、幸運にも作中の警察は気づきませんでした、まぬけな警察が気づかなかったから、まぬけな犯罪が〈完全犯罪〉になりました――これじゃ推理小説の読者は怒るんじゃないですか？

　もし、これが本当に推理小説であればの話ですが。

　まさかとは思いますが、ここまで完全犯罪にこだわられると、もしかしたら、これは小説ではなく、現実の殺人計画の概要なのではないか、と思えてきてしまいます。向かいのビルが消せないのもそのため、最初の原稿で妊娠三ヵ月だった〈妻〉が、約一ヵ月後の今回の原稿では妊娠四ヵ月になっているのもそのため——元警察官にして物書きは、ついそんなことまで妄想してしまいました。

ま、妄想だろうとは思います。普通、どうしても奥さんを殺したかったら、こんな入り組んだやり方をするのではなく、駅のホームから突き落とすとか、交通事故を装うとか、シンプルな方法をとるでしょう。小説としては面白くもないでしょうが、現実にはこういうやり方の方が効果的で、疑いを招きにくいと思いますよ。

返事は本当にこれで最後とさせていただきます。ご健闘を祈ります。では。

5

一週間後、恐れていた手紙は来なかった。大道寺はなにがなし寂しさのようなものを感じつつ空《から》の郵便箱を閉じた。

そのかわり——にはならないが、部屋に戻ると同時に彦坂夏見から電話がかかってきた。しぶる販売をしつこく説得し、『殺しても死なない』の重版をかけてやったぞ、ありがたく思え、中学生からファンレターも来てるぞ、一度大道寺先生にお会いしたいと書いてある、ご自宅に招待してやれよ、などと意気揚々と報告した後、夏見は声をひそめた。

「ところで、つかぬことを訊くけどさ。圭ちゃん、あんた畠智由に恩でも売った？」

「え」

大道寺は電話口で絶句した。脳裏に神田靖の原稿がよぎったからだが、事情を知らない夏見はその沈黙をどう解釈したのか、

「そうだよねえ。圭ちゃんと畠智由に接点なんぞ、あるわけないよね。ということは、畠智由って圭ちゃんの本がマジで気に入ったってことか。いや、実はまたしても大新聞の文芸欄に書評をどーんとぶちあげてくれたんだよ、畠智由が」

「書評って『殺しても死なない』の？」

「そ。またそれが例によってすごい書きっぷりでさ。いい、読むよ。『作者はその正編において喜劇的スタイルと文体とをきわめて効果的に用いて現代社会の暗部をえぐりだす作業に従事しそれをまた成功に導いたが、今回の続編では手法は前回のスタイルを踏襲しつつもあえて視点を自身に依って立ち、それによって自浄作用のないまま明快な未来観を失った日本社会の閉塞感に……』」

「おい。それ本当に『殺しても死なない』の書評なのか」

大道寺は思わず夏見を遮った。

「そうだから驚いたんじゃないの。いや、あたしもてっきり、別の本について書いた原稿に、印刷ミスで圭ちゃんの本のタイトルがくっついたんだとばっかり思って確かめたよ。誰が読んだって、あれ、こんなたいそうな本じゃないもん」

「あ。それが担当編集者のいうセリフか」

「だってそうでしょうが。別に、『殺しても死なない』がつまんないと言ってるわけじゃないよ。世の中の役にたつことがないとも言わない。犯罪者予備軍がこれを読んで、犯罪なんて割りにあわない、バカらしいと思ってくれるかもしれないしさ。だけど、日本社会の未来観に影響なんぞ与えるかい」

「ご説ごもっとも」

「今日なんか、他社の編集者に嫌味言われちゃったよ。あの堅物をここまで動かすなんて、さすが〈売るためなら《U》・なんでも《N》・する《S》〉出版さんは違いますな、我々には真似できませんよ、なんて。畠智由もいったいなにを考えてるんだろう」

大道寺は顎《あご》をぼりぼりかきながら、手元にある神田靖からの手紙を眺めた。

「夏見、おまえ畠智由ってどういう人物なのか、知ってるか」

「知ってるかって言われても、うちの社とはほとんど縁がないからねえ。確か、神奈川の論圭《ろんけい》大学の国文科の出身で、在学中に〈R文学〉って学内文学雑誌の編集長をやってて。そこで発表した文章が評価されて、評論活動を始めるようになった、ってことくらいかな。まだ三十五、六歳だと思うんだけど、そのわりには年寄りくさい男で、文学青年くずれのオヤジがやってる中央線沿線の飲み屋で毎夜、火の出るようなブンガク論とか交わしちゃう手合い。まさに前世紀の遺物ってとこね」

夏見は辛辣《しんらつ》にこきおろすと、少し考え込んで、続けた。

「気難しくて、内輪誉めとか絶対しないからけむたがられてるんだけど、その分信用されてもいるみたい。ただし、お高くとまってるとこがあって——だから堅物だなんて言われるんだろうけど——文庫の解説なんぞ書いてるやつは邪道だとか、出版社の提灯《ちょうちん》持ちが評論家なんて名乗るんじゃないとか、平気で公言しちゃったりするから、むかついてるひともさぞや多いだろうね。それに、えらく執念深いらしい。噂だけど、自宅の書斎の壁に、畠智由をけなしたことのある作家や編集者や評論家の顔写真が貼ってあって、ダーツの的にされてるらしいよ。ホラーだろ」

「すごく基本的な質問になるけど、畠智由って売れてるのか」

「そうでもないんじゃないの、よくは知らないけど」

「なのに仕事を選んでいる、と」

「さあ。なんだかえらい金持ちなんだって。だから、文筆業で食っていくつもりはないんじゃないの」

「金持ち、ねえ。もしかして金持ちなのは本人じゃなくて奥さんで、現在別居中だったりしないか」

大道寺は神田靖の手紙を机に並べつつ、訊いた。たちまち猛烈な否定の言葉が返ってきて、大道寺はあっけにとられた。

「ばっかだねえ。そんなこと、あるわけないじゃん」

夏見はけたけたと笑い、

「そうか。出版業界じゃ有名な話だけど、圭ちゃんは知らないんだ。畠智由って同性愛者だよ」

大道寺は驚いた。〈神田靖〉とは畠智由ではないか、そして大道寺のもとに送られてくる原稿は畠自身の妻殺害計画の概要なのではないか、という予想が完全にはずれた驚きだったのだが、夏見は誤解したらしい。声をひそめて、

「畠智由がカミングアウトしたのってかれこれ十五年以上も昔のことだけど、当時はけっこう話題になったんだよ。とはいえ、話題作りのつもりはなかったみたいだし、同性愛の文学者なんて珍しくもなんともない。男性編集者にセクハラを働くとか、二丁目でハメをはずすようなタイプでもないから、いまじゃ話題にものぼらない。聞くところによると、畠の父親がひとり息子の性癖に激怒して、今度自分の耳にその話題が入ったら、即刻全財産を国庫に寄付してやる、とかなんとか息まいたんだって。恋人は当然いるだろうけど、ひた隠しにしてるんじゃないかな。——だけどなんだっ

て、結婚してるなんて思ったのさ」

「いや別に。ついでに聞くけど、神田靖って名前に心当たりないか」

「神田靖。聞かない名前だねえ」

夏見はあっさり切り捨てると、話題を『殺しても死なない』の新たなパブリシティに変えた。大道寺は聞いていなかった。重要なあるポイントを見落としていたことに、不意に気づいたのだ。彼は挨拶もそこそこに電話を切ると、部屋を飛び出した。

日曜日のことで、幹線道路は渋滞気味だった。タクシーが杉並のK町にたどり着いたとき、時刻はすでに五時をすぎていた。神田靖の住所のマンションの付近には数台のパトカーが止まっていて、物見高い野次馬が遠巻きにのぞきこんでいた。

「なにがあったんですか」

大道寺は手近な男に声をかけた。近くの中華料理店から飛び出してきたのだろう、〈中華亭〉という赤い縫取のある白衣を着て、つっかけをはいただけの男は寒そうに肩をすくめた。

「飛び降りだよ。なんでも五階から女が飛び降りたんだそうだ」

「自殺したんですか」

「飛び降りだっていうんだから、自殺だろうよ。どんな事情があったか知らないが、他の住民にとっちゃ迷惑な話だよな」

「あら、あたしは事故だって聞いたわよ」

男の脇にいた中年女性がぬっと顔を突き出し、割って入った。

「このマンション、築三十年以上たってるオンボロだからね。なんでも、窓の手すりがはずれて、そこに腰かけていた女のひとが手すりもろとも落っこちちゃったらしいのよ。向かいの硝子《ガラス》張りのビルの住人が一部始終見てたらしいんだけどね。迷惑だなんて、気の毒よ。好きで落ちたわけでもないのに」

「それで、その女性は？　助かったんですか、それとも」

大道寺の口調が急《せ》き込み過ぎていたのだろう。男女は顔を見合わせた。

「いや、その……ここに知り合いが住んでまして。それも五階の住人なんですよ。知り合いそのものは男だけど、もしかしてその奥さんか家族だったりすると……」

「そりゃ大変だ」

男は顔を歪めた。

「さっき救急車が来て運ばれていったから、まだ生きてるとは思うけど、あの高さじゃ無事かどうか怪しいもんだな。だけど」

「ちょっと」

中年女性が鋭く遮って、顎をマンションの入口へ振った。入口から男がひとり、刑事に付き添われて現れたところだった。中肉中背、頰のこけた、三十代の男。首のまわりがだらりと伸びたトレーナーに膝の出たジーンズをはいている。彼はおどおどと周囲を見回した。その目が大道寺とあった。が、それも一瞬のことで、視線はすぐにそらされ、彼はパトカーへと消えていった。

「神田さんじゃないか」

野次馬の男が呟いた。

「知ってるの？」

「俺んとこによく出前を頼んでくれてるからな。お得意さんだよ。警察に連行されるなんて、どういうことだろうね。まさか落ちた女の人っての、神田さんが突き落としたわけでもあるまいに」

「そうだったりして」

野次馬の中年女性はけたたましく笑った。近くにいて熱心にパトカーのほうをにらんでいた中学生らしき少年が驚いたらしく、こちらをむいた。中年女性は気が咎《とが》めたように口を閉じ、大道寺を見上げた。

「あんたの知り合いってあのひとかい？」

大道寺は大きく息をつき、ポケットのなかの携帯電話をまさぐりながら首を振った。

「いいえ。全然知らないひとです」

6

京王線の駅にたどり着いた。日曜日の夜ということもあってか、ホームは人影もまばらだった。がらんとして、寒々しいホームのすみにあるベンチに少年が腰かけていた。野次馬にまざっていた少年だ。

大道寺は大股に彼に近寄っていった。

「照彦――確か、そういう名前だったよな。名字はなんていうんだ？　重山か？」

少年はびくっと顔をあげた。大道寺には神経質そうな顔だちに見えた。だが、通りすがりのひとが彼に目を止めたり、記憶したりすることはないだろう。どことってとりえのない、平凡な、そこら中にいる少年のひとり。

「おじさん、誰だよ」

ややあって重山照彦はとがった声をあげた。大道寺は薄く笑って彼の隣に腰を下ろした。

「大道寺圭。あんたの家の隣のマンションに住んでる。うちからは重山家の千坪もある敷地が見下ろせるんだ。犬と遊んでるあんたの姿もよく見るな。だからさっき、野次馬のなかに、たまたま居合わせたとはとうてい思えないあんたの姿を見たとき、今度のからくりがすっかりわかったんだ」

「からくり？　なんのこと」

「しらばっくれるなよ。手紙や原稿をよこしたのはおまえだろ」

「手紙？　原稿？　変なこと言うよな、おじさん」

「神田靖と署名された手紙が届くのは、いつも決まって日曜日だった」

大道寺は首筋をかきつつ言った。

「もっと早く気づくべきだった。日曜日に郵便配達は来ないってことにさ。消印もちゃんとしてるし、封を開けられた形跡もない。だから、郵便物が怪しいとは思わなかった。だが、考えてみれば安直なトリックだな。封筒に自分の住所と名前を印字したシールを貼って投函し、受け取ってから宛名シールをはがし、俺の住所と名前を印字した別の宛名シールを貼って、うちの郵便受けに入れておけば――シールを丁寧にはがす手間さえ惜しまなければ、一見、どこといって不備のない郵便物ができあがる。スプレー糊みたいなはがしやすい接着剤を使えば、もっと簡単に貼り替えられるだろう。封筒にそういう痕跡があるかどうかは、すぐにわかる」

「おじさん、頭がどうかしてんじゃねえの」

少年の息は荒くなっていた。大道寺はかまわずに話を続けた。

「それじゃなぜ、そんな面倒なことをしてまでうちに郵便を届けたかったんだろう。

それはこういうことだったんじゃないかな。殺しても死にそうにないような人物を——神田靖の妻であり、あんたの叔母さんだが——、確実に、しかも神田靖に罪を着せるという形で殺したい。それにはどうしたらいいか。いくつかアイディアがあったが、うまくいくかどうか自信がなかった。リハーサルするわけにもいかないし、誰かに相談するわけにもいかない。いや、待てよ。やっぱり餅は餅屋というし、犯罪に詳しい人間に相談するべきじゃないか。だが、相談した後で、相談通りの方法で身近な人間が死に、その罪を相談者ではない人間が背負ったら——どんなバカにでも事情がわかってしまう。しかし、これは逆に『神田靖に罪を着せる』という点においてはプラスじゃないか。誰かに、神田靖が相談していると思わせればいいんだから」

重山照彦は大道寺をにらみつけた。が、口は開かなかった。

「だが、いくらなんでもいきなり『妻を殺したいんだがその方法は？』なんぞという質問をするバカはいない。ではどうしたらいいか。簡単だ、推理小説を書いていることにすればいい。プロに殺し方をアレンジしてもらい、不自然すぎず、といって完全すぎもしない方法を伝授してもらえばいいわけだ。プロ？　なんのプロだ？　小説家じゃだめだ。小説家なんぞに推理小説を送りつけて、運よく添削してもらえることになったとしても、彼らは文章やプロットやキャラクターといったよけいなところを気にするに違いない。犯罪のプロでなきゃ。そう思っていたところへ、ある日学校に、本の宣伝かたがた講演をしに元警察官がのこのことやってきた」

各駅停車が彼らの前で止まり、数人の客を吐き出し、発車していった。大道寺も重山照彦も動こうとはしなかった。

「でもこれはある種、大きな賭けだった。これから実行しようとしている犯罪に、元警察官を巻き込もうというんだから、リスクも大きい。あんたは細部まで考えたはずだ。うまくいけば、俺は送られてきた原稿のことなど気にせず忘れてしまい、新聞も読まずに事件に気づかないだろう。だが、気づいたとき、俺は原稿と事件の相似を警察に届けることになる。神田靖はしかし当然、俺に原稿を送ったことも、手紙のやりとりをしたことも、否定するはずだ。ところがもし、封筒から神田靖の指紋が出てきたら？　本人がどんなに否定したところで、相談者が神田靖だと確定されてしまうだろう」

大道寺はふて腐れたように唇をつまんでいる少年を見下ろした。

「それがわざわざうちに郵便物を届けた理由だったんだろ？　神田靖の指紋は、そう多くはとれなかったはずだ。自分で作った封筒だったら無数に指紋が残る。だが、神田靖が無関係なら、封筒に残る指紋はそう多くはない。郵便の仕分け作業や配達の過程でわずかな指紋が消えてしまったら――そう考えて、あんたは郵便を自宅へ送り、届いた封筒を神田靖にもたせるかどうかして指紋をつけ、それを大事に消さないようにうちの郵便箱へ入れたんだ。——悪かったな」

大道寺はベンチによりかかった。

「中学の講演会で、脅迫状にべっとり指紋を残したまぬけな誘拐犯の話なんぞ、するんじゃなかった。自分は頭がいいとうぬぼれてるバカな中学生が、他人に罪をなすりつけたくなったとき、ヒントを得そうな話だもんな」

「バカ？　誰がバカだよ」

重山照彦は身体を起こした。

「ボクは計画を練った。細かいところまで計算した。神田のバカ叔父が書いた、あのしょうもない小説を叔父のマンションで見つけたとき、これは利用できると思った。叔父はあの部屋にボクを出入りさせてたからな。あいつ、ホモなんだ。畠智由の愛人。だけど若いのもキライじゃないってさ」重山照彦は口をつぐみ、つづけた。「叔父の古いワープロで、こっちの都合にあうように何度も原稿を書き直した。それだけじゃないぜ。新聞であんたのあのバカくさい本を畠智由がほめちぎってたから、あいつの名前を借りれば、あんたから返事を引き出せると計算したんだ。計算通りだったじゃないか。おとなはなんだかんだ言ったって、新聞とか評論家とかに弱いもんだからな」

あざけるような照彦に、大道寺は笑いかけた。

「そうかい、そりゃ嬉しいことを言ってくれるよ。畠智由は結局のところ、本気で俺の本を誉めてくれてたってことが、わかったんだからな」

「強がるなよ、おっさん」

照彦は大道寺の言葉を歯牙《しが》にもかけなかった。

「本当は悔しいんだろ。ボクにあやつられて、あんたも犯罪の片棒をかついだんだ」

「叔母を殺した理由はなんだ？　あの小説に書いてあった通りなのか」

「ボクが叔母を殺した？　そうとは知らなかったな」

照彦はにやりとしてみせた。

「ボクはなんにも知らないよ。気の毒な叔母さんは、別居中の叔父さんと最後の話し合いをするために叔父さんの住むマンションにでかけていった。あの部屋、窓くらいしか座るとこないし、西日が対面の硝子《ガラス》張りのビルに反射してえらく暑いから窓を開け、叔母さんは腰を下ろした。そしたら運悪く、窓の手すりがはずれて、叔母さんもろとも下におっこちた。きっと、叔父さんが手すりのネジを緩めておいたんだね。あの原稿に書いてあったのと同じように」

「自分がやったんじゃないって言うわけだ」

「ボクまだ中学生だぜ？　原稿を送ったのは確かにボクだよ。でもきっとあれだな、神田の叔父さんはボクが叔父さん名義で送った〈推理小説の概要〉のメモでも見つけて、これはいけるって思って、流用しちまったんだろ。かわいそうな叔母さん。口うるさくて、わがままで、てめえのことしか考えてないバカ女だったけど、殺されるなんてひどい話だよな。あんたもそう思うだろ、大道寺先生」

勝ち誇ったように、照彦は笑った。

「もしかして、ボクのこと気の毒だって思ってる？　実の叔母とやっちまったとでも、そいでもってボクの子どもを叔母さんが妊娠してるとでも？　大道寺先生、小説と現実を混同しちゃダメだよ。ボク、叔母さんとなんかしたわけじゃないよ。キショク悪い。ただねえ、邪魔だっただけだよ。それだけ」

大道寺圭は疲労を覚えてベンチから立ち上がった。

「なるほど。窓の手すりのネジを緩めて、もし叔母ではなく、神田靖が落ちるハメになっていたとしても、ふたりとも落ちなかったとしても、かまわなかったわけだ。試してみただけというわけだ。失敗したら、他の方法を試せばいいわけだから」

「そういうこと。ほらね」

照彦は少年らしい、すべすべした頰を歪めてみせた。

「ボクが手すりのネジを緩めた、なんて証拠はないぜ？　証拠を残さないように慎重にやったから。神田の叔父さんは平日はほとんどあの部屋にはいないんだ。叔父さん、ボクには甘くて、いつでも部屋使っていいって言ってくれてたから、先週ちょっと、遊びにいったわけ。それだけ」

「証拠ってのは残ってるもんだ。本人の知らないところにね」

「往生際が悪いの、大道寺先生のほうじゃないの？」

照彦は再びにやりとした。

「ねえ、もし仮に、ボクが手すりのネジ緩めたことがばれちゃったとしてもさ、ボク、こう言うよ。推理小説書くのに試してみたかっただけですって。だって、大道寺先生がアドバイスくれたんだもんね。手すりがはずせるかどうか、やってみろって。そうだったでしょ、大道寺先生？　そしたら、あれは殺人じゃなくて事故ってことになるんじゃないかな。中学生に過失責任って問えると思う？」

「なるほど、おまえけっこういろいろ考えたんだな。でもまあ、あんまり警察を甘く見ない方がいいと思うな」

大道寺は携帯電話を取り出し、ゆっくりとホームの端へ向かって歩き出した。

「ああいう変死事件のとき、鑑識は野次馬の写真をとっておくんだ。念のためにね。後で俺が警察に行き、事情を説明する。そのときおまえが叔父の仕業だと言い、次に過失だったと言い立てたとして、野次馬のなかにおまえがまざっていたこと、なんと言って説明するつもりなんだ？　俺は正直になにもかも言うぜ？　ここでいま、おまえが言った言葉、一言残らず」

急行列車の通過待ちを告げるアナウンスがホームに流れた。大道寺はホームの端に立って二、三歩右に移動し、電話の電源を入れた。列車の入ってくるごうっという音が近づいてくる。

次の瞬間、大道寺の背中が激しく押された。大道寺は勢いよく線路に落ちていった。

数秒後、列車が目の前で急ブレーキのけたたましい音をたてつつ通過していくのを見やり、重山照彦は顔をゆるめた。どうもありがとう、大道寺先生。ホームから突き落とすようなシンプルなやり方が、疑われない最高の方法だって教えてくれて。もし、それでもボクが疑われたら、こう言うことにするよ。先生はそれとは知らずに神田の叔父さんの殺人の片棒を担いでしまったことを後悔して、自殺したんだと思いますって。それなら、ボクの身は安全だろ？　あらゆる状況をきめ細かくシミュレーションするのがボクの信条なんだ。

駅員が数人、ホームへ駆け上がってくるのが見えた。急停止した急行列車の後部からも車掌が飛び出てくる。照彦はもらしかけた笑いを必死に押し殺し、後ろへ下がった。大道寺先生、まぬけな犯罪者ばっかり相手にしてるから、ボクみたいな本物の、優れた犯罪者には対抗できなくなっちゃったんだよ。

駅員が線路に降りた。わずかばかりのホームの客たちが線路をのぞきこんで、大声で叫んでいる。照彦は好奇心を表すべきかと思い、線路に近づいた。

そのとき、大道寺が立ち上がった。彼は駅員にうなずいてみせると、凍りついたような重山照彦を顎で示し、なにか言った。ホームにいた駅員が照彦を見て、こちらに近づいてくる。

「彼はおまえに突き飛ばされたと言ってるが、そうなのか」

声も出ない照彦に、ホームへはい上がってきた大道寺が近寄ってきた。大道寺は駅員に警察を呼ぶように頼むと、照彦の耳元に顔を近づけた。

「おまえみたいなガキの考えてることくらい、お見通しだよ。なんでわざわざホームの端に立ったりしたと思ってる。なんで場所を少し右に移動したと思ってるんだ。本当に轢《ひ》かれちまったらことだからな。ホーム下の非常用の退避スペースにうまいこと転がり込めるようにしといたんだ」

大道寺圭は顔を離し、震えている照彦にむかってにやりと笑った。

「悪かったな。殺しても死ななくて」


（ジャーロ　春号）

銀行狐

池井戸《いけいど》　潤《じゅん》

著者紹介　一九六三年岐阜県生まれ。慶應義塾大学文学部・法学部卒。三菱銀行を退職後、金融関連のビジネス書を多数執筆。九八年、『果つる底なき』で、第44回江戸川乱歩賞を受賞する。著書に『オレたちバブル入行組』『不祥事』『銀行仕置人』などがある

1

狐は野を駈《か》けるのをやめたらしい。

いまは都会にいる。そしてたまに手紙を出す。悪意をたんまり詰め込んだブラッ

ク・メールを。

ぎんこうの　あほどもえ　てんちゅー　くだす　狐

宛先は帝都銀行頭取。市販のコピー用紙にワープロ書きで、「新宿」の消印があった。人を食った文面はあきらかにどこかの脅迫事件を真似たものだ。

脅迫状はさっそく重大なトラブル処理を担当している総務部に回され、後は頼むといわんばかりに開封して五分以内に「特命」の〝ブラックボックス〟に入れられた。

帝都銀行でただ一人、不祥事担当を命じられた男のデスクにそれはあった。

指宿修平《いぶすきしゅうへい》が自らの未決裁箱《ブラックボックス》からそれを手にとったのは、午前九時二十分を過ぎたときだった。梅雨の明け切らない六月最後の木曜日のことである。

指宿はその短い文面を二度読み返し、封筒の裏表を慎重に点検した。頭の中にある無数の引きだしの中から「何か」が浮かんでくるのを期待したが、何も浮かんで来なかった。

総務部長の戸崎宣之に報告し、次に、気の進まない相手、警視庁の門倉澄男《かどくらすみお》にも連絡した。警視庁捜査一課特殊犯捜査係の刑事だ。

「狐、ですか」

十分ほどで急行してきた門倉は指宿に問うような、或《あ》るいはどこか疑うような眼差しを向けた。

銀行に恨みを持つ者はごまんといる。恨まれる理由もまたごまんとある。外聞を憚《はばか》るものもまた少なくない。帝都銀行は取引先だけでも二十万社。その大半が表向き「銀行さん」と媚《こ》びるが、裏では「けったくそ悪い」と唾を吐いている。倒産すれば恨みの半分は、「貸してくれなかった」と銀行へ向けられる。「やるべきことはやりますけど、これだけでは」と門倉がいうのも無理からぬことに思えた。

狐の手紙には、「てんちゅーー」を下す理由がない。次に、要求と呼べるものがなにもない。要するに動機も目的も不明瞭なのだ。

すると、間もなくして二通目の手紙が来た。七月最初の月曜日のことだった。

そして今度の手紙にはもう少し具体的なことが書いてあった。

しんばししてん　やったる　狐

「〝狐〟しか漢字知らないんすかね。こいつ」

鏑木和馬《かぶらぎかずま》がいった。元気で頭もいいが、短気なところが玉に瑕《きず》という総務の若手だ。総務部企画グループの所属だが、特命担当である指宿の補佐をつとめている。

鏑木に小馬鹿にはされたが、今度の脅迫状は具体的なことを主張していた。新橋支店だ。

2

その男は、黒のポロシャツに膝の破れたジーンズをはいていた。ポケットの辺りに鎖をたらし、気怠《けだる》そうな雰囲気でフルフェイスのヘルメットをかぶったままゆっくりと店内に入ってくると、キャッシュコーナーへ向かった。

身長は百八十センチほど、脂肪のない引き締まった体型をしている。二十代後半から三十代前半だろうか。袖から伸びた筋肉質の腕は赤銅色に日焼けし、脱いだグローブを右手に揃えて持ち、腰にウェストバッグを巻いていた。

男は平然とした足取りで指宿の正面を横切った。表通りに面したガラス扉には貼り紙がある。

――ヘルメットを着用したままのご来店はご遠慮ください。

無視しているのか、ただ気づかないだけか。真っ直ぐにATMの並ぶスペースまで行くと順番待ちの列の最後尾についた。

指宿はそっと右手を挙げた。「フロア案内」の腕章を巻いた鏑木がゆっくりと男に近づき、右肩辺りに触れる。鏑木の声は聞こえなかったが、指が貼り紙を指した。

男は従わなかった。

客商売の銀行では、ヘルメット着用を理由に利用客をつまみ出すわけにはいかない。貼り紙に強制力はなく、あくまで協力を依頼する程度のものに過ぎない。

「お客様」

と今度その声は多少苛立って指宿のところにも聞こえてきた。置かれている状況が状況だけに鏑木は食い下がっている。列の前後の人が鏑木とヘルメットの男とのやりとりにそれとなく耳を傾けたのがわかった。

「ヘルメットをおとり下さいませんか」

突如、男が怒鳴った。

「うるせえんだよ！」

ヘルメットの内側から発せられたため少しくぐもっていたが、フロアの好奇の目を集めるには十分だった。

やめとけ。鏑木に、指宿は合図を送った。

指宿はロビー全体を見渡すことのできる壁際の席から他の客に目を転じた。午後二時を過ぎて混雑してきた店内には、待ち合い用のソファにも座れず立っている客もいる。目立たないようにしているが、客の中には私服刑事が三人混じっていた。門倉と、門倉が連れてきた若手刑事二人だ。

ロビーの半分はキャッシュコーナーだ。機械は全部で四十台。ATMが、指宿から見てフロアの左側半分ほどをLの字形に囲んでいる。

営業課長の三枝《さえぐさ》が長い息を吐きながら腕時計に視線をやった。

間もなく、閉店時間だ。キャッシュコーナーで待ち合いの列を誘導していた庶務行員が壁際へ歩いていき、専用キーでボックスを開けボタンを押す。キャッシュコーナーと銀行フロアを隔てるシャッターが、鳴りながら下り始めた。

狐の第二の手紙が届いて三日目。今日も何もなかった――。

指宿が目を閉じたそのとき、火災報知器がけたたましく鳴りだした。

がらんとした地下駐車場、その片隅にあるゴミ置き場が、火元だった。一日に二度、朝と夕方に庶務行員が支店のゴミを集めて入れておくスペースだ。発見が早かったのが不幸中の幸いで、消防車が到着する前にありったけの消火液を使い果たして、火はようやく鎮まった。

「何でこんなところから……」

炎で黒焦げになった鉄製のドアを注意深く観察しながら、門倉はしきりに首を捻《ひね》る。「いつも鍵をかけてたんでしょう。だったら放火のしようがない」

事実、消火活動をしようとしたとき、ドアをバールで壊した。鍵がかかっていたのだ。それは指宿と門倉をはじめ、最初に駆け付けた何人かが目撃している。集められたゴミへの放火は、ゴミ置き場の鍵でも持っていなければできないはずだ。しかもその鍵は、庶務行員が腰にぶら下げている鍵束にあって、誰も手を出すことはできなかった。

運び込んだゴミの中に発火装置でも混じっていた可能性も考えられるのだが、客が利用するゴミ箱は念のため全て撤去してあった。――いや、そのはずだった。

門倉が首を傾げたとき、

「キャッシュコーナーのゴミ箱じゃないでしょうか」

と庶務行員が遠慮がちに言葉を発した。

気の小さな庶務行員はその場にいた全員の視線を受け明らかに萎縮している。

「機械の横に利用明細書を捨てる口がついてますでしょう。あれ、違いますか――」

その言葉をきいた何人かの行員から、あっ、と声が洩《も》れた。

3

「トラブルになっていた取引先はないんですか」

翌日開かれた帝都銀行のリスク管理委員会で副頭取の斎藤一志はいつもの丁重な口調できいた。リスク管理委員会は銀行の様々なリスクを監視する目的でバブル崩壊後に創設された機関である。委員長を務めるのは副頭取の斎藤だ。激しい気性を内面に包み隠した斎藤の声は、穏やかに聞こえる。

「一見客《いちげんきゃく》が多い店ですし、トラブルやクレームが無いわけではありません。しかし、脅迫事件を引き起こすようなことには心当たりはありません。きちんと対応してお客様にも理解していただいております」

こたえたのは新橋支店長の神谷喬一《かみやきょういち》だ。

新橋支店は帝都銀行の中でも指折りの預金量と貸出量を誇る大型店舗だった。それを任されているだけあって営業手腕には定評がある。質疑応答も堂に入ったもので、役員昇格間近と噂されるだけのことはあった。

副頭取の斎藤は、手元資料に添付された脅迫状の写しを一瞥した。

「最近、倒産した取引先は？」

静かな口調だったが、視線は鋭さを増した。

神谷の横に控えていた融資課長の鳴瀬が恐縮した表情で、「三件です」と応じる。

「債権回収は君が？」

「はい」

「相手に恨まれるようなことはありませんでしたか？　たとえば――銀行からすれば言いがかりのようなものだが――貸し渋りが原因だと思われているようなケースは」

「一応、ありません」

「一応とはなんです」

本来の気性の激しさを垣間見せ、斎藤が声を荒らげる。鳴瀬は首を竦《すく》めた。

斎藤は哀れな融資課長をじっと見つめ、その会社は化学ないしは金属関係かときいた。

理由がある。

消防署による現場検証の結果、焼け跡の中心から見つかったのはアルカリ金属の一種らしいと推定されていた。燃え残ったゴミからは保存液と思われる物質が見つかっている。おそらくは工業用に製造された化学物質で、空気に触れると激しく燃焼する性質が利用された可能性が高い。

門倉によると、犯人は、保存液を入れたビニールパックにアルカリ金属の欠片《かけら》を入れ、それを利用明細書廃棄用の投入口から入れたのではないかということだった。おそらく、手のひらですっぽり隠してしまえるほどの大きさだったろう。

「パックに針で穴を開けておくんです。そこから次第に保存液が洩れだし、最後に空気に触れたとき、激しく燃焼する。実に簡単だがよく考えられた発火装置ですよ」

だが、新橋支店の防犯ビデオにくまなく目を通しても、それらしい動きを捉えた映像を発見することはできなかった。

鳴瀬課長の下手くそな弁明を聞きながら、狐もまたジレンマに陥っているのではないか、と指宿は考えた。

狐には要求がない。

狐の動機が怨恨なら、その恨みが何であるかわかってしまったとき、狐の正体もまた暴かれることになる。

狐はまた動いてくる。今度はさらに内容がエスカレートするはずである。放火は大罪だ。しかし、狐はそれをすでに犯している。

その日の内に、倒産会社に関する資料が新橋支店から回されてきた。三件ある。

その内の一件、新橋軽金属という会社に指宿は興味を抱いた。アルカリ金属を扱うのではないかと、考えられるからである。

売上は五十億円。専門商社としてはそれほど大きな規模ではない。倒産の要因は売り上げ不振による資金繰りの行き詰まり。銀行の貸し渋りで潰された、と社長が店頭で喚《わめ》いたという手書きのメモが、悪戯を親に言いつける子供のようでどこか情けなかった。

だが調べてみると、社長とその一族は、犯行当日、債権者集会に出席していたことが判明し、あえなく捜査線上から消えた。

そして、狐からの便りもしばらく途絶えた。

「愉快犯ってこともありますな」

何度目かの打ち合わせで門倉はその可能性を示唆したが、たとえ愉快犯にせよ、帝都銀行を狙う以上、なんらかの関わりがあるはずだと指宿は思った。

4

あほどもえ　わてのめっせーじありがたくうけとりや　狐

指宿が待っていた手紙は火災から一週間後に届いた。七月の第二週のことである。梅雨が明け、都会を焼きつくすような真夏日となった日の朝だった。

指宿は首を傾げた。

〝メッセージ〟とはなんのことだろうか。今まで、狐からきた脅迫状は二通だけだ。これで三通目。今までと同じ汎用の封筒を何度もひっくり返した鏑木は、「そんなもんどこにも入ってませんね」と怪訝《けげん》な顔になる。

「鏑木、他にあったんじゃないか、狐のメッセージが」

最初の脅迫状、二度目。そして今度。いずれも宛名は頭取で、秘書室で開封された。

「秘書が見落としたかも知れません」

鏑木はいうと秘書室へと向かった。無駄と知りつつ見送った指宿は、狐が何らかのメッセージを残そうとしたことに、狐の心中を垣間見た気がした。

狐には意思がある。

それにしても、なぜ「狐」なのだろう、という疑問が湧いたのはこのときだ。狐という言葉と、今回の事件とに何らかの関連性があるのではないかと指宿は考え、そして、やはりというべきか、思考はあてどない迷路へと彷徨《さまよ》うのだった。

しばらくして、鏑木は空手で帰ってきた。

「見落としなどあるはずはない」と秘書室でけんもほろろに言われたらしい。

「狐の奴、メッセージを新橋支店に送ったなんてことはないでしょうね」

鏑木はデスクの電話で新橋支店の三枝課長に確認した。一時間後。入念に確認しましたが、と前置きして、三枝は何も見つからなかったと伝えてきた。

手がかりのないまま、さらに数日が過ぎた頃、手紙がきた。

おもろいものてにいれた　たのしみにしといてや　狐

面白いもの——それは、帝都銀行の顧客名簿だった。数百件分の融資先リストと与信残高が掲載された名簿が、都内の名簿業者に出回っているという噂が指宿の耳に届いたのが翌日。名簿を回収してもみ消そうとしたが全国紙の大毎新聞に抜かれ、記事はその日、夕刊社会面を飾った。

〝帝都銀行の顧客名簿流出　背後に杜撰《ずさん》な情報管理〟

名簿は新橋支店のものだった。まもなく入行二年目の男子行員が名簿を無くしていた事実が判明した。自宅で仕事をしようと紙袋に入れて銀行を出た帰路、紛失したのだという。電車の網棚に上げて目を離した隙に顧客資料は消え失せ、しかも盗られた自覚のない係員は電鉄会社の拾得物係に問い合わせをしていて報告がさらに遅れる二重の過失を招いていた。

なぜ、新橋支店ばかりが狙われる？　新橋支店の取引先、あるいは元取引先に犯人がいるはずだ——。

その確信の下、戸崎部長の指示で、再調査が実施された。神谷支店長以下、新橋支店の行員は全部で四十五人。これに帝都人材サービスという資本系列の派遣行員十名を含めた五十五名に対して、一人約一時間、一週間に亘《わた》って面談を実施した。面接者は指宿と門倉。——窓口や電話でのクレーム、融資絡みの怨恨、行き違い、顧客との感情のもつれ、あるいは行内の人間関係……様々な角度から、考え得る限りの事実を拾い上げ、ひとつひとつを警察の機動力でつぶしていく。

資金為替部で不可解な損失騒ぎが発生したのは、ちょうど新橋支店での最後の面談を終え、指宿が本部に戻ったときだ。

三時過ぎに新橋支店の行員を名乗る者から資金為替部に外線で電話が入り、三百万ドルの資金調達依頼があったという。帝都銀行では、通常、小口の資金調達はオンライン端末で行うのが常だが、大口の調達は直接ディーラーとやりとりする。男は、「山田」と名乗り、銀行内のルールにのっとって、調達依頼を告げた。顧客コード、顧客名、そして調達期間、利ざやなど、行員がするのと全く同じ要領で注文し、ディーラーが調達を完了した時点で電話を切ったという。

ところが、夕方になってこれが全くの空《カラ》注文だということがわかったのである。即座に資金為替部で調達の取り消しを行ったが、折しも不安定な景気と政治の影響で外国為替相場が急変しており、あっという間に数百万円の損失が出た。相場の世界だ。むしろ、数百万円で済んで良かったとも言える。

悪戯にしては度が過ぎ、手が込んでいた。

なぜ外部の者にそんな真似ができたのか。最初は誰もが首を捻ったが、理由はやがて判明した。盗まれた名簿が入っていた紙袋に、『資金調達ブック』という行員用のマニュアルも一緒に入っていたのである。

狐の仕業だった。狐はそのマニュアルを読んだのだ。

思いがけない弱点を突かれた。銀行のセキュリティ——一見盤石と見えて実に脆弱な部分を狐は見透かしているようだった。

だが、最初から顧客名簿を狙ったとは、指宿は思わなかった。

銀行では労働時間短縮の名の下に、一定時間以上の残業を禁じている。だが、就業時間中に仕事の終わらない多くの銀行員は、仕掛かり中の稟議《りんぎ》やレポート、資料づくりを連日自宅に持ち帰ってこなしているのが実態だった。

銀行員の鞄をあければ、社外秘の資料や稟議書の一つや二つは当たり前のように出てくる。銀行員の持ち物を狙えば何か出る、と狐は思ったはずだ。

狐はそれを狙ってきたのだ。

やがて届いた五番目の手紙は人を食っていた。

でぃーらーのにいちゃんえ　いうこときいてくれてありがとさん　狐

「くそっ！　帝都をコケにしやがって。もう一度新橋支店に行ってみましょう、調査役。やっぱり何かがあるはずです」

鏑木に、指宿は曖昧な返事を返した。門倉との面接調査は徹底的だった。同じことをやって進展があるとは思えなかったからである。むしろ新橋支店の顧客に目を向けさせるのも狐の思惑ではないかという気もする。

いま指宿が気になっているのは、〝メッセージ〟だった。まだ読んでいない狐からのメッセージ。それがある、どこかに。

「だけど、指宿調査役。そのメッセージにしたって手がかりになるようなこと書いてあるとは思えないですよ」

鏑木のいうのもわかる。

一方、新橋支店への放火で始まった狐の一連の行動に、たんなる愉快犯ではないかという見方も次第に強まっていた。

大銀行を手玉にとり、それを世間に晒《さら》して楽しもうというわけだ。その意味では、狐は見事に目的を達していると認めないわけにはいかなかった。銀行という組織が、悪意の知能犯に対していかにもろいものなのか、その現実をさらけ出すには十分だった。がんじがらめのマニュアル、厳格な管理体制――その網をくぐって狐は跋扈《ばっこ》している。財閥系の巨大銀行である帝都が赤子の手を捻るように翻弄され、愚弄されているのだ。

狐は高くとびあがり、獲物にどちらへ逃げたらいいか迷わせ捕食するという。狐に翻弄される帝都銀行はいま、まさにどちらに逃げて良いかわからない野ネズミと同じだ。

「メッセージは手紙という形じゃないかも知れませんね」

ふと鏑木がつぶやいた。

「手紙で出したのなら確実に届くはずです。ならばわざわざメッセージを出したことをいう必要がないと思うんです。手紙以外の方法をとったからこそ、メッセージを出したことをあえて通知する必要があったんじゃないでしょうか」

手紙以外の方法……。

電話、電子メール、なにかの掲示板……。掲示板？　銀行の支店には顧客に利用してもらうための掲示板が用意されていることがある。掲示されているメッセージは様々だ。家庭教師募集やサークルの勧誘、公序良俗に反しない程度なら内容は問わない。掲載する人もだ。自由な情報発信のために設けられたボードである。

指宿はデスクの電話をひっつかみ、新橋支店にダイヤルした。

「御支店に一般客用の掲示板、ありましたか」

意気込んだ指宿に、「ウチは置いてないんですよ」という期待はずれの返事があった。

「以前はあったんですが、場所柄、ほとんど利用されなかったので撤去してしまったんです」

見えかけた解明の糸口はすぐに消えた。

指宿が偶然にそのメッセージの手がかりを得たのは、それから数日後のことだった。

「調査役、グループ会費の残高確認をお願いします」

同じ総務部に勤務している女子行員の高村佳子に声をかけられ指宿は顔を上げた。手に通帳を持っている。年に一度、総務部企画グループで旅行に行くための積み立て預金口座だ。

「大変な問題を抱えてるときに、高村さんは旅行の世話か」

鏑木にいわれ、佳子はぷっと膨れた。

「口座管理しろといったの、鏑木さんじゃないですか」

「まあ、それはそうだけど……」

苦笑いしつつ差し出された通帳を開いた指宿は、行員の名前が並ぶ通帳の端に確認印を捺《お》そうとして手を止めた。

「誰だ、これは」

最後の行にひとりだけ、行員以外の名前があった。いや、正しくは名前ではない。

鏑木も覗《のぞ》き込んで、なんだこりゃ、と声を上げる。

――オクレテゴメン
振り込み者の氏名が印字される欄にそう記載されている。同じ女子行員のひとりが遠慮がちに手をあげて、私です、といった。佳子と顔を見合わせて、ぺろりと舌を出す。

指宿の脳裏で、なにかが閃《ひらめ》いた。

「これ、どうやったんだい」

「簡単ですよ。カードを使わず現金で振り込むんです。振込の依頼人名を入力する画面が出てくるんですけど、そこで氏名の代わりにオクレテゴメンと入力するんです」

「申し訳ありません。私もその場に居合わせたんですけど、軽い気持ちで……」急に真剣な顔になった指宿が怒ったと勘違いしたのだろう、佳子が詫《わ》びた。

「いや、そうじゃないんだ。大変なヒントをもらったよ」

ぽんと通帳の片隅に確認印を捺し、わけがわからないという顔の佳子に返すと、

「なあ、鏑木。あのとき、狐はATMを利用したと思うか」

ときいた。突然の問いかけに鏑木はきょとんとする。

「機械を操作したか、ということですか？　――操作してないと思います。カードを入れたら機械に記録されることぐらいわかるはずですから」

「カードを入れなかったら？」

「カードを入れなかったら……」

鏑木は怪訝な口調で反芻した。「現金振り込みとかですか？　でも、それが何か……」

「確認してみようじゃないか」

鏑木が何か言おうとするより前に、指宿は受話器を取りあげていた。

銀行のATMには、スーパーのレジと同じようなジャーナルが内蔵されていて、取引内容を記録する仕組みになっている。ジャーナルは幅七、八センチほどのロール紙で、係員の手で定期的に交換される。

火事騒ぎがあった日、新橋支店のATMが排出したジャーナルは全部で六十本近くあった。ジャーナルは同時に大切な取引記録であるため、捨てられることなく各支店の書庫で決まった期間、保存される決まりだ。

新橋支店の書庫に入り、段ボール箱一杯のジャーナルを見つけだして会議室に運んだ指宿と鏑木は、猛然と内容確認にとりかかった。取引内容を一件ずつ虱潰《しらみつぶ》しに見ていくのだ。

どちらか一人が目を通したジャーナルは念の為、もう一人が再度確認するという方法をとった。時間はかかるが二人の目を通せば、見落とす確率は少なくなる。

午前から始め、昼食もそこそこに午後も作業に没頭した。やがて陽が傾き、ブラインドから斜めに縞模様の光が床とテーブルに落ちた。あまり長く同じ姿勢で座っているため腰が痛み、眼精疲労からか頭痛がする。だが止めるわけにはいかない。

鏑木の手が止まった。

ジャーナルのロールを回す手を止め、茫然と取引記録を眺めている。

「見てください、これ」

指宿は鏑木の手の中にあるジャーナルを覗き込んだ。

「現金振り込みです。依頼人の欄――」

ジャーナルの一ヵ所を指し示した。

キツネ

そうあった。これが商売上の屋号ならば個人の名前がどこかに入るはずだ。しかしそんなものはなかった。また会社や組織の名前でもない。まぎれもない狐からのメッセージだ。

四号機。支店にある四十台あるうちの一台だ。記録された取引内容を見て、指宿は愕然《がくぜん》とした。

——現金振り込み。取引時間、一四：〇七。振り込み依頼人、キツネ。相手銀行、三洋銀行大手町支店普通預金　口座番号０６５４１３２。振り込み金額、四円。振り込み先は——

カミヤキョウイチ。

鏑木と顔を見合わせた。神谷喬一。

「神谷支店長か——」

振り込みの操作はエラーにはなっていない。狐は神谷の実在する口座番号を調べ上げ、そこに現金を振り込んでいた。

「四円か、たった……」

鏑木の声がうわずっていた。

指宿もそれは気づいていた。

四……死。

「鏑木。防犯ビデオだ。狐の姿、拝ませてもらおうじゃないか」

十分後。支店の役席者が揃って防犯用ビデオのモニタを囲んでいた。鏑木がビデオをデッキにセットし、再生ボタンを押すと、小さなモノクロ画面にＡＴＭの順番待ちの列が映し出された。キャッシュコーナーの客を狙った防犯カメラは一台、カメラはロビー全体で三台あり、その映像が順繰りに数秒間隔で記録されている。

鏑木はビデオデッキを操作して、先に進めた。時間は画面の左下に出ている。それが十四時になったところで止め、再び通常のスピードで再生をはじめた。問題の取引まであと七分。モニタには順番待ちの人の列が見える。主婦、会社員、学生、ＯＬ、商店主らしき男、雑多な人間達の集まりだ。この列の中に狐はいる。

言葉もなく見つめる行員たちの中で、モニタの画面だけが数秒間隔で場面を転換していく。息詰まるほどの重苦しさだ。

デジタルの時刻表示が、十四時五分を指した。

「どれが四号機だ」

破裂しそうな緊張を破り、〝名指し〟された神谷の太い声がきいた。三枝が一歩足を踏み出し、画面が切り替わるのを待って「これです」と指す。数秒間、そこに立っている人を全員が見つめた。中年らしき着飾った女が映っていた。ちょうど処理を終え、機械を離れるところだ。

「次です」

鏑木の声は喉にひっかかって掠《かす》れている。全員がまばたきも忘れてモニタを凝視していた。

天井の隅に取りつけられた防犯カメラが四号機の前にたつ一人の背中をとらえた。

鏑木がすっと息を吸い込む。みるみる顔が紅潮していき、しまったあ、という声は悲鳴に近い。

人物の背中は操作を終了するまでの二分間に数十秒ほどモニタに映っていた。発火物をゴミ箱に入れる瞬間はちょうどカメラが切り替わる谷間に入って映ってはいない。

十四時七分。

操作を終えた狐はゆっくりとATMの前を離れた。ちらりと頭が動き、嘲笑《あざわら》うかのごとくカメラを見上げる。狐の表情は見えなかった。フルフェイスのヘルメットを被っていたからだ。

あの男だった。

5

神谷支店長はこれ以上ない仏頂面で応接室のソファにかけていた。

部屋には、指宿と鏑木、神谷の他はだれもいない。テーブルの上には、ジャーナルの取引記録が一枚載っている。

神谷が不機嫌なのは、つい今し方の指宿の発言が気に入らなかったからだ。

「狐の犯行動機は、支店ではなくあなたに対する私怨じゃないでしょうか」

どういう意味だ、と声を荒らげた神谷に、言葉通りの意味です、と相手を見据えた。神谷の沈黙は一分近くも続いた。

やがて、指宿が話題を変えた。

「この、三洋銀行大手町支店の普通預金口座というのは、どういう口座ですか」

「どういうとは？」

「生活費口座とか、何かの引き落としのために設けた口座とか、用途をお伺いしているのです」

短い髪を油で撫でつけ、ぎらついた眼差しで神谷は指宿を睨み付けている。

「たぶん、随分《ずいぶん》前に業務拡張運動のバーターで開設したものだろう」

「バーターで？」

帝都銀行の行員が三洋銀行の口座を開設する代わり、三洋の行員が帝都の口座を開設する――。要するに実績の交換だ。銀行は違っても、業務拡張運動でノルマに追われている実態はどこも似たようなものだ。魚心あれば水心である。

「犯人からの入金はご存知なかったと」

「当たり前だ。知っていたら、すぐに報告する」

「いま通帳を確認できますか」

「こんな通帳などどこかにしまい込んでなくしてしまった」

作成時期をきいた指宿に、神谷は平成三年頃と応えた。十年近く経過していることになる。

疑問がひとつあった。

「なぜ、狐はそんな口座の番号を知っていたんでしょうか」

「わからんよ、そんなことは。こっちがききたいぐらいだ」

神谷は突《つ》っ慳貪《けんどん》にいい、苛立たしげに来客用のシガレット・ケースからタバコをとって卓上ライターを使った。

「当時、どちらの支店にいらっしゃったんですか」

「笹塚《ささづか》支店。そこの副支店長だった」

言葉は煙と一緒に吐き出された。

「なにかトラブルは？」

吸い殻を灰皿の底に押しつける神谷の指先が白くなる。

「あのな、指宿調査役、一体何年前の話をしてるんだね。なんで当時の恨みで今頃こんな目に遭わなきゃならんのだ。常識的に考えてそんなことがあると思うか？」

　結局、神谷からは有力な手がかりを得ることなく本部に戻った指宿は、戸崎部長に事の次第を報告した。

　戸崎は渋い顔をしていた。

「いま、役員に呼び出されて注文をつけられたところだ」

　ヘルメットの男を見逃したのは指宿のミスだと神谷支店長からのクレームがあったという。

「根回しは得意だからな、神谷さんは」

　後手に回った対応に厳しい顔になる。

「犯人の目的は神谷支店長です。恨みに心当たりがないという証言には納得がいきません」

「わかっている。だが、正しいことでも、あるレベルを超えたら政治力でねじ曲がる」

　帝都銀行には有名支店長と言われている人物が何人かいる。神谷はその一人だった。係員時代は業績のトップをひた走るスター・プレーヤーで、支店経営に関わってからも、着任する支店全てで文句無しの実績を上げて大店の支店長にまでのし上がった男だ。新橋支店長と言えば、役員コースである。神谷は帝都銀行では誰もが認めるエリートだった。

辞去しようとした指宿に、戸崎のつぶやきがきこえた。

「それが組織を腐らせるんだ」

6

メッセージ。

あの振込依頼を狐はそう称した。神谷喬一への恨みを明言したのである。だが、当の神谷はその恨みに心当たりはないという。

釈然としない思いは、当時笹塚支店に在籍した何人かの行員にヒアリングしても消えることはなかった。

全員に共通している神谷の印象はひと言、「厳しい」だった。

ノルマ必達。百パーセントではなく、百二十パーセントを目指せ、と神谷は常に檄《げき》を飛ばし、行員を叱りつけ、自ら先頭にたって業務拡張運動を指揮したという。おそらくそれは新橋支店長となったいまも変わらないはずだ。そのくせ、行員たちの口から神谷に対する辛辣《しんらつ》な評価が出てこないのは、神谷がいまもなお現場の一線で活躍しており、行内に強い権力を誇示しているからだ。

「神谷さんは、帝都ではじめて、副支店長ひと場所で支店長に昇格した人なんです」

そう言ったのは、当時融資の課長を務めていた柚木圭一《ゆぎけいいち》という男だった。いま、品川区内にある店舗で副支店長をしている柚木は、当時のことを思い出してそう語った。

「帝都銀行では、通常副支店長二ヵ店、場合によっては三ヵ店やって支店長に上り詰めるケースが普通でしょ。たしか、最年少支店長の記録を更新したはずですよ。そうなるだけあって笹塚でのはりきりぶりは大変なものでしたけどね。おかげで我々も帰宅は毎日終電でしたよ」

柚木は当時のことを振り返って苦笑いした。

ならば、一足飛びに支店長になるほどの業績とはどんなものだったのか。

本部に戻った指宿は支店の業績管理をしている業務部を訪ね、平成三年当時の笹塚支店の資料を借り出してきた。

「自分もどんな成績を収めたんだろうと思って、興味あったんですよ」

同じように複数の口から神谷礼賛の言葉をきいたという鏑木も一緒になって資料を覗き込む。

そして、ある事実がわかった。

「なんだ、この計数は」

指宿が指し示したのは支店の普通預金の残高推移だ。

突如、数十億単位で増え、一週間から二週間という期間、その残高が維持されている。その後、一旦《いったん》は減るもののまたしばらくすると同じように増え、何週間か留め置かれるという繰り返しだ。

高金利時代だった当時、低金利の普通預金でここまで残高を伸ばせば相当収益に寄与しただろうことは容易に想像がつく。

不可解な動きだった。

「誰か、大金持ちの取引先を抱えていたんじゃないですかね。それで神谷さんが頼み込んで普通預金を——」

しかし、いくらなんでも数十億円単位ともなるとその可能性は低かった。大口定期預金は、各行が金利競争で鎬《しのぎ》を削っていた時代である。コンマ一パーセントでも高い金利をつけた方へ預金を持っていく金利選好《きんりせんこう》が常識だった。そんな時代に低金利の普通預金で数十億円を無駄に寝かせておくはずはない。

指宿は、その資料を柚木にファクシミリで送り、計数の謎を問い合わせた。回答はすぐにきた。

「これは生命保険会社からのキックバックだったと思います」

「生保からの？」

保険会社に対して営業協力を行い、その見返りにタダ同然の預金を置いてもらう。こうした「お返し」をキックバックというのだが……。

「キックバックをもらう理由はなんです。なにか生保の業績に寄与することでもないかぎりそんなことは——」

すると柚木は少し言いにくそうにして、思いがけないことを口にした。

「実をいうとこれは、変額保険を紹介した見返りなんです」

7

「変額保険？　なんですか、それは」

指宿からの電話で駆けつけてきた門倉は汗を拭きながら怪訝な声できいた。

「バブル時代、相続税対策として一括払いの生命保険をお客さんに紹介して、それに加入するための金を銀行で融資していたんです」

鏑木の説明に門倉は首を傾げた。

「なんでそれが相続税対策になるんです？」

「保険金は生命保険会社が運用し、解約時に支払われる返戻金で税金が賄える、という仕組みだったんです。ところがバブルが崩壊して、当てが外れてしまった。運用不振で相続税対策どころか、生保に加入するために融資した利息すら払えないケースが出てきたんです」

その結果、顧客から銀行を相手に訴訟が起こされた。いわゆる変額保険訴訟だ。法務部に問い合わせたところ、帝都銀行が抱える変額保険訴訟は八十件に上る。そのうちの十件が笹塚支店の取引先で、大半が神谷がいた頃のものだと知れた。

変額保険訴訟に関する争点はいくつかある。

銀行員がこの仕組みのリスクを説明せず、「絶対大丈夫だから」と運用結果を保証する発言をしたとするケース、あるいは銀行員でありながら保険のセールスをしたのではないかという業法違反を問うケースなどだ。

変額保険訴訟では、帝都銀行内にも、非も認めず謝罪もしないのが当然の態度と思われているフシがあった。一つの裁判で認めたら総倒れになるという危機感もある。裁判では、弁護士との事前の打ち合わせで、発言の一字一句まで詰め、たとえ違法なセールスをしていたとしても、それを認めるような発言はしない。

銀行は裁判官に絶対の信認がある、というのが帝都内の「常識」だ。大銀行の驕《おご》りとしかいいようのない傲慢《ごうまん》な思いこみだが、実際に訴訟で銀行が敗訴するケースは稀だ。

大銀行と、破産寸前——或いはすでに破産した原告。どっちの言い分を裁判官が信じるのか、火を見るより明らかなのだ。有名法律事務所をバックにした理論武装にも抜かりはない。

いま門倉の唇に皮肉な笑みが浮かんだのは、こうした銀行の思い上がりを感じたからだろう。

ドアがノックされ、法務部担当調査役の中野が入室してきた。段ボール箱を二つ載せた台車を押している。

「笹塚支店の変額保険訴訟ファイル、これで全部です」

ファイルは中野の手で箱から出され、テーブルの上に積み上げられた。「こんなに、ですか」。門倉が驚いた声でいうのも無理はない。どれもが電話帳数冊分ほどの厚みがある。証言や法廷記録、融資関係の資料がひとまとめになっていた。それでもさらに詳細な資料はまた別にあるという。

「関係者を知るだけなら、これだけあれば十分でしょう」

中野の言葉にうなずき、指宿は手近な資料から手に取った。

訴訟の概略を調べ、裁判の原告となった相手をピックアップしていく。会社社長、地主、商店主……。

恨み骨髄——まさにその表現がぴったりくる顧客と銀行の関係が浮き彫りになる。企業モラル、信義則、社会的信用、そんな表現が陳腐になるほど醜悪な実態……。

いくつかのファイルに目を通し、さらに別な一冊に指宿が手を伸ばしかけたとき、

「あ、それは結審した事件ですよ」と中野がいった。

「当行が勝って、相手も上訴しなかったので」

たとえ結審していても、実態面は泣き寝入りもある。そう思い資料を開くと、時田紀一郎という原告の名前が出てきた。

「時田……?」

あるシーンが記憶の底から浮かび上がってきた。

指宿は、変額保険訴訟裁判を傍聴するため東京地裁の小法廷へ何度か出かけたことがある。あれは一年ほど前だったろうか。その日証言台に立ったのは、原告側の証人だった。銀行側の弁護士が浴びせる質問は意地悪く、揚げ足取りとしかいいようがないものだった。帝都銀行敗訴になる初のケースになるかも知れない。たしかそんなことを言われていた裁判だったはずだ。

銀行担当者が変額保険のリスクを保証する発言をしたという証人に、弁護士はいった。

「それは何月何日のことですか。発言は一字一句間違いないと言い切れるんですか。——それは素晴らしい記憶力だ。ならば他にどんな話をしたかここで一字一句正確に話して下さい。話せない? だったらあなたが言ってることがどうして正しいと言え

るんです？」

証人は帝都銀行の元行員で、時田の元融資担当者だった。

しかし、結果は原告側の惨敗。慣れない法廷、足下を掬《すく》うような質問に言葉に詰まった証人を見切った銀行側弁護士は、余裕綽《しやく》々《しやく》で閉廷間際にこう言った。

「裁判長、もうやめませんか、こんなの」

馬鹿にしきった言葉ととれた。それは帝都銀行の一員である指宿にとっても、後味のいいものではなかった。そのとき、

「ふざけるなっ！」

小さな法廷内に罵声が響き渡って、全員の視線が傍聴席に集中した。声を発したのは痩せた六十過ぎの男だった。歯ぎしりし、顔を真っ赤にした男は、銀行側代理人である古参の弁護士を睨み付けている。

あまりの剣幕で裁判長も「静粛に」の一言が一テンポ遅れた。

「退廷させるべきではありませんか、裁判長」

弁護士は涼しい顔で言うと、若手裁判官をたしなめるように眉を顰《ひそ》めてみせる。

あまりにも印象的な光景だった。

あのときの証人はどうしたか。

ふとそんな思いが指宿に湧き、我に返った。

門倉がじっとこちらを見ている。

「なにか心当たりでもありましたか」

「いえ、偶然に自分が傍聴したことのある裁判だったものですから」

指宿は、見ていた資料ファイルを門倉に向け、そのときの様子を話した。

あのとき――、傍聴席で怒鳴った男が原告の時田紀一郎であることは間違いない。

だが、時田を狐と考えることは不可能だ。

時田の年齢だ。

狐はまだ若い。フルフェイスのヘルメットをかぶっていたあの姿は、どう歳をとっていると見積もっても三十代後半までだ。それは最も間近で見た鏑木も認めている。

訴訟ファイルを覗き込んだ門倉がいった。

「時田さんには、息子さんがいますね」

「息子?」

「息子も裁判で証言していますよ。ほら」

鏑木と顔を見合わせた。息子の名前は時田恒夫《つねお》、一年前の証言当時、恒夫は三十三歳だった。

「時田恒夫は、硝子《ガラス》関係メーカーの下請け会社を経営しています。硝子の製造工程では化学物質を利用するはずですから、可能性はあると思いますよ」

鏑木が真剣な眼差しを向けてくる。

「こちらで当たってみますかね」

門倉は開いていたノートに、時田恒夫の名前と住所を書き込んだ。

時田恒夫の行方がわからないと門倉から報告があったのは翌日のことだった。

時田は売上十億円ほどの町企業を経営していたが、その会社も変額保険での失敗の後、倒産。自宅はそのままだが、現状は競売《けいばい》を待つばかりで人は住んでいないという。

「時田紀一郎氏にきいても、居場所はわかりませんか」

それが無理なんですよ、と門倉はいった。公衆電話でかけているのか、背景に交通騒音がかぶり、声は切れ切れの音となって指宿に届いた。

「紀一郎氏はこの六月に亡くなったんです」

「亡くなった……」

門倉の言葉に指宿は言葉をなくした。

「夫人はもっと前に亡くなっていて、親戚はいますが、恒夫はひとりなんです。その親戚も倒産してからは寄りつかなくなったらしくて、結局、誰も恒夫の行方を知らない状況のようですな」

その夜、全員帰宅した後の総務部にひとり残り、指宿はもう一度裁判資料に目を通していた。脇には、笹塚支店からファクシミリで取り寄せた時田恒夫の「自己紹介シート」が置いてある。帝都銀行が主催している二代目経営者のためのセミナーに参加したときのものだ。坊ちゃん学校で知られる関東S大学出身。趣味、スキーとバイク。家族はなし。備考欄に「花嫁候補紹介？」と書かれていた。書いたのは、笹塚支店の誰かだろう。銀行経由で縁談を持ち込むことは取引先との親密化工作でたまに行われることだった。が、恒夫に縁談がもちこまれた形跡はない。

シートの右上に貼られた写真を指宿は眺めた。

二十代のときの写真だ。第一印象は若いということだった。スナップ写真から転用と思われるそれには、苦労知らずに育った男のどこか浮ついた表情が写っていた。お追従で笑っただけの唇には皮肉と底意地の悪さが滲んでいる。

笹塚で指折りの地主だったという時田家の資産は、倒産の後、多額の負債の担保として全て債権者に押さえられていた。天国と地獄、王子と乞食の両極端を、ここ何年かで時田は経験したはずだ。それをこの温室育ちの男はどう受け止めたか。

時田恒夫の行方を知る方法はないだろうか。裁判資料をめくりながら繰り返し考える指宿の脳裏に、ふとあのときの証人が浮かんだ。あの男なら、知っているのではないか？

指宿は資料をめくり、証人の名前を探した。

8

証人の名前は、加瀬直紀といった。

元帝都銀行の行員で、現在は、目黒区内に住んでいるということになっていた。

ことになっている、というのは、退職時銀行に届けられた書類の「今後の進路」欄にそう書かれているからだった。そこに誇らしげに書かれた会社名は「有限会社サイバーブレーン」という。詳細は不明だがインターネット関連の会社のようだった。

加瀬の自宅は、駒場東大前駅からほど近い古い賃貸マンションの三階だった。

インターホンを押すと、加瀬本人が出た。妻と小さな子供がいるはずだったが、外出しているのか家の中は静まりかえっている。

指宿が名乗ると、シャツにジーンズというラフな格好をした加瀬直紀は、どうぞ、と中へ招じ入れた。

「忙しいところ突然お邪魔して申し訳ありません」

指宿は詫びた。あえてアポを入れなかったのは、相手に警戒させないためだが、加瀬の落ち着き払った態度を見る限り、それは杞憂だったと悟った。

「時田さんの件で少し伺いたいことがあってきたんですが。少し時間を頂いてよろしいですか」

先程、階段を上がるとき郵便受けに会社名が入っていた。ここは自宅兼事務所なのだろう。

大人しい印象の加瀬は、銀行を辞めて一人で会社を興すタイプには見えなかったが、退職してすでに三年、こうしてやっているところを見ると、見かけによらぬ商才があるのかも知れなかった。

指宿が通されたのは玄関脇の洋間だ。仕事場なのだろう、スチールのラックにコンピュータが数台置かれ、複雑な配線が床を這《は》っていた。六畳ほどの部屋だが、いろいろな物が置かれている割によく片づいていて加瀬の几帳面な性格を表している。「どうせ流行りのインターネット熱にうかされて根拠もなく独立したんじゃないの」。人事担当者の冷ややかな言葉が指宿の頭に残っていた。

加瀬は、麦茶を二つ淹《い》れて運んできた。指宿は出窓のある壁際に置かれた木の椅子にかけ、渡されたガラス器を右側のラックに置く。

「どうですか、ご商売のほうは」

壁のコルクボードに整然と貼られたポストイットを見ながら指宿はきいた。

この景気ですから——。いっぱしの経営者らしい言葉が返ってくる。どんなことをされているんですか、とコンピュータのモニタを覗き込んだ指宿に、インターネットを使って企業財務を診断する仕組みを作っているのだと加瀬は答えた。律儀——。そう、加瀬の印象はまさにそれだった。固くてどこか一本気なところもある。

さして儲かっているとは思えないが、指宿は少し加瀬を見直した。銀行が導入した早期退職制度を利用して辞めていった五十前後の者たちの多くが食うに困っている中で加瀬はちゃんと食い扶持を確保している。それはそれで大したものだ。

「帝都を出られてもう三年ですか。少し心配していたのですが、ほっとしました」

空々しく聞こえたか、「そうですか?」と加瀬は笑った。指宿も内心、苦笑する。加瀬は銀行のことをよく知っている。加瀬を小馬鹿にしていた人事部の態度を見抜いているかのようだ。

「ところで、時田さんのこととおっしゃいましたが、どんな?」

裁判絡み——そのくらいのことは予想しているだろうが、加瀬の口調はさっぱりしたものだった。指宿は率直にきいた。

「時田恒夫さんと、最近お会いになったことはありませんか」

「当初、食えないときにはよく面倒を見ていただいたんですが、最近はあまり……。そのこともあって裁判では証人になったんです——ご存知ですね?」

悪びれることなく、加瀬はきいた。知ってます、と指宿は応えたが、あの時、あの法廷を自分も傍聴していたということは黙っていた。なんとなく加瀬に申し訳ない気がしたからである。時田紀一郎の葬儀に参列したことなどを加瀬は話した。

「恒夫さんと連絡がつかなくなっているようですが、行き先、ご存知ではありませんか」

「あの人に何かご用ですか」

慎重なところを見せ、加瀬はきいた。素直で引くところは引く。だが、容易に懐柔できる軽い相手ではなかった。

「ええ。おうかがいしたいことがありまして」

指宿はいい、お心当たりは、と重ねてきいた。

「知らないとはいいません。ですが、申し上げるわけにはいきません」

加瀬は、静かだが芯のある口調でいった。

「いろいろ、債権者たちとの関係がありますし、私がお話しすることで迷惑をかけるかもしれない。それはできませんよ。時田さんにはとてもお世話になりましたから」

「銀行よりも時田さんに恩義があると」

指宿がいうと、加瀬は「銀行は何をしてくれましたか」と逆にきいた。

言葉に詰まった。

「私は銀行には何一つ借りはありません。でも時田さんには助けてもらいました。できることならば何でもしてあげようという気持ちはいまでもありますよ」

指宿は質問を変えた。

「こんなことを伺うのは変かも知れませんが、恒夫さんはやはり銀行のことを恨んでいたと思われますか」

加瀬の目に複雑な感情が浮かんだ。憤りと憐れみ、やりきれなさが絡み合う。やがて、さあどうですかね、という言葉が返ってきた。

「裁判は時田さんの敗訴でした。それはご存知ですか」

「知ってます」

「そのことについて、恒夫さんは何か言ってらっしゃいましたか」

敗訴は二ヵ月前。それ以降、加瀬は時田と会っているはずだ。カマをかけた指宿だったが、済んだことですから、と加瀬ははぐらかした。

「加瀬さんは時田さんの担当者だった。変額保険を売った側なのに、なぜ時田さんは加瀬さんと親密にされていたんでしょうか」

「それは――私だけが謝罪したからですよ」

加瀬の言葉は指宿の意表を突いた。

「謝罪？」

聞き返した指宿に、加瀬は淋しげな笑みを浮かべてうなずいた。

「変額保険など紹介してしまって申し訳ありませんでした。助けられなくてすみません。そう謝りに行ったんです。時田社長は許してくれましたよ。あんたの責任じゃないといってくれたんです」

実際、裁判資料によると、時田を頻繁に訪問して変額保険に加入するよう勧めたのは宮前毅《つよし》という当時の課長代理ということになっていた。宮前は神谷の指示で変額保険の加入を勧めるセールスを推進しており、加瀬に帯同訪問しては時田に勧めたとされている。そのとき、運用を保証した言葉を宮前が言ったか言わなかったかが争点となったのだった。

「あなた自身はどうですか」

ふと気になって指宿はきいた。「そのときの帝都銀行のやり方を見て、どう思われました」

加瀬は黙り、答えるまでの間、静かに茶を飲んだ。その頑《かたく》なな横顔を見るうち、指宿には感じるものがあった。少なくとも、加瀬は帝都銀行に対して良い印象を持ってはいない。

「私が時田さんなら、やはり帝都を恨みますね」

加瀬は淋しげな笑みを浮かべた。

「だけどそんなこと、私がいってどうなりますか、指宿さん。帝都銀行は、なんの責任も無かったと主張し、裁判所の判断もそれを支持したわけでしょう」

「だけど仰《おっしゃ》りたいことはあると？」

一瞬、黙った加瀬の目には強い意思が浮かんでいた。

「ええ、それはもちろん」

指宿はあらためて部屋を見回し、鞄からビデオテープを出した。新橋支店の防犯カメラに残っていたテープを一般用にダビングしたものだ。

居間に場所を移し、デッキにテープを入れた。テレビに映し出されたのはＡＴＭで順番待ちをしている人たちの映像だ。画像を静止させ、指宿はヘルメット姿の〝狐〟を指した。

「この男――、気をつけてご覧になってください」

加瀬はじっと見つめ、小さくうなずいた。新橋支店の火災、脅迫事件のことは新聞でも大きく報道された。ビデオを見た瞬間、加瀬は指宿の目的を知ったはずだが、表情には出さなかった。

再生。

画像が動きはじめる。

録画時間は全部で五分だ。ヘルメットの男が映っている時間は全部合わせても三十秒もない。

「このヘルメットの男、心当たりはありませんか」

テープを巻き戻しながら指宿はきく。動揺の欠片もない、ただ無表情に録画を眺めた加瀬が、いいえ、と返した。

「時田恒夫さんと似ているとは思いませんか」

指宿は加瀬の微妙な表情の変化も見逃さないよう注意している。だが、加瀬の落着き払った態度は微塵も綻《ほころ》びることはなかった。

「さあ。この画像からではわかりかねます」

予想通りの答えに、指宿はイジェクト・ボタンを押した。

「時田恒夫さんとは、銀行時代どういうお付き合いだったんですか」

テープを鞄にしまいながらきいた。

「あの人は時田硝子の専務でした。上場メーカーで三年間修業した後、専務で入社したんです。融資の交渉にもいらっしゃって、よく話はさせていただきました」

「歳はお二人とも近いですよね」

「同じ歳です」

「それで親しかったと」

当然、肯定的な反応を予想した。ところが、意外にも加瀬は、「あの専務と親しいとは……」と言葉を濁したのだった。指宿ははっと目を上げた。微かな嫌悪が混じっているように聞こえたからだ。

加瀬を見つめた指宿は、時田に恩義を感じているという加瀬の話は単なる方便ではないかと疑った。連絡先を秘匿するのは時田への恩義ではなく、むしろ帝都銀行に対しての悪感情故ではないのか。

加瀬は帝都銀行を退職する道を選んだ。安定した職場で、家族があるのに辞めていくからにはそれなりの理由があるはずだ。

「変額保険のことを、もう少しお伺いしてもいいでしょうか」

加瀬は、困ったような顔で苦笑いを浮かべる。

「もう、済んだことじゃないんですか。そんなこと今さら嗅《か》ぎ回ってどうするんです。私にとっては、帝都銀行に勤めていたことも裁判のこともう過去の出来事なんです」

「関係ない、と」

問うと、加瀬は何かを口にしかけてやめた。思いをうまく伝えられない、とでもいうようにもどかしげな表情になる。ようやく口にしたのは、「私は銀行に勤めていたんでしょうかね」という思いがけない言葉だった。

「辞めようと思ったとき、愕然としたんです。銀行に十年近く勤めていて、給料以外何も得たものがなかったじゃないかって。社宅を出て、スーツを着なくなったら、私がかつて帝都銀行に勤めていた証など何もない。帝都の元行員だったという経歴を証明するものすらないんです。辞めた瞬間過去になる――。それが銀行というところですよ。私だって自分なりに頑張ってきたつもりです。それなのに一体自分の十年間は何だったのかと悩みましたよ。せめて自分がそこで生きてきたという証が欲しい。そう思いました」

加瀬が口にしているのは、退職者に共通する複雑な胸の内ともとれた。だが、それだけだろうか。

「変額保険訴訟で証人になったのは、その証のひとつだったということですか」

加瀬は考えに沈み応えなかった。

「裁判に勝てばそれでいいと思っているわけではありません」

加瀬は顔を上げた。指宿は続ける。

「私が当時のことをおききするのは、真実を知るためです」

すると、

「なぜ」

と加瀬は問うた。なぜ？　真剣な眼差しが自分を見つめている。

「特命――」

指宿はいった。「それが理由です」

総務部特命担当――指宿の名刺を加瀬は凝視した。

「今さら裁けるんですか」

「誰をです？」

加瀬は口を噤《つぐ》んだ。

裁く――指宿にとって、その言葉は決して口にすべきものではなく、ただ心に秘めるものだ。

だが加瀬にとっては……。

対峙している男の瞳に浮かぶ生々しい光に、指宿は確信を抱いた。加瀬はなにか腹にためている。苦々しい過去か、銀行への憎しみか。何者かへの恨みか、悲しみか――。そこに時田恒夫について口を噤む理由があるはずだ。

9

渋谷に戻ってから地下鉄に乗り換えた。

久遠《くおん》法律事務所は青山通りから一本入った小綺麗な雑居ビルに入っていた。

時田硝子の倒産は、三年前。久遠は破産前から時田の顧問を務めていた弁護士だった。五十代の金回りの良さそうな男で、飄々《ひょうひょう》とした風貌の中で眼光だけがやけに鋭い。

「時田さんとお会いしたいのですが、ご連絡先を教えていただくわけにいきませんか」

胡散《うさん》臭そうに久遠は指宿の顔と帝都銀行の名刺とを交互に見比べた。

「いまさら何の御用でしょうか。裁判はお宅の思い通りに終わったじゃないですか。まだ時田さんをいじめようというんですか」

弁護士は法律家らしい毅然とした態度を示した。

「新聞はご覧になっていませんか」

「新聞？」

久遠の眉がゆっくりと動いた。

「新橋支店で火災がありました。当行を脅迫している者がいます」

指宿は老練な弁護士の眼底を覗き込んだ。

「変額保険の被害者にするだけではなく、今度は刑事事件の容疑者扱いですか」

久遠は気色ばんだが、行方がわからなければ逃げていると思われる、という指宿の言葉でふっと冷静に戻った。指宿の視線を受け止めたままじっと考えを巡らす久遠には、長年法曹界で生き抜いてきたしたたかさがある。

「そうですか。実は、時田さんとは私も連絡がつかなくなってるんですよ。ただ、たまに電話がかかってくることがあるから、そのときにはいらっしゃった旨、伝えておきましょう。会えるかどうかは時田さん次第です。協力できるのはその程度だ」

10

時田に変額保険をセールスした宮前毅は、本部審査部へ転勤になっていた。

帝都銀行にいくつかある与信部門でも、審査部は上場企業相手の審査を手掛ける重要セクションだ。企業系列によって、一部から四部まで分かれた部の中でも、とくに宮前が所属する審査四部は同じ帝都資本グループ企業を扱う、花形セクションだった。宮前は帝都銀行内でも指折りの出世コースを歩んでいたのだ。

行内電話帳で内線番号を調べて宮前に電話すると、「四部」とだけぶっきらぼうな声が出た。

「総務部の指宿といいます」

脅迫事件に〝特命〟が関わっていることは本部内ではすでに知れ渡っている。

「おかしいな。定期券の継続はまだ先のはずだけど」

宮前の挑発を指宿はやりすごした。

「時田さんの件で伺いたいので、少しお時間いただけませんか」

「時田？　笹塚の……？　いまかよ？」

粗野でせっかちな口調で宮前はきいた。

「時間の空いたときで結構です」

約束は七時過ぎになった。

その時間に、宮前は五分遅れてきた。

同じフロアにある小会議室に誘うと椅子に浅くかけ、両手を組んで指宿を正視する。慢性的な寝不足で顔が青白いが、激務の四部エリートらしい自信にあふれていた。銀行側弁護士に突っ込まれて言葉に詰まった加瀬と宮前――二人の証言を天秤にかけた裁判官が下した判断には無理からぬものを感じた。

「時田さんと、最近お会いになったことは」

「ないな」

宮前はいい、シャツの胸ポケットからタバコを出して点《つ》けた。「亡くなったんだってね、あの社長」

テーブルの端にあった灰皿を引き寄せる。

「それは誰から？」

宮前は椅子にもたれた。思い出すように、上目遣いになる。

「笹塚支店時代に親しかった社長から」

「息子の恒夫さんと、宮前さんは顔見知りですか」

「専務だったっけ。何度か会ったことはあるから、顔見知りといえばそうとも言える」

「これを見てもらえますか」

指宿は部屋のビデオにテープをセットし、防犯カメラが撮った画像を宮前に見せた。「この、ヘルメットをかぶった男です。時田恒夫さんと似てませんか」

指先のタバコを燃やしたまま、宮前はその映像を凝視した。指宿が停止ボタンを押すまで見続け、さあねえ、と首を傾げた。

「もう何年も、会ってないから」

「裁判ではお会いになったでしょう」

「いや。会ったのは社長だけ」

宮前は、人差し指をネクタイの結び目に入れて緩めた。「それも法廷を出た途端、胸ぐらを摑んできやがった。挙げ句、人を嘘つきよばわりでね」

ひどくプライドを傷つけられたらしく、宮前の言葉には怒りが滲んでいた。

「本当のところ、どうだったんです」

ビデオを取り出しながら指宿はそれとなくきいた。

「どうって？」

「あなたの証言ですよ」

宮前は咳でもするように小さな笑いを吐き出し、肩を揺すった。だが、目には明らかに警戒の色が滲んでいた。

「要するに、俺が変額保険がらみの融資をセールスしたとき、不正な説明をしたかときいてるわけ? あるいは銀行法に違反して保険をセールスしたのではないかと。まさか——! リスクについてはちゃんと社長に説明したし、保険のセールスそのものはきちんと保険会社の外交員を通して行ったんだ。裁判記録を読めばわかるじゃないか、そんなの」

「読んだ上でうかがってるんです。証言は正しいんですか」

宮前は嘲笑うような顔をまっすぐに指宿に向けた。

「当たり前じゃない。法廷では宣誓するんだからさ」

「加瀬さんの証言は正反対でしたね」

宮前は皮肉な笑みを浮かべ、加瀬か、と吐き捨てた。

「あいつは本件の戦犯だぜ、指宿さん。確かにセールスしたのは俺だ。だけど、そもそも奴が時田に変額保険を紹介しようと考え、バブル最盛期の資産価値で後先も考えずとてつもない金額の融資を実行したんだから。融資部に行ってみろよ。時田硝子への与信がいかに焦げ付いたかって詳しいメモが残っているから。それを見てくればいい」

「ところが、時田社長は加瀬さんには恨みを抱いていない。時田社長が怒りを向けたのは、あなたと神谷支店長だった。これはどういうことだと思いますか？」

宮前はまともに答えず、「特命ねえ。なるほどこりゃ、困ったもんだ」といった。

「そういえばこの前神谷さんに会ったら、ずいぶん指宿さんのこと、ご立腹だったな」

宮前たち一部のエリートたちは、派閥で動いている。派閥が違えば、同じ銀行内でも敵と味方だ。そして指宿はどんな派閥にも属してはいない。

「相手を見てものをいったほうがいいと思うけどね」

「そうしてるつもりですが」

宮前の目の中で敵愾心《てきがいしん》の炎が揺れた。


その夜かかってきた門倉からの電話は、事態をさらに決定づけるものになった。

「狐が新橋支店に乗りつけたと思われるバイクのナンバーが割れましたので、一応、ご報告しときますよ。実は、あの日、新橋支店前の交差点で信号待ちしている車の脇をすり抜けようとしてバイクで人身事故を起こしていたんです。そのまま逃げたんで目撃者を探していたんですが、今日になって出てきまして。交通課で調べたところ、バイクの所有者は時田恒夫でした」

偶然の一致にしてはできすぎだ。

「もう少し容疑を固めてから指名手配に踏み切ることになると思います」

事態は思わぬところから意外な進展を見せた。


そして、狐もまた動いたことを、指宿は翌朝の新聞で知った。

食卓で開いた紙面。記事はその片隅にあった。

〝帝国生保社員、襲われる〟

帝国生保……？

変額保険は言うまでもなく保険会社の商品であって、変額保険のセールスでは保険会社の外交員を帯同して取引先を訪問することになっている。帝都銀行が紹介する保険は全て同じ資本系列の帝国生保のものと決まっていた。

時田に売った変額保険には、保険会社の社員も関係しているはずだ。

視線が記事に吸い寄せられた。


二十八日夜八時頃、帰宅途中の帝国生命保険会社城南支社長吾川宏さんが、自宅近くで、刃物を持った男に襲われた。騒ぎを聞きつけて飛び出してきた付近の住人の姿を見て男は逃げたが、吾川さんは腹と脚を切られ重体。警察では襲われた吾川さんの容体回復を待って、仕事上のトラブルがなかったか、事情を聞くことにしている。目撃した住人の話では、男は身長百八十センチぐらい、黒っぽい上下の服を着て、フルフェイスのヘルメットを被っていたという。

出社し、裁判資料をめくった指宿の中で、疑惑が確信に変わった。被害者の吾川は、当時笹塚支店を担当していた帝国生保の社員だったからだ。

「やはり、そうか……」

「調査役——」

そのとき佳子に呼ばれ、指宿は新聞から顔を上げた。「警視庁の門倉さんからお電話です」

「新聞、ご覧になりましたか」

開口一番門倉はいった。いま裁判記録で吾川のことを確認したことを告げる。門倉はすでに知っていた。

「それと昨日、加瀬直紀さんを訪ねてきましたよ」

さすがに本職だけあって、門倉は行動が早かった。「指宿さんもお尋ねになったという時田の住所、聞き出しました」

「聞き出した……？」

ところが門倉はすぐに、不発です、とつけ足す。

「時田が所有していたという初台駅に近いマンションを教えてくれたんですが。そこはすでに売却されていまして。期待したんですが、残念ながらハズレです」

そんなはずはない。加瀬はここ数ヵ月の間に時田と会っている。確実な情報を持っているはずだ。

初台のマンション、それは警察が来たときのために予《あらかじ》め用意しておいた方便なのではないか、と指宿は思った。

加瀬は時田を匿《かくま》っている。銀行に恨みを抱き、次第に凶悪な犯罪者となっていく狐を、加瀬は守ろうとしている。

なぜ、そこまでして……。

門倉は続けた。

「それと念のために加瀬さんのことも調べたんですが、こちらはシロでした。新橋支店の事件があった日には、出張で新潟に行っていらっしゃいましてね」

門倉がそういうからには裏もとったはずだ。

「調査役——。お電話中、すみません」

再び、佳子に声をかけられた。少し困ったような顔をして立っている。手に、銀行の本支店間でやりとりしている茶封筒を持っていた。

「こんなものが」

行内メールだった。

差し出した指先が微かに震えている。電話を切ろうとした門倉を指宿は呼び止めた。

11

めいしがわりのいっぱつおもいしったか　これからほんばんや　かくごしとき　狐

「なんで、行内メールを利用できるんだ」

鏑木のつぶやいた一言が全員の疑問と不安とを代弁していた。狐はこの帝都銀行内にまで入り込んでいる。信じられないこと、あってはならないことだ。

メールの発信場所はローンセンターだった。

帝都銀行ローンセンターは同じ本部ビルの二階だ。ローンを扱っているが一般顧客を相手にする機能はない。本支店から集められたローン関係書類の審査、保管が目的であって、出入りするためには他の本部勤務の行員と同じく、ガードマン常駐の地下通用口から入る必要があった。不審人物の侵入を防ぐのはセキュリティの基本だ。来客は「来館者カード」という書類に記録し、受付から目的の部署に確認の上でないと入館できない。また、その際に「お客様」と書かれたネームプレートを胸に付けることになっている。行員の場合は、帝都銀行のネームプレートと身分証を見せることになっており、それが無ければ通過することは不可能だ。

それを狐はかいくぐった。

駆け出していった鏑木は、まもなく昨日の来館者名簿を抱えて戻ってきた。

名簿には、入館時間と退出時間が記録されていた。「お客様」プレートの枚数もチェックされており、異状はない。

来館者数は全部で三百人近かった。手分けをして、来館者カードに書き込まれた本部内の訪問先に片っ端から電話をかける。不審な者はいなかったか、カードに記載された相手に会っているかどうかを確かめるためだ。

総務部内で手分けをして、連絡が取れない何人かを除き、来館者カードに書き込まれた内容が正しいことを確認した。残りも午後までには全員と連絡がついたが、不審者はなかった。

「いったいどうなってんだよ！」

来館者全員の記録を調べ終わった鏑木が悲鳴に近い声を上げた。手伝った佳子らも、不安な表情で押し黙っている。

ローンセンターは、センターという名のつく通り、二百人近い行員と派遣社員が勤めている。派遣社員は全員、帝都銀行が出資した帝都人材サービスからの派遣で、身元も確かだ。ただ、センターには、各支店から直接書類が持ち込まれることがあって、センター員だけでなく外部の行員も大勢出入りしていることも確かだった。本部内に侵入すれば、センター内に出入りしても見咎《みとが》められることはまずない。防犯カメラも設置されていなかった。

午後開いた打ち合わせには、連絡を受けて駆けつけた門倉も加わった。

「行員の中に、狐がいると考えるのは不自然ですか」

門倉は大胆な意見をぶつけてきた。外部の人間にとって、行内メールを利用するという発想自体、不自然だと門倉は考えているのだ。

たしかにその通りだ。しかし、指宿には別な考えがあった。

これは加瀬の発想ではないか？

狐の背後に、なんらかの形で加瀬が加わっているとすれば話は別だ。

加瀬は頭のいい男だ。自ら手を下すはずはない。おそらく、犯罪になるような教唆もしていないだろう、と指宿は推測した。怒りに前後を忘れた時田の犯意を知りながら、適当な情報をそれとなく流して操る——その程度のことなら、加瀬にはたやすいはずだ。

無論、全て指宿の推論に過ぎず、確証のない話には違いなかった。

「このところ、身分証の紛失届けは出ていないようですね」

人事部に確認にいった鏑木がもどってきて報告した。

門倉との打ち合わせを終えてデスクに戻った指宿は、加瀬に電話した。

「昨日はどうも」

日中はいつもひとりなのか、しんとした仕事場で加瀬の声はやけに静かに受話器から伝わってきた。

「昨夜、帝国生保の吾川さんという方が襲われたそうです」

「吾川……？」

「ご存知ですよね。変額保険、一緒に売られたと思いますが」

「ああ、あの人。思い出しました」

加瀬は大げさに驚いてみせたりはしなかった。

「どうして警察に嘘の住所を教えたんです」

ほんの僅かな間が挟まった。

「嘘の？　私は知っている住所をお話ししただけですが」

とぼけてみせる。嘘はうまくない。

「あなたは、時田がいる本当の場所を知っているはずだ」

相手は黙った。

「教えてもらえませんか。人が殺されかかったんですよ。加瀬さん、あなたはそれでも平気なんですか」

「殺されても当然の人たちでしょう」

加瀬は言い放った。それは唯一、噴き出した加瀬の情念のように思えた。まともだと思っていた加瀬に見いだした異常な部分。どちらが真実なのか、指宿には判断がつかなかった。

「変額保険を売ったからですか。違うでしょう、それは」

指宿は思わず声を荒らげた。「これ以上、犯行を野放しにしておくわけにはいかないんです。教えてもらえませんか。時田さんの居場所を」

「知りません」

「あなたが帝都銀行を恨んでいるのはわかります。ならばせめてその理由を教えてもらえませんか」

加瀬は押し黙った。何か回答があるか——そんな数秒の後、電話は唐突に切れた。

殺されても当然の人たち……。いつまでも燃え続ける熾《お》き火のように腹の底で熱を持ち続けた。加瀬の言葉は憎悪そのものだった。

12

「加瀬がらみのトラブルですか」

小山支店の応接室で向かい合った柚木は、少し困ったような顔をした。思い当たることはあるが、話すのは気乗りしない様子だ。加瀬は当時笹塚支店で融資課長をしていた柚木の部下だった。加瀬が帝都銀行に抱く恨みを知るためには、当時一緒に仕事をした柚木に聞くのが最も確実だと指宿は考えた。

だが、柚木の口は存外に重かった。

当初それを加瀬のことを思ってのことと解釈した指宿だったが、話を聞くうち、思い違いに気づいた。

ある人物の名前をあげることを遠慮していたのである。

ある人物、それは神谷喬一のことだった。

質問を変え、加瀬の勤務態度からきいた指宿は次第に、当時副支店長だった神谷と加瀬の対立について知った。

「所詮《しょせん》、副支店長とヒラの係員なんですから、ケンカにもならないわけなんですけど」

私から聞いたことは内密にしてくださいよ、と一言断って柚木はいった。

「加瀬は非常に真面目な男なんです。ただそれが、まとも過ぎるというかね。しかも、加瀬は非常に優秀なもんだから、銀行という組織が抱えている矛盾とか、ばかばかしさみたいなものが見えてしまう。そしてそれを口にする。それが神谷副支店長と衝突する原因になっていたんです」

柚木はひとつのエピソードを話した。

「こんなことがありました。ある時、新規口座の獲得キャンペーンが伸び悩んだんです。すると、神谷副支店長が確か三洋銀行の大手町支店だったと思いますが、バーター取引をまとめてきたんです。それをやれば当月のノルマ達成ということになるわけですが、加瀬だけは三洋の普通預金口座の作成を突っぱねた。使いもしない口座をお互いに作成しあっても無駄じゃないかというわけです。加瀬のいうことはもっともで正しいのですが、神谷副支店長は激怒しましてね。そんなことがあってから、何かと加瀬が目の敵にされることが多くなったんです」

その対立は変額保険でさらにエスカレートしたのだと柚木はいった。

「神谷副支店長が、変額保険の対象先をリストアップしろと指示を出したとき、融資係や外回りの全員が提出する中、加瀬は一件も挙げなかった。リスクがありすぎると自分で判断していたようです。これが神谷さんの逆鱗に触れた」

時田をセールスの対象に挙げたのではなく、無理矢理挙げさせられた。それが実態なのだと柚木はいった。

「時田への変額保険は、随分前から神谷副支店長が内心狙っていたんだと思います。時田があるだろう、と真っ先に口に挙がってましたから。なかなか加瀬が動かないものだから、宮前が売りにいった」

それが訴訟に発展したと柚木は説明した。

「結果からいえば、どれも加瀬が正しいんです。それに加瀬は、神谷さんに反抗しようなんて気はこれっぽっちもなかった。変額保険のときでも、リストを提出しない理由を自分から神谷さんに話してました。自分が動けば組織が変わるかもしれないと加瀬は考えていたのかも知れませんね。そういう意味では私の下にいた係員の中では、加瀬が一番帝都銀行のことを考えて行動していた。あれだけ優秀なんだからうまく使ってやれば、将来的に本当に帝都を変える人材になったかも知れないのに。そんなときに、融資でミスをしたりして、彼も運がなかった」

柚木の言葉に指宿は眉を動かした。「ミスとは？」

顔をしかめた柚木は、細く息を吸いこんだ。

「時田さんがらみの融資で、加瀬が担保を取り損ねてしまいまして。これは私自身の管理責任でもありますから、自分で説明するのも気がひけますな。どうぞ融資部へ行って調べてみてください。そこに詳しい資料があります。私から聞くより、ご自分の目で確かめられたほうがいいでしょう。まあ結局のところ、加瀬もバブルで人生が狂ってしまった一人なのかも知れませんな」

柚木はそんなことをいった。

「辞めたくて辞めたわけではないと思いますよ。非常に上昇志向の強い男でした。どこかで歯車が合わなくなった。神谷さんのような上司と巡りあってしまったのも彼の運なのかも知れませんが。一旦狂った歯車は、さらに大きな狂いを生じさせ、彼もいまは孤独だと思いますよ」

しんとした加瀬の仕事場を思い出し、孤独、という柚木の言葉がしっくりくることに指宿は気づいた。

「その後、加瀬さんとは？」

「笹塚支店からは私のほうが先に転勤しましてそれっきりです。でも、その後、当時一緒だった仲間と会ったときに聞いた話ですが、奥さんとも離婚して、いまは細々と会社を経営しているという話でした」

柚木の言葉は指宿の心に重たく沈んだ。

小山支店から戻った指宿はまっすぐに融資部へ向かった。

時田の債権回収は、小池敬二というベテラン行員が手掛けていた。小池は、銀行員生活の大半を融資畑で過ごしてきた優秀な融資マンで、債権回収の手腕とご意見番的な辛辣な発言で知られる男だ。

小池に頼むと、忙しい最中に嫌な顔ひとつせず、時田硝子の資料をキャビネットから出してデスクに積んでくれた。短い髪は白髪が目立つ。デスクに戻った小池は、帝都銀行が抱える「山のような不良債権」という状況を端的に表している融資稟議書と債権関係書類の山に囲まれ、頻繁にかかってくる電話で、相手を叱りつけたり、はげましたりしながら、黙々と仕事をこなしている。デスクの上に置いた灰皿には、吸い殻が山になっていた。ストレス、ぎすぎすした部屋の雰囲気、まさに債権回収の修羅場と直結している緊張感が漂っていた。

「なにかあったら遠慮なくきいてくれよ」

礼をいった指宿は、デスクに積み上がった分厚い書類を広げた。

時田硝子と帝都銀行との取引は古く、取引開始は昭和三十年代に遡《さかのぼ》る。時田硝子の創業は昭和初期だ。創業者は時田伊輔、笹塚界隈の地主で富裕な家庭に育った伊輔は、学校で化学を修め、その技術を基礎にして時田硝子という会社を設立したのである。伊輔は変額保険の被保険者となった当の本人だった。

二代目の時田紀一郎のときに大手硝子メーカーの下請けとなって会社は発展したが、昭和六十年代から製造拠点が海外に移されていく流れに乗り切れず失速、業績は下降線を辿りはじめていた。

かねてから伊輔の相続問題を心配していた紀一郎に取り入り、問題の変額保険に加入するための資金を帝都銀行が融資したのは、いよいよ会社業績に暗雲が立ちこめはじめた平成四年一月。バブルの絶頂から、崩壊へと向かうまさにその瞬間、最悪のタイミングで契約、融資をしたことになる。

融資額は十億円。借り入れの名義は、伊輔である。

時田硝子の株式は先代になる創業者が多数保有しており、それに笹塚界隈に所有していた不動産の評価額から算出した相続税が変額保険加入額の根拠となった。もちろん、全てはその後数年のうちに激変し、融資だけが利息を含めてそのまま残ることになったわけだが……。

伊輔が亡くなったのは、平成七年。百歳近い大往生だった。株価はバブル最盛期のおよそ半分で、死亡時の解約返戻金では、融資額の十億円どころか利息も払えないような状況だった。

当時、帝都銀行はこれとは別に時田硝子に対しても十億円近い融資をしていた。

業績も青息吐息だった時田硝子との関係が急速に悪化し、これをきっかけにして不渡りを出して倒産、帝都銀行は時田関連で総額二十億円もの不良債権を抱えることになったのである。このうち、担保処分によって回収できたのは半分の十億円に過ぎない。

「お粗末だろ」

指宿がファイルから顔を上げるのを待っていたかのように、小池がきいた。

「時田に関する融資は納得できないことばかりだ。とくに変額保険を売る前の融資がよくない」

いわれてファイルをめくった指宿の目に融資稟議書の三億円という金額が飛び込んできた。

「資金使途が気にくわねえ」

指宿は稟議書を読んだ。

「有価証券資金、ですか」

「業績が危うくなった会社に、そんな金、貸し付けるなんてバブル時代とはいえどうかと思うね」

書類から顔を上げた小池は、椅子を回して指宿に向いた。

「しかも融資した後に担保不足まで引き起こしている。これはもうお粗末以外の何物でもない」

「担保不足？」

銀行では株を買うための資金を融資するとき、購入した株を担保にもらうのが一般的なやり方になっている。時田硝子の稟議条件もそうなっていたはずだ。まさに痛恨のミス。柚木がいっていたのはこのことに違いなかった。

「担保に取る前に、すでに一部が売却されてしまっていたんだ。相手がなかなか申し入れに応じなかったと担当者は言っているらしいが、俺にいわせりゃ言い訳だ、そんなの」

小池は、指宿からファイルを受け取り、慣れた手つきでページをめくった。ほら、と戻してくる。

手書きの書簡がそこにファイルされていた。

『時田硝子の有価証券担保徴求洩れについて』というタイトル。書簡の差出人は、笹塚支店副支店長神谷喬一。宛先は、融資部長となっている。

――掲記の件、当支店担当者加瀬直紀の事務疎漏により、ご承認条件である有価証券担保に不足が生じましたことは誠に遺憾であります。当人には厳重に注意の上、今後このようなことの無き様、管理強化して参る所存でありますので、何卒、別添稟議の件、ご承認頂きますよう御願い申し上げます。

その別添の稟議は、書簡の後ろにファイリングされていた。

三億円から二億五千万円に担保減額——。短期間に五千万円もの担保不足を引き起こしている計算だ。

「株の差し入れが遅れた間に、時田は投資に失敗して五千万円もの大損をしちまったんだ。その尻拭いだけこっちに回ってくるんだから、やってられねえよ」

小池の皮肉に、指宿は黙って書類を見つめるしかなかった。あの冷静な加瀬がこんなミスを犯したのか。

最終的に銀行は巨額の損失を抱え、加瀬も自ら銀行を去った。一方、変額保険で失敗した時田はその後倒産し、失意のどん底で時田紀一郎は死んだ。そして時田恒夫の復讐が始まったのだ。

誰も得るものがなく、遺恨だけが残る。

それがバブルという時代だったと言えばそれまでだが、むなしさが募った。

「変額保険は訴訟になってたらしいが、甘えた話だと思うね」

小池は意外なことをいった。

「有価証券投資は先方から申し入れてきたものだ。利用できるときには利用し、担当者の申し入れにも担保の差し出しは平気で怠る。一方で変額保険の失敗を恨んで生保の社員を襲う。こんな甘えた話が他にあるか」

有価証券投資資金の稟議書にも、神谷の書簡はついていた。営業力抜群と噂される神谷は、確かにこまめに融資案件をサポートしている。神谷は時田硝子との長年に亘る親密関係について言及し、相手の資産状況からして相続案件で大きなビジネスに結びつく可能性があることなどを示唆していた。大きなビジネスとは変額保険に他ならない。

「こんな稟議が通ることの方がおかしいが、それはある意味、審査部と支店との力関係だからな」

神谷は笹塚支店に副支店長として赴任する前、融資部次長という肩書きだったと小池はいった。古巣、しかもかつての部下である審査担当調査役に話をねじ込むことはたやすい。しかも、神谷には行内の派閥を背景にした後ろ盾も揃っていた。

「時田が犯人なら、逆恨みもいいところだ。この後変額でやられたっていうんなら、おあいこじゃないか」

それも一つの考え方に違いなかった。

事務疎漏という、加瀬の不名誉な事実は証明された。だが、加瀬は自らのミスで逆恨みするような男ではない。

なにか、足りない。

加瀬の心にひっかかっているものがなんなのか。いったい何を加瀬は抱え込んでいるのか。もう一枚、壁を破れないもどかしさを指宿は感じた。

13

川内好蔵は、六十近い年齢の、頑固そうな男だった。古い背広をぎこちなく着た様は、いかにも着慣れていない様子でみすぼらしく見える。指宿を見る男の目は緊張して、抑制した敵意と小動物のような恐れを浮かべていた。

昨日——。

「実は時田硝子の経理をやっていらっしゃった方が今日うちの事務所にいらっしゃるんですが」

電話をしてきた久遠の意図は不明だった。

「時田専務の下で働いていた方です。先日あなたがここにいらっしゃったことをその方にお話ししたところ、是非、会いたいと……」

実務担当者であれば、新しい情報が摑める可能性がある。

行きます、と指宿は返事をし、その場で決めた時間に久遠の事務所を訪ねた。

「専務があらぬ容疑を掛けられていると伺いまして、正直腹が立って腹が立って……」

川内の横に援軍よろしく久遠が座り、まるで裁判のやり直しのような直接対決の様相になった。案の定、それから三十分近く、川内は感情的にまくしたてた。

「銀行さんは晴れの日に傘を差しだし――」

川内の口からありきたりな銀行批判が飛び出したとき、指宿は気になるものを見つけて話を遮った。

「それ、会社の資料ですね」

久遠と川内との間に、大きめの紙袋が置いてある。そこに、帝都銀行のものと思われる書類がのぞいていた。

「見せていただいてよろしいですか」

久遠がうなずいたのを確認してから、紙袋の中味をテーブルの上に出した。

指宿は帝都銀行が発行している「融資明細書」の一つを取りあげた。川内の表情が渋いものに変わったのは、そこに三億円という金額が記載されていたからだろう。平成三年、有価証券投資のために帝都銀行が融資した――あの資金である。

「ああ、それは専務の――」と川内はいいかけた。

「この株を買われたのは専務ですか」

問うた指宿に、川内はうかがうような目をした。

「どうして、こんな時期に株の投資をされたのかと思いまして」

「どうしてって、あの頃は猫も杓子も株で――」

指宿は少々腹が立っていたこともあっていった。「御社の業績はすでに悪くなりかかってましたね。そんなときに、リスクのある株を三億円も買おうと思いますかね」

「専務は株が好きだったからね」

言いたいことをいったせいか、川内は口が軽くなっていた。

「その融資は、専務の大損を肩代わりしたやつだったな」

「肩代わり？」

元経理担当者の発言に指宿は目を見開いた。その表情に、なにをいまさら、と川内は続けた。

「それはお宅だってわかってたことでしょうに」

違う。少なくとも稟議はそうなっていなかった。恒夫個人の株式投資損失については一言も触れられていなかったはずだ。

「加瀬がそれを承知していたということですか」

「加瀬さんじゃないよ。神谷副支店長と宮前。あの二人と専務で相談して決めたことさ」

指宿は川内の顔を見据えた。神谷の書簡が脳裏に浮かんだ。神谷が事務疎漏をあげつらっていたのは宮前ではなく、加瀬だった。加瀬の怠慢が担保不足を招いたと書いていた。だが、そうではなく、神谷は最初から担保が不足していることを知っていたのだ。

そしてその罪を何も知らない加瀬に押しつけた。狙いは変額保険の成約か。十億円の融資実績、或いは帝国生保からのキックバックか――。

「時田専務からは謝礼まで支払ってるってのに。銀行はここでも恩を仇で返すようなことをしたんだ」

川内のざらついた声はあくまでも銀行批判に徹する。顔を上げた指宿に、老練な弁護士は意地の悪い笑いを浮かべて肩を竦めてみせた。これがいいたかったのか。ようやく指宿にも久遠の意図が見えてきた。

「裁判で指摘したところで、金を送ったのが時田恒夫では裁判そのものが茶番になってしまうでしょうな。あなたが気づかなければ、こちらから出すつもりだったんだが」

そういって久遠が出したのは、二枚の「振込依頼書」だった。神谷と宮前の名前がそこに入っている。二人には五百万円ずつの金が振り込まれていた。神谷が指定したのは、三洋銀行大手町支店。狐がメッセージを残したのと同じ口座だった。

「恒夫さんはご立腹でしたよ」

久遠はさらに皮肉な笑いを浮かべた。「金までもらっておきながら裁判でのあの態度はなんだって」

身勝手な言い分、甘えた話。久遠もそれは分かっている。

「この謝礼のこと、加瀬さんにもお話しされたんですか」

「裁判の前に一緒に打ち合わせをしましたからね」

初めて、加瀬は自分が落ちた陥穽《かんせい》に気づいたのだろう。十年近く前の出来事がいまに蘇った理由はここにある。

加瀬は時田に恩義を感じているといった。だが、それは時田恒夫ではなく、時田紀一郎に向けられたものだ。一方の恒夫は、加瀬にとっては神谷や宮前と同じように許し難い男だったに違いない。

そして恒夫は、敗訴の後、復讐を思い立った。加瀬は銀行のセキュリティの盲点を、たんに仄《ほの》めかすだけでよかったはずだ。キャッシュコーナーを利用した放火、顧客名簿を狙い、さらに巨額の為替損を被らせるアイデアは、元銀行員である加瀬だからこそ思いつくものだ。だから恒夫は銀行の裏をかくことができた。ヘルメットをかぶって現れた大胆な発想も、客商売の銀行体質を見抜いた加瀬のヒントがあったからだろう。

加瀬は恒夫を利用して、神谷と宮前に復讐しようとした。そして恒夫もまた破滅させようと考えたのだ。

書類の中に、競売にかけられようとしている不動産担保の写真が何枚か入っていた。

時田硝子が帝都銀行に差し入れているのは、本社と社長自宅、それと笹塚近隣に持っていた工場の三物件だ。

何気なくそれを見た指宿は、その一枚に鳥居が写っているのを見つけた。赤く塗られた細い柱。その向こうに、祠《ほこら》がある。奇妙なのは、空が近いことだ。空の下には、鉄筋コンクリートのビル群が続いている。カメラのアングルのせいだろうが、どこか現実離れした奇妙な光景だった。

「どこですか、この写真の風景は」

「本社の屋上ですよ」川内がこたえた。

「屋上？　それじゃ、この祠は？」

「稲荷神社ですよ」

「お稲荷さん？」

「あったんです、屋上に。ご存知ないですか、ビルの屋上に稲荷を祀《まつ》っている会社、たまにあるでしょう」

確かに、そんな光景を何度か見たことがある。

だからか――。狐の由来は、意外なところにあった。都会にも狐はいたのである。

14

本部にもどった指宿の未決裁箱《ブラックボックス》に、手配しておいた加瀬直紀の詳細な人事資料が届いていた。

一流の大学を出て、帝都銀行内でも中堅クラスの支店を二つ回った。大塚支店と笹塚支店だ。悪くないコース。ところが、その後神奈川にある小さな店に転勤し、係員のまま退職を決意することになる。

柚木は加瀬を上昇志向の強い男だといった。小規模店舗への転勤は、あきらかに左遷だ。将来を見切った加瀬は、銀行にぶらさがるのではなく、自ら退職という道を選んだのだ。

真面目で几帳面な性格は、「信頼できる」「堅実な性格」と評価される反面で、「大人しすぎ」「覇気に欠ける」という言葉に表される物足りなさを強調する評者もいる。

一つの事件を境に加瀬の銀行員人生は暗転していった。時田硝子での担保不足は、加瀬への肯定的な評価を全て帳消しにするほどのインパクトがあった。

指宿は、加瀬の賞罰欄に記された「戒告」という記述に気づいた。平成四年一月とある。

　笹塚支店での事務疎漏がその理由だ。時田硝子に対する有価証券投資資金。その担保割れの責任を加瀬は取らされたのである。

　指宿は人事部に内線をかけ、顔見知りの調査役に当時のことをきいた。

「処分は加瀬だけか。支店長以下に対してはどうなっている」

　加瀬の直接の上司となる融資課長には叱責状が出ています、というのが相手の回答だった。叱責状は、帝都銀行の罰則規定から外れた軽微な警告であって、戒告処分の重みとは比べものにならない。神谷と宮前の責任は不問。変額保険を売りまくり、華々しい業績をひっさげて栄転していった男達の踏み台。それが加瀬に託された役割だったのだ。

「加瀬という男もだらしがないよ」

　考え込んだ指宿に、人事部の担当調査役はぼやいてみせた。「稟議条件違反なんて怠慢以外の何ものでもない。堅実な性格とか評した上司がいたけど、嘘だね。表彰を取ったことは一度もないかわり、始末書はさっきの担保不足の件も合わせて二件もある」

「二件……？」

　担保割れの他に、もう一件……。

指宿はよく片づいた加瀬の事務所を頭に思い描いた。几帳面な性格は加瀬の暮らしぶりからも滲み出ていた。考えられないことのように思える。

「もう一枚の始末書？」

「身分証紛失。退職前に、身分証とネームプレートを無くしてるんだ。ほら、あれは退職時に銀行に返却することになってるじゃないか。本当はもっと前に無くしていたのに、それまで隠していたんだろう。退職が決まり、返却しなければならないと知って申し出たってところか」

やはり身分証は紛失していた。だが、それは三年も前の話だった。

「辞めた瞬間過去になる」と加瀬は銀行を評した。そして、

――せめて自分がそこで生きてきたという証が欲しい。

そう思ったという。

紛失したとされる身分証とネームプレートが、加瀬にとってのささやかな証だったのではないか。正直者が馬鹿を見る――まさにそれを地でいった話に、そんな小さな裏切りがあったほうがむしろ自然に思える。

同時に、指宿は、狐が行内に出入りできた理由を知った。加瀬が始末書を書いてまで入手した身分証はいま、狐の手にあるはずだ。時田に身分証を渡すやり方はいくらでもあるだろう。時田の家に置き忘れてもいいし、盗ませてもいい。それを使えば、

狐は好きなように帝都銀行内を歩き回ることができる。

加瀬の進路希望欄に「審査部」とあるのがむなしかった。加瀬を踏み台に出世していった宮前の現場所である。

疑問は、全て解けた。

宮前に電話する。名乗った途端に舌打ちが聞こえた。このくそ忙しいときに、といった言葉が洩れてくる。

「こちらにお越し願えませんか」

「なんの用件ですかね」

宮前の声はささくれ立つ。「いま忙しいんだけど」

「先日来の件です。時田さんに対する融資について問題が見つかりまして」

「問題？　電話でも構わんでしょう」

「いいえ、電話では。どうぞこちらへお越し下さい。お待ちしてますから」

しばらくすると、これ以上ないほどの膨れっ面をぶら下げ、宮前が足早に総務部の入り口を入ってくるのが見えた。

ずんずんと指宿のところまで進んでくると、「いったい何だよ、迷惑な」と怒りも露わに吐き捨てる。

指宿は立ち上がると黙って近くのミーティング・ルームを指した。宮前は動かない。

「ここで結構。長居するつもりはないので」

「それでは率直に伺います。時田硝子に対する有価証券投資資金の見返りとして、時田恒夫からあなたと新橋支店長の神谷に対して謝礼が支払われていますね」

苛立ちを浮かべていた顔が凍りついた。まばたきもせず、指宿を見つめる。

「時田硝子の有価証券資金三億円——。加瀬が稟議を書いてるが、これはあなたと神谷支店長がまとめた融資です。しかも担保不足は最初からわかっていた」

みつめていた宮前の瞳に、悪あがきともとれる激しい怒りがにじみ出した。

「自分が何をいっているのかわかってるのか。神谷支店長にも同じ事をいって見ろ」

「もちろん、そうするつもりです」

「なにっ」

指宿は、デスクに裏返しにしていた書類の表を見せた。

久遠から預かった振込依頼書の写しだ。

絶望は、ひび割れた硝子のような無秩序な模様となって宮前の表情に現れた。顔から生気が失せていき、感情が無数の破片となってはがれ落ちていく。

失礼、と静かに鏑木が割って入った。

「指宿調査役。これが届いたそうです——」

行内メールだ。

こんどは　ぎんこういん　たのしみに　しときや　狐

茫然と立ちつくす宮前に構わず、指宿は椅子の背にかけた上着をとった。一刻の猶予もならない。

「どちらへ？」

鏑木がきいた。

「加瀬と会ってくる」

そして伝えるのだ。君の問題は解決したと。狐が再び捕食活動に出る前に。都会の狐はもう手紙を書くことはないだろう。そして決して野に帰ることもない。

（小説現代　七月号）

探偵物語

姫野《ひめの》カオルコ

著者紹介　一九五八年滋賀県生まれ。青山学院大学文学部卒。九〇年に『ひと呼んでミツコ』で単行本デビュー。主な作品に、直木賞候補作『受難』『ツ、イ、ラ、ク』のほか、『ドールハウス』『喪失記』『不倫（レンタル）』『整形美女』『バカさゆえ…。』などがある

探偵は引き出しから名刺を取り出すと、依頼者にわたした。てのひらを上に向け、ソファのほうを示すことで、すわるように勧める。依頼者はがくんと、腰を落とした。他の職業の者であれば、依頼者の動作は、いくぶん無遠慮に見えたであろう。だが探偵には、依頼者が緊張していることがわかった。自分のような職業の者に会い慣れた人間は少ないのだから。

豊木悦二。依頼者の名は、先週かけてきた電話であらかじめ聞いている。ビルの五階にあるこのオフィスでは、依頼者との面談は軽便なパーテーションで仕切った一角でなされる。谷川のせせらぎと鳥の声の有線放送にチャンネルを合わせてあるのは、個室性を高めるのに都合がよく、しかも楽曲に煩《わずら》わされることがない。完全予約制だから依頼人同士が顔を合わせることはないが、スタッフの気配を依頼者は気にするものなのである。

「豊木さん、では、くわしくお話をお伺いいたしましょう」

探偵は、筆記具を膝において、依頼者の向かいに腰かけた。依頼者は探偵より、ひとまわり年下である。某電器会社に勤務していると、探偵が問う前に言った。

「電話で少し言いましたとおり、婚約者のことで……。事実婚という言い方があるなら、事実上の婚約者という言い方もできるとぼくは思っています。彼女とは同期入社でしたし、彼女のことは、よくわかっているつもりでいました。それが、なぜこんなことになったのかわからないのです。なぜ別れるのかわからないのです。どうしても……。ぜひ調査していただきたい。なぜなのか、理由が知りたいのです。そのための調査なのです。ストーカーではないのです」

「わかりますよ。もちろんです。そのような行為は、当方もいたしません」

探偵が豊木を肯定したのは、豊木の言うことが、依頼の説明としては整っていないからである。年下のこの依頼者は落ち着きをなくしている。こういう場合には、いったん相手を肯定し、それから質問をしていく。

「豊木さんが調査を依頼される相手というのは、今おっしゃった同期の女性ということでしょうか？」

「そうです」

三沢由紀子、という名前を豊木は口にした。思いつめた表情を探偵に向けて。

「同期入社ですから、自然と仲がよかったのです」

「仲がよかったのですね」

ただ復唱するだけで、相手からさらなる詳細を聞き出せる。初歩的な技術である。

「あくまでも友だちとしてです。季節の折々に同期の数人で集まるていどの」

「その女性は、特別な関心を寄せるタイプではなかった」

探偵は、まずは勝つ確率の高い賭けからはじめる。相手の女性の、異性としての側面をやや否定的に要約してみる。

「いえ、そうじゃなくて……。彼女に好意を抱いている男はとても多かったですから……。みんな互いに牽制《けんせい》しあっていて……。ぼくはそれに、学生時代からの彼女がいましたから……。風前の灯火《ともしび》みたいなつきあいになってたものの……」

もとより勝算の高い賭けは、探偵が勝った。豊木は三沢由紀子について語りはじめた。

「受付嬢をするような、華美で人目をひくとか、いかにもかわいいタイプとはちがって、いつもさりげないおしゃれをしているような、さりげなく美人とでもいうのか……、なにかこう、雰囲気のある女性です」

三沢由紀子が魅力的な脚とつややかな髪を持っていることも豊木は打ち明けた。

「でも、あくまでも友人でした。学生時代からつきあっていた相手と別れたのも、彼女とはまったく無関係です。別れてからも、彼女とはあくまでも友人でしたから。しばらくはだれともつきあってませんでした。ほんのワンシーズンというんじゃありません。けっこうなあいだ特定の相手をつくる気がしなかったのです。それが偶然、休みの日に電車の中で彼女とばったり会って、買い物の帰りだとかいうので、いっしょに飯喰って、それからまたぼくのほうから誘ったりして、それで何回かふたりだけで会ってたんですが、思い切ってつきあおうよって言ったんです。彼女もうんって言ってくれて……」

三沢由紀子との逢瀬において、豊木もまた勝算の高い賭けに出たわけである。交際を申し出ても拒否されぬ気配を、ちゃんと彼は察知していた。

「つきあって二年です。喧嘩らしい喧嘩もしたことがありません」

探偵に、というよりは、心理カウンセラーに話すように、三沢由紀子が性的な関係においてもすばらしく魅力的であった意味のことを、豊木は告白するのである。

「気恥ずかしいのですが、似合いのカップルだと周囲からも言われていました。年齢からしても、ごく自然に結婚を考えていました」

両親に紹介したい、という言い方で結婚の意思を伝えたところ、彼女は別れたいと言ったという。

「正確には、もう会わないほうがいいような気がするの、と言われたんですが……」

突然に恋人を失った、あるいは、失いかけている男の当惑を、探偵は察した。

「結婚という形態を好まない女性なのではないですか？　そういう考え方をする人もいますから」

本来的には、ビジネスから逸れた主観的会話を、探偵は依頼者とはしてはならないのである。だが、うつむいてしまった豊木を見て、探偵はついルールを、人情味という範囲におさまるていどに、犯した。

「ぼくもそれを考えました。届け出用紙や双方の家族とか親類とか、そういうものにとらわれないで、ただふたりの関係でいたいというのなら、ぼくにもわかります。あるいは、留学とか、資格をとるとか、彼女になにか夢があって、まだ結婚して固まってしまいたくないというのでも、わかる」

だが、豊木が彼女と話した結果、そういうことではなかった。むしろ三沢由紀子は、ゆくゆくはハウスキーピングに専念したい意向を伝えたという。

「親友にも相談しました。そいつは、なにか家庭の事情があるんじゃないかと言ったけれど、そういうことはありません。それに家柄の釣り合い、というのでもありません。断言するのは、実は、ここに来る前に、すでに彼女のことは、こちらとはちがった趣の……、その、いわゆる興信所で調査しているのです」

探偵にもひとり心当たりがあり、銀行員にも、洋服店店主にも、教員にも、凡《おおよ》そ社会に棲む者なら、ひとりは心当たりのある人間が、豊木の近くにもいた。

「親戚の、いつも迷惑なことをするおばさんです」

「ああ、なるほど……」

探偵は共感をもって顎《あご》をひく。

「しゃべるだけでうざったい人なんですが、かかわりたくなくても向こうからかかわってくるんです。法事のときにべらべらと話しかけてきて、見合い話を出してくるものだから、結婚するつもりで交際している同期の女性がいる、ときっぱり言ったんです。そしたら、まずぼくの素行調査をして、それから彼女の名前をつきとめ、彼女の家のことを調べてしまったんですね」

調査結果は、すでに豊木が知っていることと同じだった。つまり豊木の家庭と似たような、東京近郊のサラリーマン家庭の次女。次男である豊木と似たような学歴。似たような実家の敷地面積。独り暮らしをしている現在の1DKの賃貸住宅の内装も外観も家賃も、豊木自身の現在の住まいと似たようなものである。

「まったく、こんなこと、興信所を使わなくても、彼女とつきあってたんですから、ぼくは前から知ってましたよ。趣味は読書と音楽鑑賞で、体育会系のぼくとはちょっとちがうところがまた、喧嘩にならなかったんです。週に二回、同期の女の子と会社の近くの太極拳教室に通って、好きな食べ物はくだもので、たまに自分でもケーキを焼き、紅茶に凝《こ》ってる。興信所より、ぼくのほうがよほどくわしく知っています」

世間的体面としての結婚をするにあたっても、豊木悦二と三沢由紀子は釣り合いがとれ、双方の肉親も健康で、経済的な問題もない。

「なによりも、ぼくらふたりの関係はとてもうまくいってたんです。これはぼくの思い上がりではないと思う。ふつう、すきま風がたてば、わかるもんじゃないですか」

「そうですね」

社交辞令や職業上の技巧でではなく、探偵はうなずいた。

豊木悦二は、同性の探偵からみてもいい男である。長身痩軀で洋服のセンスもいい。さわやかなスポーツマンといった印象を基調にして、しかも読書が好きな文学少女にも見下されない繊細な人あたりも兼ね備え、さらに、ふとしたしぐさのうちに牡の匂いを発散させる部分も残している。猟色を続けてきたようには決して見えないが、恋愛の経験は多かったろう。おそらく探偵よりも、よほど。男女の関係に「飽き」の気配がしたなら、豊木なら察知しないはずはない。だとすれば、三沢由紀子が彼との結婚を拒否するのは……。

「ほかに男ができたんじゃないか、それで、迷いが出たんじゃないかと思ったんです」

心中で探偵が予想したのと同じことを、豊木は言った。

「ほかに好きな男ができたのなら……。それでぼくとの結婚にまっすぐ向いてゆけなくなったのなら、しかたがありません。迷ったのちに、ぼくより、その男を選ぶのなら、ぼくはあきらめる。幸せを願います。だから、彼女にはっきりそう言いました」

「だが、そうではなかった？」

「そうです。しかし、彼女はぼくに気兼ねしてそう言ってるんじゃないかと思う」

新たな相手がいることを、豊木は確認したいのだった。

「さいしょに声を大にして言ったように、未練がましくストーカーまがいのことをしたいわけじゃないんです。ほかに好きな男ができたのではないのなら、ぼくはわからないんです。それで調査していただきたいんです。ほかに相手がいるのを確認すれば、ぼくは納得できるのではないかと、そう思ったのです」

「豊木さんの御依頼の理由はわかりました。しかし……」

しかし、探偵は、探偵という自分の職業の不適切さを感じた。豊木も、探偵がそう感じたことを感じたらしく、すぐに言った。

「ほかに相談するべき相手が、思いつきません。友人に相談して、じっくり彼女の気持ちを聞いてきてもらおうかとも思いました。ぼく本人に向かっては言いづらかったことがあるのではないかと。でも、同じ会社にぼくらが勤めている以上、あまりな打ち明け話は、彼女に迷惑がかかる」

そこでまったく利害関係のない、プライバシーを守れる第三者として、豊木は探偵を選んだのだった。彼は、大学時代の恩師から紹介を受けてここに電話していた。探偵は、教授が論文盗作のデマゴギーを流されたさいに依頼を受け、調査をしたことがあった。

豊木は答えを待っている。もっとも大事な人間から突然の別離を言い渡されたかなしい表情で。

「二週間、尾行してみましょう」

探偵は依頼を引き受けた。

※

探偵がはじめて見た日、三沢由紀子はグレー系のスーツをすらりと着こなしていた。豊木があれだけのいい男である。その彼と「お似合い」だと周囲からも言われたというとおりの外見をしていた。外見というより、雰囲気といったほうがいいか。

会社の通用門から、同僚らしき女ふたりと、計三人で駅まで歩く。うちひとりは、交差点で別の方向に行った。「バイバーイ」と明るい声が、探偵の耳に入った。

営団地下鉄駅へ下る階段を、由紀子と同僚女性は降りてゆく。T線への通路とR線への通路が分かれるところで、同僚女性が「じゃあねー」と手をふった。由紀子も手をふりかえした。

ひとりになると由紀子の歩調はすこし速まり、改札を抜け、混んだ車内に身を入れ、吊り革を持って文庫本を読む。カバーがかけてあって中身はわからない。

他の私鉄と乗り入れているT線は、やがて地上に出、出てから六つ目の駅で下車。商店街の惣菜屋で筑前煮を買った。さらに先の八百屋でトマトを買った。

八百屋の二軒先で左に折れ、広い道路に出る。道路を進み、コンビニエンスストアに入る。出る。商店街までもどり、道を直進し、右に曲がり、信号を渡り、また直進し、『グリーンハイツ』の階段を登る。

「ぼくのとこと似たようなもんです」と豊木が言った、住人のほとんどは単身者であろう賃貸住宅の二階の一室の鍵を開け、ポリエチレンの袋を下げた由紀子が入ったのは十九時四十分。以後、翌朝七時五十分まで、部屋から出なかった。訪問者もなかった。

ごく薄く縦縞の入ったブラウスと深緑色のカーディガン、それに黄土色のボックス・プリーツのスカートで、由紀子は『グリーンハイツ』から出てきた。早足で、駅まで歩く。通学途中の小学生数人とすれちがったさい、ふりかえるように後方を見たので、探偵は電柱の看板に目をやるふうを装う。

ふたたび顔を正面にもどしたときには、由紀子も前を向いており、彼女の後ろ姿を探偵は見ることになった。スカートから出た彼女のふくらはぎはほどよくまるみをおび、足首はひきしまっている。

その足が動きを止めたのは、店と店とのはざまである。探偵も歩をゆるめた。由紀子の腕がのびる。猫がさあっと道を横切る。由紀子の首は猫が走って行ったほうに向き、すぐにまた、もとにもどる。歩も速まる。探偵も歩を速める。

駅の改札を抜け、流れをつくる乗客のひとりとなって、由紀子は電車に乗り込み、吊り革を持ち、目をとじる。会社のある駅で下車し、前日に「バイバーイ」と同僚に言った交差点を渡り、社員通用門を入っていった。

夕刻。通用門から出てきてからは、前日とかわらぬ行動だった。商店街の惣菜屋と八百屋で一品ずつを買い、広い道路沿いのコンビニエンスストアに立ち寄り、『グリーンハイツ』にもどり、翌朝まで部屋を出ず、訪問者もなし。前日とのちがいは、洋服と、買ったものが鯵《あじ》のマリネと赤いピーマンになった点のみ。

翌朝はまた、前日の朝と同じような行動で由紀子は出勤した。ただ前日とはちがい、大きめの鞄になっている。

仕事がひけてから、前日とはべつの同僚とふたり、駅とは逆の方向に歩いていった。十四分後、某ビルに入る。エレベーター前で、先に待っていた女性ふたりに会釈する。

エレベーターが「6」で停まったのを、探偵は確認した。六階には『陳　佳麗・太極拳スタジオ』が入っていた。ビルから出たあとは、いっしょにエレベーターに乗り込んだ女性ふたりもまじえ、前々日に「バイバーイ」と言った交差点の一角にある『ナポリの舟』に入る。窓ぎわの席である。四人の女性がパスタやサラダをとりわけているのが探偵の小型双眼鏡から見えた。

『ナポリの舟』を出たあとは、同僚ではない女性ふたりのうちひとりといっしょにT線に乗り、車中では、その女性が某温泉に旅行した話の聞き役にまわり、T線が地上に出てから四つ目の駅で女性が降りると、電車のドアが閉まってからも、窓の向こう彼女を視線で追い、電車が動きはじめる直前、軽く頭を下げた。電車を降りてからは、商店街を抜けるのではなく、広い道路のほうから『グリーンハイツ』へと進行。途中、コンビニエンスストアに寄り、帰宅。翌朝まで部屋を出なかった。訪問者もなかった。

翌日は太極拳教室に行かなかった。わりに早くに会社を出たあとT線を利用して自宅のある駅で下車。広い道路のほうから『グリーンハイツ』へ向かうコースを選択。コンビニエンスストアに寄る。十五分間近くストア内にいたが、出たさいにはポリエチレンの袋は持っておらず。広い道路を駅までもどり、踏み切りを渡り、線路をはさんで商店街とは反対側にあるスーパーマーケットに行く。りんご、オレンジ、キウイ、セロリ、冷凍ほうれん草、レトルトシチュー、乾麵、即席パスタソース、白桃缶詰、いわし醬油煮缶詰、コーンフレーク、ミルクを買って帰宅。ポリエチレンの袋に品物を入れるさいに由紀子が捨てたレシートで探偵は買った物を確認した。金曜日だが外出せず。訪問者もなし。

土曜日の朝は十一時すぎに、ベランダの窓が開く。臙脂《えんじ》色のトレーナー。ベランダの柵のために、下は探偵には見えない。洗濯物を干している。婦人物の衣類のみ。十三時すぎに部屋を出る。トレーナーの下はジーンズだった。広い道路沿いのコンビニエンスストアまで行き、店内のほうに首を向けたが、入らず、ストアの裏手にまわる塩梅《あんばい》で、住宅街を抜け、図書館に行く。ベトナムの雑貨に関する旅行記と、三年前にベストセラーになったアメリカのミステリーを借りて帰宅し、すぐにまた部屋を出る。

綿素材の帽子。目深《まぶか》にかぶっているため顔に影。ジーンズ。スニーカー。それに薄手の軽い素材のハーフコート。襟《えり》を立てているので、角度によっては口もとが探偵にはまるで見えない。鞄は持たず。

風がやや冷たい。探偵も上着の襟を立てる。由紀子は駅のほうへ歩いていく。踏み切りを渡り、スーパーマーケットのあるほうの区画を歩く。コンビニエンスストアに寄る。出る。べつのコンビニエンスストアに寄る。出る。べつのコンビニエンスストアに寄る。ここでは二十分間、雑誌売り場のあたりにいた。出る。歩を速め、帰宅。十六時すぎ。以降、外出せず。訪問者もなし。

日曜日も土曜日とほとんど変わりのない行動だった。洋服も同じだった。図書館には行かなかったが、近所を散歩して夕刻には帰宅。訪問者なし。散歩中にはコンビニエンスストアと書店に立ち寄り、あとは服屋のウィンドウをながめ、小学校のグラウンドや校舎をながめただけで、接触した人物もなし。

週明けの翌日は、出勤して帰宅。翌々日は退社後に太極拳。太極拳仲間の女性とT線の二つ手前の駅までいっしょに、あとはひとりになって、帰宅。また翌日は、出勤して帰宅。翌週は先週とほとんど同じ……。三沢由紀子の行動には特筆することがない。

※

Ａ４サイズの封筒を、探偵は豊木にわたした。文字の書かれた一枚の紙。それだけが封筒には入っている。

「二週間の調査結果です」

文字に目を通している豊木の向かい側で、探偵は、豊木の落胆を想像した。

「これだけですか？」

「そうです。三沢さんは、豊木さんから聞いたこと以上のことはなにもしていません」

豊木の希望した予算内での尾行であるから、まずは会社外での行動だけを尾行したが、あの行動半径の狭さでは、もし新恋人がいたとしても社内で会い、社内で抱擁しあうしかないのではないか。

「たしか、豊木さんの配属部署と三沢さんの配属部署は同じフロアでしたね」

「はい。社内の噂話などもわりと筒抜けになりやすい部署同士ですし、社内でのことは、ぼくもだいたい見ているつもりです」

「この二週間、退社後に三沢さんが行った場所で、もっとも遠い所は実家です。先週末ですね。金曜日から月曜まで。月曜は実家から出勤しました」

それも豊木は、よく知った彼女の行動、だったのだろう、相槌《あいづち》を打って、探偵の言ったことを聞き流している。

「たまに帰ってましたからね……」

「この二週間、退社後に三沢さんが会った人間は、同性では、会社同僚、太極拳教室の顔みしり、実母と実姉。異性では、実父だけです。実姉夫婦は実家の近所に住んでいますが、実姉だけが実家にもどっていたので、義兄とも会っていません」

あえて接触した異性をあげるなら、混んだ電車内でたまたま由紀子のそばに立った乗客、八百屋の店員、図書館司書ということになる。

「ああ、それから……」

「それから？」

「会話したとなると、小学生ですかね」

「小学生？」

コンビニエンスストアから駆け出してきた小学生がいた。由紀子もすぐにストアから出てきて、彼を追った。追いつき、肩をたたき、ふりかえる小学生の身長に合わせるように膝を曲げた。接触時間二秒。

「なにか落とし物でもしたのを彼女が拾ってやったんでしょう」

豊木は溜め息をついた。新恋人の存在を確かめられなかったことをがっかりしているようである。由紀子に新たな男ができているほうがむしろ豊木には心の整理がつくのである。そう探偵は思った。わけのわからない状態よりも、たとえ悲しい結果であろうとも、状態が明確になるほうを好む人間は多い。対処の困難さよりも不安定さに、いやな気分を感じる者は意外に多いのである。

「どうしますか？　調査をまだつづけますか？」

探偵の質問に、豊木は予算を質問することで返した。項目別予算を探偵が紙に書き出すと、しばらくかんがえたあとに答えた。

「つづけてください。でも、ただ尾行するだけでは……。もうすこしくわしくわからないものでしょうか？」

「くわしく……。しかし、なにをくわしく調査できますか？」

たとえばなんらかの方法で由紀子の部屋や電話機に盗聴器をとりつけたとしても、なにがくわしく得られるだろう。もし新恋人と会うのであれば、尾行すればわかるわけで、その相手の男との痴話を、豊木は聞きたいわけではあるまい。だれも訪れる者のない部屋での由紀子のひとりごとや咳払いを聞きたいわけでもあるまい。

「いかがでしょう。ここは、由紀子さんの胸のうちになにか思うところがあって、結婚を拒否なさったと、そうかたづけてしまわれては？」

豊木は首をふった。

「それができたらこんなところへ依頼に来ません。こんな調査に金を使いもしません。とにかくあと二週間、つづけてください」

※

それから一週間後の由紀子の行動も、先週と先々週とほとんど変わりがなかった。たまに会食をすることがあったが『ナポリの舟』での会食と同じと言ってよかった。席をともにするのは、同僚や太極拳教室の顔みしりや、女子大時代の友人。異性が混じるにしても、同席した女性の恋人か夫だった。

探偵は会話をテープに録《と》っていたが、どの会食でも、話題は、気温や天気にかかわること、健康や美容にかかわること、同席しなかった共通の知人の近況といった無難なものばかりで、「おしゃべり」とは言えない由紀子はおもに聞き役にまわる。適当に聞き流しているのではなく、自然と聞き役にまわっている。

買い物には一度行った。太極拳教室からいつもいっしょに帰る女性が降りるT線の駅に、太極拳をしない日にひとりで降り、駅前のビルで、着回しのきくセンスのよい服や靴と、それに化粧品を一点買い、ビル内にある書店をぐるりと見たあとはまた、T線にていつもの駅で下車。コンビニエンスストアに寄り、帰宅している。

探偵は『グリーンハイツ』の付近に車を止め、深夜から早朝にかけて、車内で眠った。由紀子の部屋のドアの上の壁に、電力会社の印にみせかけてとりつけた盗聴器がはっきりした音──たとえばドアの開閉、呼び鈴、呼び鈴に向かってしゃべる声など──をひろった場合は、胸のポケットに入れた器具が振動するようにしていたが、とうとう二週間、夜間にそれが振動することはなかった。

きれいな髪と脚と声を所有する三沢由紀子の行動は、すらりとした容貌のように、すらりとしているだけである。探偵は三週間分のメモを見つめる。

「かろうじて、特徴といえば、コンビニによく行くことか」

住まいの付近を散歩するさいには、必ずコンビニエンスストアに立ち寄る。ものを買っているようすはない。

「それと『文生堂』」

スーパーマーケットのそば、小学校の裏手にある小さな書店にも必ず立ち寄る。だが、本を買っているようすはない。本は図書館で借りている。

「コンビニにはときどきずいぶん長いあいだいることがあるな」

それくらいが特徴である。深夜、コンビニエンスストアが、その名のとおり便利さを発揮する時間にではなく、昼下がりや夕刻に立ち寄ることが多い。

対象者との距離が近くなりすぎるのは危険があったが、探偵はコンビニエンスストアに入った由紀子を、ストアの外ではなく、中に入ってつけた。退社後だった。惣菜を買ったポリエチレンの袋を持ったまま、由紀子はストアの、雑誌売り場にいた。立ち読みをしているように見える。が、視線がページには向いていない。だれかを待っているように、雑誌売り場に客が近づくたび、たしかめている。だが、だれかが由紀子に近づいてくることはなかった。由紀子は雑誌を棚に返し、ストアを出る。そのまま帰宅。訪問者はなし。

翌日も、翌々日も、由紀子はコンビニエンスストアに寄った。雑誌売り場で、立ち読みをするのではなく、ただ棚の前にじっと立っていた。ただ立っているにしては長いあいだそうしていて、なにも買わず、出た。帰宅。訪問者なし。

その翌日も、コンビニエンスストアに入り、立ち読みもせず雑誌売り場の付近に立ち、なにも買わずに出た。

「おや？」

探偵が、由紀子の行動に奇異なものを感じたのは、このあとである。

ストアを出た由紀子は、小学生数人とすれちがった。小学生はそろいの有名進学塾の鞄をかけており、全員がストアに入った。すると、由紀子はくるりと身を返して、ふたたびストアに入ったのである。

探偵も入った。由紀子は雑誌売り場の付近で小学生を見ている。小学生は菓子を買うとすぐにストアを出た。由紀子も出た。探偵も出た。

「塾帰りの小学生のなかに、なんらかの知り合いが？」

妻子ある男性への片恋、そんな想像が一瞬、探偵の頭をよぎった。

だが、ストアの前で菓子を食べている小学生には目もくれず、由紀子はまっすぐに帰宅した。訪問者もなかった。

由紀子がコンビニエンスストアに立ち寄るのは、とにかく、立ち読みや買い物が目的ではないらしい。待ち合わせをしているのでもないらしい。なにもしていないのである。

探偵は手をかえ品をかえの変装をし、週末の夕方、また由紀子がコンビニエンスストアに入るのを追った。

日曜だった。この日、由紀子は二十分間、雑誌の棚の前に立っていた。ただ立っているのである。数人が立ち読みをしていた。小学生男児がひとり、すわりこんでの立ち読みをしていた。

由紀子の腰が曲がる。棚の、一番下にある雑誌を一冊抜く。と、小学生がいきなり立ち上がり、駆け出すようにストアを出た。

抜いた雑誌をぞんざいに棚に返し、由紀子もストアを出る。探偵も出る。

ストアを出た小学生は逃げるように駆けて行った。由紀子に追うそぶりはない。

だが、あきらかに彼女は奇異だった。歩調はきわめて遅く、酒に酔ったようにふらふらしている。ストアを出てすぐのところにあるコインランドリーと古いアパートメントにはさまれた日の当たらぬ一角で、壁にもたれてしまった……ようであるが、探偵の位置からはよく見えない。

貧血という可能性もある。近寄りたい。探偵は案をめぐらせ、古い賃貸住宅の住人のふりをすることにした。

偽の住人は、郵便受けをたしかめ、自分宛ての郵便物がなにも来ていないことを確認したように、階段を上がって行った。そのさいに間近で由紀子の顔を見た。この何週間、ずっと尾行してきた女の顔とはまったくちがった。目深にかぶった帽子の下で、頰が朱色に上気し、半開きにしたくちびるを、自分の舌で舐めていた。淫蕩な顔だった。

階段を上がりきった探偵は訝《いぶか》しがる。先のストアでなにか女が欲情するようなことがあっただろうか。由紀子はただ立っていただけである。

「小学生は急に駆け出したが……」

彼と由紀子はなにも接触していない。由紀子が雑誌を抜いたときに彼は駆け出していった。

「そういえば、前にもコンビニから駆け出した小学生を追いかけて……」

あのときは探偵も、豊木が思ったように、小学生が落としたものでも拾ってやったのだと思ったが、ちがったのだろうか。

鉄板の外廊下の下に、由紀子はまだいるのか。まだ淫蕩な顔をして壁にもたれているのだろうか。

このアパートメントの住人のふりをした以上、すぐに階段を降りていくわけにはいかない。探偵は立ったまま時間がたつのを待つ。胸のポケットで器具が振動した。由紀子が『グリーンハイツ』にもどったのである。以後、朝まで彼女は部屋を出なかった。訪問者もなかった。

※

豊木の依頼は、さらに二週間の尾行ということだったので、翌週は契約外である。探偵は、しかし、あとをつけた。もうすこしでなにかの答えを豊木に報告できそうなのである。

月曜の朝、駅に向かう由紀子は、四週間、探偵が尾行したとおりの、ごくふつうのOL生活を送る女性の歩いていくようすだった。

「色っぽいけどいやらしいかんじがぜんぜんない」。会食に居合わせた男が評したように、豊木が別の表現で評したように、三沢由紀子は健全だった。

初冬の空を焼く夕日も遮る、あの古いアパートメントのうすぐらい一角で、目を潤ませ、舌舐めずりしていた由紀子は別人だったとさえ思われる。

「もう二週間、くださいますか。むろん料金は、御依頼どおり四週間分の尾行ということでけっこうです。前回よりはくわしい報告がもうすこしできそうなので」

探偵は豊木に、そう電話した。ほかの業務もあったから、由紀子の件は週末にしぼることにした。

午後である。土曜。十七時すぎ。もう三時間も由紀子は、件《くだん》の古ぼけたアパートメント近くのコンビニエンスストアと、『文生堂』を行き来している。大袈裟《おおげさ》ではない、軽そうなアースカラーのコートをはおり、ポケットに手を入れている。コートの色によくあった帽子。ロングブーツ。今年の流行のサンプルのように、さりげない着こなしをしているが、探偵は知っていた。その時代、その時期の、流行のサンプルのような着こなしこそが、もっとも本人の個性を消す方法であることを。

由紀子は帽子をかぶっている。スカーフを巻いている。コートの襟を立てている。帽子もスカーフもスカーフの巻き方も、襟の立て方も、「みんながしているようなかっこう」である。「みんながしているような」もので、顔を上手に隠している。変装したとわからぬように変装している。そして十四時からずっとなにもしないで、ただ歩いているのだ。

探偵もまた三時間、由紀子を見つめ、そして、この三時間とこれまでの情報をもとに、彼女が待っているものを確信した。由紀子は小学生を待っている。小学生男児に限る。小学生男児がストアに入ると自分もストアに入る。小学生が出ると自分も出、またべつのコンビニエンスストアに行く。

だが、ストア内では小学生に近づくわけではない。見向きもしないことすらある。

「あ」

探偵は、小学生が三人、『文生堂』に入るのを見た。予想どおり、由紀子ははっとして、その書店に入った。探偵は雑誌を読むふりをして、店内を窺《うかが》う。

小学生はゲーム攻略本を一冊買う。と、由紀子は彼らより先に、さっさと書店を出てしまい、コンビニエンスストアのほうへ行く。中には入らない。入り口付近で携帯電話を耳に当てる。その電話の電源が入っていないことを、すでに探偵は確認していた。

「ああして携帯電話で話しているふりをして小学生を待っている……」

探偵も由紀子と同じ方法でカムフラージュして、電源の入っていない電話を片耳に、彼女をつけている。何人か小学生がストアに入り、由紀子が追い、小学生が出れば、彼女も出る。

「妙な女だな……」

由紀子は書籍類の棚に近づく小学生男児だけを待っている。だから『文生堂』に入る小学生も待っている。

しかし、この日、結局、由紀子は小学生に接触することはなく、帰宅した。訪問者がひとりあった。豊木悦二である。

豊木から探偵に連絡があったのは、二十一時すぎである。シートをたおし、車中で目をとじていた探偵の携帯電話が鳴った。

「『グリーンハイツ』を出たところからかけています。近くにおられるんですか?」

「ええ、広い通りから右にそれた……」

駐車している場所を伝えた。豊木はほどなく探偵の車の窓ガラスを叩いた。

「おせわをかけました。調査を終えてください」

助手席にすわった豊木は告げた。

「もういちど話したいと、でないと自分の気持ちが整理できないからと、彼女に頼んだんです。理由がわかりました。だからもう調査は終えてください」

豊木の声は小さく、元気がなかったが、「理由」なるものがはっきりしたことで落ち着いているように感じられた。

「わかりました」

探偵は、残金の支払いについてだけ豊木に確認した。ほかはなにも言わなかった。

「理由を訊かないんですね」

「ルールですから」

プライバシーの一部にふれながらも、立ち入らないでいること。これが他人のプライバシーの一部を、依頼されてふれる探偵という職業の、厳守すべきルールである。

「では、訊いてくれと頼めば?」

「望まれるのですか?」

「今は……」

豊木はフロントガラス正面を見ている。探偵も正面を見ている。豊木には探偵の顔が見えず、探偵には豊木の顔が見えない。車中は暗い。

「……理由は?」

「性の不一致だと言われました」

ずっと満足しているふりをしていたと、彼女は豊木に言ったという。

「それだけです……」

自信喪失の深い溜め息を、探偵は左側の耳に聞いた。

「……また新たな出会いがありますよ。いくらでも」

「………」

「報告らしい報告ができませんでしたが、わたしには、三沢さんは特異な感性の人のように思われました」

ごくふつうの生活のなかに埋没している、ごく小さな特異。それは人間ならだれもが持っているものである。探偵は思ったが、その先をつづけることはできなかった。

つづけるものでもないと思った。

「……そうですか」

豊木はただ受け流すことで、けりをつけた。

「どこか適当な場所までお送りしましょうか？」

「いいえ。けっこうです」

豊木は車から出た。アスファルトの道を歩いていく彼の足音が五、六歩ほど聞こえた。

車中にひとり残された探偵も、依頼者のように、けりをつけようとした。けりをつけようとして、できなかった。器具の電源を切ることが探偵にはどうしてもできなかった。そして、それが振動したとき、ついに探偵はルールを犯した。

三沢由紀子は「みんながしているようなかっこう」の、襟を立て、スカーフを巻くことで正体を隠し、コンビニエンスストアに入って行った。

「これが最後だ」

これを最後に、この件を終わろう。探偵は言い聞かせる。

由紀子は雑誌売り場に行く。小学生はいない。待つ。出る。べつのコンビニエンスストアに行く。雑誌売り場に行く。小学生はいない。待つ。出る。べつのコンビニエンスストアに行く。出る。踏み切りを渡り、あの古びたアパートメントの隣にあるコンビニエンスストアに行く。

探偵は身を固くした。そこには小学生がいた。立ち読みをする大学生ふうの男に混じって、小さな身体は中腰になって一心不乱に無料の読書をしている。由紀子は彼の横に立った。探偵はふたりの後方に立った。

かつては小学生が夜遅くに家の外にいるのは非日常的なことであった。しかし、今、彼らは夜に塾に行くのである。夜にコンビニエンスストアという売り物屋に立ち寄るのである。子供の日常でもあり、大人の日常でもある。禁じられる行動のない子供は、未来の年齢における行動の広がりを羨望せず、大人の行動がすでにできる。

「暗いコンビニだな」

探偵が思うのは、照明のせいか。あるいは、ほかのコンビニエンスストアに比して、書棚には、いかがわしい雑誌が多いせいか。全国的に店舗のあるストアではない。隣のアパートメントが古いせいか、ここも古びて見える。

「いかがわしい雑誌のせいとも言えまい」

良識ある勤め人が日常的に買う雑誌にさえも、陰毛までさらけ出した全裸の女の写真が毎週掲載され、それを、大人と同じに子供も自由に手に取れるこの国の今、探偵の前で、小学生はストーリーのない漫画に熱心に見入っている。『ヤングジョルデー』。いかがわしいどころか、学習参考書も出している「立派な」出版社の週刊漫画誌。十九時から放映されるアニメーションと寸分たがわぬようなかわゆらしい絵柄の漫画は、だが、全編が強姦である。手足を縛られた夫の目の前で、かわゆらしい女、というより少女、それも小学生のような子供の女が強姦されている。

その漫画を熱心に読むのは、5―3　西島洋一郎。透明なビニールシートに入った名札を、由紀子が見ている。西島洋一郎は、夫の前で強姦される少女の、頭よりも巨大な乳房に見入っている。二人の男によって大きく開かされた少女の股に見入ってい る。

きわめて日常的な光景だ。極限まで熟れた肉体を持つ童女の痴態。そしてそれに自由気ままに見入っていられる時間を持つ小学生。一流出版社が猥褻《わいせつ》図画を貪婪《どんらん》に提供することも、その提供を鵜《う》のように呑む人間も、きわめて日常だ。日本のあらゆる場所で、あらゆる時間に、常に存在する状態は日常である。

非日常は、小学生を三沢由紀子がずっと見ていることだった。強姦のシーンに勃起しているのが探偵の位置からでもあきらかな5―3の西島洋一郎を、彼女はずっと見ている。彼女の視線は、小学生の見入るページにはまったく向かず、ただ小学生本人にだけ向いている。

隣の成人女性の視線にはついぞ気づかぬ西島洋一郎の身体は硬直し、首ひとつ、指ひとつ動かなくなった。汗なのか尿なのか不明の液体を全身から噴出させている少女が「あひぃ」と叫び、小学生は裸体画に食い入り、そのとき、由紀子の膝が曲がり、書棚の下にある雑誌を抜き取るようにして、小学生の顔の位置と自分の顔の位置を同じにした。

探偵は息をのんだ。

ぽん、と由紀子は小学生の肩を叩いたのである。そして、

「五の三、西島洋一郎くんね」

ごくごく小声で彼女は彼の耳元で言った。

小学生は驚愕した。顔の色がみるみる変化し、『ヤングジョルデー』を放り出すように棚に返すと、脱兎のごとくストアを飛び出した。身の崩壊である。小学生の男にとり、あの現場でクラスと名を確認されることは、あらゆる凶事の口火を切ってしまったのと同じである。

由紀子はゆっくりとストアを出た。幼い性の興奮の頂点を、一瞬にして恐怖の頂点に変えた勝利に酔いながら。

探偵はつける。彼女がアパートメントの鉄の階段の陰で、壁にもたれているのを、彼は見る。目をとじ、呼吸を荒くして、今にもそこに崩れ落ちそうに、身をよじらせてもたれ、舌でくちびるを舐めまわしている。頬には涙がつたっていた。

西島洋一郎はどんなに驚いたことだろう。どんなにうろたえたことだろう。爆発の羞恥と恐怖を男に与え、三沢由紀子は快楽の絶頂に達しているのである。ストアを出て行くさいの彼女の残忍な笑みを、だれかに報告することは、探偵にはなかった。

（小説すばる　十一月号）

根付け供養

北森《きたもり》 鴻《こう》

著者紹介　一九六一年山口県生まれ。九五年『狂乱廿四孝』で第6回鮎川哲也賞を受賞し、作家としてデビューする。九九年には『花の下にて春死なむ』で第52回日本推理作家協会賞を受賞。著書に『瑠璃の契り　旗師・冬狐堂』『螢坂』『狐闇』『桜宵』などがある

1

島津鳩作《きゅうさく》が作品に最後の磨きを掛けているところへ、「おいでですかな」と、彼の返事を待つこともなく男が入ってきた。

「おじゃまいたしますよ」

男の身長は百六十に満たないのではないか。そのくせ肩幅も胸の厚みもみっしりとしていて、大男が油圧プレスかなにかで圧縮されたかのような、どこか滑稽《こっけい》な感じのする男である。名は、風見禎一《よしかず》。それが本名であるか否かはわからないし、島津には関係がない。滑稽な感じ、とはいったが、それはあくまで彼の体型を指しているのであって、その相貌をまっすぐに見た人間は、絶対に滑稽などという言葉は使わない。いつもにこやかに笑っているようだが、その細い目の奥に潜む凝《こ》った光を浴びただけで、人は不安とも畏怖ともいえない不思議なざわめきを覚えずにはいられない。ぎらつくような欲望も、暗い悲しみも、爆《は》ぜるような怒りと憎悪さえも、「笑顔」の中に閉じこめることのできる男である。そのことに島津は、ようやく慣れてきた。

「ちょうどよかった、今、仕上げをやっているところだ」

鹿革の裏で火縄銃の細部に磨きを掛け、細かい塵や削り屑を落として、風見に渡した。火縄銃といっても、もちろん本物では、ない。水牛の角の芯材を使い、親指ほどの大きさのミニチュアに仕上げた、根付け細工である。細部に重厚感を出すために、銀象嵌《ぞうがん》を施してある。

仕上がったばかりの根付けを手に取り、風見は目で見るというよりは、指先で仕上がり具合を確かめるように撫《な》で回した。実のところ、島津は風見のこのやり方が好きではない。己の身体を無遠慮に撫で回されるようで、気味が悪くなることがある。

「……どうかね」

「いつもながら」と、風見は根付けを鹿革の上に戻した。

「上々吉の出来映えで。さすがは玉蓮《ぎょくれん》師匠の御作はひと味もふた味も違います」

玉蓮は、根付け細工を作るときの、島津の号である。ただし、日頃は「島津さん」としか呼ばない風見が、この名を使うときには別の意味を持つ。

島津の内部で、ざわりと寒気にも似た感触がわき上がった。

「仕事……かね」

それには答えず、風見は手にした鞄《かばん》から、袱紗《ふくさ》の包みを取りだした。大きいものではない。せいぜいが十五センチ四方といったところか。つまりは、根付け一つを作るのにちょうどよい、素材の大きさということである。風見が、この男にはおよそ似合わぬ細い指で袱紗をはらりとめくると、中から薄く黄味のかかった白い素材が現れた。この世に「象牙色《ぞうげ》」という色彩表現があることを、改めて思い出させてくれる柔らかな色調。象牙色以外の何ものでもない、

「よくこれほどのものが手に入ったな」

と、思わず島津が呟《つぶや》いてしまったほどの、完璧な象牙の芯材である。

「時代は元禄あたりがよいかと」

「すると、かなり細かい細工が必要だね」

「師匠のもっとも得意とするところでしょう」

それに答える代わりに島津は象牙材を袱紗ごと取り上げ、その肌理《きめ》の緻密さを確かめてからゆっくりと頷《うなず》いた。

島津は元から根付け細工師であったわけではない。三十代までは主に古民具の修復を得意とする職人であった。江戸の昔でいうなら指物職人である。根付け細工はあくまでも余芸、暇を見ては趣味で作る程度であった。特に師匠についたこともなく、写真や実物を見て、それを模倣《もほう》するところから始まってやがて、独特の意匠を凝らすようになった。玉蓮の号も手前で勝手につけたものである。

元々、根付けは印籠《いんろう》や煙草《たばこ》入れ、巾着《きんちゃく》といった提げものを、帯に垂らすときの滑り止めである。根付けという名前が一般化したのは慶長年間の頃であるらしい。当初、根付けを専門に作る細工師はあまりおらず、仏師や画工、指物職人といった人々が片手間に、ごく簡単な細工で作っていたという。ところが町人文化の勃興と共に根付けはその細工技術が急速に発達し、やがて専門職人も現れるようになった。ことに元禄の爛熟《らんじゅく》した時代には、目を見張るほどの細かい細工が施された根付けが数多く作られた。それはまさしく《小宇宙》と呼ぶに相応《ふさわ》しい、極小の芸術品が生まれたのである。

そうしたものが日本の風土、気質に合っているという一面も確かにある。箱庭然《しか》り、盆栽然り、また米粒絵然り。日本人のミクロ化への情熱は国民気質といってよいかもしれない。いかに細かい細工を、精密に仕上げることができるか、根付け細工の真価はその一点においてのみ、問われるのである。

根付けは、好事家を熱中させると同時に細工師そのものをも情熱のるつぼに突き落とす危うさを秘めている。少なくとも、島津にはそうであった。いつの間にか指物仕事よりも根付け細工に費やす時間が多くなり、やがて玉蓮の名が好事家の間で知れ渡る頃には、指物職人としての島津は、過去の人となっていた。とはいえ、意匠を凝らし、細工に情熱を傾ければ傾けるだけ、制作にかかる時間は増えてゆく。月に仕上げることのできる根付けはせいぜい二つか三つ。いくら好事家の間に名が知られようとも、現代作家の作では大した値段は付かない。結果としての貧しさに嫌気がさしたのか、あるいは根付け細工に注ぐ島津の情熱に異常なものを感じたのか、短い置き手紙を残して妻が家を出ていったのが四十をいくつか過ぎた頃のことだった。

そんなときに島津は風見と出会った。

出会った当初は客と島津との仲介に過ぎなかった風見が、「今回は特別な仕立てを」と言い出したのは、二年ほど経ってからだった。聞けば、古色をつけてくれないかという。なんのことはない、江戸時代の作品の贋作である。根付けはどれほど細工を細かく施そうとも、現代作家の作であるというだけで価値は大きく割り引かれる。逆にいえば、江戸時代の作であれば、そこそこの出来でも結構な値が付けられるという世界だ。

島津はその仕事をさしたる抵抗感もなく引き受けた。無論報酬の高さに魅力を感じたことは否定しない。が、それよりも古いというだけで高値をつけ、珍重する好事家達に強烈なしっぺ返しを食らわせてやりたかったのである。

意匠は、《おかめ・ひょっとこ》と決めた。表の面におかめを、裏にひょっとこをあしらった構図である。根付けに必ず必要とされるのが紐通しの穴であるが、島津は敢えてそれを開けず、代わりに面の境目に細い溝を彫り込んだ。そこへまだらの組み紐をかけ、上部できつく結び目を作れば、穴を開ける必要はない。しかも見た目には、おかめとひょっとこが手拭いで頬被《ほおかむ》りをしている、剽《ひょう》げた構図である。

江戸時代の記録には、幾人かの根付け専門職人の名が見えるが、その数は多くない。これまで知られなかった、新たな職人の名が出てきても怪しまれることはないだろうと考え、島津は根付けの横に《英琳》の名を彫り入れた。

それが三年前の、初めての裏の仕事だ。

「英琳の仕事となると、構図はやはり表裏一体のパターンが良かろうね」

「どうでしょうか。表の面が寿老人《じゅろうじん》、裏に男根を彫るというのは」

「フフフ、楽しいことを考えるじゃないか」

「洒落《しゃれ》っけがないとつまらないでしょう」

島津は仕上がりを想像してみた。表の面は柔和そのもの、世事を超越した七福神のうちの一人寿老人。そのぽってりと丸い頭部は、裏を返すと禍々《まがまが》しいほどにいきり立った男根となっている。静と動。静寂と邪悪。世の中に拗《す》ね、あらゆる事を皮肉らずにはいられない、英琳には相応しい構図ではないか。

「だが、もうちょっと毒があった方がよくはないかな」

「もっと良い構図がありますかね」

「寿老人はやめて、弁財天にしようじゃないか。弁財天の玉結びの頭部が、裏を返すと隆々とえらの張った亀頭になるというのはどうだろう」

「よろしいですね。実に猥雑で面白い」

この三年間で、島津は英琳作の根付けを六つ作っている。ただし市場に出回ったのは最初のおかめ・ひょっとこ一つのみである。

「引取先は例の？」

「ええ。渋谷でスーパーマーケットを経営している、高沢の繋《つな》がりです」

「すると、目利きの方はあまり考えなくてもよいのではないかな」

「いえ、今回は相当に、注意していただかないと」

市場に出されたただ一つの英琳は、百五十万の値が付けられ、競り市で落札された。風見の話によれば、その実績だけで十分なのだそうだ。

以後、英琳の銘を入れた根付けのすべてが、会話に登場した高沢という蒐集家《しゅうしゅうか》の元に納められている。蒐集家とは実に業《ごう》の深い人種であるという。そのことを島津は風見から何度となく聞かされている。市場で認められた英琳を、是非《ぜひ》とも自分も手に入れたいと願うのは、蒐集家の性《さが》のようなものだ。そして一つ手に入れることができれば、次の一つを。できることなら、この世に存在する英琳は、すべて手中に収めたい。英琳コレクションの持ち主として、羨望の眼差しで見られたいという、高沢の欲望に風見は実に巧みに取り入っている。

「実際に欲しがっているのは、高沢が所属している親睦団体の会長だそうで」

「どうせ、にわか仕込みのコレクターではないのかね」

「本人は、そうでしょう。ただ……」

「誰かが軍師としてついているのか。相当なコレクターかな、それとも研究者か」

「どちらでもありません。ただの骨董業者です」

「というと、相当な目利きだな」

島津の言葉に、風見がしばらく考える仕草を見せた。

「果たして目利きといってよいのか……日頃は根付けなど扱ってはいないはずですが」

「だったら、どうしてそれほど警戒する？」

「なんといってよいのか。奇妙に鼻が利くというか、別の目を持っているというか」

「別の目？」

島津は、もう一度象牙材の肌触りを指で確かめながら、じっと風見の答えを待った。

「越名《こしな》というのですがね、その男」

「越名というと……もしかしたら下北沢で雅蘭堂《がらんどう》を開いている、あの越名集治か」

その名前を聞いた途端、島津は頬にかっと血が上るのを感じた。

――あれからもう、何年になるのか。

まだ、島津が指物職人と根付け細工師という、二足の草鞋《わらじ》を履いていた頃のことだ。雅蘭堂と名乗る若い骨董業者の訪問を受けたことがある。一目で江戸の、それも相当に腕の良い指物職人の仕事とわかる薬箪笥《だんす》の、修復依頼だった。それより以前の島津であったなら、たとえ報酬がなくとも修復せずにはいられないような逸品である。だが、

「引き出しの一部が壊れているのですよ。なるべく原形に忠実な形で修復を」

という、越名の言葉に、島津は「ああ」と答えたのみだった。

その当時すでに島津は、指物職人としての情熱も、矜持《きょうじ》も、そして大切な技術さえも忘れかけていた。ただ、材料費込みの修復の代金である二十万円という金を、いかに減らさずに仕事を仕上げるか。ということは、粗悪な材料を使い、手間も殆ど掛けずに修復が終わったように見せかけるかのみに心を傾ける、最低の職人だった。

越名の若さを侮《あなど》っていたかもしれない。

手抜き仕事を終え、その旨を電話で伝えると、すぐに越名はやってきた。そして薬箪笥を一目見るなり、その細い目を一層《いっそう》細めて、島津を見た。最初にくれた一瞥《いちべつ》だけで、十分だとでもいいたげに、二度と箪笥の方を見ようとはしない。

「確かな腕をお持ちだと、聞いてきたのですがね」

なんの抑揚もない口調でいうその言葉の裏には、激しい非難と怒りが込められていることだけは、島津にもはっきりとわかった。途端に、かつて持っていたはずの矜持が、蘇った。けれど、それはいたずらに島津の心を頑《かたく》なにするだけの効力しか持たず、

「どこか、不手際があるかね」

という、開き直りとしか思えない言葉を吐き出させたのみであった。

「これは……最低の仕事です」

一言だけいって、越名は薬箪笥を持って帰った。

以後、彼からの仕事が回ってくることはなかったし、その半年後には島津自身が指物仕事を完全にやめてしまった。今でもときおりそのときのことを思い出し、言葉にはできない感情のうねりに、大声を上げそうになる。

「どうかしましたか」

風見の言葉に、ようやく島津は我に返った。

「そうか、あの越名が絡んでいるのか」

「ご存じなのですね」

「ちょっとした因縁があるだけだ。だが……」

そのときになって、島津は己の指が微かに震えていることに気がついた。

「いいだろう。一世一代の仕事をやってのけようじゃないか」

あの越名集治が相手ならば、という言葉は、歪んだ嗤《わら》いと共に胸の奥深くにしまい込んだ。

2

「ひぇ〜、これが百万円！」

頓狂な声をあげる安積《あつみ》の手から、大切な預かりものがこぼれやしないか、わたしの気がかりはそのことのみだった。慌《あわ》てて根付け細工を取り上げようとすると、この押しかけアルバイターは、わざとこちらに背を向け、そうさせまいとする。

「もっとよく見せてよ。こんな小さな人形が百万円もするなんて、信じられないよお」

「人形じゃない。根付け細工だ」

「専門用語を使われたってわからないってば」

弁財天を彫り込んだ象牙の根付けをさも珍しそうに頭の上に掲げ、眺《なが》めていた安積が、その裏側を見た途端に「きゃあ」と大きな声をあげて、本当に品物を放り投げたときには、冗談抜きで心臓が喉から飛び出そうになった。とっさに手を伸ばし、空中から細工を確保したものの、しばらくは瞬《まばた》きさえ忘れてしまったほどだ。

「馬鹿野郎、なんて事を!」というわたしの叫びと、「このセクハラ親父!」という安積の声とが、きれいにシンクロした。

安積の驚きがわからないではない。緻密且つ妖艶な弁財天の裏側には、隆々として血管までも浮かび上がらせた男性の生殖器が、これまた緻密に彫り込まれているのである。今時の女子高生を絵に描いたような、といえば要するに無頓着で細やかな気配りなどどこかに忘れてきたような安積であっても、平気で直視できる代物ではない。

「だから、お前が見るようなものじゃないといっただろう」

「それにしたって……ああ、驚いた」

「ふふん、その反応を見ると、心と体の方はさほどすれっからしになっちゃ、いないようだ」

「セクハラパート2。それって立派な犯罪だよ」

「当局に訴えられたくなかったら、バイト料を上げろってか」

「今月さあ、ケータイの通話料、爆弾みたいな請求書……来ちゃってさあ」

しきりと餌をねだる猫の仕草と口調ですり寄る安積を無視して、わたしは改めて根付け細工を凝視した。無論男根の方ではない。弁財天を見つめたまま、わたしはまた、瞬きを忘れた。

——英琳か。

胸の裡《うち》で何度も同じ言葉を繰り返す。

三年ほど前。元禄期の作とされる英琳の根付けが市場に現れたとき、すべての好事家はその迸《ほとばし》るが如き才気と意匠に皆、驚愕したという。その作品につけられた百五十(万円)という値段でさえも、一部の蒐集家達の間では「過小評価だ」との声が挙がったほどだ。以後、彼の作が市場に出回ることはなかったが、どうやら一部の人間が作品を買い漁っているという話は、わたしの耳にも入っていた。それが、数年前からわたしの店にもときおり顔を出し、そのたびに古民具を高値で引き取ってくれる、高沢老人であることを知ったのは、一年ほど前のことだ。ある時店にやってきた高沢氏が、鞄から袱紗の包みを取りだし、「雅蘭堂さんなら、これにいくらの値を付けるかね」といって差しだしたのが、《英琳》の銘の入った、根付け細工だった。五種類の能面を組み合わせ、球体を構成するという凝った造りで、話に聞いていた英琳を見たのは、それが初めてのことだった。

おそるおそる「百二十ならば」と値を付けると、高沢氏は笑って首を横に振り、根付けを丁寧に鞄にしまうと、大正期に作られた家庭用の振り子時計を八万円で引き取っていった。以後、新たな英琳が手に入ると、老人は必ずそれをわたしの店に持ち込む。値を付けさせ、かぶりを振っては別の品物を店から買ってゆくといったことが、何度か続いた。

もとより売る気などあるはずがない。それが蒐集家という人種だ。手に入れた英琳を他人に見せたくて仕方がない、それもわたしのようなプロ——といっても根付けのことなど少しも詳しくはないのだが——に値を付けさせることで、満足感を味わいたいだけなのである。いうならば手順の一つ、ある種の儀式と言い換えても良い。蒐集家の嫌らしさ、稚気に敢えて付き合ってみせるのは、高沢老人が店にとって上々客であるからに他ならない。

もっとも。わたしにとっても英琳の作品を見ることは決して苦痛ではなく、むしろ楽しみでもあった。そのクオリティーもさることながら、一作として駄作のない、驚くべき技術水準の維持には、溜息が出るほどだ。

だが。

いくつめの英琳を見たときからかは定かではないが、わたしは驚嘆以外の感覚を、この小宇宙的工芸品から感じ取るようになっていた。言葉にしようがない、小さな小さな痼《しこ》りのようなものが、胸の裡に浮かんでは消えるのだった。

弁財天は、琵琶を手にしている。水の神であると同時に、楽曲の神であることの所以である。その部分の細工が、ことに凄まじい。

琵琶の上部には《海老尾》と呼ばれる直角に曲がったパーツがあって、そこに《転手《てんじゅ》》という、四本の弦を調節する糸巻きが取り付けられている。ギターでいうところのフレットに当たる《鶴首《かくしゅ》》から、海老尾、転手に至る部分が、完全に立体造型となっているのである。わずか一センチに満たない彫刻空間で、いったいどんな小刀の使い方をすれば、いったいどのような角度で鑢《やすり》をあてればこれほどの仕事が可能となるのか、英琳が生きているなら問い詰めてみたいほどだ。凡庸《ぼんよう》な職人ならば、浮き彫り程度で誤魔化しているに違いない。見つめているだけで息が詰まりそうな、根付け細工という名の小宇宙空間に引きずり込まれ、その世界の住人になってしまったような気さえしてくる。

「……ねえ、越名さんてば」

その声が、わたしの心を小宇宙から無事帰還させてくれた。

「あっ、ああ、どうした」

「だからさあ。そんな高価な品物を置いたって、うちで売れるはずがないじゃないって」

「失礼なことを平気でいう奴だな」

「だって事実だモン。バイト料だって安いしさ」

「うちは能力給だと何度もいっているだろう」

「それってさ、安積のこと最低だっていってるって事？」

他に解釈のしようがあるか、とはさすがに不憫《ふびん》でいわなかった。

それに、安積の発言の半分は的を射ている。いつもの事ながら、この根付けは売り物ではあり得ない。昨日店にやってきた高沢老人は、「今度の英琳はしばらく預けていっておくから、存分に値を付けてご覧なさい」と、自信に満ちた口調でこれを置いていったのである。どうやら今度の英琳は自分のコレクションに入れる予定ではないらしい。どうしてもと乞われて、彼の友人が買い取ることになっているそうだ。これほどの逸品をなんで人手に渡さねばならないのかという悔しさ半分、鬼気迫るばかりの細工のほどを、どうしてもわたしに見せびらかしたいという稚気が半分、その他諸々の感情が綯《な》い交ぜになっての「しばらく預けておく」なのだろう。わたしの口から、いよいよ英琳の凄さを世間に吹聴させ、自分のコレクションの価値を一層高めたいのかもしれない。

——まったく蒐集家という人種は。

困ったものだとは、口が裂けてもいえない。そうした人々の好き者心によって支えられているのが、他ならぬ我が雅蘭堂なのだから。

「それにしても凄いもんだねえ」

いつの間にか、わたしの手元をのぞき込んだ安積が、息をひそめてそういった。あまりの細工の緻密さが、安積をしてさえそうさせるのである。

「わかるか。これが英琳の凄みだ」

「こんなものを作り上げる人の手って、どうなっているんだろうね。なにか仕掛けでもあるんじゃないのかなあ」

「仕掛けは良かったな。まさしく魔術的な手……としかいいようがない」

そういいながらも、わたしはまたしても例の奇妙な感覚にとらわれていた。

——どこかがちがう、なにかがちがう。

この根付けが英琳以外の何ものでもないことは、確かなのだ。では、わたしの感性はなにが違うと囁くのか。その声の根源にあるものを探そうとするのだが、水の流れに浮かぶ透明な糸のように、摑《つか》まえたつもりがするりと指の間をすり抜けてしまう。歯がゆさ、もどかしさに似た感覚を、解決へと導いてくれたのは、

「ところでねえ、越名さん」

「バイト料の前借りはきかんぞ」

「ケチ！」

こうした会話を性懲《しょうこ》りもなく繰り返す、安積だった。

3

「どうだね、越名君。例の英琳は、いかほどの値が付けられたかね」

「そうですね。たぶん市場では二百を下ることはないでしょう。そこから逆算すると、百五十ほどでなら買い取れる、かと」

「ふん。まだまだ、だねえ。では今日にでもわたしが引き取りにゆくとしようか」

「それでは申し訳がありません。良いものを見せていただき、せっかく目の保養をさせていただいたのですから、わたしがご自宅にお持ちしますよ」

「そうしてもらえるとありがたいね。だったら七時にお願いできるかな。夕方に一人、来客があるものだから」

「わかりました、では七時に世田谷のご自宅に」

「手ぶらで来させては申し訳がないな。そういえば店に津軽塗りの《とんこつ》の良いものがあっただろう」

「煙管《キセル》と対になった品物ですね。明治期の」

「ああ、あれもついでに持ってきてくれないか」

「ありがとうございます」

　とんこつとは、喫煙具のことである。豚骨を加工して作ったものに由来するともいわれているが、はっきりしたことはわからない。

　高沢老人と、電話でのやりとりを終えたのが午前十時過ぎのことだった。今から店を出れば、烏山《からすやま》で行われている市に午後から参加することができる。それを終えていったん店に戻っても、約束の時間までには十分なゆとりがある。そんなことを計算しながら、わたしは先ほどの高沢氏の「まだまだ」という一言にこだわっていた。

　なにが、まだまだなのか。わたしが根付け細工に詳しくないことは、彼も承知の上の儀式ではないか。それに、わたしが付けた百五十の値は、さほど相場値段からかけ離れているとは思えなかった。

午後からの店番は安積に任せることにして、いったん店を閉めた。今日は土曜日だから、午後一時過ぎにはやってくることだろう。鍵の置き場所は知っているし、最近は店の品物をおかしな値で売ることもなくなったから、さしたる心配はない。

そのはずだった。

烏山の競り市でも、わたしの脳裏から「まだまだ」という一言が容易に離れてはくれず、思わぬ失敗を繰り返してしまった。必ず落としてみせると決めていたウェルチ社の掛け時計は、さんざん争った挙げ句に隣の業者に競り落とされてしまうし、逆にかなりの高値で落としたスタイネルの自動人形は、どうしようもない屑物だった。

「ずいぶんと荒れているじゃないか」

と、声を掛けてきたのは先ほど掛け時計を競り落とした同業者だった。

「どうも、ね。調子が今ひとつでない」

「そんなこともあるさ。それが市ってもんだ」

「そういえば、あんた。根付けに詳しいといっていなかったか」

「ま、手広くやらしてもらっている中の、商品の一つとしてはね」

「英琳については？」

その名を聞いた途端に同業者の顔色が変わった。

「また新物《あらもの》が出たのか」

「それも、極上品。これまで見た英琳の中でも最高のブツが出たよ」

「どこの市で出た」

「いや、個人蒐集家の手にすでに落ちている」

同業者の口から「畜生め、またあいつだな」という、一言が漏れた。あからさまな嫉妬と憎悪が、目の色にも口調にも滲《にじ》んでいる。

「あいつというと？」

「どうやら英琳のすべては、一ヵ所にあるらしい。そこと繋がっているのが風見という旗師《はたし》だ。なにか理由があって、持ち主が英琳を売り捌きたいというと、奴が出向いて根付けを取ってくる」

そして、その殆どが高沢の元に渡っている事実を、この男は知っているだろうか。結局英琳という天才工芸家の作品は、その幻の持ち主から高沢へと、所蔵の場所を変えているだけなのである。

「最高のブツだといったな、雅蘭堂」

「弁財天の裏側に男根が彫り込んである。しかも細工はすこぶる付きの緻密さだ」

同業者が、むうと唸《うな》った。それほどの出来なら三百の値が付くかもしれないという一言で、ようやくわたしは高沢の真意を知った。知った気になった。

「その根付け、どこで見た」

「それを聞かないのが、わたしたちの定法だろう」
「さっきの掛け時計な、落とし値で譲ってもいいんだが」
確かに涎《よだれ》のでそうな条件だが、やはりわたしはプライドを捨てることができなかっ
た。高沢の名前を出すことなく、競り市の会場をあとにした。

「浮き身に徹しろ」といったのは、たしかポール・ヴァレリーであったと記憶してい
るが、世の中浮き身にばかり徹していると、ろくな事はない。時に抵抗することがな
いと、人は果てしなく遠くへ押し流されて行くことになる。また「考えることは蝕《むしば》ま
れることだ」といったのは、アルベール・カミュであったはずだ。冗談じゃない。身
過ぎ世過ぎとはすなわち頭を使い、考えることだ。まったく偉い連中というのは、こ
んなくだらないことを考えているから信用ができない。
にもかかわらず。わたしがポール・ヴァレリーを賞賛し、アルベール・カミュの信
奉者になりたいと真摯《しんし》に考えたのは、雅蘭堂の店内に入ったわたしの目に、安積の引
きつった笑顔が映った瞬間のことだった。笑顔というよりは泣き顔に近い。
「こっ、越名さ〜ん」
すっかりと気力を失った安積の声を聞いて、泣き出したい気分になったのはわたし
の方だった。状況はまるでわからない。けれどこの小さな骨董の店に、今しも絶望的

な災厄が訪れようとしていることだけは、動かしがたい事実である。そのことを安積の表情と声とが告げている。

「なにがあったのかな……あっ、安積君」

「あのね、友達が遊びに来たの。それで、あたしってば、つい悪戯《いたずら》なね」

「はい、悪戯な？　それでどうした」

「あの、あの……例の象牙の人形をね、見せて驚かしてやれって」

「驚かしてやろうと思ったのか、それで！」

「驚いたの。すっごく」「そうかすっごく驚いたか」「うん驚いた」「驚くのも当然だ」「驚いたその子、『ひゃあ～！』って」「ひゃ～、か。それで」「驚いたその子の手から、人形はぴゅ～んって」「ぴゅ～んかあ、そうか、ぴゅ～んかあ」

残りの台詞を聞くのが、これほど恐ろしいと思ったことはなかった。災厄を含むすべての浮き世の出来事に身を任せ、なにも考えることなく、この場から消えてしまいたいと心から思った。

だが、そうもいかないのがこの世界の掟である。

「見せてご覧なさい」

どうして根付けを金庫にしまっていかなかったのか。どうして帳場の机の引き出しになどしまっていったのか。安積の差しだした根付けを見るなり、わたしは自分の迂闊さを呪い、憎悪した。弁財天の持つ琵琶の鶴首から海老尾にかけての見事な完全立体造型細工、すなわちこの根付けの命ともいえる部分がぽっきりと折れている。

「これって、修理がきくんだよね。きかないの？　嘘、きくよね、絶対に」

答える代わりに思わず安積の首を絞めそうになった。

我々の世界で、預かった品物を破損したり、紛失した場合の損金は相場で「三倍返し」と決まっている。しかも、である。先ほど英琳の最高作品であれば、三百で動かすことも可能であると、耳にしたばかりである。

預金残高と店にある商品の価値とを総合的に判断し、結論としてわたしは《絶望》をはじき出すことに成功した。

4

島津鳩作が、「根付けを一つお願いしたいのだが」という電話を受け取ったのは木曜日のことだった。図柄についてはこちらの要望を聞いてもらいたい。ついては当方までご足労願えないかといわれ、

「では、ご住所と、お名前を」

「高沢です。住所は世田谷区池尻の……」

たったこれだけのやりとりで、島津は脇の下にどっと冷たい汗をかいた。住所と名前から、英琳銘の根付けを蒐集している人物であることは、明らかである。

高沢は、土曜日を打ち合わせの日時に指定してきた。

「ご都合はいかがですかな」

「大丈夫です。土曜日の午後六時ですね」

「島津玉蓮の作を自分のコレクションに加えられるとは、まったく光栄です」

「特別な図柄なのですか」

「いや、基本的には我が家の家紋をあしらっていただきたいというだけのことですが、せっかくの玉蓮先生の御作となれば、もっと意匠を凝らしてみたいと願うのが、蒐集家の業というものではないですか」

その言葉に安心すると同時に、

――なにが、蒐集家の業だ。

怒りとも呪詛《じゅそ》ともつかぬ黒い感情が、静かにわき上がるのを感じた。

土曜日。島津は時間通りに高沢の住まいを訪問した。すぐに和室の客間に通され、程なくして高沢が現れた。根付けのコレクターというから神経質な老人をイメージしていたが、実物の高沢は大柄で、話し方こそ静かだが仕草の一つ一つに威風堂々とし

たものを感じさせた。ビールを勧められ、三十分ほど島津をはじめとする現代の根付け職人の話をした後、

「さて、本題に入りますか」

と、高沢がおもむろにいった。

「家紋をあしらった構図にされたいとか」

「大した家柄ではありませんが、家紋は《揚羽蝶《あげは》》なのですよ」

「というと……たしか桓武平氏ですね」

根付けに家紋を、という依頼はさほど珍しいものではない。すべての家紋を記憶しているわけではないが、それでも著名なもののいくつかは、島津の頭の中に入っている。揚羽蝶の家紋は、出自こそ桓武平氏と伊勢平氏ということになっているが、一般の家柄でも多く使われている。

「おおかた、明治のご時世にでも勝手に使い始めたのでしょう」

「非常に優雅な形をしていますね」

「ただし複雑すぎて、他の根付け作家の方には嫌われてしまいました」

「というと、他の人にも依頼を？」

「といっても一度きりですが」

そういって高沢は、著名な根付け職人の名前を一人挙げた。すでに八十をいくつか

越えているはずのその人物には、

――確かに揚羽蝶の家紋は、苦しいかもしれないな。

図柄自体は、高沢がいうほどには複雑なものではない。《近衛牡丹《ぼたん》》や《徳大寺木瓜《もっこう》》、《竹丸に二羽雀》など、もっと複雑なものはいくつもある。揚羽蝶の難しいのは、羽の重なりをどうやって表現するか、二次元世界の文様をいかに三次元化するか、という一点にかかっている。

いつの間にか島津は、その工夫に思考を集中させ始めた。

「球体全体に、家紋をあしらってみますか。ちょうど揚羽蝶が羽全体で球を包んでいるような」

「なるほど、面白い構図ですな」

「あるいは籠目紋のすかし彫りを周囲に入れて、籠の中の蝶を表してみるとか」

「そうなると、どうしても平板になってしまいませんか」

「そんなことはない。蝶を半肉彫りにして、全体に厚みを持たせるなら……」

そうした話をしているところに、和服姿の女性が入ってきた。「あの、お父様」といったことから、娘、もしくは息子の嫁であることがわかる。高沢の耳元で二、三、伝言すると、「よし、わかった」と、高沢は立ち上がった。

「不調法いたします。どうやら来客のようです」

「では、わたしの方でいくつかの案を考え、改めてお持ちしましょう」

するとと高沢は、わずかの間小首を傾げ、

「話はすぐに終わります。しばらくお待ちいただけませんか。それに……あなたに引き合わせてみたい人物なのですよ。きっとお仕事の役にも立つでしょう」

「と、いいますと？」

「主に古民具を扱う、骨董屋です」

高沢の唇から「下北沢の雅蘭堂」という言葉が漏れるなり、島津の緊張は顔色に出ることを防ぎようがないほどに膨れ上がった。

「いかがしましたか？」

「いや……その名前は聞いたことがあります。相当に良い目を持っているとか」

「あくまでも、あの歳にしては、と注釈がつきますが、まあ先が楽しみな男ですよ」

そういって、高沢は客間を出ていった。

廊下を歩く足音が殆《ほとん》どしない間に、襖《ふすま》を開ける音がした。「やあ、越名君」という高沢の声が、明瞭に聞こえる。どうやらすぐ隣りも客間になっているらしい。

「このたびはどうも」と、遠い昔に聞き覚えのある越名の声。

——そうか、例の英琳を越名に預けたのだな。

それが真贋の鑑定が目的であるのか、あるいは単に自慢したいがためなのか、判断することはできない。

自然に島津の耳は、隣室の会話に集中していった。

『今度の英琳は、なかなかのものだったでしょう』

『はっ、はあ。実に素晴らしい出来……で、その、まあ』

越名の声が、奇妙に乱れている。英琳の出来が悪いとでもいいたいのだろうか。そんなことはない。あれほどの作は、自分でもこの先作ることができるかどうか。出来には絶対の自信があった。

『ずいぶんと歯切れの悪い物言いをするね』

わずかの沈黙の後に、『実は』と、越名がいった。

『なんだね、これは』

『高沢さまには、まずこれをお受け取り願えないかと』

『小切手じゃないか。しかもどうしたんだい、この金額は』

畳になにかを擦りつける音がした。続いて『申し訳ありません！』という、越名の声。

『仔細を説明してくれないか』

『私どもの不手際で、大切な根付けを破損してしまいました』

『なにっ！』

そういったまま、隣室の空気が凍り付いたのを、島津ははっきりと感じ取ることができた。えもいわれぬ快感が、背筋から下腹部へと走り抜ける。

――越名の奴め、そうか根付けを壊してしまったのか。

越名が高沢に渡した小切手は、その損金だ。

『預かり品の損壊は、三倍返しであることは十分に承知しております。しかし、今のところ私どもの店でご用意できるのは、それで精一杯です。裏書きをしておきましたから、月曜日にはすぐに換金できるはずです。残りの二百万は店の品物をすべて処分した後ということで、ご勘弁願えませんか』

『なるほど、小切手で七百万。店の品物を処分して二百万ということは……あの根付けに三百万の値を付けたか』

それを聞いて、島津は心の裡《うち》で拍手喝采した。

あの糞生意気な若造が三百万の値を付けた。

――俺の腕を、本物と認めたのだ。

そのことを思えば、根付けが壊れてしまったことなどなにほどのこともない。英琳はまた作ればよいだけの話だ。

『どうかこれを受け取ってください』

『うむ』

島津は、それが勝利といって良いものかどうかわからないなりに、快感としかいいようのない感情に我が身を委ねた。聞けば高沢は、あとで自分を紹介するという。そのとき、どのような目で越名を見てやろうか、そのことに島津は酔いしれた。根付けという魔性の世界に引き込まれたがために、失ってしまった様々なもの。そんなものなど惜しくはないという気持ちと、後悔とがいつも島津を苛《さいな》んできた。それが一気に昇華する感覚に、島津は我知らずのうちに拳を固め、震わせていた。

次の、越名の一言を聞くまでは、である。

『そうでなければ、先のお話をすることができません』

『というと？』

『結論から申し上げます。江戸時代に英琳などという根付け職人は存在していません。英琳は現代根付け作家の誰かが、その名を使って制作していると思われます』

その言葉のあとの沈黙は、長く続いた。あるいは島津にとって長く感じられただけのことであるかもしれない。

『どうしてそう思うのかね』

『我々は根付けを見るときに、どうしてもその細工に目がいってしまいます。ほんの親指の先ほどの根付けに、どれほどの細かい細工が施されているか、そのことばかりに目がいって、大切なことを忘れがちなのですよ』

——大切なこと？

同じ言葉を、高沢も口にした。

『根付けという工芸品が、実に多くの制約の上に成り立っているということです。今更いうことでもありませんが、根付けとは、喫煙具や印籠といったものを、帯に提げるときに使う滑り止めです。そうなんです、根付けは工芸品であっても美術品ではない。あくまでも実用のための道具なのですよ』

『すると、どのような制約が生まれるのかな』

心なしか、高沢の声が笑っているように聞こえた。

『まず、帯の柄の邪魔をしないためには、大きさは最低限でなければなりません。そして紐を通すための穴、もしくはそれに類する機能を持っていなければなりません。そしてここが重要なのですが……帯の近くに常にあるということは、根付けは常に動いているということでもあるのです。軽い衝撃が常にあります。また帯の生地を傷めることも避けねばなりません。そのためには』

島津は、ようやく越名の言葉を理解しようとしていた。

——なるほどな。我流のツケがこんな所に回ってきたか。

『根付けの突起は、なるべく少なく作らねばならないのです。間違っても』

越名がなにかを取り出す気配がした。どうやら例の英琳らしい。

『細工は見事ですが、琵琶のこんな所を立体造型にしてはいけないのです。それこそ僅かな衝撃で折れかねないし、着物の生地に引っかかるかもしれない。つまり、これは日頃着物を着ることのない人物が、拵《こしら》えた物であるということです』

沸騰した湯の中に、盃一杯の水を注がれたような、奇妙な静寂が島津の中に訪れた。やがてそれは、意味のない嗤《わら》いへと姿を変えた。敗北感はあるが、少なくともそれは絶望ではないような気がした。ややあって、

『それをいうために、わざわざ小切手を？』

高沢の静かな声が聞こえた。

『大切な預かりものを破損したのは事実です。それに……下手な言い訳と思われるのも厭でしたから』

『これはしまっておきたまえ』と高沢はいい、続けて、

「島津玉蓮君、聞いているのだろう。こちらに来てくれないか」

島津に声を掛けた。

客間を出て、隣室に入るとそこに、昔と寸分の変わりもない姿形の越名がいた。軽く会釈をすると、越名が「あなたは」と、驚きの声をあげた。

「久しぶりだね。今は指物職人をやめて根付け細工師なんだ」

「そうですか……あなたが玉蓮だったのですか。噂を小耳に挟んだことはあります

が」

二人のやりとりを意外そうに聞いていた高沢が、

「なんだ、顔見知りだったのか」

「ええ、ずいぶん昔の話ですが」

答えたのは、越名だった。

「そうか知り合いだったか。だったらなおさらちょうどいい。紹介しておこう、こちらは島津玉蓮君。当代きっての根付け作家だ」

そして、高沢は驚くべき言葉を口にした。

「彼こそが、英琳でもある」

「どうしてそのことを！」

島津は頰《ほお》がかっと紅潮するのを覚えた。

「ずっと以前から気づいていたよ、英琳が現代作家であることは。まさしく越名君が説明してくれたと同じ理由でね」

「では、どうして」

どうして、現代作家の作品と知りつつ、高値で英琳を引き取り続けたのか。

「この作家には、初めて見た瞬間から二面性を感じていたよ。光と影、動と静、そういったものとは別に感情的な二面性とでもいうのかな」

「感情的な二面性？」

「なあ、玉蓮君。君はもしかしたら英琳を憎んでおるのではないかね。あるいは根付け作家である自分、もっというならば、根付けそのものを激しく愛しながら、それ以上に憎んでおるのではないかね」

島津はなにもいえなくなった。

「だから風見とかいうバイヤーの周辺をそれとなく調べさせたのだよ。すぐに島津玉蓮の名前が浮かび上がった」

「だったらどうして彼を告発しなかったのですか」

質問したのは、越名である。

「惜しかった。贋作者の汚名を着せるには、あまりに惜しい腕だと思った。それに……一人のマニアとして、英琳の究極の仕事を見たかったのも事実だ。そのときが来たら、知っていることすべてを話して、英琳を闇に葬るつもりだったのだよ」

「なるほど、そしてついに高沢さんは英琳の究極を見ることができた」

「その通りだ、越名君。だが、まさか……それが壊れてしまうとは思わなかったが、な」

「それをいわれると、言い訳のしようがありません」

二人のやりとりを聞きながら、ふと、

——そうか、俺はこのときが来るのを待っていたのだな。

島津は漠然と納得した。すとんと感情の塊が胸の奥深いところに落ちて、急に楽になった気がした。

「時に高沢さん。いつもいつも英琳をわたしの所に持ち込んだのは、なぜですか」

「目を……な。鍛えてやろうかと思っていたんだ。君がいつ英琳の秘密に気がつくか」

「試していたんですか」

「隠居した老人の、密やかな楽しみであった。気にするな」

「かなわないなあ」

島津は「あの」と、高沢に声を掛けた。

たぶん自分は今、とてつもなくさっぱりとした顔をしていることだろう。だったらこの言葉を口にするのは今しかない。

「もう一度同じものを作らせてもらえませんか」

「というと、この弁財天を?」

「ええ。その代わり英琳ではなく、玉蓮の銘で」

下手をすれば、根付け作家としてのすべてをそのことで失うかもしれない。それでも島津は構わないと思った。

「だったら、最初の英琳以外、すべての作品の銘を削って玉蓮に変えたまえ。大丈夫だ、作品はすべてわたしの所にある。そして玉蓮は、幻の、ただ一点のみ存在する英琳を心の師としてあがめ、その作風に近づくべく日々鍛錬したことにすればよい」

「それって高沢さん、自分のコレクションに傷を付けたくないだけじゃありませんか」

「ま、それもあるかな」

それを聞いて、島津も思わず笑った。

風見とかいうバイヤーについては、自分が責任を持って釘を差しておくと、越名がいったとき、島津の口からごく自然にこの言葉が漏れた。

「ありがとう、越名君」


（小説すばる　五月号）

みちしるべ

薄井《うすい》ゆうじ

著者紹介　一九四九年茨城県生まれ。高校卒業後、イラストレーターに。その後、広告及び編集プロダクションを経営、現在は専業作家。九四年『樹の上の草魚』で第15回吉川英治文学新人賞受賞。著書に『寒がりな虹』『水の年輪』『午後の足音が僕にしたこと』など

1

幼時の記憶は、いつからはじまるのだろう。それは陽炎《かげろう》のようにぼんやりとした断片的な映像ばかりで、本当に私自身の体験なのか、周囲の大人たちから聞かされた幼

いころの話を寄せ集めて私が勝手に編み上げた、つくられた記憶なのか定かではない。

少年のころの記憶でくっきりと残っているのは、妹が来た日のことだ。

私が小学五年のとき、妹が生まれた。痩せ形で小柄な母は妊娠中、さほど腹は目立たなかった。昨日まで家の庭いじりをしていたかと思うと、次の日の午後には赤ん坊を抱えて病院から帰ってきた。

——今日から、お兄ちゃんになるのよ。

妹は降って湧いたように我が家に来た。その日を境に、私が独占していた父母の愛は妹に集中した。妹はどこかから貰われてきたのではないか。少年の単なる妄想で根拠はないが、そう思うことによって私は家のなかで、私の居場所を確保することができた。

一箇月ほど経《た》ったとき、母は妹を背負って私と一緒にバスに乗り、祖母の家に行った。祖母は孫の顔を目を細めて見ていた。

「これを持ってき」

帰りがけ、祖母は母の背中にいる妹の小さな手に、点袋《ぽちぶくろ》を握らせた。正月でもないのにお年玉——？　なぜ私にはくれないのか。私は腹を立てて、家までのバスのなか、押し黙っていたことを覚えている。

父母や祖母の注目を奪われた私は妹を憎んだかというと、そうではなかった。十歳年の離れた異性が育っていく様を見て、私はいずれ彼女と結婚するのではあるまいかという妙な思いを強めていった。それも少年の妄想であり、妄想にすがることで私は妹を憎むことなく、日々を過ごせた。

学校から帰ると、つきまとう幼い妹を邪険に追い払うでもなく、私は近くの野原や、川原や、庭先で一緒に遊んでやった。雨の日は、部屋のなかであやとりを教え、慣れない手つきでお手玉の相手をし、塗り絵を手伝い、絵本を読んでやった。

妹が五歳になると私は高校へ進学し、そうそう一緒に遊んでもいられなくなった。いつか彼女と結婚するかもしれないという妄想は、とうに消滅して、私は同級生の女の子への、高校生らしい片想いに浸った。

そのころ母は体を病んでほとんど寝たきりになり、祖母が家に来て家事の細かな面倒をみるようになった。幼い妹の相手も、もっぱら祖母の役目になり、私の興味は勉学へと移っていた。

「なあ、ばばちゃん」私はあるとき、二箇月ほど前から家にいる祖母に訊いた。「ずっと前に、はじめて美世子を連れて、ばばちゃんの家に遊びに行ったろう」

「五年も前になるかの」祖母は言った。「早いもんだの」

「あのとき、何で美世子だけに小遣いをやったんだよ」

私はまだ、あのことを覚えていた。さして恨みがましく思っていたわけではないが、祖母が困るような質問をしてみたかったのかもしれない。

「あれはの」と祖母が言った。「みちしるべだよ。孫がはじめて家に来たとき、銭を渡すんだの。袋に『みちしるべ』と書いて」

「何でそんなことするん」

「中身は五円か十円だ。また孫が遊びに来るように。そういう願いをこめて渡すんだと、私も私のばばちゃんから聞いた。舜一《しゅんいち》、お前がはじめて来たときも渡したんよ、忘れたか」

「覚えてねえよ」

そういう風習があるのだという。起源は飴玉か菓子だったかもしれない。あるいは、交通費としての金銭だったのか。いずれにしても、また来て欲しい、この家を忘れないで欲しいという思いから発したものだろう。

みちしるべ。

私はその語感と意味合いの暖かさを高校生ながら感じ取って、しばらくはこう思っていた。私にも孫ができたとき、渡そうと。しかしそれまで覚えていられるだろうか。遠い、気の遠くなるような未来の話だ。

2

祖母は細かな気遣いのできる、手先の器用な人だった。だから母は安心して養生できたのだと思う。

「何言うね、親子じゃないかの」

一度だけ、寝たきりになっている母の部屋から、祖母の険しい声が聞こえたことがあった。弱気になった母が、祖母に何か言ったのだろうと私は思った。

すこしずつ母は回復して、ときには縁先に腰を下ろして庭を見るようにまでなった。美世子は家で祖母から読み書きを習い、オルガンを弾いてもらっては歌を唄ったりして遊び相手になってもらっていた。

「義母《かあ》さんには、そろそろ帰ってもらってもいいんじゃないか」

公務員の父は、祖母がすっかり家に居着いてしまったことを、あまり快く思っていない様子だった。母の具合がすこし良くなると、父は祖母のいないときに、しきりにそう言うようになった。

父は判で押したように六時過ぎには帰宅し、庭に水を撒《ま》き、テレビを観ながらビールを飲むことを唯一の楽しみにしていた。

しかし祖母が来てからは、父が帰宅すると庭の水やりは終えていて、冷蔵庫からビールを取り出そうとすると祖母が立ち上がって冷えたコップとともに卓に持ってくる。そのたびに父は義母に、母さん済みません、と礼を言わねばならず、その些細《ささい》なことの積み重ねが居心地を悪くしているようだった。

そうして祖母が来てから二年半ほど経った。週末は父が家にいるので、祖母は土日だけは自分の家に帰っていた。連れ合いに先立たれて独り暮らしだったが、大きな家の庭の手入れや部屋の掃除など、祖母の家にもそれなりに用事は待っている。

「義母さんに、もう来なくてもいいと言おうと思うけど、舜一、お前はどう思う」

父は母と意見が対立したとき、私の意見を聞くのが常だった。舜一もそう言ってるから、というのが父の、母への説得材料になる。

「いてもらえばいいじゃない、美世子もなついてるんだし」

「そうかな」父は苦い顔をしている。

「美世子に訊けば。ばばちゃん、いなくなってもいいかどうか」

つまり、私も父と同様だった。妹を担ぎ出して、自分の意見を転嫁しようとしていた。

その年、私は大学受験を控えていた。父や祖母は、母の病のことで頭がいっぱいだったかもしれないが、私には家のことより、進学のほうが重要だった。祖母がいなくなれば美世子はまた、私にまとわりつくかもしれない。そのことを心配した。

「美世子はまだ」と父は言った。「小さいから何もわからないよ」

「小さいから、ばばちゃんに見てもらうんじゃないのか」私は突き放すように言う。

「いてもらって、困ることなんかないし」

「そうだな」

抑揚のない言葉を残して父は去っていった。それきり、その話は出なかった。

あるとき学校から帰ると、祖母と美世子が、縁の下を覗《のぞ》いて何かをしていた。手に小さな棒きれを持っている。近付いていくと祖母は、しっ、と私を制した。

「何してるの」

「ごご虫釣りだ。舜ちゃんも、やってみるか」

三十センチほどの細い棒の先に、凧糸《たこいと》が結びつけてある。その先端を唾液で濡らして小さな結び目をつくるのだという。

「これをの、こうしてここの……」

縁の下の地面に、小さな穴がいくつかあいている。その穴の上方へ糸の先端の結び目を持っていって、ゆらり、と揺らした。程なく、穴から何かが飛び出して結び目に飛びついた。

「ほら、かかりよった」

祖母は棒きれを引き寄せる。糸の先端の結び目に小さな芋虫のような幼虫が食らいついている。祖母はそれをてのひらに取ると、

「ごご虫だ」と言った。

昆虫の幼虫で、祖母が育った熊本地方では、そう呼ぶのだそうだ。幼虫は土に穴を掘って頭だけ出して潜み、通りがかった蝿《はえ》などの小虫を一瞬にして捕らえる。ルアーフィッシングの要領で、凧糸の先端の結び目で誘い、食いつかせるのだ。祖母と美世子は、その遊びに熱中していた。

「そんなこと、面白いかよ」まだ夢中になっている二人に、私は憎まれ口をきいた。

「そんな虫を釣って、食うのか」

「食べられないよ」と祖母は笑う。「あとで逃がすだ。そしたらまた明日も、ごご虫釣りができる」

「逃がすなら、はじめから釣らんとき」

私は言い放って家にあがり、自室に籠《こ》もった。昆虫図鑑を取り出して『ごご虫』の項を調べた。その名前では見つからなかった。似たようなかたちの幼虫の絵が出ているページを丹念に読んでいくと、

『地方により幼虫を、ゴゴムシと呼ぶ』

と書いてある項目があった。

はんみょう、の幼虫だった。漢字では、斑猫、と書く。庭先で、たまに見かけることがある綺麗な昆虫だ。全身が赤や青、緑色に美しく輝く虫で、すばしこく、捕まえたことはない。

あの美しい虫が、幼虫のときはあんな姿で暗い縁の下に潜んでいる——。

それを知って私は、世の中のからくりを瞬時に理解できたような気分になった。そして祖母は、世の中のからくりのすべてを知っているような気がした。

3

事故が起きたのは、それから程なくしてからだった。

あのことさえ起きなければ、祖母はずっと私の家にいたかもしれないし、父母や美世子、そして私との関係も、ぎくしゃくすることはなかっただろうと思う。

年が明けて大学受験が近付き、高校はほとんど休講のような状態になって、私は家で勉強する日々がつづいていた。

私は、都会の大学へ通うことを希望していた。受験に失敗しても、やはり東京の予備校へ通うつもりで、いずれにしても春にはこの家から出るつもりだった。

私は家族の誰も嫌いではなかったし、祖母とも離れて暮らすに忍びなかった。しかし都会への魅力には勝てなかったし、何より片想いの相手が都会に出るという噂を聞いて、ただそれだけの理由で自分の進路を決めた。

冬の午後、私は家の自室で試験問題集と格闘していた。冬にしては穏やかな、暖かい午後だったことを覚えている。母は病院へ行って留守だった。さっきまで庭先で遊んでいた祖母と美世子の声が聞こえなくなって、しばらく経ったとき、

「舜ちゃん！」階下から祖母の、普段は出さぬような切羽詰まった声が聞こえた。

「来てくれんね！」

ただならぬ気配に、それでも勉強を中断されたすこしの腹立ちを感じながら階下へ降りていくと、顔じゅう血まみれになった祖母が庭先に立っていた。

「どうしたん」

「転んだね」

顔を押さえる祖母の手の指から、鮮血が溢れ出てくる。

「大丈夫か」顔から手を離さない祖母に言った。「どんな怪我だか見せてみぃ」

「転んで、竹で突いた」

見なくても、出血の量で予想がついた。医者か救急車か、私は迷わず一一九番へ電話をかけた。

祖母の傍らで美世子が、蒼白な顔で茫然と突っ立っている。そして、

「私じゃないもん」

あとは泣きじゃくるばかりだった。


深い傷だった。裏庭にある小さな竹藪の、竹の切り口に顔を刺したのだという。長い手術のあと、あとから駆けつけた父と私は祖母の病室に入った。強い麻酔のために祖母は眠っていた。顔面は包帯が幾重にも巻かれ、そこからすこし血が滲《にじ》んでいた。

「大丈夫だよ」夜半ちかく、目覚めた祖母が呟《つぶや》いた。「そこに舜一と、誰がいるの」

「父さん」

「美世子は？」

「家にいる」

母と二人で家に置いてきた。美世子はしばらく泣きじゃくっていたが、そのうち寝入ってしまったと、病院からかけた電話で母が言っていた。

「どうして転んだん？」

「年だねえ。ちょっと屈んだ拍子に」

私が悪いんじゃない、と叫んだ妹の言葉が気になっていた。しかし口に出すべきことではないと思った。

「美世子が……」言いかけて私は淀んだ。

「美世子が何ね。何か、言うたの」

「何も」

「私は、独りで転んだの。ちょっとつまずいて、手を突こうと思ったら、目え突いてもうたわ」

低く祖母は笑った。ことさらに、独りで転んだと説明する祖母に、私は何かをかばうようなことがあるのかもしれないと、本能的に思った。その小さな疑問については、父にも母にも、誰にも話さなかった。

祖母の入院は長引いた。眼球の手術を何度も繰り返し受けて、角膜移植や、私にはわからない複雑な手術の案も交わされたらしい。しかし結局、祖母の右の眼球は失われた。

片目の失明が決定的だと病院から知らされたその日、私は大学の合格通知を受けた。私の合格の喜びは、暗い知らせの陰に隠れた。

退院した祖母は、母の体調が持ち直したこともあって、自分の家へ直接戻っていき、それ以後、私の家を訪れることはなくなった。

妹は、いつものようにランドセルを背負って小学校へ通いはじめ、私は重苦しい空気のなか、都会へ出た。

4

大学一年の夏休み、帰省した私は、しばらくぶりに祖母の家を訪れた。祖母は、片目だけが黒いサングラスをかけていた。

「半分見えるから、全然不自由はないんよ」

祖母は笑って茶を出してくれた。湯を沸かし、茶を急須に入れて注ぐ様子を見ていると、立ち居振る舞いに支障はない様子だった。

祖母の家の庭は広く、よく手入れされていた。亡夫が実業家で、贅沢な庭木を植え、存命のころは庭師に手入れさせていたという。

「犬か猫でも飼えば」

私の勧めに祖母は、「そんな必要ないね」眼鏡の奥からにっこり笑った。「動物に慰めてもらわんでも、毎日楽しいから」

「金杉には、もう来んの?」

金杉とは、私の実家がある土地の名だ。つまり私の家にはもう、来るつもりはないのかと訊いた。祖母は一瞬顔を曇らせた。少年のときなら気付かなかっただろう小さな表情の翳《かげ》りを、大学生の私は見て取った。

「金杉へ行けば、いろいろと迷惑かけるし」

「迷惑なんて……」

「あの竹、どうしたね」

祖母は、老人特有の大胆さで、そんな質問をした。半年前の出来事だが、まだ生々しすぎて私にはうまく説明できない。

あの翌日、私と父は裏庭で、尖った先端に血痕のある竹を見つけた。切るか、と父が言った。掘り出したほうがいい、と私は言った。切っても、地下茎につながっていれば、まだ竹が生きているような気がしたからだ。

私と父は苦労して穴を穿《うが》ち、深い穴の底で地下茎を左右に切断すると、株ごと掘り起こした。焚《た》き火にくべても容易に燃えそうもなく、父はすこしのガソリンをかけてから、そこらのゴミとともに火をつけた。黒々とした煙と炎のなか、祖母の視力を奪ったものは焼失した。

「あの竹は、燃やした」

「そうかの」

「なあ、ばばちゃん」

「なにね」

「あんとき、ばばちゃんは自分で転んだと言ったけど、本当は美世子が……」

「何言うね！」恐ろしい剣幕だった。声が震えている。「こんどそないなこと言うたら、二度とここへ来んでいい」

震える指先で茶を注いでいる。この話題は、これきりにしようと私は思った。二度と考えまいと。事実がどうであれ、幼い美世子も、充分に傷ついているのだから。

「美世子が可哀相ね」祖母は静かな口調で言った。「あんな小さい子に、怪我したばばちゃんの顔を見せて、可哀相なことした。はよ忘れてもらわんと。そう思って金杉には行かんようにしてる。黒い眼鏡をかけたばばちゃん見たら、あの子、思いだすに」

私が辞するとき祖母は、ちょっと待ち、と言って戸棚から何かを持ってきた。

「これな、持っていき」

「何ですか」

預金通帳だった。

「あんたのため思うて、ちょっとずつ入れといたん。持っていき」

「こんなの、もらうわけには……」

「いいの、ばばちゃんお金あるから。この家もあるし、株券なんかも、いっぱいあるのよ。こんど見せてあげる」

通帳と印鑑を茶封筒に入れて封をすると、祖母は私に無理に握らせた。

「みんなには、内緒よ」

金杉へ向かうバスのなか、通帳をひらくと、残高は私が予想していたよりも一桁《ひとけた》多かった。私は気がついた。この通帳は、また来て欲しいという祖母の思いをこめた、みちしるべなのだろうと。

5

結局、祖母を訪れたのは、そのとき限りだった。大学の勉学とアルバイトで忙しかったし、友人たちとの付き合いなどで日々は忙殺された。

たまに帰省しても祖母の家には寄らず、すぐに都会へ戻った。

気がつくと私は大学四年間の生活を終え、卒業を控えて、就職先も内定していた。

祖母からもらった通帳と印鑑は、奇跡的にまったく手をつけない状態になっていた。何度かその茶封筒を取り出して、預金を下ろそうと思ったことがある。しかし一度これに手をつけてしまえば、私は際限なく金銭を浪費するだろう。

中古車を乗り回し、高い家賃のマンションに住み、アルバイトもせずに毎日のように飲み歩く。それができない金額ではない。そして四年間もそれをつづければ、なくなってしまう金額でもあった。

　私は茶封筒を横目で睨《にら》みながら、歯を食いしばってアルバイトをつづけ、貧しい日々に耐えた。

　しかし卒業を目の前にして就職が決まったとき、気持が揺れた。社会人になるには、それなりの衣服と住まいが必要だと思ったからだ。――というのは自分への言い訳に過ぎない。そのころ付き合っていた彼女を自分の部屋に呼びたい。その部屋は小綺麗でなければならず、ひととおりのものは揃《そろ》っていなければならない。そう思ったのだ。

　私は銀行へ行って、念のために通帳の残高を記帳した。その数字を見て驚いた。残高は、明らかに増えていた。項目をたどると、毎月、祖母からの振り込みがあった。それは大学生が一箇月に遣う金銭としては充分すぎる額だった。

　訪ねてこない孫へ、祖母は無言で仕送りをつづけてきたのだ。私は己の不義理を恥じた。通帳を閉じ、やはりこの金は遣えない、自分の器量の範囲で暮らしていくべきだ。通帳と印鑑は、祖母に返却しようと思った。

　就職までの短い休暇を利用して郷里へ戻ったとき、私はまっすぐに祖母の家に向かった。あれを返すつもりで。もちろん突っ返すのではなく、篤《あつ》く礼を言って受け取ってもらうつもりだった。

バス停を降りて祖母の家のほうへ歩いた。四年ぶりということになる。あたりの雰囲気は一変していた。宅地化が進んで雑木林は住宅地になり、真新しい舗装道路が走っている。

迷いそうになりながら祖母の家のあったところまで来ると、そこにはマンションが建っていた。近隣の住人に祖母の名を言っても、誰も行き先を知らなかった。

狐につままれたような思いのまま、私は金杉の実家へ行った。その後、祖母と父は折り合いが悪く、ほとんど行き来をしていない様子だった。

「ばばちゃんは、橋本へ行ったの」

と母が言った。橋本に、めぐみ苑という老人の施設がある。祖母は半年ほど前、そこへ移ったのだという。

「この家に引き取るわけにいかないし」と母は言った。「父さんがあんなだし、ばばちゃんも、ここへ来るのは嫌だと言って。ばばちゃんの顔の傷を見るたびに美世子が悲しむのを、見たくないと言うの。それで突然あの家をたたんで、橋本へ行ってしまったの」

プールやアスレチック・ジムがあり、病院看護もついた、贅沢な施設らしい。

「一箇月くらい前に行ってみたの。毎日エステティックを受けたり、ダンスを踊ったり、ゲートボールをしたり、カラオケを唄ったりして過ごしているんだって。温泉もついてるし。独りでいたときより、ずっと楽しそうだった」

「そういうもんなのかな」

話はそこで中断した。美世子が部屋に入ってきたからだ。こんど中学にあがるという美世子は、しばらく見ないうちに背丈が大きくなり、胸もふくらみはじめて、少女にしては妖艶《ようえん》といえるほど美しくなっていた。

「お兄ちゃん、来ていたの」

「美世子、綺麗になったな」

「馬鹿」

妹は照れて私の頭を平手でかるく叩くと、二階へ上がっていった。

私はそのとき、妙な違和感を覚えて母の顔を見た。その違和感がどこから来るのかわからない。母は私に見詰められて、すこし戸惑ったように顔を庭のほうへやると、

「ほら、パンジーがあんなに元気に咲いて」

と言った。私は庭の花など見ていなかった。母の顔ばかり見ていた。

6

めぐみ苑のロビーは、高級ホテルのような雰囲気だった。その一階にある洒落《しゃれ》たラウンジで、祖母は私を出迎えた。

「大きくなったねえ」

と健康そうな顔で笑っている。背丈が伸びたという意味ではなく、はじめて見る、私の背広姿をそう表現したのだろう。

ラウンジからは、パターゴルフ場のついた広い芝生が見えている。大理石を嵌《は》めこんだテーブル席で、祖母はレモンティーを注文した。あの古い家の縁側で日本茶をすすっていたときより、ずいぶん若々しく見えた。言葉遣いも、標準語に近くなっている。

「これ……」私は通帳と印鑑の入った茶封筒をテーブルの上に置いた。「遣わないから、返しておくよ」

中身を見なくてもわかったのだろう、祖母は封筒を押し返した。

「とっておき。これは舜ちゃんにあげたんだから」

「もう社会人になって給料ももらうし。実は、全然これには手をつけていないんだ。

ばばちゃん、自分のために遣ってよ」

「あたしゃね、大金持ちなんだよ」

土地家屋を売り払った金は、施設の入居費用をすべて支払っても、まだかなり余っているという。

「お金には不自由してないの。来月から、外国旅行をしようと思ってるんだ」

豪華船に、三箇月乗ってくるという。

祖母はひとしきり、外国の話をした。海外旅行は、祖父が健在だったころは二人で、頻繁に出掛けていた。一度船旅をしたいと思っていたが、一軒家を長期に留守にするに忍びなく、やっと夢が叶《かな》うと言った。

「それとこれとは別だから」

「とっときなさいってば」

封筒は何度かテーブルの上を往復して、結局また私の胸ポケットに収められた。

「預かっておくことにする。たぶん遣わないと思う。だから、毎月振り込むのはもうやめにして……」

祖母は私の話など聞いていなかった。通りかかった老人を呼んで同じテーブル席にすわらせると、これが孫、いい孫でしょう、とその老人に言った。

「藤木と言います」

清潔な身なりをしたその老人は、深々と頭を下げた。

「この人はね、私の彼氏なの」

と祖母は言う。老人は特に否定もせず、小さな照れを見せながら祖母の手に触れた。

「小西さんと私、一緒に船に乗るんです」

老人が嬉しそうに言った。小西とは、祖母の姓だ。つまり私の母の旧姓でもある。

「一人で長旅なんて、つまらないものね。ボーイフレンドを船のなかで調達できなかったら悲惨でしょう」

「はい」

私は二人の顔を見比べる。長身で白髪のダンディな老人。小柄でぽっちゃりとした祖母。似合いのカップルだな、と考えていたら、意外な言葉が祖母の口から出た。

「船旅はね、新婚旅行なの、私たちの」

「え」私は持ち上げた紅茶のカップを途中で止めた。「新婚旅行？」

「結婚するの、私たち。まだ金杉には内緒にしてるんだけど。反対されても、どのみち婚姻届は出してしまうつもり」

私の父母には何も話していないらしい。祖母の人生だ、彼女の思うままに過ごしたらいい、と私は思う。こういう施設では、老人同士の再婚は珍しくないと聞くし、船旅ばかりではなく、人生という長旅にも、伴侶《はんりょ》なしでは寂しいと感じる人もいるはずだ。

「ちょっと待っといて」

そう言うと祖母は席を立って、自分の部屋のほうへ戻っていった。

藤木老人と二人きりになった。穏やかな、優しい感じの老人だった。彼は、ぽつりと言った。

「小西さんのね、片方の目の代わりを、私がしてあげられればと、そう思うんです」

祖母はいま、薄い色のサングラスをかけている。右目は義眼を入れて、一見しただけでは視力を失っているようには見えない。

「失われたものは戻ってこないから、左の目は、前を見ることだけにお使いなさい。私は小西さんにそう言ったんです。過去のことは、見なくてもいいと。もう一人のお孫さんは、美世子さんといったかな。ここへは一度もいらっしゃらないけど、小西さんは美世子さんのことをいつも心配して……」

廊下のむこうから祖母が戻ってきて、話は中断した。祖母は大きな角封筒を小脇にかかえている。テーブルに着くと、私と藤木老人の顔を交互に見た。そして老人に、

「これ」と角封筒を見せた。「いいわよね」

老人は、声を出さずに静かにうなずいた。

「これをね、美世子ちゃんに渡して欲しいの。ばばちゃんからのプレゼントだと言って」

「何ですか、中身は」

「言うたらつまらん。開けてのお楽しみ」

「金杉へは、いま行ってきたばかりで、この足で東京へ戻るから、美世子には会わないんだけど」

「いいのさ。急ぐものじゃないし、このつぎ美世子に会ったとき渡してもらえれば。大事なものだから、郵便とか宅急便で送ったりしたら駄目だよ」

封筒は糊付《のりづ》けしてある。二センチほどの分厚さで、書類か何かが入っているのか、ずっしりと重かった。私はそれを鞄《かばん》のなかに収めてそこを辞した。

「私の車で送りましょう」

鉄道の駅まで、藤木老人の運転する高級車に乗せてくれた。祖母は駅まではついてこなかった。人を見送るのは苦手だという。

「見送ると、もう会えなくなってしまうような気がしての」

車が走り出したとき振り返ると、祖母は玄関先で、助けを求める遭難者みたいに、いつまでも大きく腕を振っていた。

7

三箇月ほどが過ぎた。

船旅に出た祖母は、もう帰国しただろうか。あるいはどこかの洋上で、藤木老人とダンスでも踊っているのだろうか。

ある週末、そんなことを考えながら部屋のなかでごろごろしていたとき、チャイムが鳴った。何かの勧誘か、と思いながらドアを開けると美世子が立っていた。

「来たよ」と彼女は言った。

「驚いたな、急に何だよ」

「家出」

「え？」

「と思うでしょう。いま試験休みなの。東京の友達の家に昨日泊まって、兄貴の顔も見ていこうかなと思い立って。上がっていい？」

「いいけど……」

「彼女とか、遊びに来てないよね」

「そんなのいるかよ。散らかってるぞ」

「いいの、いいの」と美世子は部屋に入ってきた。「こういうリアルな独り暮らしの部屋、見てみたかったんだ。憧れてしまうな、私」

美世子は狭いフロアを占領しているシングルベッドに腰掛けて、部屋のなかを見回している。私は小さな折り畳み椅子を出して、それに腰掛けた。

妹の膝小僧が思わぬ近さにあって、胸がちくりと痛んだ。兄妹ではあっても、妹はすでに大人の体型だ。春に会ったときよりも一段と妖艶になっている。彼女が妹であることを、私は恨めしく思った。

気詰まりな感じがして、私は立ち上がると、湯を沸かしてコーヒーを用意した。

妹は、昨日は友達と繁華街で一緒に食事をしたのだと話している。一瞬、男友達かとひやりとしたが、そうではない様子だった。中学一年、まだそんな年齢ではないだろう。

二杯目のコーヒーを飲み終えるころ、ずっと喋りつづけていた妹は、さすがに話し疲れたのか、次第に無口になっていった。

部屋のなかを、ぼんやりと眺めている。妹の話を聞きながら、私は足元に散らかっていたものを、すこしずつ片付けたので、部屋のなかはだいぶすっきりとしてきた。

ベッドのほかには、小さなテレビとCDプレーヤー、折り畳みの椅子とテーブル。本棚。それ以外に家具らしいものはない。というより、それ以上、何も置けない状態だ。

祖母がくれた通帳を遣えばもっと広い部屋に移れる。けれどあれに手をつけるつもりはない——とぼんやりと考えていたとき、思いだした。

「そういえば、ばばちゃんから預かっているものがあったんだ」

私は造り付けのロッカーから角封筒を取り出して妹の前に置いた。

「なに、これ」

「ばばちゃんが、美世子に会うときがあったら、渡して欲しいって。中身は何なのかは知らないけど」

「何かな」妹は糊付けした封筒の裏表を見ている。

「開けてみれば」

「いいのかな、開けても」

すぐには開けようとしない。そして封筒をわきに置くと、「兄ちゃん」と言った。

「今夜、彼女ここへ来る？」

「いないってば、そんなの」

「泊まっていっても、いい？」

「ここへ。駄目だよ。まさか一緒のベッドに寝るわけにもいかないだろう」

「かまわないよ、私」と、にっこりと笑う。「お兄ちゃんに、だっこされて眠りたい」

「馬鹿なこと言うな」

「友達の家に、二日つづけて泊めてとは頼めないし。いまから帰るにしても、夜行列車がむこうに着くの、夜中の二時だよ。明日の新幹線に乗るほうが楽だし。それとも新宿のゲームセンターで夜明かししたほうがいい？」

「まいったな……」

まさか放り出すわけにはいかない。この年齢だ、本当にゲームセンターで夜明かしをしかねない。妹はベッドに寝かせて、私は床で毛布にくるまればいいか。

「金杉に電話を入れろ」

「わあい、泊まってもいいのね」

妹は実家へ電話をかけた。買い物に出掛けたのか誰も出ないらしく、長いあいだ待って受話器を置いた。

「美世子は、携帯は持っていないのか」

「友達みんな持ってるけど、父さんが駄目だって。不良になるというの」

「父さんらしいな」

不器用で頑固な父だ。テレビゲームのない家庭なんて、我が家くらいだろう。そういうものを排除することでしか、父は守る方法を知らない。しばらく父の話をしたあ

と、

「私、買い物してくる」妹は立ち上がった。「夕食つくってあげる。泊めてもらうお礼に。はい」と手を出した。

「何だよ」

「夕食を買うお金ちょうだい」

「それじゃ、お礼になってないじゃないか」

電車賃を残して、昨夜使い切ってしまったという。多目に渡して、釣りはやるよ、と言った。妹は私の洗濯物を大量に持って出掛けていった。コインランドリーで洗ってくるのだという。

妹が出掛けたあと、彼女をビジネスホテルに泊まらせる手もあったと思ったが遅かった。彼女は二人ぶんの夕食を買って帰ってくる。

夜、妹がつくった、甘すぎるカレーライスを食べた。食事を終えたとき妹に言った。

「近くのビジネスホテルをとってやるから、美世子はホテルで寝ろ」

「やだよ、一人でホテルなんて、怖いもん。兄ちゃんも一緒に泊まるなら行くけど」

「そんなことをすれば、ますますややこしくなる」

「何が」

「いいから……」私は頭を抱えた。「金杉に電話しろ。今夜はここへ泊まると」

「わあい」

妹は実家に電話をかけた。母が出たようで、しばらくして私に電話を替われと言う。

「舜一」と母は言った。「ばばちゃん、どこにいるか知らない?」

「船に乗ってるんじゃないか。何で?」

「乗らなかったみたいなの。駆け落ちしたんじゃないかな」

「どういうこと」

「ずいぶん前に、施設で知り合ったお友達と結婚して船に乗るという電話があってね」

猛反対したのだそうだ。電話では埒《らち》が明かないから、週末に父と一緒にそっちへ行って話を聞く、と電話を切ったらしい。

「父さんと、めぐみ苑へ行くと、小西さんは、ここを引き払いましたと職員の人が言うの」

「引き払ったって、どこへ」

「身一つで、どこかへいなくなってしまったの。苑への精算はきちんとしてから出ていったみたいなんだけど。同じ日に、藤木という、七十八歳の男性のかたも引き払ったんですって。どうも、その人と一緒になるつもりだったらしいの。それからずっと捜しつづけているんだけど。ねえ舜一、ばばちゃん、もしかしたら、そこにいるんじゃないの」

「いるわけないよ」

「もし来たら……」

この部屋に妹だけでも窮屈なのに、老人二人が転がりこんでくることを想像して、頭がくらくらした。

自分の母親がいなくなったのだから、母としては重大事なのだろう。今日の昼間外出していたのは、時間さえあれば心当たりを片っ端から訪ね歩いているのだという。母は長々と愚痴っぽい話をしてから電話を切った。

「まいったな……」

「ばばちゃんのこと？」

「いなくなったらしい。あんなにいい環境のところにいて、不満もないはずなのに」

あの年齢になっても、自分の娘に結婚の承諾を得なければならないものなのだろうか。祖母は、駆け落ちというものをしてみたかったのかもしれない。

「私……」妹は、かたわらにある角封筒を、ちらりと見た。そして両手の指を組み合わせると、私をじっと見た。「あの日から、ばばちゃんには一度も会ってない」

あの日とは、祖母が怪我をした日のことだろう。妹は、病院へ見舞いにも行っていない。目から血を流す祖母を見てしまったためだ。その記憶に怯《おび》えて、夜中に急に泣き出して、怖い怖い、と言っていた。ビジネスホテルに一人で泊まりたがらないのも、そのトラウマがあるからではないか。

「兄ちゃん」と妹が言った。「聞いてもらいたい話があるの。どうしようかずっと迷っていたんだけど、話してしまったほうがいいと思う。長い話になる。だから泊めてもらおうと思ったの」

顔を上げた美世子の目に、涙が溜まっている。何の話をしようとしているのか、見当もつかない。私は黙って妹の、母に似ない白くふっくらとした顔を見ていた。

「自分が生まれた日のことを、私、覚えているの」

妹は、思わぬ言葉を口にした。私は驚き、その反面、心のどこかで予感していた言葉でもあるような気がした。

8

自分でも不思議だと思うよ、生まれた日のことを覚えているなんて。

なんだか急に明るいところへ出てきたのを覚えてる。いままで暖かいなかで自由に動いていたのに、体が重いっていうのかな、自分の重たさを感じるというのは、はじめての不思議な経験だった。

怖くて不安で、だから泣き出したの。泣くのもはじめてだった。自分の泣き声を聞くのも。それまで音は聞こえていたよ。母さんの声も、父さんや兄さんの声も聞こえたよ。

生まれて、はじめて目を開けたら、看護婦さんの顔がすぐ近くにあった。というより、真っ白な服を着た女の人が見えた。この人が母さんかなと思ったけど、声が違うからすぐにわかった。ベッドで横になっている女の人、あれが母さんだ。嬉しかったよ、私の想像していた通りの女の人で。ふっくらと肥っていて、大柄の、優しそうな人だった。

ちょっと待って、兄さんの言いたいことはわかる。わかるからもうすこし黙って聞いていて。

生まれたときの記憶があるなんて変だなあと、ずっと思っていた。子供って夢みたいなことを考えたり、自分の作り話を本気で信じたりするでしょう。自分は遠い星から来たんだとか、誰にもできないような超能力を持っているとか。特に女の子は、そういうことを考えるの。

本当にそれを信じているというより、ありもしないことを考えるのが楽しいのよね。早く故郷の星から王子様が迎えに来ないかなあ、なんて夢みたいなことを何時間もぼんやりと考えていたりするの。

そういうのと同じだと思っていたの、生まれたときの記憶があるなんて。

今年の春、中学に上がって新しい学校の図書館へ行ったとき、びっくりしちゃった。小学校には置いていないような本が、たくさんならんでいた。

私、本が好きだから小学校のときもずいぶん読んだけど、中学の図書館を見て嬉しくなっちゃった。三年間のあいだに、全部読んでやるぞって。

ばばちゃんも兄ちゃんもいなくなって、本がずっと私の遊び相手だった。テレビゲームもないしね。

幼児は、生まれたときを記憶している。このあいだ、図書館で借りた本に書いてあったの。難しい本で、何度も辞書を引きながら読んだんだけど。脳は、心臓なんかと同じように、母体のなかにいるときから活動しているわけ。だから、音とかは脳が記憶しはじめているの、お腹のなかにいても。

そして生まれてはじめて目をひらいた瞬間から、こんどは色とかかたちを記憶しはじめるの。会話なんかも。ただし言葉の意味はわからないから、聞こえた声は、磁気テープに記録するみたいに、そっくりそのまま記憶していくんだって。

見たものもそう。机とか、人とか、そういうふうにはまだ判断できないけど、脳のなかのデジタルカメラに、そっくりそのままの映像が収録されていくわけ。脳はそうやって成長していくの。ただ、赤ちゃんのときの記憶は、その上からもっと高度で新しい情報が書きこまれると、次第に記憶の下に埋もれてしまうわけ。でも記憶が消えるわけじゃないの。

それで、幼児に「生まれたときのこと覚えてる?」と質問すると、ちゃんと答えるんだって。

いつも、誰にでもというわけじゃなくて、幼児がとても信頼している人と二人きりのとき、静かに、何気なく聞いてあげると、「あのときパパが来て、ガラスのむこう側から僕を見ていたよ」とか答えるんだって。そのときの父親の服装やネクタイの柄まで、ちゃんと言えたりして、完全に記憶しているとしか思えないの。

あとから大人に話を聞いたのでも、写真を見たわけでもないのに、僕が生まれた日は雨が降っていたよねとか、そういうこともちゃんと言えるの。

不思議でしょう。

脳の発達を研究している学者がいて、その人の本だった。胎児が記憶をはじめているだろうことは以前から知られていて、それを本人からどう引き出すかが難しいんだけど。催眠術という方法もあるけど、一番いいのは、とても信頼している人と、静かな場所で、穏やかな気分のときに質問するの。まるで胎内にいるみたいな気分のときにね。

私、話しかた下手だから、順序が逆になったかもしれない。私が生まれたときのことを記憶しているというのは、私が気がついたわけじゃなくて、ばばちゃんが記憶を引き出してくれたの。

9

「ばばちゃんが？」と私は言った。

長い話のなかで、声を出して相槌を打ったのは、それがはじめてだった。美世子は、それ以上の何かを話してもいいのか迷っている様子だった。あるいは、どう話せばいいのかわからないという表情だった。

「あの日……」

と言ったきり、しばらく黙ってしまった。私は熱いコーヒーを用意して妹の前に置いた。彼女はそれに口をつけようともせず、じっと自分の指を見ている。

「もう少し前のことから話したほうがいいかもしれない。学校から帰るといつも、ばばちゃんの教室へ行っていたの。ばばちゃんの部屋を、そう呼んでいた。ばばちゃんは遊び相手だったけど、塾の先生みたいにいろいろなことを教えてくれた。だからランドセルを背負って、ばばちゃんの部屋へ通っていたの」

「そんなことがあったな。俺は受験で、あまりお前をかまってやれなかった」

「私、ばばちゃんっ子だった」美世子はすこし笑った。「ばばちゃんの部屋でランドセルを背負ったまま、童話を読んでもらっていたんだよ。そしたらばばちゃんが、大きくなったねえ、早いもんだねえ、と言いながら、美世ちゃんは、生まれたときのこと、覚えてるかなあ、と言ったの。覚えてるよ、と返事したら、驚いたような、でも信じてないみたいで、すぐに笑って、そのときどんなだった、と訊くの」

「覚えていたのか？」

「うん。というより、ばばちゃんに訊かれて、すこしずつ話しているうちに、はっきりと思いだしてきたの。さっき説明した、記憶の下のほうにあったやつが浮かんできたわけ。生まれたとき、眩しかった。看護婦さんの化粧が厚かった。どこかで扇風機の回る音がしていた。そんなことをぽつぽつと、ばばちゃんに話したの。ばばちゃんは、うんうんそれで、と面白そうに聞いていた。そして……」

　不意に押し黙って私を見た。安心できる相手に、ゆったりとした時間にしか、大切な話はできない。それは幼児でなくても、人は誰でもそうなのだろう。いま美世子は、幼児のように私に何かを話そうとしている。私は急《せ》かさずに、彼女が口をひらくのを辛抱強く待った。

「ベッドの上にいる人が私のお母さんだと思った、とばばちゃんに話したの」

「さっき、肥った大柄の人だと言ったじゃないか。我々の母親は……」

「そう。小柄で痩せていて病弱。とても健康そうには見えないし、大らかな感じもしない。でも私が見た母親は、肥って大柄だった。いままでにこにこと私の話を聞いていたばばちゃんが、急に笑いを引っこめたのに私は気がついた。言ってはいけないことを言ったのかな、と思った。もっとばばちゃんを喜ばせてあげなくちゃと思って、パパは病院へ来なかったよね、と言ったの。私は小さなベッドの上で何日も泣いたり眠ったりしていたけど、パパは一度も来なかった。ときどきママは来るけど、だっこしてくれたのは最初だけで、おっぱいも飲ませてくれなくて、いつも看護婦さんが哺乳瓶で飲ませてくれた」

「乳の出が悪いと言っていたものな」

「そのうち、ママも来なくなった。そしてどのくらい経ったときかなあ、痩せた女の人が来て私を抱き上げると、さあおうちへ帰りましょうね、と言うの。私の知らない、痩せた小柄な女の人だった。その人に連れられて、私ははじめて行く、私の家に帰ったの。でも本当は、はじめてじゃないはず。母さんのお腹のなかにいたときに、その家にいたんだから。でも変なの。ずっとお腹のなかで、車の走る音を聞いていたし、ときどき電車が、ものすごく近くを走った。でも新しい家は静かで、車も電車の音も聞こえなかった。どうしてかなあ。そう言ってばばちゃんの顔を見たら、なんだか青い顔をして、怒ったみたいな怖い顔になっていた。そして言うの、いまの話はばばちゃんと二人だけの秘密、誰にも言ってはいけないって」

妹は、冷たくなってしまったコーヒーを口に含んだ。

「つまり美世子は……」

「言わないで。私は生まれたときの記憶をばばちゃんに話した。ただそれだけ」

妹の顔を見た。彼女を見るたびに感じていた小さな違和感。それは彼女が成長するにしたがって大きな違和感へと変化していった。母に似ぬ丸顔を妖艶だと感じた。それは異性に対する男の本能がそうさせたのか。

「そして、あの日……」妹は、抑揚のない声で話をつづけた。「裏庭の竹藪で、ばばちゃんと遊んでいた。筍《たけのこ》を掘るんだと言って、私は小さなプラスチック製のシャベルで地面を掘っていた。そんなものじゃ竹藪の土は掘れないんだけど。ばばちゃんは、にこにこと笑って私の仕草を見ていた。そのとき私は言ったの。なぜそんな言葉が出たのか、私にもわからない」

「何を言ったんだ」

「私の本当のお母さん、どこ」

子供は子供なりに、すべての情報を総合的に検証して、答を導き出すすべを知っているのかもしれない。

「ばばちゃん、怒ったような、泣き出すかもしれないような顔で私を見ていた。私のシャベルをひったくるように取ると、背を向けて屈んで、筍を掘りはじめたの。何も言わないで黙ったまま。私、怖くなって、怖いから何か喋らなくちゃと思って。本当のママは、線路の近くに住んでるんだよね。肥った優しい人だけど、私を育てられないんだよね。どうしてかわかんないけど。ねえ、ママは貧乏なのかな」

「そんなことを……」

「私は、怖いから喋りつづけた。ばばちゃんは返事もせずに地面を掘りつづけて、プラスチックのシャベルが折れてしまっても、その破片で土を掘りつづけていた。ねえ、何か言ってよ、怖いよ私。そう言って私は、ばばちゃんの後ろから、ばばちゃんを揺すっていた。それでもこちらを振り向かないから、すこし離れたところから駆けてきて、中腰になっているばばちゃんのお尻に体当たりしたんだ。……ばばちゃんの右目は、私が壊したんだ」

「そんなことを言うもんじゃない」私は妹に、穏やかに言った。「ばばちゃんは自分で転んだ、そう言ってるんだし」

「約束したのよ」

「何を」

「自分で転んだことにする。だからいまの話は、二度と誰にも言うな。言ったら、この目の怪我の理由を、みんなに話すからね。ばばちゃんはそう言って振り返った。顔の半分が血だらけだった。私は怖かった。怖くて怖くて泣きじゃくった。このことは一生忘れないんだろうと思った。そして一生、誰にも話せないだろうって思った」

「でも今夜、話した」

「ばばちゃん、死んじゃったからだよ」

「死んだ？　だって、さっき電話で母さんは、駆け落ちをしたと……」

「三日前、私がひとりで家にいたとき、藤木という男の人から家に電話があったの。小西さんが亡くなりましたので、お知らせいたしますって」

「なぜそれを……」

「誰にも話せないよ、そんなこと。どう話せばいいのか、わからないよ。ゆうべ東京の友達の家に泊まったと言ったけど、小学校のときに来た実習生の、女の先生のアパートに泊めてもらったの。先生にもいまの話をした。聞いてもらうために東京へ来たんだ。私、どうすればいいの」

「ばばちゃんが死んだ……」私は茫然としていた。「家に電話を。母さんにとっては、ばばちゃんは母親なんだから」

「慌《あわ》てても、しかたがないと思う」美世子は小さなメモを取り出して私に見せた。住所が書いてある。「藤木さんの住所。ばばちゃんのお骨は、その人が建てたお墓に入れたって。亡くなったのは一箇月くらい前で、葬儀を済ませてお骨になって、新しいお墓に納骨したから電話をかけてきたみたい。あなたが美世子さんですか、小西さん、ずっとあなたに会いたいと言っていました。そんなこと言われて私、どうすればいいの」

母に相談できない理由は、痛いほどわかる。母は、母ではないかもしれないからだ。

「明日、藤木さんのところへ一緒に行こう。家には、俺から電話を入れておく。お前はもう寝ろ。こういうときは、睡眠を取るのが一番だ」

「一緒に寝ようよ。誰かに、だっこされて眠りたいよ」

私は妹の気の済むようにしてやろうと思った。彼女が寝入るまでのあいだ、じっとその体を抱きしめていた。不思議に、さっき感じたような性的な感情は、まったく起きなかった。妹にとって年の離れた私は、厳格すぎる父親とは別の、もう一人の父親なのだろう。

「封筒、どうしようか」

なかなか寝付かれない様子の妹に訊いた。

「兄ちゃん、開けてみて。私、怖いよ。何が入っているかわからないんだもん」

それでもやはり中学生は子供だ。一時間もしないうちに、妹は寝息を立てはじめた。

私はベッドからそっと抜け出して、キッチンの明かりのなかで角封筒を開けた。もしかしたら、妹の本当の母親の、家系図か何かが入っているのではないかと思ったからだ。

封筒のなかから、大量の株券が出てきた。祖母の夫は資産家で、かなりの株を売買していたと聞く。その一部を祖母は持っていたのだろう。どのくらいの価値があるものか見当もつかないが、祖母の資産の大半を占めるのではないだろうか。それを自分の右目を奪った孫に祖母は残した。

「兄ちゃん……」

妹が寝言のように言った。私は明かりを消して、布団の上から妹を抱きしめた。

10

海の見える小さな駅で降りると、藤木老人は私と妹を改札口まで出迎えに来ていた。祖母の墓参りをしたいと電話で伝え、墓地のある場所だけでも聞こうとしたのだが、彼は私もご一緒します、と言った。

以前会ったときよりすっかり老けこんで見えるのは、祖母の死と無関係ではないだろう。

私は老人に美世子を紹介し、美世子は老人に、祖母の死をまだ父母には話していないのだと打ち明けた。

「そうですか、実はあのあと、もう一度電話を差し上げてご両親とお話しさせていただきました。来週末には墓参にいらっしゃるそうです。分骨の必要があれば、いつでもおっしゃってくださいと申し上げておきました」

墓地までの道を三人で歩いた。町を抜けて野道を行き、林のなかへ入っていく。

藤木老人は歩きながら、ぽつりぽつりと話した。

祖母は末期的な癌《がん》だったという。土地家屋を売り払って施設に入ったのは、それを知ってからのようだった。せわしなくボーイフレンドをつくり、新婚旅行に船旅を選んだが、乗船する前に倒れて入院することになった。施設を引き払ったのは、戻っては来られないと覚悟してのことだった。

藤木はそれをすべて知っていて、祖母を最後まで看取ったという。

「小西さんは自由な発想の、精神だけは年老いないかたでした。人の世話になるのが大嫌いなあの人も、私だけには頼り切っていたような気がします」

「船旅を楽しみにしていたのに」

「こんなことを申し上げるのは場違いかもしれませんが、私たちは入籍はしたけれど、性的な、つまり男と女という関係はなかったんです。性をともなわない男女関係があるなんて、この年になってはじめて知りました」

林のなかは木漏れ日が射して、どこかで早い蟬《せみ》が鳴いていた。

しばらく歩いたとき、すぐ前方の足元から何かが飛び立った。

小さな昆虫だった。それは美しい羽を広げて数メートル先へ移動すると、また道に舞い降りた。近付くとまた飛び立って、数メートル先に降りる。それを何度も繰り返している。

「道教えですな」

「何です？」

「ああして人の行く、前方へ、前方へと飛ぶ癖があるんです。まるで道案内をするみたいに飛ぶから、『道教え』と俗に言うんです。あの虫の正式な名前は、何だったかな」

「はんみょう」妹が言った。「ばばちゃんから、図鑑で教えてもらった。ほら、縁側の下で、ずうっと前に、はんみょう釣りをしたでしょう」

「ああ、あれの成虫か」私は、やっと思いだした。あの美しい昆虫に、そんな性質があるのは、はじめて知った。「道教え、か」

「ばばちゃん！」

妹が、はんみょうを追うようにして走り出した。ばばちゃん、ばばちゃん。妹がそう言うたびにはんみょうは飛び立ち、この先にあるという墓地へ我々を導くみたいに先導している。

「小西さんがね、亡くなるとき、妙なことを言うんです」妹は、ずっと先のほうまで、はんみょうを追って走っていく。「人は生まれる少し前から記憶を持っているんだと。であれば、死んだあとも記憶しつづけることができるかもしれない。そんなことを言うんです。あの道教えは、もしかしたら小西さんの記憶が、現象化したものかもしれませんね」

妹の姿は、もうずいぶん小さくなっている。そして林を抜けると太陽の光線を全身に浴びて、妹の小さな体が一瞬、天使のように白く光った。

そのとき私は、はじめて美世子を祖母の家に連れていったとき、祖母が妹に渡した点袋《ぽちぶくろ》のことを、『みちしるべ』と呼んでいたことを唐突に思いだした。点袋や通帳や株券。そういうもので遠くからしか孫とのつながりを保てなかった祖母を不憫《ふびん》に思った。

そのわだかまりがいま、美しい羽を持った一匹の『道教え』の登場で、すべて払拭されたような気がした。

「我々も、急ぎましょう」

老人が足を速め、私も足を速めた。

もうすぐ、林を抜ける。


（問題小説　五月号）

桜の森の七分咲きの下

倉知《くらち》　淳《じゅん》

著者紹介　一九六二年静岡県生まれ。九四年、短編連作集『日曜の夜は出たくない』でデビュー。〇一年、『壺中の天国』で第一回本格ミステリ大賞（小説部門）を受賞。長編はもちろん、短編の連作に定評がある。著書に『星降り山荘の殺人』『占い師はお昼寝中』など

桜の木の下には死体が埋まっている――。

何の文句かは忘れたけれど、確かそんな言葉があったような気がする。

木の下だろうが何だろうが、土の中に埋まった死体は当然腐っていることだろう。

そして実際、桜の木の下にいる俺もクサっている。

――まあ、こっちは比喩《ひゆ》的な表現だけど。

などと、小谷雄次《こたにゆうじ》は膝《ひざ》を抱えてぼんやりと、埒《らち》もないことを考えていた。まったく、暇だとロクなことを考えない、と自分でも思う。

うららかな陽気の中で、雄次は気の抜けた大あくびをした。クサった気分とは裏腹に、景色は春爛漫《らんまん》の華やかさである。

花。

桜の花。

七分程度の開花とはいうものの、その鮮やかさは目を見張るほど見事だ。

四月の初めにしては気温も高めのいい気候。天気は快晴。見上げれば、どこまでも深い青空とピンクの花のコントラストが目に染みる。そろりと吹く軽やかな風に、花びらがちらほら舞い踊る。眠気を誘うような穏やかさ。

荒鷲《あらわし》薬師如来真言寺裏公園は、都内でも穴場的な桜の名所である。

広大な公園の隅に小高い丘があり、その頂上にはひときわ大きな桜が一本——樹齢数百年はあろうかという大木の桜が咲き乱れていて、雄次は今、その根本辺りに一人ぼんやり座り込んでいる。

丘の上から見渡せる眺望も絶景そのもの。広々とした公園の敷地内にところ狭しと咲き誇る桜、桜、また桜——。まるで、足元に拡がる雲海のごとくに、薄桃色の波がうねっている。丘が高いので、寺の本堂の屋根も地を這《は》うように見え、それも半ば桜のピンクに埋まっている。この丘の上は、喩《たと》えてみるなら、桜の海の展望台みたいだ。視界を唯一遮《さえぎ》るものといったら、公園の向こうの住宅地の、これもこちらと同じくらいの高さの丘の上に一軒だけある、豪奢《ごうしゃ》な邸宅のみである。金満家の自宅らしきその贅沢《ぜいたく》な家も、全部の窓にカーテンが閉じられ留守のようなので、桃色の海の孤島にたった一人漂流したみたいな心持ちだ。狂おしいまでの桜の洪水——絵に描いたようなと云《い》うのか、はたまた絵にも描けないと表現すべきなのか、とにもかくにも素晴らしい景色である。

とはいえ、何時間も一人で眺めていれば、いかに絶景といえどもさすがに飽きる。平日のまっ昼間から、こんなところでぼおっとしているのもバカバカしい。

雄次はもう一度大あくびをすると、青空に向かって両手を高く突き上げ、伸びをした。そしてそのままの姿勢で後ろに寝っ転がろうとして——背中の下がごりっとした。

「痛——」

慌てて飛び起きた。背中が痛い。

痛いなあ、もう——顔をしかめながらゴザを手でさすると、何か硬い物がゴザの下にある。どうやら石のようだ。土の中に埋まった石の先端が地面から顔を出しているらしく、ゴザの上からいじってみても石は動かない。

「死体じゃなくてこんな物が埋まってやがった——」

独り言で呟《つぶや》いて雄次は尻をずらし、数メートルばかり移動した。幸い、場所はふんだんにある。なにしろ丘の上一面にゴザを敷きつめてあるのだから。

皆が集まれば、誰かがあの石のある場所に座ることになる。あんな硬い物の上に座るのは難儀なことだろう。どうせなら、あの総務課長をあそこに座らせてやりたいものだ——などと、雄次は思っていた。本当に、暇だとロクでもないことしか考えない。

桜の花を透過する木漏れ日の下、雄次は再度大きく伸びをする。

まったくもう、退屈だよ——。

腕時計を見ると、二時を回ったばかりだ。まだまだ待ち時間は長い。

着慣れないスーツが皺《しわ》にならないように注意しながら——そしてゴザの下に今度は何もないことを確認して——雄次はだらしなくごろりと横になった。どうして俺だけこんな待遇なんだよ——と、クサった気分で。

＊

昨日の入社式は形ばかりのものだったので、実質的な初出勤となる今朝は張り切って出社した。

服装も、イタリア製のアラペッツォのスーツで着こなしを決めた。無理をしてローンを組んだ一張羅だ。服飾関係の会社だというだけで、ブランド物のスーツに発想が直結するのは、いささか単純すぎるのかもしれない。そうは思うが、しかしまあ、せっかくの初出社である。こざっぱりした格好でいる分にはどこからも文句の出る道理はないだろう。憧れの業界に入れたのだから、張り切るのも当り前だ。

それに、この就職難の時代にやっと採用された会社ということもある。ファッションくらいにしか興味のなかった典型的な無趣味無目標学生だった雄次は、就職活動の時期になって、これまた単純な発想でもって勤めるのならアパレル関連しかないと思った。あまり威張れるランクの大学でもなかったので、大手のメーカーやショップからは求人案内すら送ってもらえなかった。中堅どころさえ、けんもほろろの門前払い。入社試験をことごとく落ちて落ちて落ちまくった挙句《あげく》、ようやく引っかかった会社なのである。小なりといえども自社ブランド製品も作っている。これでは張り切って当然と云えよう。もっとも、内定を受けてから、自宅近くのスーパーマルエー二階の衣料品売り場で、自社ブランドマークがついたびっくりするほど地味なおばちゃん用スカートを発見した時には、さすがにちょっと力が抜けはしたけれど——。

しかし、高望みできる立場ではない。あの激しい就職戦線を勝ち抜いてやっとの思いで入社したのだ。やる気に満ち満ちて、研修でも何でもどんと来い、という意気込みで出社した雄次の覇気は——妙な形でカラ回りすることになった。四人揃《そろ》った新入社員の中で、雄次だけが呼ばれたのだ。

「小谷君、キミはちょっとこっちへ」

呼んだのは総務課長——なんだか生気の感じられない、陰気な中年男だ。

「総務課長の柳瀬《やなせ》です、小谷君は私と一緒に」

おや、研修すっ飛ばして早くも総務に配属か——などと思ったけれど、どうも少し様子が違う。雄次を伴った柳瀬課長は、生気の感じられない足取りで会社の裏の駐車場へ向かった。そして、倉庫から丸めたゴザを大量に引きずり出し、ワゴン車に積み込む作業を始めたのだ。何がなんだか判らぬうちに、その巨人の葉巻みたいな物体を積み込む仕事を手伝わされ、あれよあれよと云う間もなく、柳瀬課長の運転する車は会社を離れてしまった。助手席の雄次はぽかんとするばかりである。

途中で街道沿いのコンビニエンスストアに寄った。

「ここで昼食の弁当を買いましょう、どれでも好きなの選んで」

弁当売り場の横に、幽鬼のごとく佇《たたず》んで柳瀬課長は云う。

「はあ——あの、課長からお先にどうぞ」

一応、新入社員らしい気遣いを見せつつ、柳の下の亡霊のように身動きしない課長

を訝《いぶか》りながらも雄次が勧めると、

「私は必要ありません、小谷君だけです」

「そうですか――それじゃ」

陰気な声に促され、雄次は弁当のひとつを手に取った。特選幕の内弁当、七百五十円。すると課長は、腐りかかった魚みたいな感情のない目つきで雄次を上目遣いに見据えて、

「弁当代は会社の経費です」

呪詛《じゅそ》と怨念に血塗られたかのような声で云った。雄次は慌てて弁当を取り替えた。ボリュームしゃけ弁当、四百七十円也。課長はしばしの間、じっと雄次の手にした弁当を見つめていたが、やがて満足してくれたらしく、ゆっくりひとつうなずいた。ただし、満足したと感じたのはあくまで雄次の主観であり、微笑すら浮かべない課長の表情からは、まるで感情が読み取れない。

「私が払います、会社の経費ですから」

そう云って課長は、雄次から弁当を取り上げる。そのままレジへ行くのかと思いきや、課長はまだ動かない。感情のまったくこもらない無表情な目で、静かに雄次を見つめてくる。

何だよ、四百七十円でもまだ不満なのかよ、今うなずいたのはどういう意味だよ

——雄次が焦り始めると、課長はやおら口を開いた。

「お茶はいいんですか、弁当だけでは喉《のど》が渇きます」

「あ——はい、要りますね」

大いに拍子抜けして、雄次は近くのケースに手を伸ばした。一瞬躊躇《ちゅうちょ》したが、百四十円のミニペットボトルを諦《あきら》めて百十五円の缶入りのものを選ぶ。それでようやくレジに向かって歩き出した課長は、唐突に振り返って、

「あ、云っときますけど、お茶は経費では落ちません」

雄次は、自分も無表情になるのを自覚しながら、ポケットから財布を取り出した。弁当を購入してもコンビニから出るわけでもなく、課長は店の一角にじっと立ちつくしていた。なんだか、店内に落ちる針の音を聞き取ろうとでもしているみたいな様子で、機能停止してしまった機械のように、まるきり動こうとはしない。

おいおい、今度は何だよ、まだ何かあるのか——と、雄次の不信感のボルテージがぐいぐい上昇する中、課長はいきなり、マガジンラックから雑誌を一冊引き抜いた。雄次が普段手に取ることもないような、おっさん専用の週刊誌だった。

「これを買ってあげましょう、退屈するだろうから——。経費ではありません、私のオゴリです」

物凄《ものすご》く恩着せがましく、課長は云った。

「ありがとうございます」

答えながらも雄次は、自分がさっきよりももっと無表情になるのを自覚していた。

そして、一言も会話のないドライブの果てに、到着したのは荒鷲薬師如来真言寺裏公園だった。

桜が咲いていていた。

公園いっぱいに拡がった桜の花――ピンクの綿飴《わたあめ》がふわふわと輝きながら、樹々の枝という枝から弾けてこぼれるみたいに――それは素晴らしい眺めだった。まだ七分咲きではあるが、青い空が桃色に染め上げられていくような鮮やかさだ。

「うわ、凄い――」

車から降りた雄次は、あまりの美しさに圧倒されて思わず呟いていた。

「見事でしょう」

隣に立った課長が、まったく感情のこもらない声で云った。桜の華々しさとは対照的な、陰々滅々とした調子だった。

「はあ――見事ですね」

浮き立った気分が瞬時に萎《しぼ》んでいくのを感じながら、雄次は一応返答しておいた。

桜の花の華麗さを共感するのに、この人ほどふさわしくない人も珍しいのではあるまいか――そんなことを考えながら。

しかし、それはそれとして景色は素晴らしい。課長に連れられて登った丘の上からの展望も、惚《ほ》れ惚れするほどだった。桜の海に浮かぶ離れ小島のような丘。眼下に花が咲き乱れ、それを足元に睥睨《へいげい》して立つ――いっそ幻想的とも神々しいとも云える、幽玄な風景である。もっとも、そこにせっせとゴザの束を運び上げて一面に敷きつめたら、とたんにやたらと世帯じみたセコい雰囲気になってしまいはしたが――。

ここまで事態が進行すれば、雄次にも自分の置かれている立場が飲み込めた。

「あの、もしかして俺の仕事というのは――」

最後のゴザを拡げ終わるのを機に尋ねてみると、

「そう、花見の場所取り、です」

柳瀬課長はこともなげに云い切った。

「新入社員歓迎会を兼ねて、ここで花見をするのが我が社の恒例です」

確かに、花見をするには絶好の場所である。下界の桜を見下ろし、頭上には一本の大きな木が花を散らす――最高のロケーションと云ってもいいだろう。よくぞ見つけたこの特等席、だ。でもだからといって、なにもそんなものを恒例にせずとも――と、雄次は思う。

「年度初めの重要な社内行事です。小谷君にはしっかりと、場所確保の大任を果たしてもらわなくてはなりません」

「はあ――」

あまり大任という気はしない。

「毎年、新入社員の一人に、初仕事としてこの任についてもらうことも決まっています。重大な仕事です。なにしろ社長が花見が大好きで、毎年楽しみにしておられますから」

「あの、重大な仕事なのはいいですけど――その花見は何時頃から始まるんでしょう」

げんなりしながら雄次が聞けば、

「夕方からに決まっています。皆、仕事があるんだから」

いともあっさりと、課長は答える。

ということは、それまで一人で待たなくっちゃいけないのか、まだ朝なのに――広々としたゴザにぽつんと置かれた弁当の袋を、情けない思いで雄次は見やった。なるほど、そういうことなら昼食の弁当は必要だし、一人分でいいわけか――。

「では、頑張ってください、私は社に戻るから――。まだ酒やつまみの段取りの仕事がありますから、忙しい」

それだけ云い置いて柳瀬課長は、これまで見せもしなかったあっさり具合で、とっとと丘を降りて行ってしまう。生気のない猫背の後ろ姿が、どんどん小さくなって消えていく。

雄次は、丘の上に一人取り残された。桜の花が艶《つや》やかに咲き誇る美しい丘の上に――。

まいったなあ、夕方までって何時間待てばいいんだよ――と、ため息をついて、桜の大木を見上げた。こっちの気分とは無関係に、青々とした空を背景にした花の桃色が心地よさそうに揺れている。

頑張ってくださいって云われても、何をどう頑張りゃいいんだ。ここでヒンズースクワット連続一万回記録でも達成すりゃいいのか。だいたい何なんだよ、花見好きの社長って。途轍《とてつ》もなくイメージ悪いぞ、それ。年中浮かれてるバカ社長みたいじゃないかよ――昨日の入社式の際に見た恰幅《かっぷく》のいい社長の頭に、桜の枝が生えているところを想像した。ついでに頰《ほお》に渦巻き模様を描いて、金ラメの羽織を着せ、両手に扇子を持たせてみる。花見好きの社長の出来上がりだ。

やっぱり中小企業はダメなのかな、この就職、失敗だったかなあ――と、先行きの不安感まで抱えながら、仕方がないのでとりあえず靴を脱ぎ、ゴザの上にあがった。ピンクの花びらがひとつ、ふわりとブランドスーツの肩に落ちてきた。

もしかして俺、入社試験、ドベだったのかな――そんなことも考えてしまう。だって期待されてる新入社員が、こんなくだらない仕事振り分けられるはずないし――。

同期の連中は今頃研修か何かやっているだろうに、俺はこんなところで花見の場所取りだ。彼我《ひが》の差を思うと、出世の道すら完全に断たれてしまったような気すらしてくる。まだ出社初日だというのに——。

「まいったなあ」

と、また独り言で呟いて雄次は、ゴザの上に座り込んだ。桜の花だけが、平和に色鮮やかに咲いている。雄次には、ただぼんやりと座っていることしかすることがない。

＊

時計の針は遅々として進まない。

腕時計をちらりと見ても、まだ二時すぎ——さっきから数分しか経っていない。緩やかな春の風がそよぎ、桜の花がはらはらと舞う。時折、小鳥の遊ぶ声も聞こえる。

丘の下の下界からは、風に乗ってかすかな人声も届いてくる。笑い声だ。花見の宴を催しているのだろう。弁当を——会社の経費で買ってもらったやつだ——食べ終わった頃、何人かのおじさん達が荷物や筵《むしろ》を抱えて登って来ようとしていたが、こちらに雄次が陣取っているのに気づくとそそくさと引き上げて行った。あの連中が、下の桜の海底深いどこかで、呑《の》んで浮かれて騒いでいるのだろう。

それにしても退屈である。

人は誰も来ない。

ごくたまに、近所の人と思《おぼ》しきご老人が、丘の麓《ふもと》を通って行くのを見かけるくらいである。花の下の散歩を楽しんでいるらしい。それから二、三人ほど、雄次と同じ立場らしきスーツの若い男が、恐らく場所取りの大任を担って来たようで、丘の下まで様子を見に来て、こっちの姿を見つけるや、すごすごと引き下がって行ったものだ。だから、この丘の上までわざわざ登って来る物好きは皆無である。

従って、余計に退屈だ。

暇で暇で、どうにもならない。

午前中は、それでも少しはすることがあった。することと云っても、ちょっと屈伸運動をしてみたり、意味もなく腕立て伏せをしてみたり、一本だけある桜の大木に少しだけ木登りを試みたり、と途方もなく非生産的な時間潰《つぶ》しでしかなかったが、そんなことを一人でやっても面白いはずもなく、すぐに飽きてしまった。陽気に誘われてうつらうつらしたりもした。それでも時間の経過は、なめくじの歩みのように遅い。午前中雄次は、これももう飽きるほどした大きなあくびをして、天を振り仰いだ。

の居眠りのせいで、もう眠くもならない。あくびもただの空あくびである。目に泌《にじ》んだ涙を拭《ぬぐ》うと、青空はやはり健康的な抜けるような空色――桜のピンクも陽光にきらめいている。ちらり、と花びらが落ちてくる。

そうやって、ほとんど半分眠っているくらいにぼんやりしていたから、

「おい、交代だぞ」

声をかけられた時は魂消《たまげ》てしまった。

一体いつの間に登って来たのか――ぼおっとしていたので気づかなかったが――大木の幹の横に、男が一人立っていた。

「ふわい――な、なんですか」

覚醒《かくせい》レベルに意識が戻るのに時間がかかったせいで、雄次の返事はひどく間の抜けたものになってしまった。

「交代だと云ってるんだ。君はとりあえず社の方へ戻ってくれ、後は俺が引き受ける」

対して男はきびきびと云い、もう靴を脱いでゴザの上にあがっている。歯切れのいい口調は、今朝の総務課長とは正反対、三十くらいの年配で、スーツをちょっと崩した感じで着こなしている。どことなく無頼派っぽい雰囲気は独特なものがあり、有能な営業マンといった趣きがする。

会社の先輩か――少し戸惑いながら、雄次は立ちあがった。昨日の入社式で顔合わせの機会はあったけれど、先輩社員一人一人の顔をすべて覚えているはずもない。

「すまんが電車で戻ってくれるか、俺も車で来たんじゃないからな。駅は歩いて十分くらいだ。寺の参道の方から出ると近い。商店街を抜けると線路に突き当るから、そこを右に行けば駅に出る」

てきぱきとした言葉に追い立てられるようにして、雄次は自分の靴を履いた。

「判《わか》りました――それで、その後はどうすれば――」

「後は向こうで指示が出る。酒やら何やら荷物があるから、そっちの方を手伝ってもらうんだと思う」

「はい。じゃ、戻ります」

なんだ、花見好きな社長の会社でも、まともな人もいるんじゃないか――ちょっと安心して、雄次は丘を降りようと足を踏み出した。何より、退屈地獄から解放されるのがありがたい。

「ご苦労さん――おい、雑誌、いいのか、忘れてるぞ」

云われて振り返ると、男はもう座っていて、週刊誌を手にしている。総務課長がコンビニで買ってくれた例のおっさん雑誌である。

「あ、それでしたら差し上げます、もう読んじゃったし――先輩も退屈するでしょう

った。

歩き出そうとした雄次は、その言葉に引っかかりを覚えて、思わず足を止めてしまった。

目を細めて周囲を見回した。

「それにしてもいい場所を取ったものだな、ここは特等席だ」

頼もしい笑顔でにやりとすると、男は雑誌をゴザの上へひょいと置いて、

「そうか、すまんな、助かる」

から」


あれ、変だぞ、総務課長はここで花見をするのは社の恒例行事だと云ってたはずじゃないか――今の台詞《せりふ》は、なんだか初めてこの場所へ来た人の云うようなニュアンスが感じられた。会社の先輩ならば、そんな云い方をするのはおかしい。中途採用の人か何かで、恒例行事を知らないのだろうか。でも、何かが妙だ。そう、この人は俺の名前を一度も呼ばなかった――。

もう一度振り向いて、胡座《あぐら》をかいている男をまじまじと見ると、相手も不思議そうにこっちへ顔を向け、

「どうした、早く帰らないと小言食らうぞ」

「はい、でも――あの、あなた、先輩ですよね」

「そうだが――おいおい、寝呆《ねぼ》けてるのか、早く行かないとマズいぞ」

男の口調がきつくなったが、雄次はひるまずに云った。

「交代って、誰に云われて来たんです」

「誰って――そりゃ上からだよ」

「課長ですか」

「そう、そうだよ、課長だ」

「その課長、何て名前ですか」

思い切って聞いてみた。総務課長の名前は柳瀬。あんな小さな会社なんだから、社員だったら知らないはずはない。

「それは、えーと、あの、ほら、あの人だよ」

案の定、男はしどろもどろになる。

「課長の名前、知らないなんておかしいですよね」

雄次が詰め寄ると、とうとう男は黙ってしまい、無言で睨《にら》みつけてくる。

「変だと思ったんですよ、途中で交代があるなんて聞いてなかったから。あんた一体誰なんだ――あ、もしかしたら――」

突然思い出した。散歩するご老人達が丘の下を通るのに混じって、雄次と同じ立場らしい場所取りサラリーマンが二、三人、下からこちらの様子を窺っていたではないか。あの中に、確かこんな顔がいたような気もする。とすると、こいつは他社の場所調達係ということになる。

「あんた、さっき下から見てたでしょう、花見の場所取りに来て」

「へえ、目がいいんだな」

と、男は険のある目つきになって云う。

「視力のいいのは自慢ですからね――いや、そんなことはどうでもいい。あんたどこの人なんだよ、ウチの社の人じゃないいんだろ、何者だ」

「ふん、バレたら仕方がない」

云うが早いか、男は物凄い勢いで靴を履き、雄次が止める間もあらばこそ、脱兎《だっと》のごとき勢いで丘を駆け降りて行ってしまう。

「あ、待て、逃げるな、こら」

呼び止めても後の祭。男の姿はもうとうに小さくなって、下界の桜の雲海の中へ走り込もうとしている。

まったくなんてヤツだ――呆《あき》れ返った雄次は、しばし茫然《ぼうぜん》とその後ろ姿を見送った。追いかけてもいいのだが、ここを離れてしまうのは心許《こころもと》ない。なにしろあんな場所泥棒が出没するのだから。

危ない危ない、油断も隙《すき》もあったものじゃないな、これだからサラリーマン社会は気が抜けないんだ――と、いささか的外れなことを考えながら雄次は、また靴を脱いでゴザの上にあがる。

結局、交代は幻のものにすぎず、状況は何ら変わりはない。雄次は再びただ一人、丘の上に取り残された。

それにしても本当に危なかった、すんでのところで場所を騙《だま》し取られるところだったぞ——桜の大木を見上げて、一人ごちた。厚かましいヤツもいたものだ。こっちが新入社員だと目星をつけて、先輩のフリをするだなんてあんな芝居を打ってきたのだろう。随分無謀なやり口だが——なにせ、新入社員が先輩全員の顔を知らないことに賭《か》けてきたのだから、無茶な方法だ——しかし、現にもう少しのところで騙されそうになった。こんな特等席だからこそ、多少危ない橋を渡ってでも奪おうと考えやがったわけか。用心しなくてはいけない。何がなんでもこの場所を死守しなくちゃ——いきりたって雄次は、場所泥棒が投げ出して行った雑誌を手に取った。丸めて棍棒状にすると、意味もなく二度三度と掌《てのひら》に打ちつける。紙もちぎれよとばかりに、ぐりぐりと丸め、棍棒をより強固なものにした。実際にページがちぎれても構うものか。さっきあの男に云ったように、今朝からもう三回も——腕立て伏せやストレッチの合間に——暇にあかせて熟読したから、もう用はない。内容は必要もないのに、それこそ広告の文句まで、すべて頭に入ってしまっている。それほど退屈していたわけであるのだが——。

ちなみに、このおっさん御用達週刊誌から仕込んだ無駄な知識というのは『金融再生委員会現職総括政務次官が、前回の総選挙直後に、支援お礼を兼ねて数百名の後援会員と温泉旅行に同行したのは、公職選挙法第一七八条にある選挙期日後のあいさつ行為の制限に該当する重大な事後買収と見做《みな》すことができるので、本誌特別取材班は今後もこの問題を追及する予定』とか『携帯電話販売の最大手の一つである某社の昨年度売上高が、当初予想を四割も下回り、創業以来初の数百億円単位にものぼる営業赤字になったため、同社は直営販売店を六割削減の大規模リストラ策を打ち出したが、株価の下落は抑えられない模様』だの『不倫疑惑騒動で注目される元横綱の某親方は、現役時代からの浮気癖が直らないくせに大の恐妻家で、愛人だけに教えている秘密の電話の存在を近頃おかみさんに察知されてしまい、その悋気《りんき》に怖《お》じ気《け》づいて意気消沈の今日この頃』やら『最近都下を騒がせている大がかりな空き巣窃盗団は、綿密な下調べの後、高級住宅街の留守宅を狙《ねら》って、白昼堂々家具から絨毯《じゅうたん》まで根こそぎ運び出す大胆な手口』だの『新宿歌舞伎町にこのほどオープンしたとある風俗店の新サービスは、××プレイという新機軸で、本誌記者が突撃体験取材を敢行したところ、そのサービスたるやマコトにケッコウなものであり、本当に×××の女の子が××の×××を×××してくれるという徹底濃厚サービスで、その上×××の××を×××までしてくれて思わず昇天』とまあ、本当にどうでもいいものばかりである。ついでに、おっさん週刊誌には精力増強関係の広告が異常に多いことも発見した。最新式の増強剤開発者と謳《うた》われた医学博士とかのおっさんが、スッポンを手にしてにやけている脂ぎった笑顔などは、妙にインパクトが強くて頭に焼きついてしまっている。

そんな週刊誌の棍棒を振り回し、落ちてくる桜の花びらを打ちすえていると、こちらに登って来る人の姿に気がついた。

作業服のようなものを着た中年男だ。大きな白いビニール袋を下げて、スッポン博士みたいなにやにやした笑いを浮かべている。

「よう、兄ちゃん、花見の場所取りかい」

丘を登りきった中年男は、白いビニール袋をゴザの上におろして、雄次に声をかけてきた。

「こりゃいい眺めだ。兄ちゃん、いい場所取ったもんだな」

にやにやしたままで辺りを見回し、中年男は云う。そして、断りもしないでゴザに腰をおろすと、

「でも一人じゃ淋《さび》しいだろう、退屈そうだぜ」

「はあ、まあ――」

雄次の返事は、我知らず無愛想なものになってしまう。さっきの男に騙されかかっ

たから、少し猜疑心《さいぎしん》が強くなっているのだ。場所を死守しなくてはという義務感もあり、排他的な気分にもなっている。

「退屈しのぎにどうだ、一杯やるか」

と、中年男はビニール袋から缶ビールを一本取り出した。

「遠慮するなよ、オゴってやるから」

「いえ、結構です」

「いいから遠慮するなって、俺の分もちゃんとあるから、気にするなよ」

そう云って中年男は、もう一本ビールを出すと、雄次の鼻先で缶を開けた。

「ほら、うまそうだろ、一緒にやろうぜ」

「いえ、本当に要りませんから」

固辞しながら、雄次は内心辟易《へきえき》していた。何なんだよ、このおっさんは、誰彼構わず一緒に呑みたがるアル中なのか。そんなに酔っぱらってるようには見えないけど、一人じゃ呑めない淋しがりやさんなのかよ、迷惑なおっさんだな——いくらここが花見の特等席だからといっても、勝手に上がり込んで酒盛りなどされてはかなわない。困ったな、やっかいなヤツが来ちゃったよ。だいたいこんなおっさんに付き合って酔って待ってたりしたら、後で言い訳が立たないじゃないか。一応これでも、社命で場所取りやっているんだし——。

「呑まないんなら俺が先に頂いちゃうぜ、いいのかい兄ちゃん、呑んじまうよ」

雄次の苛立《いらだ》ちに気づきもしないようで、中年男は嬉《うれ》しそうにビールの缶に口をつける。

「くはあっ、うめえっ。昼間のビールは堪《こた》えられねえな。どうだ、兄ちゃん、うめえぞ、ほれ、呑めや、浮き世のウサを忘れるにゃこいつが一番だ」

「別に僕は忘れたいようなウサはありません」

「お、うめえこと云うじゃねえか、兄ちゃん。ウサがねえならめでたいことだ、だったらなおさら一杯やって楽しもうじゃないか、な、ほら」

ビールの缶を突き出してくる。

「要りませんよ、本当に」

「なんだよ、ビールは嫌いか。だったらこういうのはどうだ、若いんだからこっちの方がいいか、ほれ」

と、中年男はビニール袋からウィスキーのポケット壜《びん》を引っぱり出して、

「どうだ、洋酒だぜ、威勢のいい兄ちゃんにはこの方が似合ってるかもな。口呑みなんて野暮は云わねえ、こんなのもある」

驚いたことに、今度は紙コップまで出してきた。

「こいつでもって桜の花びらでも浮かべてよ、桜酒なんてのもオツだろう。ほら、兄

ちゃん、遠慮はご無用だ、呑んでくれよ」

「遠慮してるんじゃないですよ。要らないんです、本当に」

「つれないこと云うなよ、兄ちゃん。お、そうか、つまみが要るか、こいつは俺が気が利かなかった、失敬失敬、これでどうだ」

サキイカやピーナッツの入った袋まで出てくる始末だ。なんとまあ、用意のいい酔っぱらいがいるものだろう——呆れながらも雄次は、中年男の手を押し退《の》けて、

「いくら勧められても呑めるわけないでしょ、俺は半分仕事で場所取りやってるんだから」

「構やしねえよ、一杯くらい、付き合えよ、バレやしないさ、いいだろ」

「よくないよ、いい加減しつこいなあ——だいたいあんたに酒なんか御馳走になる義理なんてないんだから」

「固いこと云いっこなしだ、一期《いちご》一会《いちえ》でいいじゃねえか」

「訳判んないこと云うなよ、もうどっか行ってくれよお」

さすがにいらいらしてきた雄次が声を荒らげると、中年男はにやにや笑いを引っ込めて、

「なんだよ、俺の酒が呑めねえって云うのかよ」

「呑めません」

からんでくるかと身構えたが、相手は意外とあっさりと、

「なんだ、つまらねえ兄ちゃんだな――そんなに云うならいいさ。ちぇっ、せっかく人が一杯呑ませてやろうって云ってるのによ」

ぶつぶつと不満そうに呟いて、酒やつまみをビニール袋に押し込んで立ち上がる。

「人の親切を無にしやがって――まったく、若い者は人情ってのが判らねえんだからよ」

あんたみたいな非常識なおっさんに人情を語ってほしくないよ――口にはせねど非難の眼差《まなざ》しを投げかけてやると、やっと諦めたようで、中年男はビニール袋をぶら下げて丘を降りて行ってくれた。雄次は大きくため息をついた。

危なかったな、でも変な酔っぱらいに居つかれなくて助かった。確かにこの特等席で、のんびり一杯やってみたい気持ちは判らないではないが、あんなのに居座られたら、後で困ったことになるに決まってるもんな――そう考えて、ほっと胸を撫《な》でおろす。それにしても、場所泥棒や酔っぱらいに来られてはたまらない。そういえば、何の文句か忘れたけれど、桜の花の下は人の気を狂わせる、なんてのもあったように思う。特別に眺めのいい場所だけに、この丘には変なヤツを引きつける磁場みたいなものでもあるんじゃなかろうか――などと、バカげたことまで考えてしまう。もう誰も妙なヤツなんて現れてほしくないよなあ――という雄次の切なる願いは、すぐに裏切

られることになる。

酔いどれおやじを追っぱらってしばらくして、次に丘を登って来たのは、ラフなセーター姿の男だった。年齢は酔っぱらいと同じくらいだろうが、物腰はどことなく紳士的だ。だから雄次は最初、近所の普通の人が散歩にでも来たのかと思った。

「うん、いい景色ですね、ここは——。お花見の場所取りですか」

と、男が周囲を見渡し、微笑《ほほえ》んで聞いてきた。

「ええ、会社の花見で」

いささか警戒心を残したまま、雄次は答える。まともそうに見えるからといって、おさおさ油断をしてはいけない。なにしろ変なヤツを集める磁場のある丘なのだから——。

思ったとおり、男がうっとりと花を見上げた後に、唐突に切り出した用件はあまり常識的なものではなかった。

「ところで、ちょっとお願いがあるんですけどね。私を一人にしてくれませんか」

「はあ——？」

何を云っているのか判らなくて、雄次は気の抜けた返答をしてしまう。一人になりたいのだったら、勝手にどこへでも行って孤独を楽しめばいいではないか。どうしてわざわざ人のいるところへ来てそんなことを云い出すんだ——しかし、相手は平然と

して、

「これは失礼、急にこんなことを云ったら驚きますね――いや、実はちょっと考えごとをしたくてね、少しの間でいいからこの場所を貸してほしいんだ」

「はあ――」

また返事に困ってしまう。何だ、それは、どういう意味なんだよ、まるっきり云ってることが支離滅裂だぞ、なんだって場所を貸さなくちゃならないんだ――。

「あ、失礼、ますます驚かせてしまったかな。実はね、私は絵を描く趣味がありましてね、ちょうど桜を描こうと思ってたんです。そこでこの素晴らしい場所に巡り合えて、ここでならいいインスピレーションを得られそうな気がしましてね」

満足そうに辺りを見回す男を、雄次は胡散《うさん》くさい思いで見ていた。絵を描く趣味って、そんな道具なんて何も持ってないくせに何云ってやがるんだ――男の言葉は嘘《うそ》としか感じられなかった。さっき騙されかけたから、こっちだって学習している。何を企んでいるのかは判らないが、簡単には引っかからないぞ――と気を引き締める。

「それで一人になりたいんです。どうも私は、自分で云うのも変ですけど、偏屈なところがありましてね、側に人がいると気が散って集中できないんですよ。ですから、どうでしょう、私をしばらくここで一人にしてくれないでしょうか」

「一人にって云われましても――俺はここで場所取りの役目があるわけで――」

相手をよく観察しながら、雄次は慎重に答えた。向こうの企みが那辺《なへん》にあるかによって対処の仕方も変わってくる。とにかく今は、何を企てているのか探るのが先決だ。

「ああ、場所取りだったら心配しないでください、私が見ててあげますから」

「いや、でも――」

雄次がさらに渋って見せると、

「君、お名前は何といいますか」

いきなり聞いてきた。

「はあ、小谷ですけど」

「小谷君、ですか――よし、判りました、こうしましょう」

と、突然声のトーンを上げて男は、

「私がここで一人でいる間、小谷君は町へ降りてパチンコでもして時間を潰していてください、ほら――軍資金は提供しますから」

素早くズボンのポケットから財布を取り出すと、紙幣を一枚引き抜いた。

「さあ、これでどうです」

ゴザの上に置かれたのは、一万円札――。

「え、これを俺に――？」

「そうです、遊んで来てください。もし勝ったら、それは小谷君のお小遣いとして取っておいてください。どうですか、悪い話じゃないでしょう」

「いや、でも——」

意表を突かれる成り行きに、ちょっと呆気《あっけ》に取られながらも雄次は必死に頭を回転させていた。金を出すってことは——つまり、これは買収なのだ。目的はもちろん、そう、やっぱりこの特等席だ。趣味の絵のインスピレーションだかなんだか知らないが、そんなことのために大枚一万円を出す阿呆はいない。だが、なにしろここは、これだけ素晴らしい眺望の、花見のための一等地なのだ。さっき騙されかかったあの場所泥棒の、不敵な面構えが頭に甦《よみがえ》る——あんなふうに騙すヤツがいるくらいだから、多少の金を犠牲にしてでも奪おうという手合いがいてもおかしくないだろう。接待花見か何かだったら、買収費用も経費で落ちるのかもしれない——。

そんなことを考えている雄次の沈黙を誤解したようで、男は、

「これじゃ足りませんか——そうですね、近頃のパチンコは一万円くらいあっという間ですから——じゃ、これでどうです」

もう一枚、紙幣をゴザに並べた。二枚の札の上に、花びらが一枚はらりと落ちる。

「二万——」

雄次は、思わず呟いた。ちょっとだけ、気持ちが揺れ動いたからだった。いや、二

万円がどうこう云うのではない、もちろんパチンコに行きたいわけでもない。朝から延々続いた退屈の無間《むげん》地獄から解放されるのなら――花見の開始まではまだまだ時間もあるし――この二万円を引っ摑《つか》んでここから逃げ出せたら、どんなに楽になれることだろう。そう思ってしまった。一人でぼんやり退屈と戯れる無意味な時間を過ごすことを思えば、町へ降りて行って思いきり解放感を味わえたら――いやいや、しかし、買収になんか応じるわけにはいかない。やっとのことで入社できた会社なのだ、たかが二万円ぽっちで売るなんて、できるはずもない。

「ダメですよ、いくら金を積まれたって、俺はここを明け渡したりしませんから」

決意を新たにして雄次は、買収男に向き直った。

「まあ、そうまでして特等席を奪いたい気持ちは判りますけど――こう見えても俺、愛社精神の固まりなんですからね、会社から大任を任されて場所取りしている以上は、断固死守しないといけないんですから」

一瞬、二万円で会社を売ろうとした後ろめたさも手伝って、雄次が強い口調で云ってやると、買収男は怪訝《けげん》そうに、

「何ですか、それは――その奪うとか死守とかと云うのは――」

「もういいですよ、とぼけたりしなくても。あなたも場所取りなんでしょう、この特等席を買収したいんでしょ」

「買収なんかしませんよ、私はただ場所をお借りしたいだけで――」

と、男は真顔で云う。

「だってここは小谷君の会社の花見会場なんでしょう、それを買い取ろうなんて、そんな傲慢《ごうまん》なことを私がするものですか。で、その花見は何時からなんですか」

「――えーと、夕方くらい、ですが」

男の真剣な口調に気圧《けお》されて、雄次は確信が揺らいでいくのを感じていた。こいつ、新手の場所泥棒なんかじゃないのか――。

「だったら大丈夫ですよ、私が見たいのは陽が当っている桜の景色なんですから。五時頃戻っていらっしゃい、場所はきれいさっぱりお返ししますよ。小谷君には迷惑はかけません、ちゃんと私が確保しておきますし、ゆっくり遊んできてください――駅前まで行けばパチンコ屋もサウナもありますからね。あ、パチンコの資金が足りないならそうおっしゃってください、これでどうですか」

ゴザの上の紙幣は三枚になった。

「は――あの、ええと」

雄次は混乱してきた。場所泥棒じゃないのか、ちゃんと返すって云ってるし、いや、でも、だったら三万円というのはいくらなんでも――桜の木の下では人は気がおかしくなる――もしかしたら、このおっさん、本物の頭のおかしいヤツなのかもしれない。なんだか恐くなってきた。

「まだ足りませんか――では、これで」

紙幣が四枚に増える。

「あの――いや、ちょっと」

「まだですか、君も若いのに似合わず案外がめついんですね――それじゃもう一枚」

「ちょ、ちょっと、勘弁してくださいよお」

雄次は慌てて両手を振った。このままでは一万円札の山ができてしまう。こいつ、本当に本物の、春の陽気が頭に回っちゃったヤツだったんだ――まともに応対して損をした。どこの世界に、花見の場所の買収に五万円も出す常人がいるものか、こんなのに関わったらエラい目に遭うぞ――なおも増額しようとする男を、なだめすかしてかき口説いて、パチンコなんかしたくない、俺はここから動く気もないし上司の命令でずっといなくちゃいけないんだ、と泣きついた挙句、ようようお引き取り願うことには成功したが、雄次はぐったり疲れ果ててしまった。

まいった、危なかった。場所泥棒と酔っぱらいの次は、本物の怪しい頭のヤツまで来るなんて――今度は別の意味で危なかった。なにしろ相手は桜で頭の芯まで浮かれちゃったヤツなのだから、いきなり暴れ出す可能性だってあったのだから――ゴザの上に大の字になって、しばし茫然としてしまう。本当にここは、おかしな人間を引き寄せるパワーか何かあるんじゃないかしらん。と、頭を巡らせると、いつの間に来たのか、ゴザの隅の日溜まりで、丸々と太った黒い猫が一匹、日向《ひなた》ぼっこをしている。

「畜生、猫にまでバカにされてたまるか」

飛び起きて雄次は、物凄い勢いでそっちへ走った。

「しっしっ、ここは俺の場所なんだよ、こんなところでごろりんするんじゃないよ」

追い立てると、黒い猫は薄目を開けて、ぶにゃんと一声不満そうに鳴き、それでものそのそ丘を降りて行ってくれた。猫を相手に大人げないとは思うものの、もう強迫観念的に、何もかも追い払いたくなっている。こう次から次へと厄介なヤツに乱入されたら、誰だってこんな気分になるよ――そう思い雄次は、こうなったらどんなものでも排除してやるぞ、と決心した。何人《なんぴと》にもこのゴザを踏ませてなるものか。

だが、決意の心の昂《たか》ぶりが緊張感を呼んだのか、間の悪いことにトイレに行きたくなってきた。この事態は想定していなかった。どうしたものかと周りを見回しても、丘の上には桜の大木とゴザの拡がりしかない。ふと目に止まったのが、昼食の際に飲んだお茶の空き缶――経費で落ちずに自腹で購入したものだ――いや、しかし、と慌てて首を振る。いくらなんでも、人間としての尊厳まで失うわけにはいかない。

一大決心の元、猛ダッシュで丘を駆け降りた。下界の公園の花の樹海へ飛び込む。幸い花見シーズンだけあって、公園の隅のトイレはきちんと整備された状態で雄次を迎え入れてくれた。

懸案の用件を無事に片付けてトイレを出ると、向こうのひときわ大きな桜の下で、おっさん達が宴会を開いているのが目に入った。昼過ぎに、場所を捜してうろうろしていた連中だろう。ピンクの花の天井の下、まさに宴たけなわといった風情だ。

「そうだそうだ、呑め呑め」

「わっはっはっ、こいつはいいや」

「おーい、肉、焼けたぞ」

「ビールないぞお、回してくれえ」

「それでこの野郎があの女とよ——」

「うはははは」

「ほら、これでどうだ、一升壜」

「うまいな、これ」

「肉、焼けたってば」

「バカだなあ、お前は」

「わはははは」

「腎張《じんば》りやがって、この野郎」

「げはははは」

「何云ってるんだ、くだらない」

「そりゃ凄い、大したもんだ」

「うんうん、それでどうしたその女」

「あ、こりゃこりゃこりゃこりゃ」

「あ、そらそらそらそら」

「呑めえ」

「唄え」

風流に花を愛《め》でるという感性を持った人間は、一人としていないらしい。もっとも、大抵の日本の花見というものはこんなものだろうが——。それにしても、平日のまっ昼間からすっかり出来上がっているのは、結構なご身分である。近くの商店街か何かのおっさん達なのだろうか。自営業者は気楽でいいよな——と思う。雄次と同じ立場らしき場所取り係の連中が何人か、サラリーマンスーツご着用であちこちに各々の陣地を確保しているのが、情けなく見えてくる。最前の場所泥棒の姿はどこにもない。さすがに気まずくて、河岸《かし》を代えたのだろう。場所取り係の社用族の面々は、やはり退屈そうだ。所在なげに座って、おっさんどものバカ騒ぎをぽかんとした間抜け面で眺めている。やれやれ、サラリーマンは辛いよ、いや、まあ、まだ一日目だけど——。

少しばかり悄然《しょうぜん》とした足取りで、ネクタイをひらひらさせて丘を登ると、驚くべきことにまたぞろ招かれざる客がいた。瞬間、さっきの黒猫が巨大化したのかと目を疑ったが、よく見れば、それは紛れもなく人間だった。ゴザの横に、靴がきちんと揃えておいてある。ちゃっかり上がり込んでいるのだ。

また誰か紛れ込んで来やがった——げんなりした気分で雄次は、その男に近づく。今度もおかしなヤツじゃあるまいな——と、警戒心がかき立てられ、歩きながら相手を観察する。

随分と小柄な男だった。黒いぶかぶかの上着を羽織り、ゴザの上にちょこんとしゃがんでいる。細い肩の線としなやかそうな体つき——ああ、これで猫を連想したんだ、と雄次は妙に納得してしまった。猫が行儀よく座っている姿とよく似ているのだ。そういえば、ふっさりと垂れた前髪の下のまん丸い目も仔猫のようで、小さい顔にちんまりと愛嬌《あいきょう》たっぷりにまとまった目鼻立ちも、どことなく猫を思わせる。仔猫の目をした小男は、雄次がゴザのところまで来ると、気がついたらしく、ひょいと立ち上がってこちらを見た。その動作も、猫が物音に反応する時とそっくりだった。

「あ、もしかしてここの張り番の人ですか——いやどうもお邪魔して失礼しております。僕、猫丸といいます」

て、小男は、膝に両手を当ててひょっこりとお辞儀をする。その丁寧さに、つい釣られ

「あ、どうも——小谷です」

思わず自己紹介してしまった。しかし、そんなことをやっている場合ではない。猫丸と名乗ったこの小男、やっぱり妙なヤツのオーラを全身から発散している。年齢不詳の童顔のくせに変に落ち着いた態度といい、どことなく尋常な人間ではない雰囲気が醸し出されている。さっきからおかしな連中と渡り合ってきたから、今の雄次は、変人感知能力が必要以上に上がっている自信があるのだ。そんなヤツにはさっさと退散してもらうに限る。何者たりとも追い払う決意なのだ。だから雄次は突《つ》っ慳貪《けんどん》に、

「あんた、ここで何してるんですか」

開口一番、問い詰めた。

「いやあ、何してるって聞かれましても、ぼんやりしてただけで——」

と、猫丸は天真爛漫な笑顔になって、

「暖かくなっていい季節だから、ちょいと風雅に桜見物と洒落込《しゃれこ》もうと思い立ちましてね、この公園の花が見頃だって噂《うわさ》を小耳に挟んだものですから、散歩がてらに足を延ばして来たわけなんですよ——そしたらまあ、あなた、実に見事じゃありませんか、結構な眺めで本当にもう何と云うか——特にこの場所は何ともたまりませんね

え、下の桜も一望できて、どうにもこうにも豪気な景色で、いや、大したもんです、まったくもって目の正月ってやつですねえ」

　途方もない早口で喋《しゃべ》りまくる。愛想がいいのはともかく、どうしてこんなに長々と回りくどく説明するのかが判らない。それなら一言で「散歩の途中だ」と云えばすむことではないか。そもそも、平日の昼日中《ひなか》にいい大人が桜見物の散歩というところからしておかしいではないか。やっぱりこいつ、妙なヤツだった――予測が的中したことにうんざりしながら、

「眺めがいいのは判ったからさ、いいからどいてくれませんか。ここは俺が確保してる花見の場所なんだから」

　固い声で雄次が云うと、猫丸はきょとんとした顔つきになって、

「判ってますよ、ゴザまで敷いてあるんだから人の場所だってことくらい――。そんなに恐い顔しなくたっていいでしょうに。ほら、こんなにいい陽気なんだしね、もっと気楽にいきましょうや」

　と、いきなりぺたりと座り込む。なんだか物凄くマイペースな性格なようで、雄次はいらいらしてきた。

「気楽にできないから云ってるんです、とにかくどいてくださいよ」

「まあまあ、そんなにいきり立つんじゃありませんよ。あんなにぽかぽかしてるお天

道さまの下でかりかりしたってつまらないでしょう。ちょっとくらい結構な景色のご相伴に与《あずか》らせてくれたっていいと思いますけどねえ」

などと太平楽な口調で云って、猫丸は仰向けに寝っ転がろうとしたが、

「いでででででで」

突然、背中を反らせてのたうち回った。

あ、あの石だ——雄次はにやりとしてしまった。ゴザの下の石。さっき雄次も同じ目に遭った、土に埋まった石だ。あれにしたたか背中をぶつけたらしい。いい気味である。俺を困らせるからバチが当ったんだ——。

「あー、痛、うー、痛」

しばらく足をばたつかせていた猫丸は、雄次がにんまりしているのに気がついたのか、ひょいと起き上がって顔をしかめながら、

「何をにやついてるんですか——あ、もしかしたら知ってたんでしょう、ここに石なんか埋まってることを——それなら早く云ってよね、小谷君も人が悪いなあ」

やけに馴れ馴れしく「君付け」で文句を云う。

「ほら、そんなに痛いんだったらもう桜見物はいいでしょう、どっか行ってくれよ」

雄次も負けずに不平を云うと、猫丸は急にけろりとして、

「どうしてそうやって邪険にするんだろうね、小谷君は——。いいじゃありませんん

か、少しくらい景色眺めるだけなんだから、減るもんじゃなし」

「減らなくてもダメなものはダメです。ほら、邪魔なんだから、行った行った」

「またそうやって牛を追い立てるみたいに——なにもそうまでムキにならずとも」

「ムキにもなるよ、さっきからあんたみたいなのが入れ替わり立ち替わりで、いい加減俺もいらいらしてるんだからさ。騙してこの場所乗っ取ろうとしたヤツまでいるんだぜ。そんなのばっかり相手にしてたら誰だって気が短くもなるよ」

「何ですか、それ、その乗っ取りって」

猫丸は、仔猫みたいな大きな目をまん丸にして聞いてくる。

「だから花見の場所の乗っ取りだよ。それから酔っぱらいに、やたらと気前のいい頭のおかしいヤツとか——」

「なんだか面白そうだね」

「面白くないよ、ちっとも」

「いいからいいから——で、その乗っ取りってどんなことしたの、聞かせてよ」

猫丸があんまり無邪気に云うので、さらに苛立ちが高まった雄次は声高になって、

「お望みなら話してやるよ、あんたみたいなヤツにどれほど迷惑してるか——いいか、最初に来た男なんてな、騙そうとしたんだぞ、初めに交代だなんて声をかけてきて——」

と、これまで来た連中のことをまくしたてて教えてやった。どれほど不愉快な思いをしたか、この珍妙な小男を変人代表として苦情をぶつける——そんな気分だった。今までの不満を一気に発散させる意味合いもある。おかしなヤツの応対がどれだけくたびれるか、どんなにいらいらするか、強く云っておく必要がある。そうすればこの小男も反省して、どこかへ行ってくれるだろう。

「——な、こんな目に遭ったんだよ。ひどいだろう。だからもう放っておいてくれよ、疲れるんだよ本当に」

最後は懇願口調にまでなっていた。しかし猫丸は、そんな雄次の奮闘をあっさり無にする形で、

「うひゃあ、凄いなそれは——へえ、そんなこともあるもんなんだねえ、なるほど、こいつは面白いや。犬も歩けばなんとやらって云うけど、楽しいことってのは結構その辺に転がってるもんなんだね」

妙に嬉しそうに丸い目を輝かせている。

「な、何云ってるの——なんにも楽しいことなんかないだろ、俺が迷惑しただけで」

雄次は脱力してしまう。こいつ、人の話をちゃんと聞いてたのかよ、それとも理解力ゼロのあんぽんたんなのか——。

「いやいや、物凄く楽しいじゃないか、充分エキサイティングだったよ、小谷君の体

験談は。でも、気がつかないと判らないかな——つまり、これと同じだね」

と、猫丸はにこにこしたまま、ゴザの表面をぺたぺたと掌で叩《たた》く。あの石が埋まっている辺りだ。しかし、何を云っているのかさっぱり理解できない。こいつもやっぱり、桜が頭にまで回っちゃってる手合いなのだろうか——。

気味が悪くなってきた雄次にお構いなしに、猫丸はゴザを平手で軽く撫でて、

「要するにね、さっきまでの僕はこの下に石があることなんか知らなかったから、この地点に特別な意味を見いだすことができない——僕にとっては、ここもそっちもあっちもあの辺も、ただのゴザの一部でしかないってことなんだよ。これは、午前中に退屈したり、変な連中にからまれてかりかりしてた時の君と同じ状態、とも云えるよね。けど、ここに石があるのを知っている人は、誰かがここに寝っ転がらないかな、とわくわくしながら待つことができるんだ。現にさっき、小谷君も僕が背中をぶつけた時、してやったりって顔してただろ——それと同じでね、ある前提条件を知っていれば、その後で起こった色々な出来事に、表面からは見えない別の解釈をつけることもできるってことなんだよ。つまり、見方を変えれば何でも楽しくなってくるって、そう云ってもいいかもね」

また長々と一人で喋ると、猫丸はまん丸い目をにやりとさせて笑う。そして、ぶかぶかの黒い上着から煙草を取り出し、一服つけて、頭上の桜の花に向かってゆっくり

煙を吐き出した。のどかそのものの態度である。

しかし、云っていることはさっぱり訳が判らない。ゴザの下の石にどんな意味があるというのだろう、見方を変えればどうなるんだって？　ぽかんとしてしまい、一言も発せなくなった雄次を、悪戯《いたずら》っぽい丸い目で見てきて猫丸は、

「合点が行かないみたいだね——だったらまあ、話してあげようか、いい陽気で気分もいいしね。借景の拝観料代わりってことで——本当にもう、いい眺めだもんなあ」

と、くわえ煙草で下界の桜に目を細め、大きく伸びをした。それから上着のポケットから円形の懐中時計のような物——どうやら携帯式の灰皿らしい——を出し、蓋《ふた》を開いて煙草の灰をそこに落とす。

「それでね、小谷君。ここにやって来た、君のいわゆる『変な連中』なんだけどね、僕にはどうにも、行動が不自然に思えるんだよ」

「不自然——？」

「そう、君が変だと感じていらいらしたように——その人達が非常識な行動を取ったからこそ、君はその対応に疲れてかりかりしたんだろう。それはとりもなおさず、連中の行動が不自然だったからなんじゃないかと、僕は思うんだ。そもそも、連中は、一体何のために来たんだろうね」

猫丸が急に真顔になって尋ねてきた。あんただってその変な連中のお仲間じゃない

かよ、と思いはしたが、それをかろうじて飲み込んで雄次は、

「何のためって——そりゃ色々だよ。さっきも云っただろう、場所泥棒だったり、花見酒を楽しもうとしたり——あの金出したヤツも、今考えればやっぱりこの場所が欲しかったのかもしれないし」

「どうして」

「決まってるじゃないか、ここはいい景色で、絶好の花見スポットだからだよ」

「ほら、思った通り場所にこだわってる——まあ、場所取り係なんだから、こだわるのも無理はないだろうけど、それじゃ視野が狭くなっちまうんだよな」

またしても意味不明なことを呟いて、猫丸は煙草をくわえた。そして、

「とにかく、最初から順ぐりに考えてみようや——いいかい、初めに来た男、小谷君に云わせりゃ場所盗っ人だそうだけど、彼がここに登って来た時、君がこの広い丘の上にゴザを拡げて一人でぼけっとしてるのを見て、どう思っただろうか。板についてないスーツの若い男が一人でいる——これはどう見たって、会社関係の花見の場所取りだってのは一目瞭然《りょうぜん》だよね」

「まあ、そりゃそうだろうけど——」

アラペッツォのスーツが似合ってなかろうが大きなお世話だが、ようやく相手が意味の判ることを云ったので、雄次は少しほっとした。確かにそれはもっともな意見で

ある。あの場所泥棒は、こっちが新入社員だと判断したから、会社の先輩のフリをして交代だなんて嘘をついたのだろう——それはさっき、騙されかかった時にも思ったことだ。

「だから、問題の男は、小谷君が会社の命令で場所取りをしてることは判ってたってことになるよね」

火のついた煙草の先端を、こっちに向けて猫丸は云う。雄次はうなずいて、

「そうだろうね」

「でもね、ちょいと考えてみなさいよ、花見の場所取りなんて早い者勝ちの世界なんだよ。どう考えてもこの場合、先住権は君と君の会社にある——こうやってゴザも敷いてるんだしね。そんなものを嘘ついて騙して乗っ取ったら、トラブルは必至じゃないかよ。君の会社の人達だって、騙されたんならしょうがない、なんてすごすご引き下がるはずないだろう。場所盗っ人の一行が奪い取った場所で花見をしているところへ、騙されたと気づいた君が、会社の人達を連れて乗り込んで来たら、ヘタすりゃ乱闘騒ぎだ。花見どころじゃなくなっちまうだろうね、実際。そうやって後のことを見越して考えれば、そんな嘘をついて場所を奪うなんて行動に出る人がいるだろうか——僕はちょっと疑問だと思うんだよ。普通は先住者がいたら諦めるもんだろう、こういうのは。にも拘《かか》わらず、問題の男は嘘をついた——ね、どうだろう、不自然だと

思わないかい」

　確かに、下で宴会をやっているおっさん達も、昼過ぎに丘の麓まで様子を見に来て諦めていた。でも、しかし――、

「それはここが特等席だからじゃないんですか。これだけいい場所なんだから、後でモメるのも覚悟で奪いたかった――」

「ほら、まだ場所に引っかかってる」

　と、猫丸は、雄次の反論をぴしゃりと封じると、

「だったら酔っぱらいはどうだろう。彼は君から何か奪ったりたかったりしようとしたわけじゃないんだろう、ただ酒を勧めただけで」

「そうだけど――」

「ビールにウイスキーに各種つまみまで持っていながら、どうしてわざわざこんなところまで登って来なくちゃいけないんだ。呑みたいんなら、もっとふさわしい場所があるじゃないかよ」

「ふさわしい場所？」

「そう、あるだろう。酔っぱらいが好んで寄って行きそうな場所が」

「あったっけ、そんなの」

「今、下じゃおじさん達の宴会がまっ盛りだよ」

「あ——」

「いくら眺めがよくたって、話の合わない若い兄ちゃんと二人っきりで辛気くさく呑むより、あっちへ行ってどんちゃん騒ぎの仲間に入れてもらった方が楽しいに決まってる。酒やつまみの手土産持参なら尚のこと、きっと歓迎されるはずだしね」

「そう云われればそうかも——」

猫丸の云う不自然というのが、ようやく腑《ふ》に落ちてきた。あの酔いどれも「特等席」にこだわっているとてっきり思っていたけれど、よく考えてみれば、花なんかそっちのけで酔って騒ぐのが日本のおっさんの正しい花見の様式なのだ。なにもわざわざここへ来る必要はない。

「それにね、金回りのいい変なヤツってのも、どう考えても不自然だろう」

と、猫丸は短くなった煙草を携帯灰皿で擦り消して云う。言葉遣いがいつの間にか、ざっくばらんになっているが、雄次は気にならなくなっていた。

「この人物に関しては何をか云わんやだね、完全に失敗している。君があからさまに正気を疑うほど、ヘタな嘘をついて、不自然この上ない行動を取った——この世知辛《せちがら》いご時世に、意味なく他人に金をくれてやる人間なんぞいるものかよ。これはもう、前の二人の失敗で焦ったあまりに、手段を選んでる余裕がなくなったと考えるのが、一番得心が行くと思うんだよね。多少おかしくたって、とにかく金で強引に解決しちまおうという——」

「ちょっと待ってくださいよ、前の二人って——それじゃあの三人、グルだったの」

雄次が思わず声をあげると、猫丸は仔猫じみたまん丸い目でまっすぐにこちらを見て、

「そう、だと思うよ。だってそう考えないことには三人の不自然な行動に説明がつかないじゃないか。そもそも、三人は同じ目的の元に動いているように見えるしね」

「三人がかりでこの場所を奪おうとしたってこと？」

「そうじゃないってば、君ももういい加減場所にこだわるんじゃありませんよ。この特等席に引っかかりすぎて目が曇ってるんだよ、君は」

「場所じゃなきゃなんだって云うんです」

雄次のいささかふてくされ気味の問いに、猫丸は、眉《まゆ》の下まで垂れたふっさりとした前髪を、細い指先でひょいとかき上げてから、

「場所でなけりゃ他にないだろ——ご覧よ、ここには何もない」

「そうですよ、なんにもないよ。だから場所にこだわってるんだし」

さっきトイレに行きたくなった時もそう思った。ここには桜とゴザくらいしかない、と——。

「君もなかなかしつこいね、考えてもみなよ——桜の木だったら他にもいっぱいある

し、この大木の下に財宝が眠ってるとか、ゴザのどこかに機密文書が縫い込んであるとかっていう、スパイ映画みたいなことが現実にあるはずもない。そう考えると、ひとつしかないだろう、場所以外にここにあるもの――人だよ。この一件は人にポイントを置いて見なくちゃいけないんだ」

猫丸は、あっさりと云う。

「人――？　人ってなんですか」

「他にいないだろうに、君だよ、小谷君そのもの」

「俺――」

「そう、だって酔っぱらい男は君をこの場所から追い出そうとしたわけじゃないんだろう、ただ呑ませようとしただけだ。場所に関心があった様子はまったくない。それに、最初の場所泥棒だって、後のトラブルの問題を考えれば、場所を奪うのが目的じゃなくて、騙された君がしばらくの間ここから遠ざかることだけを狙っていると思うんだよね。ペテンに気づいた君が慌てて戻ってみれば、ここにはもう誰もいない――という筋書きだ。それから、金遣いの荒い変な男も、君がしばらくの間いなくなるように仕向けたかっただけ――ほら、夕方には場所は返すって云ってたはずだろう、そいつは――つまり、やっぱり場所には執着はなくって、君をどうにかしようとしただけにしか見えないんだよ」

「俺をどうするつもりだったって云うんです」

「どうも問題の三人は、何とかして君をこの場所から一時的に排除しようとしたフシが感じられる」

「一時的に排除って、何のために」

「そう、それがちょいとややこしい、何のために——。ちょっとばかり難問だけど、僕はこう考えるね。騙したり金にものを云わせたり、そういった無茶な手段に出るからには、多分まっとうな動機ではないんだろうって、そう思うんだ。正当じゃない手段を講じてでも、どうにかして君をここから排除しようとした理由。君をここから一定時間いなくする、もしくは酔っぱらって眠りこけるか集中力が低下するのを期待して、無理に呑ませる——そうまでするからには、何か後ろ暗い、やましいことがその理由なんじゃないだろうか。多少の金を費やしてもそれは先行投資と諦めて、回収できる儲《もう》けの方がよっぽど多いと踏んだとしたら——そう、例えば、犯罪とか」

「犯罪っ？」

「うん、だからね、さっきのゴザの下の石と同じで、ある情報を知っていることが前提条件となる——僕はこの前、ニュースで見たんだけどね」

　そう云って猫丸は、華奢《きやしや》な腕を水平に伸ばして、細い指先で彼方を指差した。その示す方向を見やれば——豪華な邸宅。住宅街の、こちらと同じくらいの高さにある一軒家。金持ちの家らしい贅沢な造りの、カーテンが閉じている丘の上の家。午前中からずっと見飽きるほど眺めていて、留守らしいから興味を持たなかったが、あの家はここから丸見えだ。

「あ――」

ついつい声を立ててしまった。ひとつの情景が、まざまざと頭に浮かんできたからだった。

丘の上の留守宅に、トラックを横付けする怪しい一団。一人が塀を乗り越えて門扉《もんぴ》を開ける。次々と忍び込み、高価そうな家具を運び出す男達。贅沢な調度品を一切合切丸ごと盗む窃盗団。もちろんその中には、あの三人の男もいる。最初の場所泥棒の男がスーツを着ていたのは、セールスマンを装った斥候役を務めるためだ。

そう、猫丸の云う「ある情報」というのは、雄次も周知の事実だったのだ。おっさん週刊誌で読んだあの記事。『最近都下を騒がせている大がかりな空き巣窃盗団は、綿密な下調べの後、高級住宅街の留守宅を狙って、白昼堂々家具から絨毯まで根こそぎ運び出す大胆な手口』――。綿密な下調べをする慎重さを持っていて、今まで捕まらなかった窃盗団のことだ。仕事をしている最中に通報されるようなヘマは、極力避けようとするだろう。いざ仕事にかかろうという時に、対岸の丘の上でぼんやりしている若い男に気づけば、どうにかして排除するに決まっている。だから雄次をここから引き離そうとした——騙されて会社に戻って、もう一度引き返して来るまでには相当な時間が稼げるだろうし、パチンコに行ったり酔い潰れて寝てしまえば、さらに理想的だ。

そういえば、スーツの男は、雄次を皮肉な目つきで見て「目がいいんだな」と云っていた。あれは目撃者としての視力を見極めていたのかもしれない。それに、あの三人とも、ここに来るなり周囲を見渡していたではないか。あれも景色を眺めていたのではなく、ターゲットの豪邸がどのくらい見えるか確認していただけなのだろう。ついでに云えば、酔っぱらい男も、あまり酔っているようには見えなかった。仕事の前に本当に酔うわけにはいかないから——。

「いや、あの、でも、それ本当なんですか、あの連中が窃盗団のメンバーだなんて——。だって俺、あいつらの顔、ばっちり見てるし——そんなに簡単に素顔、晒《さら》しますかね」

そう云いながらも、雄次はもう、向こうの丘の上の家から目が離せなくなっていた。いつ空き巣盗賊団が動きだすのか気になって——。どきどきしてきた。

「ああ、君に顔を覚えられないかって心配ね——」

と、対する猫丸は意外なほどのほほんとした調子で、

「その心配だったら連中はしてないと思うんだよ。考えてもみなさいよ、もし明日の

ニュースや新聞で、盗っ人一味がまた新たな仕事をしたって報じられても、果たして君は気づくだろうか——僕は、はなはだ疑問だと思うね。毎日通ってるところならともかく、一日だけ花見に来た場所と記事の中の地名を結びつけて考える人がどれだけいるだろう。自分に関係ないどっかの金持ちの家に泥棒が入ったって記事を見たとしても、大抵誰だって、ふうん、てなもんだよ。それに、発覚が明日じゃなくて、もっと遅れる可能性だってある。あの家の人は海外旅行か何かに行っていて、一週間くらい帰って来ないって下調べができてるのかもしれないしね。どうだい、そうなったら小谷君は自信あるか。一週間後の新聞にあそこの住所が載ってるのを見て、咄嗟《とつさ》に今日の場所やあの怪しい連中を連想する自信が」

「そう云われると——確信はありませんね」

雄次が認めると、猫丸はさらに続けて、

「そういう、いわゆる都会の無関心ってやつを見越して、君に顔を見られても大した害にならないと連中は判断したんじゃないかって、僕はそう思うんだけどね。でも、三人がグルだってことや、君の一時的排除を目論《もくろ》んでるってことだけは悟られてはまずい——本当の動機、盗みに気づかれる可能性があるからね。だから君をここからどかそうと、あんな不自然な行動に出るしかなかったわけなんだよ」

「それはよく判りましたけど——いいんですか、このまま腕を拱《こまね》いていて。早く報《し》らせなきゃ、警察に」

「ま、そんなに慌てなさんなって、それは不審な動きがあってからでいいんじゃないのかな」

あくまでも呑気に猫丸は云い、新しい煙草に火をつけた。

「だいいち、これが真実とは限らないし、唯一の解答だって保証も、僕はしないしね。こういう捉《とら》え方もできるってだけの話で——。ご希望なら別の見方を披露してもいいよ。例えば、そうさな、こんなのはどうだろう——あの連中は君の会社が、君の能力や適性を測るために雇った調査員か何かでね、調査項目はこんな感じだね。一、トラブルに適切に対処できるか。二、上司の指示を確実に守り通せるか。三、酒に溺《おぼ》れないか。四、人当りはいいか。五、金に転ばないか。とか色々ね——今頃どっかで君の成績表つけてるかもしれない」

「イヤなこと云わないでくださいよ」

「おや、何がイヤなんだい、調査員の心証悪くするような対応でもした覚えがあるのかな」

と、猫丸は人の悪そうな笑いを投げかけてよこしてから、

「まあ、そんなことまでして社員を試す会社はないだろうから、安心していいだろうけどね——とにかく、そんなふうに色んな見方ができるってわけなんだよ。別に盗っ

人や調査員なんかじゃなくて、君の感じた通り、ただの通りすがりの変なヤツだっただけのことかもしれないし——。でもね、最初に云ったように、このゴザの下の石と同じだろう。見方を変えさえすれば、何だって面白くなる。せっかく目の前に愉快なことが転がっているのに、退屈したりいらいらするなんて、損じゃないかよ」

本当に、さっきまでのクサった気分はもう微塵《みじん》も残っていない。あの連中が盗賊団だったという説を捨て切れない雄次はわくわくしてしまい、まだあの豪邸から目が離せないでいる。確かに発想と見方を変えれば、物事はこんなに楽しくなる。なんと云うか、とても面白い。

考えてみれば、猫丸の話も不思議で、実に面白い。雄次が不可解とも何とも思っていなかった一連の出来事に、ひとつの解決を示して見せてくれたのだ。謎《なぞ》の前に解決がある話——。推理小説か何かに喩えるのなら、謎が提示される前に解決編が始まる、とでも云おうか。こういう形式って珍しいのではないだろうか。

いや、そんなことより、この猫丸という小男こそ不可思議な存在だ。ふらりと現れて、物事の特殊な見方を諭し、未知の発想の局面へと導いてくれる人物——。もしかしてこいつ、市井《しせい》の賢人とかそういう立派な人なのかもしれない。こうして行脚《あんぎゃ》しながら人々を啓蒙し、ものの新たな見方、考え方を広めて回っているという、そういう偉い人——。

そんなことを考えて雄次は、隣で呑気そうに煙草をふかしている小柄な男を、ちらりと盗み見た。相も変わらぬ摑みどころのない年齢不詳の童顔だが、そんな風貌《ふうぼう》にさえ、どこか凡人とは違う突出したものを感じ、少しばかり尊敬の念さえ覚え始めていた。

「まあ、僕のこせこせした仮説なんて、どっちみち大したもんじゃないよ。こんな豊かで絢爛《けんらん》たる大自然の前じゃ、まったくもってたわいないセコいものだと思っちゃうけどね。ご覧よ、この春の景色の雄大さを」

と、猫丸は、大人物にふさわしい鷹揚《おうよう》なことを云って、短くなった煙草を携帯灰皿に押し込んだ。そして、優雅な猫を思わせる仕草で、軽く伸びをする。その頭上には、艶やかに咲き誇る七分咲きの桜が、ピンクの雲みたいに拡がっている。花びらが一枚、猫丸の長い前髪の上に、ふわりと落ちかかる。

「眺めもよくっていい心持ちだ――もうちょいとだけ、この春の気分を満喫させておくれよ」

猫丸はそう云って、ごろんとゴザの上に寝っ転がったかと思うと、突然、

「うげっ、いでででででで」

背中をよじって暴れだす。

「いだだ、痛、痛――石、石――石があるの――忘れてたあ」

じたばたとのたうち回るその姿を見ているうちに雄次は、芽生え始めた畏敬の念が急速に萎《な》えていくのを感じていた。どこの世界の偉人が二度もあんな石にひっかかるものか――。ゴザの上を七転八倒する小柄な男は、やはりただの変なヤツにしか見えなかった。

（メフィスト　一月号）

弔いはおれがする

逢坂《おうさか》　剛《ごう》

著者紹介　一九四三年東京都生まれ。中央大学法学部卒。八七年、『カディスの赤い星』で第96回直木賞、第40回日本推理作家協会賞、第5回日本冒険小説協会大賞を受賞。著書に『熱き血の誇り』『イベリアの雷鳴』『配達される女』『重蔵始末』『墓石の伝説』など多数

1

満月寺の桜も、あらかた散ってしまった。
中野区鷺宮《さぎのみや》にあるこの寺は、境内の桜が花見どきに人をたくさん集めるほか、知名

人の葬儀がしばしば行なわれることでも、よく知られる存在だ。

しかし、今日の葬式はふだんのそれと趣《おもむき》が異なり、緊張した雰囲気が漂っている。なにしろ、会葬者の大半はふだんでも黒服を着ることの多い、人相の悪い連中ばかりなのだ。送られる男が、暴力団箕島《みのしま》組の組長箕島信之介《しんのすけ》とあっては、無理もないことだろう。

寺の周囲や境内のあちこちに、トランシーバーを持った私服刑事が立ち、厳しい警戒を続けている。近所の住民と、組員や会葬者がトラブルを起こさないように、見張るのが目的だ。

テントの中で、ノートと計算機をテーブルに並べていると、若頭《わかがしら》の鱶野《ふかの》誠吉《せいきち》がそばにやってきて、ごつい手で肩をがしっとつかんだ。

「いいか。くれぐれも、間違いのないようにするんだぞ。おやじさんの、だいじな葬式だからな。ゆうべの通夜のように、うまくやってくれりゃあいい。おまえも生前は、さんざん世話になったんだ。あとで、また線香を上げさせてやるから、よくお礼を申し上げてこい」

「ありがとうございます」

神妙に頭を下げた。

生前世話になったといっても、別に組と付き合いがあったわけではない。ときどき箕島に呼ばれて、食事をごちそうになったくらいのものだ。

箕島と知り合ったのは、ほんの偶然のきっかけからだった。

三年ほど前、大学時代の友人が新宿のパークプラザホテルで、出版記念パーティを開いた。『みるみる髪がよみがえる』というハウツー本で、これがけっこう売れたらしい。なんでも、食事療法と物理療法の組み合わせによって、薄くなった髪を半年で濃くするという、ノーベル賞ものの大発見だと帯に書いてあった。

パーティの途中で、トイレに行った。

小用を足していると、背後の個室の中で大きな物音がして、唸《うな》り声が聞こえた。ほかにだれもいなかったので、しかたなく外からだいじょうぶですか、と声をかけた。しかし、返事がない。

そのまま、知らぬ顔をして会場へもどってもよかったのだが、ついおせっかいの癖が出た。

閉じたドアによじのぼって、個室の上からのぞいて見た。

羽織袴《はかま》で正装した、白髪の痩《や》せた老人が便座から床に半分ずり落ち、あいた口からいびきを漏らしている。

急に眠くなって、寝たわけではないだろう。脳卒中を起こして倒れると、いびきをかくとかいう話を、前に聞いた覚えがある。

ドアを乗り越え、中におりて内鍵をはずした。

抱き起こそうかと思ったが、へたに動かさない方がいいかもしれない、と考え直した。その場に老人を残して、ホテルのボーイに知らせに走った。

それが、箕島だったわけだ。

すぐに救急車が来て、箕島は異変に気づいた組の者たちに付き添われ、近くの東京医科大学病院に運び込まれた。

翌日、ホテルの保安担当者に言い置いた連絡先を頼りに、箕島組の若頭鱶野がオフィスに訪ねて来た。幸い箕島は命に別状はなく、意識もはっきりしているという。

鱶野は、組長からのほんの気持ちだと言って、御礼と書かれたのし袋を置いて帰った。

あとであけてみると、大枚二十万円がはいっていた。たかが、急を知らせただけでこんなにもらえるなら、いっそ病院までかついで行けばよかった、と思ったほどだ。

箕島は三ヵ月ほどで、ほぼ元の体にもどった。

あらためて、世話になった礼をしたいと連絡をよこし、新橋のレストランでステーキをご馳走してくれた。名前に〈鹿〉という字を三つ重ねる、むずかしい字の高級ステーキ店で、信じられぬくらい柔らかい肉だった。

それから箕島は、ときどき思い出したように電話をしてきて、うまいものを食べさせてくれた。たいていは、用心棒を兼ねる鱶野が同席したが、それ以外に気を遣うことはなかった。ふだんは、もっぱら立ち食いそばにマクドナルドだから、そのときだけは遠慮なく腹一杯ごちそうになった。

鱶野が、さんざん世話になったと言ったのは、それを指すのだろう。むろん、世話にならなかったとは言わないが、こちらとしては箕島にご馳走になっただけで、組の世話になったわけではない。あまり恩にきせられても、挨拶《あいさつ》に困る。

その箕島が、一週間ほど前にふたたび脳卒中で倒れ、今度は帰らぬ人となった。

箕島の死に対しては、鱶野の言うような負い目こそ感じなかったものの、さすがに寂しさを禁じえなかった。暴力団の組長にもかかわらず、箕島は好感の持てる人物だった。出るところへ出れば、やくざの親分としての別の顔を見せるはずだが、プライベートで一緒に食事をするときは、ごく普通の七十代半ばの老人にすぎず、毛ほどもそれらしい雰囲気を感じさせない。まあ、そのおかげで気楽に付き合えた、ということもあるのだが。

告別式の始まる午前十一時が近づくと、続々と弔問客が詰めかけて来た。

記帳が進むとともに、受付担当の若い者が適宜たまった香典袋を、テーブルに運んでくる。それをいちいちチェックし、ノートに住所氏名と金額を記入するのが、頼まれた仕事だった。一緒に食事をしたとき、簿記検定試験をクリアしたとか、公認会計士試験も二次までいったとか、調子のいいことを言ったのを鱶野が覚えていて、頼んできたのだろう。

幸い、昨夜の通夜は奇跡的に一銭の狂いもなく、帳尻が合った。もっとも、自分の金ではないだけに、けっこう神経を使ってくたびれた。

そもそも、札束の勘定などあとで落ち着いてから、ゆっくりやればいいと思う。ところが、何ごとによらず律義な性格だった箕島は、香典返しは葬式の翌日内に手配するように、と生前から念を押していたらしい。それで、通夜の分はその夜のうちに、告別式の分はその日のうちに、取りまとめておく必要があった。

弔問客は、大部分がそれらしい風体《ふうてい》のお歴々だったが、中にはまったく場違いに見える、堅気筋の者もいた。おそらく、おおっぴらには来られない人物の代理に違いなく、香典袋を見ると有名な政治家や財界人、芸能人の名前が書いてあった。

昨夜来の香典の額は、世間の相場とひどく違っているように思われた。

わが身を引き合いに出して恐縮だが、香典などというものは一万円以上包んだことがない。しかし今度の場合は、最低でも五万円はいっていた。十万円、二十万円はざらで、中には五十万円、百万円などというのもある。二百万などという数字を見たときは、思わず目の玉が飛び出しそうになった。

実を言えば、昨夜は自分の分の香典を一万円包んで来たのだが、恥ずかしくてとても出す気になれなかった。

ところが、幸いにもその件は途中で、うまく解決した。

というのは、たまたま回ってきた香典袋の中に、金額を記入していない内封筒が見つかった。中身を数えてみると、十万円はいっていた。そこで、だれも注意していないのを見計らい、そこから半額の五万円を失敬して、空いた金額欄に五万円と書き込んだ。

次に、抜き取った中から四万円を自分の香典袋に足し、金額欄の〈一〉を〈五〉に書き直した。全部入れれば六万円だが、香典としては中途半端な額になるので、あえて五万円にとどめた。

それで、なんとか人並みの香典を出すことができた上に、最初に用意した一万円がそっくり、手元に残ったわけだ。この金で、故人を偲《しの》びながら一人酒を酌《く》むのも、悪くない供養になるだろう。

この日も香典袋は、次から次へと回ってきた。

ほんとうは一件ずつ、札を数えてチェックしなければいけないのだが、十万以内ならまだしも何十万、何百万となると、とてもそんな余裕はない。金額欄に書き込まれた数字を信用して、それを書き写すのが精一杯だった。

チェックしたあと、袋ごとそばの段ボール箱に投げ込むのだが、間をおかずあふれてしまう。すると、組の金庫番をしている三輪田宏《みわたひろし》という会計士が、それをどこかへ運んで行き、中を空にしてもどって来るのだ。

それで、また作業を再開する。

ほとんどが、黒と白や銀色の水引《みずひき》で飾り立てられた、葬儀屋の看板みたいな仰々しい香典袋ばかりだ。

しかしいくつ目かに、初めて印刷された水引の安っぽい香典袋が、回ってきた。

表書きを見て、驚いた。

達者な筆文字で、〈四面堂遥《しめんどうはるか》〉と書いてあったのだ。

急いで顔を上げ、テントのすぐ前まで延びた弔問客の列に、目をやった。すると、後ろから五番目くらいの位置に、確かにジリアンこと四面堂遥が、並んでいるのが見えた。手に下げた、レンガ色の大きな紙袋が、やけに目立つ。

こっちの視線に気づいたらしく、さりげなく顔を振り向けてくる。

目が合うと、ジリアンはまるでくすぐられたモナリザのように、口元に妙ちきりんなしわを寄せて、意味ありげに微笑した。黒のツーピースが、太った体に窮屈そうだった。しかし、そのために体の線が大胆に浮き出ているので、そばの男たちが横目でちらちら盗み見する。

あらためて香典袋の中を確かめると、封筒の金額欄は〈壱萬圓〉となっている。名前だけで、住所は書かれていない。

一万円か。

中をあらためる気にもなれず、そのまま袋にもどした。

実は二日前の夜、ジリアンに呼び出されて食事をおごったとき、たまたま箕島組の話が出たのだ。

なんでも半年ほど前、ジリアンが経営コンサルタントをしている不動産会社が、箕島組と土地の売買にからんでトラブルを起こし、慰謝料名義で二百万ほど取られたらしい。ジリアンは、箕島組を告訴するようにアドバイスしたが、会社側は暴力団とそれ以上関わるのをいやがり、泣き寝入りしてしまったという。

それでこっちも行きがかり上、組長の箕島信之介と多少の面識があったこと、その箕島が数日前脳卒中で息を引き取り、この日に告別式が行なわれることを告げた。ついでに、通夜と告別式に駆り出され、よんどころなく香典を取りまとめる手伝いをする、という話もした。

聞き終わったジリアンは、特に発表すべき感想もないといった様子で、話題を変えた。

そんなわけで、ジリアンがまさかこの場に姿を現すとは、予想もしなかった。ジリアンにとって、箕島組は取引先に損をさせた張本人になるわけだから、自腹を切ってまで組長の葬式に来るいわれは、どこにもないはずだ。それとも、ジリアンと組長の間に仕事とは関係ない、個人的な付き合いでもあったのだろうか。

どちらにせよ、香典の額はだれかと同じ一万円ぽっきりだから、たいして親密な関係とも思えない。

とにかく、あとで確かめようと思った。

2

小一時間後。

五度目の段ボール箱が、半分くらい埋まったところで、ようやく弔問客が途切れた。受付係や、場内整理をしていた若い組員も交替で、焼香しに行き始めた。

そのとき、とうに焼香を終えたはずのジリアンが、テントの中にはいって来た。

受付に残っていた組員が、ぽかんと口をあけてジリアンを眺める。

ジリアンはそばに来て、しおらしく頭を下げた。

「どうも、ごぶさたしております。また、このたびは箕島さんがとんだことで、ご愁傷さまでございます」

組員が聞いているかもしれず、しかたなくこっちも格式ばって、挨拶を返す。

「ありがとうございます。故人もさぞ喜んでいると思います」

「花冷えというのでしょうか、今日はずいぶんと冷えますわね」

言われてみれば、けっこう風が冷たい。

「そうですね。そちらは箕島組長と、どういうお付き合いがあったんですか」

「箕島さんには生前、何かとかわいがっていただきましたの。代官山のお店の方に、ときどきプライベートで顔を出されて、お酒を召し上がっていかれました。それはそれは、静かなお酒でございました」

どうやらジリアンは、代官山でバーか飲み屋をやっているふりをしたいらしい。

別に害はなさそうなので、話を合わせることにした。

「そうですか。場所が場所ですし、静かにお酒を飲むには格好のお店ですから、組長が通われたのもよく分かりますよ」

ジリアンは、コートがはいっているらしい紙袋を、テーブルに置いた。

「お焼香は、すまされましたの」

「いえ、まだですが」

「それじゃ、行ってらしたらいかがですか。ちょっと、お話ししたいこともありますし、ここで待たせていただきますから」

「もう少し、あとにします」

「でも、そろそろ弔問客がいなくなって、お経も終わりそうでしたわよ」

腕時計を見ると、確かにいい時間になっている。

「それじゃ、ちょっと行ってきますか。悪いけど、会計士の三輪田さんという人が回収に来たら、この段ボール箱を渡してやってくれますか。眼鏡をかけて、電信柱みたいに痩せた背の高い人だから、すぐに分かります」

「承知しました」

応じるジリアンに、声を低めて念を押す。

「間違っても、香典泥棒などに引っかかるなよ」

「あなたじゃあるまいし」

ジリアンは憎まれ口を叩《たた》き、椅子《いす》にすわった。

受付の組員に断って、焼香場に行く。

たくさん椅子が並んでいたが、その時間になると親族や組の幹部のほかは、もうがら空きだった。焼香の列も、十人くらいに減っている。

花の間に埋まった箕島信之介の遺影は、気むずかしい顔をした笠智衆そっくりだった。

箕島は口数が少なかったが、ときどきは昭和の初期、つまり自分が子供のころに見た、古い映画の話をした。それも、もっぱら尾上松之助《おのえまつのすけ》、嵐寛寿郎《あらしかんじゅうろう》、大河内伝次郎《おおこうちでんじろう》といった、名前しか聞いたことのない昔の俳優の、チャンバラ映画ばかりだ。その蘊蓄《うんちく》を、身振り手振りもよろしく開陳するものだから、口の端からよだれを垂らすわ、スープのしずくを振りまくわで、辟易《へきえき》したのを思い出す。しかし話を聞くうちに、いつしか自分も見たような気になり、いっぱしの時代劇フリークになってしまった。

暴力団の組長とはいいながら、箕島は古きよき時代の侠客《きょうかく》はこうもあったか、と思わせる魅力の持ち主だった。しかし、寄る年波と時代の流れには勝てず、晩年は五十代の幹部に実務を任せ、悠々自適の暮らしをしていた。ホテルのトイレで倒れたのは、そうなってほどなくのことだった。

焼香をすませてテントにもどると、ジリアンと並んですわっていた鱶野誠吉が立ち上がって、苦情を言った。

「ばか野郎。今来てみたら、姿が見えねえじゃねえか。一体全体、お客さまに香典の番をさせて焼香に行くとは、どういう了見だ」

「すみません。どうしても、お別れを言いたかったものですから」

鱶野はぶつぶつ言い、ぶっきらぼうに続けた。

「あと片付けをしたら、若いのと一緒に奥のお清め場に来い。出棺まで少し時間があるから、一杯飲ませてやる」

「いえ、今日は遠慮しておきます」

「なんだ、焼き場に行かないのか」

「すみません。こちらの女性と、仕事の打ち合わせがありますので。あらためて、お墓参りをさせてもらいますから」

通夜、告別式までつきあえば十分だ、と思った。

鱶野が、ジリアンをまぶしそうに見る。こういう裏の世界の男にとって、ジリアンは自由の女神みたいに目立つ、しかも遠い存在の女に違いない。

鱶野は、ぶっきらぼうに言った。

「そうか。好きにしろ」

ジリアンが、こっちを見て口を開く。

「段ボール箱は、確かに三輪田さんに引き渡しましたから、ご心配なく」

「どうも」

ポケットからノートを出し、鱶野に手渡した。

「これが、香典の金額の控えです。あとで三輪田さんに、突き合わせをしてもらってください。自分はこれで、失礼させてもらいます」

「そうか。ご苦労だったな」

鱶野はそう言って、ポケットから何かつかみ出し、こっちの手に押しつけた。

「これは、今日の駄賃だ。どっかで、飯でも食っていけ」

感触からして、数枚の札と分かる。

「すみません。頂戴《ちょうだい》します」

こういうときは遠慮をしないたちなので、そのままありがたくポケットに押し込んだ。

そのとき、人相の悪いことでは鱶野に劣らない、よれよれのスーツを着た体格のいい男が、のそりとテントにはいって来た。

その、あたりを圧するふてぶてしい態度物腰に、受付にいた若い者も気《け》おされたかたちで、とがめようとしない。

男はそばへ来て、鱶野をじろじろ見た。

鱶野が、珍しくたじろいだように顎《あご》を引き、男を見返す。

「なんだ、いきなり。どこのもんだ」

男は内ポケットに手を入れ、黒い手帳を取り出して、鱶野の鼻先に突きつけた。

「本庁ボータイの、所沢警部補だ。何か、変わったことはないか」

とたんに鱶野は首を縮め、揉《も》み手をせんばかりに卑屈な態度になった。

「こりゃどうも、本庁の旦那《だんな》で。お勤め、ご苦労さんです」

それで、ボータイが警視庁の暴力団対策課のことだ、と見当がついた。

寺の内外をうろうろしている、私服刑事の一人らしい。本庁の刑事まで出張って来るとは、箕島信之介もけっこう大物だったようだ。

所沢警部補、とみずから名乗った刑事はふんぞり返り、鱶野を見下ろした。

「まったく、ご苦労な話だぜ。たかが、暴力団の組長風情の葬式に駆り出されて、こっちはいい迷惑だ」

「すんません。おかげさまで、なんのトラブルもなく終わりまして」

「あたりまえだ。そのために、何十人も人を出したんだからな。税金の無駄遣いも、いいとこだ。今日掻《か》き集めた香典の半分くらい、国庫に納めても罰は当たらんぞ」

「こりゃどうも、恐れ入ります」

鱶野はそう言って、お世辞笑いをした。

半年ほど前だったか、鱶野は酒を飲んで居酒屋の従業員と喧嘩し、怪我を負わせた。相手にも非があったことから、なんとか刑務所にはいらずにすんだが、執行猶予中の身だと聞いている。警察官にぺこぺこするのも、当然のことだろう。

所沢が言う。

「おまえ、名前はなんというんだ」

「若頭の、鱶野誠吉と申します」

「鱶野か。おれの顔を、覚えておけ。どこで世話になるか、分からんからな」

「へい。よろしくお願いします」

鱶野はしきりに頭を下げ、所沢をテントから送り出した。

所沢は、鰐足《わにあし》でのしのしと境内を歩いて行き、イヤホーンを耳につけた私服刑事の背中を、ぽんと叩いた。

びっくりする刑事に、所沢は山門の方を指さして二言三言しゃべり、悠々とその場を離れる。その後ろ姿を、刑事が黙って見送った。

一緒にそれを見ていた鱶野が、不愉快そうに鼻を鳴らす。

「くそ、でかいつらしやがって。何が、本庁のボータイだよ。税金の無駄遣いは、お互いさまだろうが」

こういう手合いに限って、あとで強がりを言うものだ。

それ以上愚痴を聞かされないうちに、ジリアンを促して山門へ向かった。

満月寺を出て、鷺ノ宮駅の方に向かおうとすると、ジリアンが立ち止まった。

「どこへ行くの」

「鷺ノ宮の駅だよ」

「冗談はやめてよ。せっかくお駄賃をもらったんだから、新宿あたりまでタクシーをすっ飛ばして、おごってくれてもいいじゃないの」

「おとといも、おごったばかりじゃないか」

「けちなこと、言わないで。おとといは、何もなくておごってくれたんだから、お駄賃がはいったらもっとおごらなくちゃ」

あまり納得のいく論理ではないが、どうせ何を言っても聞きはしないのだから、あきらめてタクシーを拾った。

新宿へ向かいながら、ポケットに手を突っ込んだ。手触りで、お駄賃とやらを数えてみると、札は三枚あった。香典の一万円がもどった上に、三万円の臨時収入がはいったとすれば、葬式の手伝いもむだではなかったわけだ。

ジリアンは、フランス料理を食べたいという。

新宿では、うまいフレンチレストランを知らないと逃げると、ジリアンは勝手に運転手に指図して、タクシーを三越の裏手に回した。

ジリアンが案内したのは、裏通りのビルの地下にある〈エギュイユ〉という、こぢんまりしたレストランだった。

六千円のコースと、一本五千円のワインを頼んだ。

「そろそろ、きみと箕島組長の関係を話してくれても、いいんじゃないかね」

タクシーの中では、その話をしたがらなかったのだ。

ジリアンはワインを飲み、ことさらまじめな顔をこしらえた。

「実は、なんの関係もないの。会ったことも、見たこともないわ」

「嘘を言うな。たとえ一万円でも、なんの関係もない人物の葬式にやって来て、香典を出したりしないだろう」

「あなたみたいに、生前いろいろとお世話になっておきながら、せいぜい一万円くらいしか包んでこない人には、分からないでしょうね」

なかなか、いい勘をしている。しかし、それを認めるのも、業腹《ごうはら》だった。

「ちゃんと、五万円出したよ。誓ってもいい」

いくらか後ろめたかったが、袋の中に五万円入れたのは嘘ではない。そっくり、ネコババすることもできたのだから、ほめてもらってもいいくらいだ。

ジリアンは、全然信用していないという顔つきで、オードブルを口に運んだ。

「証拠がなければ、なんとでも言えるわよ」

「こっちの話より、そっちの話だ。なんだって一万円を、どぶへ捨てるようなまねをしたんだ。何か、魂胆があるんだろう」

ジリアンはその質問に答えず、声をひそめて言った。

「あなたの話では、組長の箕島はそこそこの人物だったらしいけれど、その下で組を仕切っている幹部連中は、けっこうあくどいことをやってるのよ。もうけ口がある、と分かったらダニみたいに食いついてきて、離さないんだから」

それは鱶野を見ていれば、だいたい想像がつく。

箕島が死んだあと、箕島組の名前が残るかどうかも、怪しいものだ。箕島には、死んだ妻との間に娘が一人いるらしいが、アメリカへ留学したままあちらで身を固めた、と聞いた。告別式の親族の席にも、それらしい姿は見当たらなかったし、箕島の名跡を継ぐなどということは、ありえないだろう。

「だから、なんだっていうんだ。取引先をいじめたお返しに、何かたくらんでるってわけかね。それにしたって、一万円進呈するというのは筋が通らないぞ」

「一万円じゃないわ。正確に言うと、一万二千四百円くらいかしら」

顔を見直す。

「なんだい、その中途半端な数字は」

「はいっているのは、一万円札じゃなくて百ドル札なの」

「百ドル札」

あっけにとられて言うと、ジリアンはちっちっと舌を鳴らして、警告した。

「声が大きすぎるわよ」

メインの、うずらのローストが運ばれてきたので、話が中断する。

ボーイがいなくなるのを待ち、こちらも声を低めて言った。

「なんだって香典袋に、ドル紙幣なんか入れたんだ。悪い冗談か」

「それは、内緒。中を見なかったの」

「見なかった。一件あたり何十万ってときに、一万円の袋なんかあけていられないよ」

「全部のお札を調べて、数えるんだと思ったわ」

「無理だね。そんな暇はない。封筒に書いてある数字を信用して、住所氏名といっしょにノートに記入するのが、精一杯さ」

「みんなが、入れた金額を正直に書くとは、かぎらないわよ。代理で来た人なんか、途中でいくらか抜いたりするかもしれないしね。金額が合わなかったからって、喪主から抗議がくるというわけじゃないもの」

「多少のずれは、あるかもしれないね。しかし、箕島組はあれだけの所帯だから、少しくらい数字が違っていても、細かいことは言わないだろう」

「そうかしら。暴力団は、けっこうお金に細かいのよ。この間のケースで、よく分かったわ」

「そんなことより、わざわざ見も知らぬ暴力団の組長の葬式にやって来て、香典に百ドル札とはどういうつもりだ。分かるように、説明してくれよ」

「だからそれは内緒、と言ったでしょう。そのときがきたら、説明してあげるわよ」

一度こうと決めると、ジリアンは脅《おど》してもすかしても口を割らない女だから、それ以上追及するのはあきらめた。

ともかく、香典にドル紙幣を入れる程度のいやがらせで、慰謝料をもぎ取られた取引先の仕返しになる、とは思えない。

ジリアンが、何を考えているのか分からなかった。

3

翌朝。

つい寝過ごして、府中のぼろアパートから市ケ谷のオフィスに出たときは、午前十時を回っていた。

前日、ジリアンとフランス料理を食べたのはいいが、いざ勘定という段になってポケットから札を引っ張り出すと、うやうやしく現れたのは三枚の千円札だった。

鱶野誠吉が、飯でも食っていけと言ってよこしたからには、当然一万円札だとばかり思い込んでいた。お駄賃がたったの三千円とは、人をばかにするにもほどがある。人におごるどころではなく、こっちがご馳走してもらいたいくらいだった。

朝飯を食いそこなったので、近くの喫茶店に行った。コーヒーとトースト、目玉焼きで腹ごしらえをして、仕事にとりかかった。

もっとも、最初のうちは前日の留守電の処理をしたり、パソコンでeメールをチェックしたりするくらいで、仕事らしい仕事は何もない。長い不況のあおりを受けて、景気は悪くなる一方だ。

そうこうするうちに、十一時半になってしまった。

そろそろ、外回りでもしようかと背伸びをしたとき、電話が鳴った。赤いランプがついたのは、〈九段南事務所〉の電話だ。

受話器を取り上げる。

「はい、九段南事務所です」

「いたな」

相手の男はそれだけ言って、がちゃりと受話器を置いた。

あまり短くて、だれの声か分からなかった。どちらにしても、オフィスにいるかどうか確かめただけの、いやな感じの電話だった。

予感は当たった。

五分としないうちに、ドアが蹴破《けやぶ》られたかと思うほど勢いよく開いて、黒い服の男がどどどと四、五人なだれ込んで来た。

先頭にいたのは、箕島組の鱶野だった。

「この野郎」

鱶野は、デスクに向かって突進してくると、載っていた電話機や書類トレーを一なぎにして、床に払い落とした。

「な、何をするんですか」

「何もくそもあるか、このとんちきめ」

抵抗する間もあらばこそ、次の瞬間椅子から引きずり起こされ、二人の若い男に両脇から腕を抱えられた。

鱶野が、正面に立つ。

残る二人は手分けして、オフィスの中をてきぱきと調べ始めた。

そのうちの一人は、電信柱に手足を生やしたような、会計士の三輪田宏だった。二人とも、この種の仕事に慣れているのか手際がよく、キャビネットの中身は派手に宙を飛び、書棚の本は勢いよく床へ投げ出された。

「ちょっと待ってください。これは、いったい」

そこまで言ったとき、鱶野のいぼつき鉄球のような拳《こぶし》が飛んできて、したたかに顎《あご》を殴られた。両脇を支えられていなかったら、外濠《そとぼり》まで吹っ飛ばされていただろう。

「とぼけるんじゃねえ。おやじさんにかわいがられていたと思うから、葬式にだいじな役を振ってやったのに、恩を仇《あだ》で返しやがって」

両腕を引き立てられ、なんとか倒れずにすんだ。高速で回転する、メリーゴーラウンドの上に立っているような気分で、足元が定まらない。

どうにか、声を絞り出した。

「な、なんのことか、わ、分かりませんね。せ、説明してください」

今度は、腹にパンチをくらう。コーヒーとトーストと目玉焼きが、そのまま床の上に吐き出された。

鱶野は鱶野で、やはりこの種の仕事に慣れているとみえ、すばやくそれをよけた。

頭がくらくらして、ただでさえカボチャのお化けに似た鱶野の顔が、腐って崩れたカボチャのお化けに見えてくる。

鱶野が言った。

「どこに隠した。あの女とぐるなんだろうが」

それを聞いたとたん、ジリアンの言ったことが頭に浮かんだ。

香典袋に、一万円札ではなく百ドル札を入れた、という例の話だ。あれが、何かのトラブルを引き起こしたのだろうか。

「ぐるだなんて、と、とんでもないですよ」

わけが分からず、そうとしか言いようがない。

鱶野は分厚い唇をゆがめ、憎にくしげに続けた。

「大恩ある、おやじさんの告別式で香典泥棒を働くとは、まったくとんでもねえ野郎だ。通夜をきちんと務めたから、間違いはねえと信用していたのに、八つ裂きにしてもあきたりねえくらいだぞ」

そう言って、また顎に一発食らわしてくる。

宙を飛ぶ意識の中で、香典泥棒という言葉が浮きつ沈みつした。

「ま、待ってください。香典泥棒とは、ど、どういう意味ですか。香典は全部、三輪田さんが、回収したじゃないですか。ぼくのノートと突き合わせれば、は、はっきりするはずです」

「しらじらしいぞ、この野郎。勘定が合わないから、こうして出張って来たんだろうが」

「そ、それは、あれだけの数の香典ですから、二万や三万合わないのは、し、しかたないじゃないですか」

「ばかやろう、二万や三万ならおれも文句を言やあしねえ」

「場合によったら、十万か十五万違うことも、あるかもしれませんけど」

鱶野が、ぐいと顎をつかんでくる。

「この野郎、十万や二十万の金でおれたちがこんなに、大騒ぎすると思うか。三輪田先生が金を勘定したらな、おまえがノートに書き込んだ金額の合計より、三百三十万足りねえんだよ。いったい、どこへ隠しやがったんだ」

三百三十万。

それを聞いて、少し目が覚めた。

「しかし、香典袋は全部三輪田さんに渡したわけですから、もしかすると三輪田さんが」

言いかけたところで、もう一発腹を殴られた。

今度は胃液だけで、何も出なかった。

「気をつけてものを言え。三輪田先生はな、箕島組の経理を二十六年も見てくださってるんだ。万に一つも、間違いはねえ。ここ三年ほどのおまえとは、話が違うんだよ。二万や三万、いや、二十万や三十万ならともかく、三百三十万ともなると計算違いってことは、ありえねえ。おまえがあのデブ女とぐるになって、最後の段ボール箱から盗み取ったに違いねえ。さっさと吐いて、楽になりやがれ」

それを聞いて、思い当たった。

答えは、一つしかない。

留守を頼んで焼香に行った間に、ジリアンがこっそり段ボール箱の中から、香典袋を盗んだのだ。それも、分厚いのばかりを選んで抜き取り、例の紙袋のコートの下にでもしまい込んで、持ち出したに違いない。一緒にいて気がつかなかったが、そうとしか考えられない。

実は焼香に行くとき、段ボール箱にたまった香典袋のそばにジリアンを残すのは、山羊《やぎ》の群れの中に狼を放つようなものかもしれない、という気がちらりとした。だから、香典泥棒に引っかかるなどと言って、遠回しに警告したのだ。それに、いくらなんでも暴力団の組長の葬式で、そんな大胆な真似をする度胸はないだろう、と高をくくっていた。

今思えば、それが間違いのもとだった。

三輪田ともう一人の男が、オフィスの中をさんざんに引っ繰り返したあと、そばにやって来る。

三輪田が、鱶野に言った。

「見つかりません。ここにはないようです」

それを聞くと、鱶野はじろりとこっちを見た。また殴られる、と覚悟した。

しかし鱶野は、殴らなかった。

「おまえのしわざでないなら、あの女がやったことになるな」

「そうです、あの女がやったに決まってます。ぼくはやってませんから」

鱶野は珍しく、分別くさい顔をした。

「だろうな。おまえに、そんな度胸があるとは思えねえ。だいいち、大恩あるおやじさんの香典を盗むような、人の道にはずれるようなことをするようじゃ、人間もおしまいだ」

大恩大恩と、こんな男に人の道を説かれたくはなかったが、黙って聞いておいた。

「ぼくが焼香に行ってる間に、たくさんはいっていそうな香典袋を選んで、段ボール箱から抜き取ったんです。彼女のしわざに違いありません」

とにかくこの場をしのぐために、くどくどと繰り返した。

鱶野が、また顎に手をかけてくる。

「それで、あの女はどこにいるんだ。さっさと吐け」

「柏《かしわ》にいるはずです」

「柏のどこだ」

「住所は、分かりません」

「名前は」

「四面堂遥」

「シメン、ドーハルカ。なんだそりゃ」

「姓が四面堂、名が遥なんです」

字を教えてやる。

すると、横で三輪田が指を立てた。

「ちょっと待って。その名前には、記憶がある。お見せするのを忘れていましたが、昨日の告別式で香典袋に百ドル札を入れてきた、ふとどきな弔問客がいるんです」

きょとんとする鱶野を尻目に、三輪田はポケットからぺらぺらの香典袋を取り出し、目の前に掲げた。

「ああ、やっぱり。四面堂遥。その女です」

念を押してやる。

鱶野は袋を引ったくり、表に書かれた名前を確かめた。

中をあけると、確かに真新しいドル紙幣が出てきた。

鱶野は、それをこっちの鼻先に突きつけ、嚙《か》みつくように言った。

「これはいったい、なんの真似だ」

まぎれもない、百ドルのピン札だ。

「知りませんよ。当人に聞いてください」

鱶野はすっかり困惑した体《てい》で、手にした札を三輪田に突き返した。

「死んだおやじさんと、面識があったとも思えねえしな。いったい何者なんだよ、この女は。香典泥棒専門か」

「いいえ。ふだんは、経営コンサルタントをしています」

「経営コンサルタントだと。なんだ、そりゃ」

「よく分からないけど、とにかく当人はそう言ってます」

「百ドル札だって」

「そう言ってます、だと。ひとごとみたいに言うな。おまえの女じゃねえのかよ」

そうだったら、どんなにいいだろう。

いや、今はジリアンと知り合いになったことが、ひどく悔やまれた。

「ち、違います。ちょっとした顔見知り、というだけで、彼女のことは何も知らないんです」

「そんな女に、どうして香典を預けやがったんだよ、このおたんこなす」

「受付にも人がいたし、まさか暴力団の組長の葬式で香典泥棒を働くとは、夢にも思わなかったもので」

せいぜい、しおらしくしてみせる。

鱶野は、暴力団という言葉にいやな顔をしたが、何も言わなかった。

そばから、三輪田が口を出す。

「その女と連絡を取るときは、どうしてるのかね」

「携帯電話です。というより、携帯の番号しか知らないんです、彼女のことは」

三輪田と鱶野は、疑わしげに顔を見合わせた。

鱶野が顎をしゃくると、両腕をつかんでいた若い者が手を離したので、電話機や書類が散らばる床の上に、尻餅《しりもち》をつくはめになった。

なんとか、自分の椅子によじのぼる。

鱶野は言った。

「よし、その女に電話しろ。すぐに金を返さなければ、おれたちにぶっ殺されると言ってやれ」

急いで携帯電話を出したが、念のため断っておくことにした。

「あの、ぼくがぶっ殺されても、彼女は気にしないと思うんですが」

「ばか野郎、ぶっ殺すのはあの女だ。草の根を分けても探し出す、と脅かしてやれ」

しかたなく、番号をプッシュした。

しかし、電源が切られていて、つながらない。

三度試したが、同じだった。

「すみません、つながらないんです。またあとで、かけ直してみますから」

目をむく鱶野を、三輪田が制した。

「まあまあ、落ち着いて。この男を殴っても、金は返ってきませんよ。少し時間をくれてやって、この男に金を回収させたらどうですか。もし回収できなかったら、この男の預金通帳から足りない分を、引き出せばいいんです」

「三百万なんて金が、あるわけないじゃないですか」

抗議すると、三輪田はくるりと顔を振り向けて、訂正した。

「三百三十万だ。ちなみに、今残高はいくらだね」

「十万とちょっと」

三輪田は、いかにも情けないというように、首を振った。

「大の男が、通帳にたったの十万かね」

「すみません。なんでしたら、お見せしてもいいですけど」

鱶野が、デスクの足を蹴飛ばした。

「そんなもの、見たくもねえ。いいか。今までは、おやじさんがおまえに目をかけていたから、大目にみてやったんだ。そのおやじさんが死んだ以上、もう甘い顔はしねえことにする。よく聞け、おまえに明日の午後六時まで、時間をくれてやる。それまでに、女をとっつかまえて、金を回収するんだ。三百三十万、びた一文欠けても許さねえ。明日の午後六時までに、おれたちの事務所へ耳をそろえて金を持って来い。一分でも遅れたら、おまえをこの窓から逆さ吊りにして、喉《のど》を切り裂いてやる。分かったか」

女の声がした。

「おもしろいわね。やってみたら」

それを聞いたときの鱶野の顔は、フランケンシュタインの怪物に出くわした、狼男のようだった。

鱶野をはじめ、こっちを見ていた全員がいっせいに、入り口の方に向き直る。

いつの間にかドアが開き、盛り上がった胸の下で腕を組んだジリアンが、もの憂げに壁にもたれているのが見えた。

指先に挟んだたばこから、煙が一筋立ちのぼった。

4

一瞬、オフィスの中がビデオの静止画像のように凍りつき、しんとした。

外を通る、屋台のアイスクリーム屋の売り声が、ばかに間の抜けた調子に聞こえる。

ようやく、鰻野誠吉が口を開いた。

「あんたは、昨日の、女の人だな」

女と言い切れずに、女の人などと中途半端な呼び方をしたのは、うろたえた証拠だ。

「ええ。四面堂遥です。よろしく」

ジリアンがしれっとして言うと、鰻野もつられたように応じる。

「よろしく」

それから、あわてて付け加えた。

「おれは、箕島組の鱶野だ。あんたは昨日、おやじさんの告別式で香典を三百三十万円、盗んだだろう」

「盗んだわけじゃないけれど、無断で持ち出したことは認めるわ」

暴力団の幹部を相手に、少しもたじろぐ様子がない。これには正直、感心した。

ジリアンがあっさり白状したので、鱶野は逆に毒気を抜かれたようだった。

「だったら、耳をそろえて返してもらおうじゃねえか」

「そんなに、あわてることはないでしょう。通夜と告別式を合わせて、何千万も実入りがあったはずよ。天下の箕島組が、たったの三百万かそこらであたふたするのは、みっともないんじゃなくて」

「三百三十万です」

三輪田が、訂正する。

鱶野は足を開き、仁王立ちになった。

「普通の金ならともかく、あれはおやじさんの香典だ。何がなんでも、ご霊前に供えなきゃならねえ。さっさと返してもらおう。そこにはいってるんじゃねえのか」

そう言って、ジリアンが持つトートバッグに、顎をしゃくる。

ジリアンは、ふんと鼻で笑った。

「まさか。そんなものを持ち歩くほど、間が抜けてみえるかしら」

「じゃあ、どこにある。どうあってもあれだけは、返してもらわなきゃならねえ」

「返してもいいわよ。ただし、条件があるの」

「条件。どんな条件だ」

ジリアンは、ぐるりと顎を回した。

「まず、このオフィスの中を、きれいに片付けて。あなたたちが、めちゃめちゃにしたんでしょう」

「この野郎の、自業自得だ」

親指で、こっちを指し示す。

「利用させてもらったのは確かだけど、お香典の一件にこの人は関係ないわ。とにかく、きれいにしてちょうだい。話は、それからよ」

鱶野は、しぶしぶ三人の子分に顎をしゃくって、オフィスの中を片付けるように言いつけた。

子分たちもしぶしぶ、床に落ちた電話機や文房具、書類をデスクに載せ、キャビネットから引っ張り出したものを、もとの場所にもどした。

鱶野が言う。

「さあ、片付けたぞ。金はどこだ」

「まだ、残ってるわよ」

ジリアンは、床のコーヒーとトーストと目玉焼きの残骸の上に、ぽいとたばこの吸い殻を投げ捨てた。

鱶野が身振りで、こっちを示す。

「それはこの野郎が、勝手に吐き出しやがったんだ。こいつに片付けさせろ」

それを聞いて、椅子から飛び上がった。

「そうそう。これは、ぼくがふきますから」

あまり図に乗って、鱶野を刺激するのも考えものだと判断し、自分で始末することにした。

ジリアンが肩をすくめ、話を先へ進める。

「それじゃ、あなたと会計士さんだけ残ってもらって、あとのお兄さんがたには引き取っていただくわ」

「なぜだ。若い者がいると、具合が悪いのか」

「あなたこそ、子分がいないと心細いわけ」

言い返されて、鱶野がぐっと詰まる。

虚勢を張るように、腰に手を当てた。

「だれが、心細いもんか」

「こっちは、か弱い女と肝っ玉の小さい男の、二人だけじゃないの。何も、怖がることはないわ。二対二で、話をしましょうよ」

そんなやり取りが行なわれている間に、流しの隅から水のはいったバケツとモップを持って来て、汚れた床をきれいにした。まだ足がふらふらしたが、なんとかやってのけた。

清掃作業が終わるまでに、鱶野はジリアンの強引な要求に音を上げ、車の中で待っていろと言って、三人の子分たちを外へ追い出した。

四人だけになると、応接セットに二人ずつ向かい合って、腰を下ろした。

鱶野が、いらいらしながら言う。

「さあ、これで文句はねえだろう。金はどこにあるんだ」

ジリアンはそれを無視して、新しいたばこに火をつけた。

三輪田を見て言う。

「わたしがお香典袋に入れた、百ドル札をごらんになったでしょうね」

長身の三輪田は、すわってもほかの者より首一つ、座高が高かった。

「ええ、見ましたよ。あれは、どういう冗談ですか」

「冗談じゃないわ。あのお札を見て、何も気がつかなかったの」

ジリアンにそう聞かれ、三輪田はあらためて札を取り出した。

明かりにすかしたりして、しきりに調べる。しかし結局、三輪田は首を振った。

「別に、おかしな点があるようには、見えませんね。まさかこれが、偽ドルだとでも」

「そう。それは偽ドルなの」

鱶野は驚いて、三輪田から札を奪い取った。

目を近づけたり、引っ繰り返してみたり、ためつすがめつする。

「分からねえな。どこが偽ドルなんだ」

ジリアンは煙を吐き、たばこの先でこっちを示した。

「この人に、見てもらいなさいよ。偽ドルの鑑定にかけては、右に出る者がいないといわれる、名人なんだから」

鱶野はびっくりした顔をしたが、いちばん驚いたのは名人と呼ばれた当人だ。

しかしジリアンは、冗談を言っているようにはみえなかった。

「ほんとか、おまえ。そんな話は、聞いたことがないぞ」

鱶野が疑わしげに、顔をのぞき込んでくる。

「まあ、ぼちぼちですが」

とりあえず、あいまいな返事をしてごまかす。いきなり話を振ってきた、ジリアンの真意が分からない。

鱶野のよこした百ドル札を、天井の蛍光灯にすかして見た。

小さくうなずくジリアンの姿が、目の端に映る。

事前に言っておいてくれればいいものを、いきなり役を振り当てられても対応に困る。しかしここは、出たとこ勝負で話を合わせるしかない。

デスクの小物入れから、ルーペを取って札に当てる。少しの間もっともらしく、あちこち調べるふりをした。

目を離して、おもむろに言う。

「確かにこれは、偽ドルですね」

「どこが」

鱶野と三輪田が、同時に声を発して札をのぞき込んだ。

「見てごらんなさい。表の左の中央に、円い印章があるでしょう」

二人がうなずく。

「円の中央の、アルファベットのBを見てください。本物の札は、下の半円と上の半円が接触していますが、偽札はわずかに線の先っちょが離れてるんです」

口からでまかせ、もいいところだ。

鱶野はルーペを取り上げ、丹念にのぞき見た。

「なるほど、こいつの言うとおりだ」

三輪田も同じようにして、それを確かめた。

顔を上げて言う。

「確かに線が離れているが、本物と比べてみないことには、なんとも言えませんな」

さすがに会計士だけあって、慎重な態度だった。

ジリアンが、たばこをもみ消す。

「アジアで流通しているドル紙幣の、五パーセントから十パーセントは偽札だ、と言われているわ。紙幣鑑別機にかけても、そのまま通ってしまうくらい精巧にできたものも、少なくないらしいの。これもその一つ、といっていいでしょうね」

鱶野は、感心したようにうなずいたが、ふとこわもての顔にもどった。

「待ってくれ。この偽ドルと、あんたが勝手に持って行った香典と、どんな関係があるんだ」

ジリアンは足を組んで、むっちりした太ももを鱶野に見せた。

「わたしの手元に、この偽ドルが同じ百ドル札で、五十万ドル分あるわ。邦貨にして、ざっと六千数百万円になるわね、今のレートだと」

鱶野が、目のやり場に困りながら、つっけんどんに応じる。

「それがどうした」

「それを、三千万円で引き取ってほしいの」

鱶野は、目をむいた。

「ばか言え。そんな偽札を、だれが買うもんか」

「あら。街へ出て、銀行よりいくらか安いレートで売れば、大もうけができるじゃない。今、ドルの売りは百二十円前後だと思うけれど、百円で売れば五千万になるのよ。右から左に流すだけで、二千万ももうかる話なんてまさに濡れ手で粟《あわ》、そうざらにはないわ。覚醒剤や、麻薬を売るよりずっと危険が少ないし、良心もとがめないでしょう」

そもそも鱶野に、とがめるほどの良心があるかどうか疑問だが、ジリアンの説得は少なからず、効き目があったようだ。

鱶野は少し考え、三輪田に目を向けた。

「先生、あんたはどう思う」

三輪田は、細い喉仏を動かした。

「話になりませんな。もし偽札とばれたら、あとはただの紙屑になってしまう。そんなものに、三千万も払うばかはいませんよ」

「絶対にばれないわ」

絶対に、にひどく力を入れて、ジリアンが言った。

三輪田の口元に、薄笑いが浮かぶ。

「そんなに自信があるなら、自分で銀行へ行って円に替えたらどうかね」

しかしジリアンは、その程度ではたじろがなかった。

「それでもいいけれど、銀行で一度にあまり大量のドルを替えると、本物かどうかという問題以前に、不審を招く恐れがあるわ。わたしの依頼主は、とにかく急いで円に替えなければならない、緊急の事情があるの」

鱶野が乗り出す。

「だれだ、その依頼主ってのは」

「香港の筋、とだけ言っておくわ。そんなにご心配なら、これから一緒に銀行へ行って、円に替えてみましょうよ」

ジリアンはそう言って、トートバッグの中に手を入れた。

帯封のかかった、真新しい百ドル札の束を三つ取り出し、テーブルに置く。

「ここに、三万ドルあるわ。わたしが抜き取った、香典の額とほぼ同じよ」

鱶野が、体を引く。

「こんなもので、ごまかされやしねえぞ」

「そんなつもりはないわ。この中から、あてずっぽうに十枚抜いてちょうだい」

鱶野はちょっとためらったが、しぶしぶ言われたとおり札束を取り上げ、帯封を破らぬように気をつけながら、適当に札を十枚引き抜いた。

「それをポケットに入れて、しっかり持っていてね」

ジリアンはそう言って、こっちに目を向けた。

「表通りに、銀行があったわね」

「うん。出たところに、大日銀行がある」

「そこへ行って、その千ドルを円に替えてみましょう。銀行でも見破れないくらい、よくできていることが分かるから」

鱶野は、両足を踏ん張った。

「ばか言うな。おれは、そんな危ない橋を渡る気はねえ」

「心配しないで。あなたたちは、どこかで見ていればいいのよ。窓口に行くのは、この人だから」

三人がそろって、こっちを見た。

5

用紙に、必要事項を書き込む。

それを見届けると、鱶野誠吉は後生大事に押さえ込んでいたポケットから、十枚の百ドル札を取り出した。

「ここで見てるからな。窓口へ行くまでに、ほかのドルとすり替えようなどとしたら、ただじゃおかねえぞ」

そうささやきながら、札をよこす。すり替えようにも、ドル紙幣など持っていない。

ジリアンは、自信ありげにうなずいた。

「だいじょうぶ、行ってらっしゃい」

三輪田は、そわそわと腕時計を見たり、上着の裾《すそ》を引っ張ったりしている。制服を着た警備員が、まるで銀行強盗をするのではないかと疑うように、こっちに目を向けてきた。

こうなったら、腹を決めるしかない。

窓口へ行き、女子行員に声をかける。少し薹《とう》の立った、意地悪そうな女だ。

「すみません。ドルを、円に替えたいんですけど」

松島たか子、とカウンターに名札の出たその女子行員は、無愛想に用紙とドル紙幣を受け取り、かわりにプラスチックの番号札をよこした。

「少しお待ちください」

無愛想な声で言うのを聞き流し、ソファに向かう。いつでも逃げ出せるように、出口のそばまで避難した鱶野と、三輪田の姿が見えた。

ジリアンの隣に、腰を下ろす。

「とんでもないことに、巻き込んでくれたな」

「そんなに、怖い顔をしないで。あなたにも、一口乗せて上げたんだから」

「だれも、頼んだ覚えはない。あちこち殴られて、立っていられるのが不思議なくらいだよ。窓口の女の子が、顎のアザを見て変な顔をしたぞ」

「がまんしなさい。損はさせないから」

「ほんとに、だいじょうぶなのか、あのドル紙幣」

「だいじょうぶ。正真正銘の、偽札だから」

そのとき、窓口の女子行員が立ち上がって、奥へ向かうのが見えた。

ソファを立ち、カウンター越しに姿を見送る。

女子行員は、いちばん奥のデスクの前まで行って、その上に乗った小さな四角い機械の前で、手にしたドル紙幣をとんとんとそろえた。

「おい、まずいぞ。鑑別機にかけるらしい」

浮足立って言うと、ジリアンはこっちの上着の裾をつかんで、ソファに引きもどした。

「おどおどするんじゃないの。平気な顔をしてなさい」

「しかし、いくらうまくできた偽ドルといっても、鑑別機にかけたらばれるだろう」

「任せておきなさいって」

ジリアンは、少しも動じない。

驚いたことに、女子行員はドル紙幣を機械に通し終わり、何ごともなかったように席にもどった。

やがて名前が呼ばれ、窓口に行く。

女子行員はお待たせしましたと言って、一万円札と小銭のはいった小皿をよこした。

どっと冷や汗が出る。

鱶野と三輪田が、あたふたとそばにやって来た。

何か言おうとするのを、ジリアンが制する。

「待って。話は、オフィスにもどってからにしましょう」

オフィスにもどるなり、鱶野は興奮した口調で言った。

「いったい、どういうことなんだ。遠くから見ていたが、あの女子行員は札を鑑別機にかけて、調べていただろう。それでも見破られなかったってことは、本物の札だってことじゃねえのか」

ジリアンが、ふんと鼻であしらう。

「本物だと思うなら、本物でもいいわよ。ここにある三万ドルは、昨日拝借したお香典と引き換えに、そっくり進呈します」

鱶野が、こっちを睨《にら》む。

「おい、おまえが本物の偽ドル鑑定士なら、これが本物か偽物かはっきり言ってみろ」

ジリアンが小さく首を振ったが、どちらと答えればいいのか分からない。

「ええと、その、ぼくの目にはやはり、偽物としか見えないんですが」

あてずっぽうに答えると、ジリアンはそれでいいというように、二度瞬《まばた》きした。

三輪田が拳を口にあて、こほんと咳《せき》をする。

「鑑別機でも読み取れないような、精巧な偽ドル紙幣があるとは思いませんでした。ちょっとした、事件ですな」

「そう、実によくできた偽ドルですよ」

やけになって、言い張った。

鱶野が、横目でジリアンを見る。

「くどいようだが、これは本物のドルじゃねえのか」

ジリアンは、手を打って笑った。

「あなたも、疑り深い人ね。この本物の三万ドルで、お香典はちゃんとお返ししましたから、もう文句は言わせないわよ」

鱶野は頭が混乱したように、また両足を床に踏ん張った。

「これと同じ偽ドルが、五十万ドルか」

「邦貨にして、ざっと六千万円。それを三千万なら、安い買い物でしょう」

三輪田が、人差し指を立てて動かす。

「三百三十万を、引かなきゃいけませんな。そうすると、二千六百七十万になる」

鱶野も同じように、人差し指を振り立てた。

「どっちにしても、高すぎる。安くするなら、考えてもいいが」

ジリアンはたばこに火をつけ、鱶野に向かって煙を吐いた。

「そうくると思ったわ。きりのいいところで、二千五百万ならどう」

すかさず、三輪田が言う。

「どうせ、安く仕入れたに違いない。あなたが持ち帰った三百三十万を引っくるめて、一千万以上は出せませんな」

ジリアンは、瞳をぐるりと回した。

「全部で、一千万ですって。それじゃ、原価も出ないわ。あれだけの偽ドルを作るのに、どれだけの人手と印刷費がかかってると思うの。三百三十万を除いて、二千万がぎりぎり最低の線ね」

それを聞いて、鱶野が口を出す。

「せいぜい譲っても、三百三十万を除いて一千万が、限度だな。しかもそれで、あんたが黙って香典を持ち出した無作法に、目をつむってやろうってんだ。文句はあるまい」

ジリアンは、鱶野を睨みつけた。

「足元を見たわね。しかたがないわ。残り四十七万ドルで、千五百万。それ以上は、びた一文まからないわよ。ほかにも、買い手がいるんだから」

話がこんがらかってきて、わけが分からなくなった。

鱶野も頭が混乱したらしく、三輪田に合図してソファを立つ。

二人は窓際へ行き、かわりばんこに耳打ちし合って、二分か三分相談した。

ソファにもどると、鱶野が言った。

「五十万ドル引っくるめて、千五百万だ。そこまでの金なら、おれと先生の裁量でなんとかする」

ジリアンが、あきれたように口をあける。

「それじゃ、あとの四十七万ドルに千百七十万しか払わない、というわけ」

「そうだ。そのかわり、キャッシュで払ってやる」

ジリアンは腕を組み、たっぷり三十秒は考えた。

トートバッグの中から携帯電話を出し、勢いよく立ち上がる。

「三分待って。依頼主と、相談してきます」

そう言い残すと、そそくさとオフィスを出て行った。

鱶野が、首を振りながら言う。

「まったく、どういう女だ。まさか、おれたちをだますんじゃねえだろうな」

「ぼくだったら、信用しませんね。あの女は、とにかくしたたかなんですから」

警告してやったが、鱶野はほとんど聞いていなかった。ものほしそうに、ドルの札束を見ている。

三輪田が言った。

「しかしこの偽ドルは、確かによくできている。本物といってもよい。いや、十分に本物です。三百三十万円分確保できただけでも、損はないじゃありませんか」

「そりゃそうだ。しかしこれと同じものを、あと四十七万ドル持ってるとすれば、ほうっておく手はないぞ」

「いや、まったく。もしかすると、あなたとわたしと二人だけでさばくことも、可能かもしれませんよ」

鱶野は、三輪田の膝を膝でこづいてから、こっちを見た。

「おまえは、何も聞かなかったことにしろよ。分かったか」

「もちろんです。ぼくは、口が堅いので有名ですから」

どうやら二人は、組に知らせずに金もうけをしよう、と考えているらしい。

ドアが開き、ジリアンがもどって来た。

「依頼主が、トータル千五百万で手を打つ、と言ったわ」

鱶野と三輪田は、してやったりというように、顔を見合わせた。

ジリアンが続ける。

「ただし、条件があるの。キャッシュで払う、という言葉に嘘はないでしょうね」

「ない」

鱶野が、生まれてこの方《かた》嘘をついたことがない、と言わぬばかりにうなずく。

「それと、取引は今夜中にすませたいの。午後十一時までに、お金を用意できるかしら」

三輪田は、鱶野とちらりと視線を交わしてから、鷹揚《おうよう》に応じた。

「なんとかなるでしょう」

「それじゃ、キャッシュをアタシェケースに詰めて、午後十一時にここへ持って来て」

「ここで取引するのか」

「いいえ、別の場所よ」

「どこだ」

「それは、まだ言えないわ。お金を持って来たら、この人がちゃんと千百七十万円あるかどうかチェックして、わたしの携帯電話に連絡するの。その結果を聞いてから、取引場所を教えるわ。一時間以内に、来られる場所よ」

　鱶野と三輪田が、こっちを見る。

　しかたなく、うなずいた。

「分かった、分かりました。言われたとおりにします」

　ジリアンが、人差し指を立てる。

「もう一つ。目立つといけないから、お金を運んで来るのは鱶野さんか三輪田さんか、どちらか一人にして。子分なんかぞろぞろ連れて来たら、話はなかったことにするわよ」

　鱶野が、猜疑心《さいぎしん》のこもった目で、ジリアンを見る。

「だまそうってんじゃないだろうな。香港の依頼主とやらが、仲間と待ち伏せしてるって可能性も、なくはないだろうが」

「それは、信頼してもらうしかないわね。おかしいと思ったら、取引を中止にすればいいじゃないの」

　鱶野が、こっちを指さす。

「よし。この野郎が人質だ。こいつを盾にして、取引場所に行く。妙なことになったら、真っ先にこいつをぶち殺す。分かったか」

ジリアンは、興味なさそうに肩をすくめた。

「どうぞ、お好きなように」

まったく、とんでもないことになったものだ。

6

首都高速九号深川線は、週末ということもあって混んでいた。

「いいか。もしあの女以外に、怪しい野郎が一人でも姿を現したら、おまえの土手っ腹にこいつをぶち込む。覚悟しておけよ」

鱶野誠吉が言ったので、ちらりと目を落とす。

鱶野は、手袋をした手で握った拳銃のグリップを、ポケットからのぞかせた。

「勘弁してくださいよ、鱶野さん。ぼくは彼女に利用されてるだけで、何も知らないんですから」

できるだけ、哀れっぽい声で言う。

「そんなことは、関係ねえ。何か起きたら、おれはおまえをぶち殺す、と決めた。こっちだって、命がけなんだ」

フロントグラスに、夜の闇が広がる。

鱶野は、いらだたしげに続けた。

「取引場所は、いったいどこなんだ。そろそろ教えてくれても、いいころじゃねえか」

少し間をおいて答える。

「いいでしょう。彼女が電話で指定したのは、葛西《かさい》の臨海団地倉庫です」

「ええ。このまま、深川線から湾岸道路にはいって、葛西でおりるんです。すぐ左側に、団地倉庫が並んでいます」

「臨海団地倉庫」

「その中の、どこかの倉庫か」

「ええ。北側の道路に面して、現在未使用の倉庫があるそうです。なんでも、建て替えのため半月前から、空いたままになってるらしい」

「だれも、待ち伏せしてねえだろうな」

「びくびくする必要はないでしょう。いつでもその銃で、ぼくを撃てるんだから」

いくらか、余裕が出てきた。そもそも、拳銃などを見せびらかすやつに限って、人を撃つ度胸はないものだ。

「ばか野郎、だれがびくびくするか」

そう言った鱶野の声は、いつになく上ずっていた。

湾岸道路にはいる。

ようやく車の流れがスムーズになり、五分ほどで葛西の出口に達した。

高速をおりて、五百メートルくらい走ったところで、環七通りにぶつかる。そこを左折した。すぐ左側にトラックターミナルがあり、その先が団地倉庫になっている。

団地倉庫の北端の角を、また左にはいった。

歩道に公衆電話ボックスがあり、その後方の敷地内に並ぶ倉庫群の一角で、ペンライトらしき小さな光が、点灯した。

その光が、ゆっくりと輪を描く。

それを見て、鱶野が乗り出した。

「おい、あれじゃないか。停《と》めろよ」

「いや、倉庫の真ん前に停めるのは、避けた方がいいです。少し先で停めて、歩いてもどりましょう」

鱶野はぶつぶつ言ったが、あえて反対はしなかった。一理あると思ったのだろう。

道路の行く手が、右へ直角に折れている。そこを曲がったところで、車を停めた。

鱶野は、金のはいったアタシェケースを左手に持ち、拳銃を握った右手をポケットに入れたまま、車からおりた。

広い道を、並んでもどる。四百メートルほどもありそうな、長い道路だ。

ペンライトの光が、またゆっくりと回った。

柵を乗り越え、芝生に植えられた木の間を抜けて、コンクリートの通路に出る。

ペンライトは、とっつきの小さな倉庫の陰で、ちかちか光っていた。道路に立つ街灯の光は、そこまで届いていない。なんとなく、輪郭が見えるだけだ。

そばに行くと、黒いコートを着たジリアンの姿が、灰色の外壁に浮かび上がった。

鱶野が斜め後ろに、ぴたりとくっつく。背中に、固いものが当たった。銃口らしい。

鱶野が言った。

「金は持って来たぞ。ドル紙幣は、どこにある」

ジリアンが、落ち着いた声で応じる。

「倉庫の中よ。あとについていらっしゃい」

そう言い残して、すぐ横手のくぐり戸を押し、中へ姿を消した。

「よし、先にはいれ」

銃口で背中を押され、言われたとおりにする。

中は冷えびえとした、コンクリートのフロアだった。

高い天井に、蛍光灯が三つか四つ点灯している。外から眺めるよりも、ずっと広く感じられる倉庫だった。光は四隅まで回り切らず、壁際の方は薄暗がりのままだ。大きな木箱や台車、クレーン、鉄ばしご、大小のアルミのコンテナなどが、雑然と散らばっているのが、ぼんやりと見える。

ジリアンは、フロアの中ほどにある木の作業台に近づき、向き直った。

「そのアタシェを、ここへ載せてちょうだい」

鱶野が、背後で言う。

「そっちも、偽ドルのはいったアタシェを、そこへ載せろ。お互いに、台のまわりを半周すれば、目的のものを手にいれられるわけだ」

「分かったわ」

ジリアンは、壁際の暗がりまで身を引き、何かを手にして作業台にもどった。似たようなアタシェを、そっと台の上に載せる。鱶野も、それにならった。

呼吸を合わせて、鱶野と一緒に台のまわりを、ゆっくりと回る。

ジリアンのアタシェの前まで来ると、鱶野は命令した。

「あけて、中身をおれに見せろ」

言われたとおりにする。

薄暗いのではっきりしないが、昼間見たのと同じように見える、厚さ一センチほどの百ドルの札束が、ぎっしり詰まっていた。

その一つを取り上げて、背後にいる鱶野にぱらぱら、と繰ってみせる。

「よし。数を数えろ」

数えると、たしかに四十七束あった。

ジリアンも、その間に鱶野が載せたアタシェを調べた。すでに、オフィスで中身を調べたから、そこに千百七十万円はいっていることは、分かっている。

いつの間にか、鱶野が背後から横に移動して、ジリアンに拳銃を突きつけた。

「五歩後ろへ下がれ」

ジリアンは棒立ちになり、柳眉《りゅうび》を逆立てて鱶野を睨んだ。

「なんの真似よ、それ」

「決まってるだろう。その金も、持って帰るのよ。おれをこけにした罰に、全部いただいて行く」

「人に裏切るなと言って、自分から裏切るつもり」

ジリアンがヒステリックに言うと、鱶野はせせら笑った。

「そうよ。裏切られる前に裏切るのが、おれのやり方さ。さあ、下がれ。下がるんだ」

ジリアンは唇を噛み締め、フロアの上を後ろへ下がった。

鱶野が台をまわって、アタシェを取りに行く。

その隙《すき》に、すばやくドルの札束の間を探ると、拳銃が指先に触れた。

それを握り締め、アタシェに手を伸ばした鱶野に、呼びかける。

「鱶野さん、やめてください」

鱶野はこっちを見て、アタシェの方に体をかがめたまま、凍りついたようになった。

「な、なんの真似だ」

ジリアンと、同じせりふを言う。

「取引は、フェアにやる約束です。それは、置いて行きましょう」

「おれに、指図する気か。おまえは黙って、すっ込んでりゃいいんだ」

口ではすごみながら、恐るおそる体を起こそうとする。

「動いちゃだめです」

安全装置をはずして、わざと金属的な音を立ててやった。

鱶野はびくりとして、体の動きを止めた。

「拳銃を、台の上に置いてください。それから、後ろへ下がって。ぼくは、偽ドルの鑑定も得意ですが、ピストル射撃も大学時代、オリンピック予選までいった腕でしてね。なんなら、試してみてもいいですよ。そのかわり、一生腕が上がらなくなる恐れがありますがね」

鱶野は、少しの間ためらった。

しかし、試してみる度胸はなかったとみえ、しぶしぶ拳銃を台の上に置いて、後ろへ下がった。

ジリアンが、はじけるように笑い出す。

鱶野は、鬼瓦《おにがわら》のような顔をこっちに向けた。

「くそ。やっぱりぐるだったんだな。ただじゃ、すまさねえぞ」

ジリアンは、笑うのをやめた。

「こういうこともあろうかと、わたしのアタシェに拳銃を入れておいたのよ。二兎《にと》を追う者は一兎《いっと》をも得ず、とはこのことね」

鱶野は唸った。

「くそ、裏切りやがったな」

「先に裏切ろうとしたのは、あなたの方じゃないの。おとなしく交換していれば、見逃してあげたのに」

そう言って作業台に近づくと、鱶野の拳銃をコートのポケットに落とし込み、アタシェを取り上げた。

「わたしは、先に行くわ。あなたはそっちのアタシェを持って、あとからいらっしゃい。忘れずに、そのおばかさんを眠らせるのよ」

それを聞いて、鱶野が不安げに目をきょときょとさせる。

笑いをこらえて、口を開いた。

「そこまでしなくても、いいじゃないか。この取引は取引で、きれいに終わらせよう。きみは、そっちのアタシェを持って行く。鱶野さんは、こっちのアタシェを持って行く。最初からその約束だったし、それでめでたしめでたしだ。ぼくは、きみが無事にここから離れるまで、鱶野さんを見張っている。それでいいだろう」

ジリアンが、せせら笑う。

「あなたも、意外にお人好《よ》しねえ。その男はわたしたちをだまして、円とドルを両取りしようとしたのよ。撃ち殺されたって、文句は言えないはずだわ」

鱶野が、横から口を出す。

「おい、その女を撃っちまえ。分け前を、半分やるぞ」

まったく、どっちもどっちだ。

黙っていると、ジリアンがコートの中から、鱶野の拳銃を取り出した。

鱶野に銃口を向ける。

「あなたがやらないのなら、わたしがこの男を始末するわ」

「おい、冗談だろう。人殺しだけは、しない約束だぞ」

たしなめると、鱶野は馬に蹴られたように足元を乱し、あとずさりした。

「お、おい、やめろ。ちょっと、この女を止めてくれ。お互いに、アタシェを一つずつ持って、右と左に別れようじゃねえか。そ、それで、文句はねえだろう」

「もう遅いわよ」

ジリアンが言い、銃口を上げる。

鱶野はひっと喉を鳴らし、頭をかかえてその場にうずくまった。なんとも、いざとなるとだらしのない男だ。

そのとき、突然遠くの方からパトカーのサイレンの音が、聞こえてきた。

ジリアンが、はっとして振り向く。

それを待っていたように、入り口の戸がばたんと開いた。

いかつい体つきの男が、無造作に戸口をくぐって、中にはいって来る。

そこに立ちはだかったのは、昨日の告別式のとき警備に来ていた本庁暴力団対策課の、所沢警部補だった。

7

所沢は言った。

「ようやく、しっぽを出したな。この一ヵ月というもの、ずっとあんたのあとをつけ回してたんだ」

そこで言葉を切り、あらためて続ける。

「四面堂遥。偽ドル売買の現行犯で、逮捕する。一緒にいる者も、そこを動くな。ここはすでに、手配が回っている。抵抗してもむだだ」

パトカーのサイレンの音が、しだいに近づいてくる。

床で頭を抱えていた鱶野誠吉は、そのときすでに所沢の目の届かぬ作業台の陰に這《は》い寄り、逃げ道を探すようにあたりを見回していた。

今がチャンスだ。

銃口を上に向けて、立て続けに二発撃つ。

所沢もジリアンも、あわてて床に伏せた。

所沢がわめく。

「こら、抵抗する気か。逃げられやせんぞ」

鱶野に飛びつき、腕をつかまえた。

「こっちだ、逃げましょう」

そうささやいて、力任せに引っ張る。

鱶野は抵抗した。

「金は、金はどうする」

「ほっときなさい。つかまったら、おしまいだ」

作業台を目がけて、また一発ぶっ放す。

もう一度引っ張ると、鱶野はしぶしぶフロアの上を這い始めた。

突然、天井の蛍光灯が消えて、あたりが闇に包まれる。

所沢のわめき声がした。

「止まれ。撃つぞ」

銃声が一発、二発。そのたびに、鱶野がしがみついてくる。

手探りで、大きな木箱の裏手に回り、壁の一部を探った。

ベニヤ板が、手に触れる。

見当をつけて、足で思い切り蹴り破った。外から、冷たい夜気が流れ込む。

「ここだ。急いで」

穴へ鱶野を押し込み、尻を思い切り蹴りつけてやった。横幅の広い鱶野は、なかなか穴を抜けられない。

なんとか外へ蹴り出し、あとに続く。

コンクリートの通路を、体をかがめて突っ走った。鱶野が、ぜいぜい喉を鳴らす。

植え込みに飛び込み、柵を越えて広い通りに転がり出た。サイレンの音は、すぐそばまで近づいていたが、パトカーの姿はまだ見えない。

道路の端を伝って、車を停めた角に駆け込んだ。

「早くしろ」

鱶野はそうわめいて、助手席の側に回った。

車に乗り込み、すぐにスタートさせる。

最初の信号を、左に曲がった。すると、反対側をやってくるパトカーの、赤いランプが見えた。

鱶野が、ハンドルを握った左手を、ぎゅっとつかんでくる。

「まずいぞ、突っ走れ」

「落ち着いてください。中央分離帯があるから、静かに走っていれば気づかれませんよ」

時速四十キロほどの、のんびりした速度で進む。パトカーは、それ以上の遅いスピードで、反対車線を通り過ぎた。

バックミラーで確認すると、パトカーはこっちが出て来た角を右折して、見えなくなった。

鱶野は体をねじり、ほっとため息をついた。

「くそ、ひやひやさせやがる。とにかく、ここを離れるんだ」

五分後には、葛西橋を経由して荒川を渡り、江東区にはいった。

鱶野は、ようやく落ち着きを取りもどして、シートベルトをした。

「危ないとこだった。あの所沢ってデカだが、昨日はてっきり葬式の警備に来てたと思ったのに、そうじゃなかったらしい。あの女を、見張りに来てたんだ。すっかり、だまされちまった」

「らしいですね。とにかく、つかまらないでよかった」

「くそ。虎の子の千百七十万円を、みすみす捨てて逃げるはめになるとは、思いもしなかったぜ」

鱶野はぼやき、ダッシュボードを拳で叩いた。

「あそこでつかまってたら、それだけじゃすみませんでしたよ。そうだ、アタシェに指紋を残してないでしょうね」

鱶野は、手袋をした手を、目の前に広げた。

「だいじょうぶだ。それに、おれはあのデカを作業台の下から見たが、やつはおれの顔を見てねえ。取引相手がおれだとは、気がつかなかったはずだ」

「でも、彼女が鱶野さんの名前を言ったら、同じことですよ」

鱶野は不安を隠せず、もぞもぞとすわり直した。

「なんとか、口をふさぐ手はねえものかな」

「弁護士を通じて、黙っているように頼むことは、できるかもしれない」

「それだ。なんとかしてくれ、頼む。金のことは、あきらめる。おれは今、執行猶予中なんだ。もしとっつかまったら、確実に実刑を食らう」

「どうですかね。ぼくだって、彼女に共犯者として名前を出されたら、無事じゃすまないんです」

「おまえは仲間だから、しかたないだろうが」

「でも、最後は鱶野さんの味方をしたし、現にこうして助けたじゃないですか」

鱶野は何か言おうとしたが、結局口をつぐんだ。みっともないところを見られたので、偉そうなことを言えなくなったのだろう。

さりげなく続ける。

「いやいやではあったけど、確かにぼくは共犯者なんです。あの刑事にも顔を見られたし、彼女が口を割ったら一発でおしまいですよ」

「とにかく、明日の朝一番で弁護士を手配して、あの女に口止めするように頼むんだ。おれは、今夜のアリバイ作りをしとくからな」

すっかり、びびってしまったようだ。

翌日の夕方。

朝から、ほとんど一時間おきに連絡を入れてきた鱶野が、八度目の電話をよこした。

「おい、どういうことだ。テレビでもやらないし、今日の夕刊の早版にも載ってない。ゆうべの事件は、どうなったんだ」

「それがその、十五分くらい前に四面堂遥から、電話がありましてね」

「電話だと。留置場から、電話できるのかよ」

「違います。成田からです。彼女、つかまらずに逃げたらしいんです」

「なんだと。あれだけパトカーが集まったのに、逃げたってのか。所沢ってデカは、何をしてたんだ。それに、成田からってのは、どういうことだ」

「これから、アメリカ行きの飛行機に乗る、と言ってました。ほとぼりが冷めるまで、あっちに身を隠すそうです」

受話口の向こうで、唸り声がした。

「くそ、なんてあまだ。それで、金はどうした」

「さすがに、置いて逃げたようです。例の三百三十万だけは、なんとか持ち出したらしいですが」

「ちくしょうめ。すると、あの偽札四十七万ドルと千百七十万円は、サツに押収されたわけだな」

「たぶん」

少し間があく。

「それにしたって、ニュースにならねえのはなぜだ。まさか、あの所沢が全部ネコババした、なんてことはねえだろうな」

「警視庁に電話して、聞いてみたらどうですか」

「ばかをぬかせ。いいか、おまえのとこへサツが何か言ってきても、絶対おれの名前を出すんじゃねえぞ。鱶野のフでも漏らしたら、絞め殺してやるからな」

そう言って、がちゃりと電話を切る。

受話器を置いて、ジリアンを見た。

ジリアンは、ソファに高だかと足を組んですわり、たばこの煙を噴き上げる。

鱶野とのやり取りを話すと、ジリアンは涙を流して笑い転げた。

ひとしきり笑うと、ハンカチを出して涙をふいた。

「これで当分、だいじょうぶね」

「きみは、鱶野や三輪田と街でばったり出くわさないかぎり、だいじょうぶだろうさ。しかし、こっちはこのオフィスの場所も知られてるし、枕を高くして寝られないよ」

「心配ないわよ。あなたは、わたしに逆らってアタシェケースを渡すまいとしたし、なんといっても鱶野を逃がしてあげたわけだから、恩にきてるはずだわ」

そうだといいが。

「それにしても、あそこに所沢が現れるとは、聞いてなかったぞ。どうして事前に、言っておいてくれなかったんだ。パトカーが来たりして、ひやひやさせられたよ」

最初の打ち合わせでは、ジリアンとモデルガンで撃ち合いを演じたあげく、鱶野を助けて用意した脱出口から逃げる、という筋書きだったのだ。

「状況をよりリアルにするために、あなたを一緒にだます必要があったのよ。そのおかげで、鱶野もまんまと一杯食わされたわけだから、文句はないでしょう」

確かにそのとおりだが、どうも釈然としない。

「あの所沢ってやつは、何者なんだ」

「本庁暴力団対策課の元刑事で、昔からの顔なじみ。半年前に退職して、団地倉庫の警備員になったの。それであの空き倉庫を、提供してもらったわけよ」

「パトカーが来たのは」

「それも、所沢元警部補どのが公衆電話から、一一〇番してくれたの。近所で、体長一・五メートルのペットのワニが檻《おり》を破って、団地倉庫のあたりに逃げ込んだと言ってね」

これには、笑ってしまった。

「ところで、あの偽ドルはどこで手に入れたんだ」

実際の偽ドルは、最初にジリアンが身につけていた三万ドルだけで、倉庫に持ち込んだ四十七万ドルは、ちゃちなおもちゃの紙幣にすぎない。倉庫内は薄暗かったし、鱶野は焦ってこっちに任せきりだったから、気がつかなかったのだ。

「香港のマフィアからよ。わたしが、経営コンサルタントをしている不動産会社の、在外顧問なの。日本へ来るたびに、女の子を紹介させられるのよね。それで、この間礼だと言って渡された包みを、あとであけてみたら偽ドルが三万ドル、出てきたわけよ」

「ははあ。そこから、箕島組に巻き上げられた慰謝料を取りもどそうと、この仕掛けを作ったわけだな」

ジリアンの眉が、ぴくりと動く。

「別に、会社のためじゃないわ。手に入れた千五百万は、全部わたしのものよ」

「ぼくたちのもの、だ」

指摘してやると、ジリアンはあいまいに肩をすくめた。

「まあ、いくらか分け前はあげるけれど、多くは期待しないでね」

「しかし、一番危ない橋を渡ったのは、ぼくだぞ。これからだって、いつ鱶野に痛めつけられるか、知れたものじゃないんだ」

「あなたのほかにも、所沢元警部補にも相応のお礼をしなくちゃいけないし、わたし一人が大もうけするわけじゃないわ」

「三人で分ければ、一人五百万になるな」

ジリアンは、目をむいた。

「よく言うわよ。わたしが一千万取って、残りを三人で分けるのよ」

そう決めつけて、ハンドバッグの中から百万円とおぼしき札束を二つだし、テーブルの上に置いた。

「はい、これがあなたの分」

手を触れずに、ジリアンを見る。

「ちょっと待て。今、三人と言わなかったか」

「言ったわよ。あなたと所沢元警部補が、それぞれ二百万ずつ。あと一人に、百万。それでちょうど、五百万になるでしょう」

「その、あと一人というのは、だれのことだ。一度も会ってないぞ」

「会ったわよ」

頭が混乱する。

「まさか会計士の、三輪田じゃないだろうな」

ジリアンが、もっともらしくうなずく。

「なるほどね、あの会計士を仲間に引き込むという手も、なくはなかったわね」

「じらさずに、教えてくれ。もう一人はだれなんだ」

「松島たか子よ」

一瞬、だれのことか分からなかった。

しかしすぐに、大日銀行の窓口にいた女子行員だ、と思い当たった。

「あの女子行員が、どうして仲間なんだ」

ジリアンは、軽蔑するように横目をつかった。

「まだ分からないの。いくら精巧にできた偽ドルでも、最新の鑑別機にかけられれば、すぐに見破られるわ。あなたが窓口に出した偽ドルを、松島たか子がこっそりカウンターの下で、あらかじめ渡しておいた本物のドル紙幣と、すり替えたのよ。だから無事に、鑑別機をクリアしたんじゃない」

それはさすがに、気がつかなかった。

「たいしたものだよ。あまり頭が回るので、感心するよりあきれるね」

「わたしが一千万円取っても、文句は言えないでしょう」

「まあね。ところで松島たか子とは、どういう関係なんだ」

「小学校の同級生。今でも仲よく、お付き合いをしているの。最近、大日銀行の市ケ谷支店に移ったというので、さっそく協力してもらったわけ」

まったく、あちこちに人脈を持つ女だ。

　ふと、気がつく。

「だとすると、鱶野が手元にある三万ドルを銀行に持ち込めば、たちまち偽ドルとばれてお縄になる、というわけだな」

「そうね。でも、そんな危ない真似はしないでしょう、いくらばかでも。闇でさばくはずだから、心配する必要はないわ」

「しかし、もし鱶野がとっつかまったりしたら、ぼくをかたきとつけねらうだろう」

　ジリアンが、あきれたように首を振る。

「苦労性ねえ、まったく。昨日銀行からもどったとき、あなたはしつこくこれは偽ドルだって、そう言い張ったじゃない。三輪田も聞いていたし、あれがあなたの免罪符になるわよ。本物だと請け合っていたら、命はなかったかもしれないけれど」

　ジリアンと話していると、人生に悩みなどないような気になってくるから、不思議だ。

「それじゃ、きみに敬意を表して、二百万でがまんしておくか」

　この金で、古いチャンバラ映画のビデオをわんさと買い込み、酒を飲みながらじっくり楽しんでやれば、箕島信之介への手向けにもなるだろう。

　札束を取ろうと、テーブルに手を伸ばした。

「待って。それにさわっちゃだめ」

ジリアンは急に怖い顔をして、ハンドバッグに手を入れた。

出て来た手には、拳銃が握られていた。

「この二百万は、ここに強盗がはいったことにして、わたしがいただいていくわ。もちろん、警察に届けられる種類のお金じゃないから、泣き寝入りね」

思わず、のけぞってしまう。

「おいおい、これ以上冗談はやめてくれよ。それ、ゆうべのモデルガンじゃないか」

「おあいにくさま。これは、鱶野から取り上げた本物よ。弾が出るかどうか、試してみる度胸があったら、その札束を取ってごらんなさい」

あまりおかしくて、笑いをこらえるのに苦労した。

こうなったら、肚《はら》を決めるしかない。

ジリアンの、拳銃を持った手をぐいとつかみ、引き寄せた。

「な、何をするの」

ジリアンはうろたえたが、そのときにはもう肩にしっかり腕を回し、思い切り唇にキスしていた。

ジリアンはもがいたが、引き金を引こうとはしなかった。

やがて、ジリアンの手から拳銃がごとりと音を立てて、床に転げ落ちる。

これでもう、怖いものはなくなった。

（小説新潮　五月号）

解説

郷原　宏（文芸評論家）

「短篇小説は非情である」と言ったのは、アメリカのハードボイルド作家、ジョー・ゴアズである。僚友ローレンス・ブロックの短篇集『バランスが肝心』（ハヤカワ・ミステリ文庫）に寄せた「まえがき」のなかで、彼はこう述べている。

「短篇小説は非情である。芸術に名を借りた小手先のごまかしは、ほとんど通用しない。書き手のひとりよがりにいたっては、完全に拒絶される。ひとつのことばも、ひとつの文章も、ひとつの表現も、ゆるがせにはできない。駆け出しの物書きにとって、短篇小説は物を書くという仕事のなんたるかを——それに併せて、文章を書く上での緻密さ、抑制、雅致のなんたるかを——教えてくれる最良の師だ」

短篇小説は書き手に多くを求める点において、詩の次に位置するものと言える。短篇小説とは断じて短い小説ではない。それは、言ってみれば、戦争というより局地的な戦闘であり、人生というよりもあるひとつの瞬間である。複数の人間に訪れるゆっくりした漸進的な時間の流れや、それにともなう出来事を叙述するものではなく、ひ

とりの登場人物の人生を決定的に変えてしまう、ある一瞬を鮮やかに切り取ってみせるものだ」（田口俊樹訳）

これを読んで、私はゴアズに惚れ直した。『野獣の血』や『ハメット』もよかったが、商売仇の友人のためにこんな真情のこもった「まえがき」を書けるゴアズはもっとすばらしい。日本のミステリーがアメリカに学ぶべきことはまだたくさんあるが、ブロックとゴアズの関係にみられるこうした「戦闘的な友情」も学ぶべき点のひとつだろう。作家同士がメダカのように群れて仲間ぼめをし合っている国では、本物のミステリーは育たない。

「ミステリーは短篇に限る」と言ったのは、恥ずかしながらこの私、郷原宏である。「短篇には情報という名の混ぜ物がない分だけ、小説としての純度が高い」「三十枚で書ける話を三百枚に水増しするのは、読者に対する裏切りである」「その国のミステリー読者の水準は、短篇集の売れゆきによって示される。日本は依然として三等国である」といったフレーズを、私は折にふれて、しつこく、臆面もなく書きつづけてきた。「短篇のセールスマン」という、うれしい渾名を頂戴したこともある。

しかし、このセールスマンには、ひとつだけ頭の痛い問題があった。商品見本を見せてくれと言われたときに、自信をもって差し出せるサンプルが少なかったことである。とりあえずはロアルド・ダールの『あなたに似た人』やスタンリイ・エリンの

『特別料理』を見せて急場をしのいできたが、いつまでもダールとエリンだけでは芸がない。もっと新しいのはないかと言われれば、やや不本意ながら前記のブロックやスティーヴン・キングの短篇集を持ち出さざるをえなかった。日本にも、たとえば佐野洋、都筑道夫、阿刀田高といった短篇の名手がいないわけではないが、その短篇集は必ずしも読者の手の届きやすい場所には置かれていない。

そういう短篇好きの読者にとって、この講談社文庫版「ミステリー傑作選」シリーズは、なんともありがたいアンソロジーである。日本推理作家協会という職能集団が、その年の活字メディアに発表されたすべての短篇作品のなかから二十篇前後の優秀作を選んで編纂した「日本で唯一最高の決定版ミステリー傑作選」であり、このシリーズを読めば国産短篇ミステリーの最高水準を年度別に一望できるからである。

ちなみに、このシリーズの底本となる『ザ・ベストミステリーズ』、別名『推理小説年鑑』の選考委員は評論家ばかり七人で、いずれも日本推理作家協会賞短篇賞部門の予選委員を兼ねている。毎年五百篇前後の作品を七等分して読み、一人につき五、六篇の第一次候補作品を選び出す。そして今度はそれを全員で回し読みしたあと、一堂に会して侃々諤々《かんかんがくがく》の議論をたたかわせ、最後は投票によって収録作品を決定する。

このうち上位の数篇が短篇賞候補作品として同賞選考委員会に回付される。二十年以上にわたって予選委員をつとめた私の経験からいえば、その選考結果はまさしくプロの読み手としての誇りをかけた「戦闘的な友情」の産物である。

　さて、この『零時の犯罪予報　ミステリー傑作選46』は、二〇〇一年の代表作を収めて二〇〇二年七月に講談社から刊行された『ザ・ベストミステリーズ　２００２』（『推理小説年鑑』２００２年度版）の半分を文庫化したものであり、講談社文庫版「ミステリー傑作選」シリーズの第四十六集にあたる。二分冊のもう一冊（第四十七集）は今年八月に刊行される予定である。

　収録作品はいずれも「ベスト・オブ・ザ・イヤー」と呼ぶにふさわしい秀作ぞろいで、ゴアズの言うように、人生のある一瞬を鮮やかに切り取ってみせる。そして、物を書くという仕事のなんたるかを、後輩の作家にだけでなく、私たち読者にも教えてくれる。こういう完璧なサンプルが手元にあれば、「短篇のセールスマン」たる者、張り切ってセールスに励まないわけにはいかない。

　高野和明の「**六時間後に君は死ぬ**」は、自称予言者に六時間後の死を予告された元デート嬢が試行錯誤の末にあやうく死を免れて、めでたく二十五歳の誕生日を迎えるという物語。ファンタジー仕立ての時限サスペンスでありながら、最後はちゃんとした謎解きミステリーになっており、結末のひねりも利いている。この年(二〇〇一年)『13階段』で江戸川乱歩賞を受賞した作者は、この作品で端倪すべからざる短篇作家でもあることを実証してみせた。

法月綸太郎の「**都市伝説パズル**」は、二〇〇二年の第五十五回日本推理作家協会賞受賞作。「電気をつけなくて命拾いしたな」という都市伝説見立ての殺人事件をめぐって、推理作家の法月綸太郎と父親の法月警視が推理合戦を展開するという本格物で、提出された謎のすべてを小数点以下の余りもなく解明してみせる綸太郎の名推理には、法月警視ならずとも「むう」と唸らずにはいられない。これは単にこの年のベスト短篇というにとどまらず、日本のミステリー史に残る名品といっていい。

五條瑛の「**地底に咲く花**」は、入管法改正という政治の地底にひっそりと咲いて散った青い花の物語。暗いテーマにもかかわらず「泥だらけの純情」ともいうべきピュアな抒情性があり、建築現場で働く主人公の性格設定にもしたたかなリアリティがある。社会派ミステリーの新しい可能性を示す作品といえるだろう。

若竹七海の「**殺しても死なない**」は、警官上がりの作家のところへ送られてきた不完全な完全犯罪計画ミステリーを添削してやっているうちに、ストーリーがいつしか現実になるという物語。「殺しても死なない」という題名のアイロニーが利いていて、おしゃれな短篇の見本ともいうべき作品に仕上がっている。

池井戸潤の「**銀行狐**」は、バブルの遺恨を晴らすべく銀行をつけねらう都会の狐を正義派の調査役が追いつめるという銀行ミステリー。内幕情報小説としてのおもしろさもさることながら、主人公の性格設定に銀行出身の作家ならではのリアリティと説得力があって、読後にいかにも小説を読んだという充足感がある。

姫野カオルコの「**探偵物語**」は、美人ＯＬの素行調査を依頼された私立探偵が、彼女の奇妙な散歩の謎を追ううちに、いつしか仕事を忘れてのめり込むという物語。ここには事件もなければ死体も出てこないが、どんな犯罪小説にも劣らぬ濃密な謎と緊迫感があって、最後まで一気に読ませる。

北森鴻の「**根付け供養**」は、英琳の根付けに隠されたある秘密を若い骨董屋が見抜くという骨董ミステリー。古美術品の贋作というテーマはこの作家の十八番といっていいが、ここでは句読点までゆるがせにしない文章にさらに磨きがかかって一点の非の打ちどころもない。これはもう名人芸と呼ぶしかなさそうである。

薄井ゆうじの「**みちしるべ**」は、妹の出生にまつわる秘密を兄の視点から描いた美しくも悲しい物語。死体どころか犯罪の匂いもしないミステリーだが、どこかにうっすらと罪の影がさしていて、それが読者のみちしるべになる。その罪はついに解明されることなく終わるのだが、それもまたミステリーの醍醐味の一部である。

倉知淳の「**桜の森の七分咲きの下**」は、新入社員が場所取りのために花の下で時間をつぶしていると、そこへいろいろな人がやってきて話しかけるという一幕物の会話ドラマ。謎が提示される前に解決編が始まるというプロットが斬新で、いわゆる「奇妙な味」のミステリーの奇妙な味が楽しめる。

逢坂剛の「弔いはおれがする」は、四面堂遥とおれ——自称「か弱い女と肝っ玉の小さい男」のコンビが暴力団を向こうに回して偽百ドル札で一芝居うつというコンゲーム風味の軽ハードボイルド。手に汗握りながら腹の皮もよじれるという快作で、推理作家協会理事長をつとめるベテラン作家の芸域の広さと懐の深さを示す。

こうして見てくると、ひとくちに短篇ミステリーといっても内容はまさしく十人十色。ひとつとして同色同形の作品はない。にもかかわらず、どの作品にも短篇ならではの「閃光の人生」（ヘンリイ・スレッサー）が鮮やかに定着されていて、私たちを読書という名の悦楽の園に誘ってやまない。この誘惑に抗しうるのは、おそらく長篇しか読んだことのない朴念仁《ぼくねんじん》だけだろう。

誰が何と言おうと、ミステリーはやっぱり、短篇に限る。

零時《れいじ》の犯罪予報《はんざいよほう》 ミステリー傑作選《けつさくせん》46
日本推理作家協会《にほんすいりさつかきようかい》 編《へん》

2005年4月15日第1刷発行

発行者——野間佐和子
発行所——株式会社 講談社
東京都文京区音羽2-12-21 〒112-8001
電話 出版部 (03) 5395-3510
販売部 (03) 5395-5817
業務部 (03) 5395-3615
Printed in Japan

落丁本・乱丁本は購入書店名を明記のうえ、小社業務部あてにお送りください。送料は小社負担にてお取替えします。なお、この本の内容についてのお問い合わせは文庫出版部あてにお願いいたします。

ISBN4-06-275053-8

講談社文庫
定価はカバーに
表示してあります

デザイン—菊地信義
本文データ制作—講談社プリプレス制作部
印刷——株式会社廣済堂
製本——加藤製本株式会社

講談社文芸文庫

多和田葉子
ゴットハルト鉄道
暗く長いトンネルの旅を聖人のお腹を通る陶酔と感じる「わたし」。変幻する言葉がシュールな詩的イメージを紡ぐ表題作等、日独両言語で創作する気鋭の秀作三篇。

大原富枝
婉という女・正妻
政争の犠牲となり四歳にして幽囚の身となった野中兼山の娘・婉。無慙な政治の世界を哀しくも勁く生きる女を描いた「婉という女」に関連作二篇を付し完本とする。

和田芳恵
新装版
一葉の日記
樋口一葉の研究に没頭し、伝記・評伝を書き続けた作家和田芳恵が、鋭い洞察力で一葉の日記を分析。評伝文学の白眉と絶讃された著者畢生の仕事。芸術院賞受賞。

講談社文庫　目録

講談社文庫　目録

日本推理作家協会編　殺しの一品料理《アラカルト》〈ミステリー傑作選8〉
日本推理作家協会編　犯罪ショッピング〈ミステリー傑作選9〉
日本推理作家協会編　闇のなかのあなた〈ミステリー傑作選10〉
日本推理作家協会編　どんでん返し〈ミステリー傑作選11〉
日本推理作家協会編　にぎやかな殺意〈ミステリー傑作選12〉
日本推理作家協会編　凶器は狂気〈ミステリー傑作選13〉
日本推理作家協会編　犯罪見本市〈ミステリー傑作選14〉
日本推理作家協会編　殺しのパフォーマンス〈ミステリー傑作選15〉
日本推理作家協会編　故意・悪意・殺意〈ミステリー傑作選16〉
日本推理作家協会編　とっておきの殺人〈ミステリー傑作選17〉
日本推理作家協会編　花には水、死者には愛〈ミステリー傑作選18〉
日本推理作家協会編　殺人者へのレクイエム〈ミステリー傑作選19〉
日本推理作家協会編　死者たちは眠らない〈ミステリー傑作選20〉
日本推理作家協会編　殺人はお好き？〈ミステリー傑作選21〉
日本推理作家協会編　二転・三転・大逆転〈ミステリー傑作選22〉
日本推理作家協会編　あざやかな結末〈ミステリー傑作選23〉
日本推理作家協会編　頭脳明晰、特技殺人〈ミステリー傑作選24〉
日本推理作家協会編　誰がための殺人〈ミステリー傑作選25〉
日本推理作家協会編　明日からは、殺人者〈ミステリー傑作選26〉

日本推理作家協会編　真犯人は安眠中〈ミステリー傑作選27〉
日本推理作家協会編　完全犯罪はお静かに〈ミステリー傑作選28〉
日本推理作家協会編　あの人の殺意〈ミステリー傑作選29〉
日本推理作家協会編　もうすぐ犯行記念日〈ミステリー傑作選30〉
日本推理作家協会編　死導者がいっぱい〈ミステリー傑作選31〉
日本推理作家協会編　殺人前線北上中〈ミステリー傑作選32〉
日本推理作家協会編　犯行現場にもう一度〈ミステリー傑作選33〉
日本推理作家協会編　殺人博物館へようこそ〈ミステリー傑作選34〉
日本推理作家協会編　どたん場で大逆転〈ミステリー傑作選35〉
日本推理作家協会編　殺ったのは誰だ⁉〈ミステリー傑作選36〉
日本推理作家協会編　殺人哀モード〈ミステリー傑作選37〉
日本推理作家協会編　殺人者〈ミステリー傑作選38〉
日本推理作家協会編　完全犯罪証明書〈ミステリー傑作選39〉
日本推理作家協会編　密室＋アリバイ＝真犯人〈ミステリー傑作選40〉
日本推理作家協会編　殺人買います〈ミステリー傑作選41〉
日本推理作家協会編　罪深き者に罰を〈ミステリー傑作選42〉
日本推理作家協会編　嘘つきは殺人のはじまり〈ミステリー傑作選43〉
日本推理作家協会編　終日犯罪〈ミステリー傑作選44〉
日本推理作家協会編　殺人作法〈ミステリー傑作選45〉

日本推理作家協会編　1ダースの殺意〈ミステリー傑作選・特別編1〉
日本推理作家協会編　殺しのルート13〈ミステリー傑作選・特別編2〉
日本推理作家協会編　真夏の夜の悪夢〈ミステリー傑作選・特別編3〉
日本推理作家協会編　57人の見知らぬ乗客〈ミステリー傑作選・特別編4〉
日本推理作家協会編　自選ショート・ミステリー〈ミステリー傑作選・特別編5〉
日本推理作家協会編　自選ショート・ミステリー2〈ミステリー傑作選・特別編6〉
西村玲子　旅のように暮らしたい。
西村玲子　玲子さんの好きなものに出合う旅
西村玲子　玲子さんのラクラク手作り教室
二階堂黎人　地獄の奇術師
二階堂黎人　聖アウスラ修道院の惨劇
二階堂黎人　ユリ迷宮
二階堂黎人　吸血の家
二階堂黎人　私が捜した少年
二階堂黎人　クロへの長い道
二階堂黎人　名探偵水乃サトルの大冒険
二階堂黎人　名探偵の肖像
二階堂黎人　悪魔のラビリンス
二階堂黎人編　密室殺人大百科(上)(下)

2005年3月15日現在